故事会

2012 · 49

(1月–2月)

合订本

I0553131

STORIES

上海故事会文化传媒有限公司　出品

图书在版编目(CIP)数据

2012《故事会》合订本.49／《故事会》编辑部编.
上海：上海锦绣文章出版社，2012.4
ISBN 978-7-5452-1091-0

Ⅰ.① 2… Ⅱ.①故… Ⅲ.①故事－作品集－中国－当代 Ⅳ.Ⅰ① 1247.8

中国版本图书馆 CIP 数据核字（2012）第 064487 号

责任编辑：鲍　放
封面设计：李宝强
责任督印：张　凯

2012 故事会合订本 49
(1 月 –2 月)
《故事会》编辑部　编
上海锦绣文章出版社·上海故事会文化传媒有限公司出版
地址：上海绍兴路 74 号
电子信箱：gushihui@263.net
网址：www.slcm.com
中国图书进出口上海公司发行
地址：上海市广中路88号
电话:36357888
ISBN 978-7-5452-1091-0/I·371

502

2012
SEMIMONTHLY
上半月刊

1月

STORIES

欢迎登录本刊主办的"故事中国网"（www.storychina.cn）

故事会
—STORIES—

2012 年 1 月
上半月刊·红版

社　长·主　编：何承伟

副社长：夏一鸣

常务副主编（兼绿版负责人）：吴　伦

副主编（兼红版负责人）：姚自豪

本期责任编辑：吕　佳

电子邮箱：lujia411@yahoo.com.cn

红版发稿编辑：
姚自豪　叶小萌　石莎莎（见习）丁婀瑶（见习）

美术编辑：李宝强

电脑制作：郭瑾玮

本社办公室电话：021-64375030
上半月刊编辑部电话：021-64332325
下半月刊编辑部电话：021-64336469
（上海市绍兴路74号 邮编：200020）

主管、主办：上海文艺出版（集团）有限公司

出版单位：《故事会》编辑部

发行范围：公开

出版、发行总监：张　凯

电话：021-64313938

广告业务：上海故事会文化传媒有限公司

广告总监：张　淮

广告业务：021-34010383

广告投诉：021-64333738

广告经营许可证

沪工商广字3100320080016号

发行：中国图书进出口上海公司

特　产

有个经理要去广西柳州出差，出发前问大家需要带什么东西。

一个同事还真不客气，在网上搜索了一会儿当地特产，对经理说："柳州的木头有名啊，要不您帮我带个切菜的砧板回来吧，咱们这儿的没有那儿的好。"

此言一出，激起千层浪，大家你一言我一语，都要经理带砧板回来。最后，经理无奈地说："我统计了一下，目前是22个砧板，要不，我扛一棵树回来？"

（焦淳朴）

（本栏插图：包丰一）

三全其美

有个人开了一家公司，平时对待员工非常苛刻。公司成立一周年时，这人找来一个代理，对他说："你听着，我打算为公司创建一周年举行庆典。这个庆祝活动要引人注目，还要让所有员工都感到高兴，但不许花一分钱。"

代理人想了想，说："那就请您上吊吧，这样既引人注目，又不花钱，而且您的雇员将会感到非常高兴。"

（桃之夭夭）

购物狂

妈妈带儿子逛街回家，儿子手里抓着一大把气球。爸爸看见后就责怪妻子："买那么多气球干吗，钱没处花了？"

儿子打断爸爸的话，说道："爸爸，气球是白送的，妈妈在店里买一样东西，人家送一只气球！"

（薛　欣）

4

失败之处

妻子人到中年，不禁回想起年轻的时候："想当年我的身材，正面山明水秀，侧面悬崖峭壁，背面柳暗花明，是吧，老公？"

丈夫想了想，说："对，不过你水土流失得太厉害了……"

（陈　冰）

找不开

一个赌徒和牌友通宵大战麻将，到第二天早上，输得身无分文，只好坐公交车回家。售票员要赌徒买票，他搪塞说："我的钱你找不开。"

售票员说："大不了是一张100元，我怎么找不开？"

赌徒还是赖着不给，售票员不停地催，最后赌徒被逼急了，他拿出一个麻将牌"九万"，递给售票员说："这个你找得开吗？"（桃之夭夭）

新品调料

老陈和朋友去逛超市，看见调料货架上有石榴醋，老陈就说："现在新东西真多，没想到石榴还能做醋！"接着两人看见苹果醋，老陈又感叹："没想到苹果也能做醋。"

这时，朋友指着一种调料说："快看这个，老陈，你悲剧了。"老陈探头一看，只见瓶子上写着：老陈醋。

（万青青）

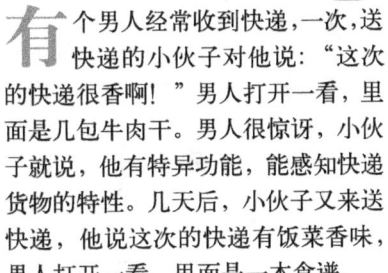

特异功能

有个男人经常收到快递，一次，送快递的小伙子对他说："这次的快递很香啊！"男人打开一看，里面是几包牛肉干。男人很惊讶，小伙子就说，他有特异功能，能感知快递货物的特性。几天后，小伙子又来送快递，他说这次的快递有饭菜香味，男人打开一看，里面是一本食谱。

这天，小伙子又来了，说："今天的快递好重啊！"男人接过来一掂量，明明很轻啊，他疑惑地打开一看，里面只有一张纸——税务局的通知单。

（南极冰）

误 解

有个小伙子坐公交车，上来两位老大爷，他就给其中一位让了座。见旁边一个中学生无动于衷，小伙子就走到他身边，狠狠地瞪了他一眼，想提醒他给另一位老大爷让个座。谁知这中学生不但不让座，还回瞪了一眼。

小伙子生气了，大声说："看什么看？赶紧给大爷让座。"

中学生看着小伙子凶巴巴的样子，犹豫了一下，站起来，有点害怕地对小伙子说："大爷，您坐吧……"

（玻璃虫）

圆规的用途

上美术课，老师让同学们画自画像，并指导大家，可以先从头部画起。这时，一个男生看见同桌的女同学突然拿出个圆规来，就好奇地问："现在上美术课，又不是数学课，你拿圆规干什么用？"

女同学白了他一眼，答道："画脸用。"

（于林娜）

好消息和坏消息

校长打电话给一个家长："先生，我有一个好消息，一个坏消息，都是关于您儿子的。"

家长说："先说坏消息吧。"

校长说："您儿子的行为举止越来越女性化。"

家长问："那好消息呢？"

校长答道："他刚被同学们评为本校校花。"

（于林娜）

怎 么 照

一个女孩最近要去拍婚纱照，为了达到最佳效果，她开始减肥，一个月来只靠苹果和水度日。朋友就劝女孩："为了美也不能不要命啊，况且婚纱照拍完后会给你修片的。"

女孩无奈地说："修片有什么用，我连婚纱都穿不进去，我裸着拍啊？"

（汪 杰）

菜鸟学化妆

有个女生，上大学后开始学化妆。她化起妆来颇为大胆，啥色都敢往脸上抹。

女生的妈妈看在眼里，一直没说啥，随便她折腾。

这天，女生把脸蛋涂得红彤彤的，又抹了十分闪亮的金色眼影，准备出门上课。她妈妈看到她的妆容后，迟疑了一会儿，最后终于忍不住开口问女生："悟空，你就这么出门了吗？"

（王金海）

最后的玫瑰

情人节那天，女孩一个人在家呆着。晚上11点，节日就要过去了，女孩正郁闷呢，门铃响了，她打开门，只见自己心仪已久的邻家大哥站在门口，手里还捧着一大束玫瑰！

邻家大哥温柔地说："这个送你吧！"

女孩手足无措地把花接了过来，激动得说不出话，眼中泛起了泪花。

邻家大哥和蔼地笑笑，接着说："我今天特倒霉，这么一大把花都没卖出去，便宜你了，小鬼……"

（薛 欣）

有妈妈呢

一家三口坐在电视机前看《动物世界》，电视里正在播放一群狼撕扯猎物的情景。女儿说："爸爸，我怕。"爸爸说："女儿不怕，有妈妈呢。"

一旁的妈妈听了，纳闷地想：要是真有狼来了，爸爸不是比妈妈更有力量赶走狼吗？

只听爸爸接着对女儿说："你妈妈胖，她一个人就够狼吃的了，到时候爸爸就抱着你逃跑了。"

（汪 杰）

本栏欢迎来稿，读者、作者可将有新鲜感、有精彩细节的笑话佳作投寄给我们。来稿一经采用，最高稿费为一则100元。本期责任编辑电子信箱：lujia411@yahoo.com.cn。

窗外的老乡

□ 芦宏伟

夏天的一个周末，我带着儿子在家里休息，突然觉得屋里光线一暗，扭头一看，只见一个工人坐着吊绳，缓缓滑落到我家窗前。最近我们这个小区正在重新粉刷墙面，经常有工人在楼外高空作业。

这时，四岁的儿子也看到了窗外的工人，很是兴奋，立马大叫了起来"爸爸快看，蜘蛛侠叔叔，蜘蛛侠叔叔来我家啦！"儿子一边叫一边跑到窗边，蹦跳着朝窗外挥手。我上前抱起儿子，窗外正在忙碌的工人看到我和儿子，笑着对我们摆了摆手。

我没多想什么，伸手就打开了窗户，窗户一开，我便感到一股巨大的热浪涌进屋里。现在正值盛夏，又是晌午，屋里一直开着空调没感觉，打开窗才觉得外面热气逼人。我不由皱了皱眉，这才看清了外面的这位工人，他大概三四十岁，脸通红得有点吓人，额头上的汗珠子不停地滴落下来，身上的背心早已完全湿透了。

儿子见窗户开了，就向窗外伸出手去，张口叫道："蜘蛛侠叔叔！"我有点尴尬，忙一拍儿子的屁股："胡说什么！"那位工人却一点也不生气，笑呵呵地说："没事儿，没事儿！"

我一听他的口音，不由问道："你是河南的？"工人笑道："是啊，河南新乡的。"我乐了："我也是河南的，河南开封的，跟你们新乡挨着呢。"

"哎呀，是老乡啊！"工人很亲热地叫了起来。我除了一个月前给老家打电话，也很久没说家乡话了，此时嘴里的家乡话不由脱口而出，打趣道："咱们河南老乡真是无处不在啊！"工人笑着说："是啊，兄弟，这是你自己的房吗？"我点点头，说："前年买的。"工人问："上海的房子很贵吧？"我笑道："一平方两万多块吧。"

"厉害，厉害！"这位窗外的老乡冲我竖了竖大拇指，"兄弟你混得真不赖。"他和我说话时，双脚本能地蹬在我家窗台上，雪白的窗台立刻印上了两个黑脚印。我有点不快，正想关上窗户，不料这位老乡似乎聊上瘾了，又问我："兄弟，你在上海做什么的啊？"我不好意思太冷淡，只好答道："我和朋友一起合伙开了一家船务公司。"

"船什么……"老乡显然对这个行业很陌生，的确，我们河南是平原地区，平日里谁也不接触船舶方面的东西，我只好简单地向他解释了一下。老乡听得很认真，不时点头回应，最后，他看我不说话了，就又问道："那你们公司一定很赚钱吧？"

"这个……"我一怔，笑道，"一般吧。"在我们老家，尤其是农村，很多人还不懂得"隐私"这个概念。看这老乡聊得没完没了，我再次想关上窗户，这时老乡突然又发问了："兄弟，你多大了？"我有点不耐烦地说："我80年的。"老乡一愣，笑着说："原来你比我大啊，我是83年属猪的，你

们在城里就是会保养，不服不行啊！"我没想到这老乡比我还小三岁，本以为他差不多四十了呢。眼看老乡又要发问，我赶紧抢在他前面说"聊了半天，耽误你忙了。我关窗了，你高空作业，要注意安全呀！"

老乡点点头，说"这活儿是我老婆的表哥托人介绍的，在体力活里收入算高了，没关系还拿不到手呢！好，不聊了，我已经落下一截了，再不干完不成任务了。"说着他拉着吊绳，离开了我的窗口。我顿时有一种如释重负的感觉，不由苦笑：这老乡

也太爱聊天了吧。

等他下去后我才发现，聊天的这阵子，屋里的空调凉气都快跑光了。我赶紧关严窗户，把空调温度调低，很快，房间里又凉爽起来。

休息了一下午，傍晚时我想起今天和朋友约好了，晚上要聚餐，就带着儿子一起出了门。这时已是下午六点多了，可一出楼道，还是觉得闷热难耐。我带儿子上了车，驶出小区大门，见那位老乡正和几个工友蹲在路边吃西瓜，看样子，他们刚做完工。

我觉得就这么开车过去有点不礼貌，毕竟几个小时前聊了那么久，于是打开车窗，冲着老乡喊了一声："哎，老乡，我出去办事了，再见啊！"

老乡看到我，愣了愣，随即就捡起地上切开的半只西瓜，朝我走了过来。他笑呵呵地说："来，来，吃点西瓜！"说着直把西瓜朝我车里塞。我

还来不及推辞，儿子就伸手接住西瓜，抱在了怀里。我还想推辞，老乡似乎看出了我的意思，将脑袋伸进车子，两个胳膊肘压在车窗玻璃上，低声说："老乡，你拿着吧，我得谢谢你啊！你不知道，今天你帮了我的大忙啊！"

他说什么，帮了大忙？只见老乡盯着我，有点神秘地说："你不知道，今天是我第一次干这种活儿，到你窗外时，我已经头晕得厉害，看什么东西都闪着白光，随时就要晕倒了，我是咬牙死撑着呢。这时候，你打开了窗户，你那屋里的凉气一冲，我的眼睛这才看清了东西，和你聊着天，你屋里的凉气一阵一阵吹过来，我的脑子才慢慢清醒过来……"

听到这里，我明白了：难怪下午老乡啰里啰唆地和我聊了这么久，原来，他是想借着聊天吹一会儿我屋里的空调，好缓解中暑的症状啊！

老乡后来说的话，我都没有听见，等我缓过神来，老乡已经站在车外向我挥手告别了。我慢慢开着车子，思绪无法平静：没想到一点小小的善意，对生活艰辛的人们来说，竟是极大的帮助……

（题图、插图：安玉民　梁　丽）

完美的爱

每年结婚纪念日，老胡都要给妻子写一封情书，前些日子他们刚过完金婚，已有五十封情书了。

一天，老胡又拿出那叠情书重温，看着看着，他突然发现有一封信，笔迹不像自己的，仔细辨认一会儿，原来是妻子模仿自己的口吻写的。老胡就问妻子怎么回事，妻子低声道："那年你写给我的信，我、我不小心弄丢了，怕你知道不高兴，就……"

老胡听了，生气地怪妻子太粗心了，妻子低着头没吭声。老胡离开后，女儿替母亲感到委屈："妈，你怎么不告诉爸真相呢？那一年他根本没给你写信，他写给了另一个女人……"

妻子摇头道："那是你爸一时糊涂，现在他老了，早已不记得这件事了，我又何必让他内疚呢？"

（作者：碧水）

贫富之间

有两家亲戚，一家穷，一家富。

有一回，穷亲戚到富亲戚家做客。他们坐普快硬座，出站挤公交，各人扛着各人的行李。下了公交，富亲戚一家在路边接站，看到他们的样子，说了一个字：穷。

穷亲戚一家听了，满面羞惭，回去发动全家勒紧裤腰。下一回再去富亲戚家，他们坐了飞机，下飞机后打的，还专门雇了两个民工给提着行李。富亲戚一家接站，看到他们的样子，说了三个字：穷折腾。

人家都来拜访两回了，富亲戚家决定回访。他们坐头等舱，下了飞机有本地分公司的人接站。一前一后两辆商务车护着，富亲戚一家坐中间的轿车。穷亲戚一家看了这架势，说了一个字：富。

富亲戚一家听了，觉得有点不好意思，下回再去时，也学着坐火车，乘公交。下了公交，穷亲戚一家看到他们的样子，说了两个字：低调。

（作者：张东兴）

你家丢东西了吗

这些天，老李家发生了一件怪事，一个收破烂的老人隔三差五就来到他家门前，问："你家丢东西了吗？我住在王子大桥桥洞里，丢了东西就去桥洞找我。"

老人来了多次后，引起了老李的警觉。老人再来时，老李就冷冷地说："我家没丢东西，请别再来了！"

转眼冬天来了，老人再一次来到老李家，他可怜巴巴地说："你再仔细想想，你家一定丢过东西。"

老李随口说："我家丢过一万块钱，你见了吗？"

老人如释重负地出了口气，立刻说："这就对了，我还你们一万块钱。我终于可以放心回家过年了。"

老李的眼珠子差点掉下来，老人笑道："几个月前我收了你家好多破烂，回桥洞整理时，在纸箱子里发现了一叠钱，不多不少，整整一万。"

原来，钱是老李的妻子放起来的，后来忘了放的地方，一直找不到，以为被偷了。老李就问老人，为什么不直接说破呢？老人嘿嘿笑道，现在有些家庭，男的瞒着女的有小金库，女的瞒着男的有私房钱，贸然说了，会造成夫妻不和。他说出住的地方，谁丢了钱，自然会去找他的……

（作者：顾振威）

团　圆

除夕之夜，李海清兄弟五人在酒店订了一桌酒席，全家一起吃团圆饭。在座的还有一个没来得及赶回家的朋友老王。

酒菜陆续上来了，李海清给大家斟酒。老王看到李海清给一只没人用的空酒杯也倒满了酒，感到很奇怪，就问他："是不是还有人没来？"

李海清叹了口气说："是还有一个人没来，那是我们的大哥。"李海清说，他大哥有点智障，一次出去玩走丢了，他们兄弟五人想尽了各种办法寻找，却始终没有消息，只能在每年的团圆夜，用这种方式表达对大哥的思念。李海清对老王说，以后也请他帮忙多留心一下。

两个月后，老王打来了电话，说他正在一个小镇里，看到有个男人很像是李海清要找的人。李海清听了，忙赶了过去，一看，那人果真是他大哥，不禁喜极而泣。

事后，李海清问老王怎么找到他大哥的。老王说："我到这里来办事，听到许多人讲一个故事，说有一个流浪的男人，每年除夕，都要在桌上倒满六杯酒，说另外五杯是敬他的兄弟的。我估摸着，这人说不定就是你们的大哥。"

（作者：佘远香）

（本栏插图：安玉民　梁　丽）

有个包工头，走南闯北历练多年，没有他拆不了的建筑，没有他炸不掉的桥梁，这次，他却遇到了难题……

炸 桥

□蔡美美

周伟民是个小工头，这段时间，他一直带着手下的工人在清源河大桥工地上干活。现在，大桥已提前完工，即将通车。

这天，大工头对周伟民说："交给你一个新活儿——去把清源河上的那座旧桥拆了。上面说了，那旧桥有碍观瞻，一定要在新桥的通车典礼举行前拆完。"大工头还说，拆桥也算是个技术活儿，所以把一个懂爆破的技术员配给了他。

周伟民接到任务，就带着工人们来到旧桥，这是一座不知什么年代修建的钢架桥，桥上的钢梁早已锈迹斑斑。桥面很窄，只能容一辆卡车通过，和他们刚建好的那座双向六车道新桥一比，显得非常寒酸。

拆这么个破桥，还不是小菜一碟？周伟民往手心里吐了口唾沫，带着人就上了桥。桥头有一个老头正在钓鱼，看到周伟民他们，老头不禁问道："你们是干吗的呀？"

"干吗的？咱们是建大桥的。"周伟民指了指不远处的新桥，自豪地说。老头哼了一声："建桥的？那到这儿来干吗？"

这老头管得还真宽，周伟民有些不耐烦地说："新桥修好了，旧桥当然要拆了，我们就是来拆桥的。"

"拆桥？"老头上上下下打量了他们一番，摇了摇头，"就凭你们？这

桥你们拆不了。"

周伟民听了，不由又好气又好笑，他二话没说，简单地分派了一下任务，带着人就干开了。这一动手才知道，旧桥看起来锈迹斑斑，可修得实在结实，一帮人乒乒乓乓敲打了半天，却只敲下来几块铁皮。

周伟民累得靠在桥栏杆上直喘气，那老头收起鱼竿走了过来，笑着说"我说你们拆不了吧？"老头的笑容让周伟民觉得很不舒服，他可不愿输这口气。他没搭理老头，和技术员商量了一阵。重新分工后，周伟民把带来的工具都用上了，但忙活了好一

阵，进展还是不大。周伟民的气不打一处来，扔下工具吼道"不行就炸他娘的，不信这桥炸也炸不垮！"

于是周伟民打电话向大工头请示，大工头说要上面研究后才能决定。好一会儿，大工头回电话了，语气非常兴奋："上面同意炸桥了，不过不是现在炸，听说有人提了个天才的建议，桥要留到新桥的通车典礼时炸，到时候炸掉旧桥，就当给新桥开通放焰火，增加喜庆气氛。"

周伟民挂了电话，下令收工。经过那老头身边时，老头微笑地看着他们，似乎在说："现在相信我的话了吧？"周伟民回头望了望那桥，狠狠地说了句："过两天再来收拾你！

到了新桥通车那天，周伟民带着工人前去炸旧桥。他心里憋着一口气，暗想，要是老头还在那里就好了，这一次，就是要炸给他看看。

到了桥头一看，周伟民不由乐了，那老头还真在，只见他靠着桥栏杆，一副悠闲的样子，正钓鱼呢！

周伟民走到老头身边，故意大声喊道："清场啦！"工人们开始拉警戒线，周伟民对老头说："老人家，我们要炸桥了，请你离开。"老人看了一眼周伟民带来的队伍，说"这桥是该拆了，不过你们这样子，炸不了。"

周伟民心想，啥，还有炸药炸不了的桥？都这时候了，这老头还逞能呢。于是他对老头说："老人家，我们

掩过去。我不管你是什么原因，再给你最后一次机会，只许成功，不许失败！这边还等着炮响通车呢，一个破桥都对付不了，我看你别干了！"

周伟民挂上电话，决定重新爆破，这次装药量翻番，一定要拿下。那老头走过来想说什么，周伟民可没工夫理他，挥手让他退到警戒线外。

第二次爆破开始了，"轰"的一声，天摇地动，周伟民感到脚下的大地猛地颤抖了一下，远处的新桥也似乎摇晃了一下。等硝烟散去，周伟民却再次呆住了——旧桥仍然好端端地矗立在那里，除了有几处钢架变形，几乎丝毫无损。真是邪门了！

这时，有人拍了拍周伟民的肩头，他回过神来一看，正是那老头。老头说"我早说过了，你们这样子是拆不掉这桥的。我爷爷建桥时费尽了心思，别说你们这点炸药，当年就是日本鬼子的重磅炸弹也没炸垮它！"

"你爷爷？"周伟民有些吃惊。老头点点头："我爷爷在国外学习桥梁设计，抗战爆发后回国，这桥就是他主持修建的。建桥的时候常有鬼子的飞机来骚扰，可他还是吃住都在工地上。他常说，建桥是子孙工程，要用心。这桥当年是清源河上唯一的一座大桥，用了几十年也没坏，我的工作就是维护大桥，现在桥没用了，我也退休了。"

有专门的技术人员，你就瞧好吧。"

老头摇摇头，收起鱼竿，退到了警戒线外。

周伟民和技术员研究了一番，很快找好炸点，放好炸药。片刻后，新桥那边发来了指示：可以炸桥了。"十、九、八、七——"倒计时一过，周伟民摁动了起爆按钮，只听"轰"的一声巨响，旧桥顿时笼罩在一片硝烟中。等烟雾散去，周伟民定睛一看，傻了眼，旧桥还好端端地矗立在那里！

周伟民问技术员："怎么回事？"技术员苦着脸说："可能是药量不够。"正在这时，周伟民的手机响了，是大工头打来的："怎么搞的？"周伟民忙说："可能是装药量不够。"大工头说道："刚才我对领导解释说，为了稳妥起见，先搞一次试爆，这才遮

背景与背影 （潘胜奎　编绘）　　（《故事会》漫画版精品选登）

处长，我与小李合不来。

他是官二代，业务低脾气坏，这我明白。

你自己找地方吧，这里没法给你安排。

唉，人家有背景，你小子只有个背影。这就是社会，你谁也别怪。

周伟民忙问："那么你一定有办法拆掉这座桥了？"

老头点点头："大桥的图纸我还保存着呢，上面有我爷爷用红笔圈出来的几个点，是桥体结构的致命点，那是当年怕鬼子攻来了，万不得已要炸桥的时候用的——"周伟民紧紧握住了老头的手："老人家，你算是救了我一命，麻烦你快去拿图纸吧。"老头说："不用，我都记在心里了。"

大家正要按老头的吩咐重新布置炸点，大工头又打来了电话。周伟民赔着小心说："再给我一次机会，这次一定成功。"只听手机那头气急败坏地吼道："不要再炸了！刚才那一下子，新桥上出现了几条大裂缝！现在这里已经乱成一锅粥了，你们都赶紧给我撤回来——"

所有人都愣住了。

（题图、插图：安玉民　梁　丽）

16

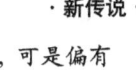

起名字有讲究，改名字更需慎重，可是偏有这么个人，三番两次地把孩子的名字改了……

改名字

□ 王春迪

林老师在一所大学里研究语言文字，一次，他应邀去一个乡下亲戚那里玩几天。当地的村主任叫李茂山，听说林老师是大学教授，非要请他吃饭，林老师就和亲戚一起赴约了。

酒过三巡，林老师突然听到窗外传来一声声吆喝，那声音忽高忽低、忽长忽短，好像故意要引起别人的注意。林老师一时没听清那人喊的是什么，刚想开口询问，却见村主任李茂山满脸尴尬，亲戚的神色也有点不自然。林老师再仔细一听，原来那人喊的是："李茂山，俺的儿啊，回家吃饭啦！"

村主任不就叫李茂山吗？原来喊话的是村主任的爹，林老师就问："村主任，你父亲找你吗？"

村主任没回答，低头喝了口酒，脸上一阵红一阵白。林老师的亲戚忙干咳一声，扯开了话题。饭局的气氛顿时有点尴尬，没多久就散了席。

散席后，林老师问亲戚刚才是怎么回事，亲戚笑道："你不知道，窗外喊话那人不是村主任的爹，他是故意来恶心村主任的。"接着，亲戚便一五一十地说了缘故。

原来，喊话那人叫李德全，去年，因为田里起垄子的事儿，他被邻居二狗家占了便宜，就去找二狗说理。说着说着两人打了起来，二狗把李德全打伤了。这事交给村里处理，村主任李茂山得了二狗的好处，事情没断公正。李德全一气之下，就把小儿子的

名字给改了，就改叫李茂山，和村主任同名！

林老师这才恍然大悟，问："那村主任能愿意啊？"

亲戚说："哪能啊，可法律上也没说重名犯法啊。这李德全没事就出来吆喝，故意把村主任当儿子唤，其实他儿子哪儿也没去，好好在家里呆着呢。"林老师点点头，说："这也难怪，谁让村主任办事不公呢。"

亲戚把林老师拉到一边，低声道："这事村主任也请人上门做过工作，李德全没搭理。村主任的意思，想请你帮着说和说和，你是城里来的教授，你的话李德全兴许能听，他最服有学问的人。"

原来如此，刚吃了人家的饭，林老师不好意思拒绝，只得答应了。

第二天中午，林老师找到了李德全，他正在地头上休息，一边休息一边嘴里还在嚷嚷："李茂山，你个小杂种跑哪去了？"

林老师走上前去，递了一根烟，两人就聊开了。林老师问："老乡，怎么就你一个人忙啊，儿女没过来帮你？"李德全说："大儿子媳妇快生了，忙着呢，小儿子在上学哩。"

林老师问："小儿子上啥学？"

"上高中了。"

林老师想了想，便说自己在大学教书，孩子要高考时，欢迎他来参观校园，还问孩子叫啥名字。李德全听了眼睛一亮，笑道："哎呀，那敢情好，俺儿子叫李茂山。"

林老师"哦"了一声，假装漫不经心地问："孩子属啥的？"

"属牛，咋哩？"

林老师故作深沉地叹一口气，说："老乡啊，起名字可是一门学问呢。属牛的人，讲究名字里有草有水，这叫福牛。你小儿子的名字，有草有山，这只适合属虎的人，属牛的起这名，是旱牛，吃苦干活的命，不好！"

李德全听后挠挠头，想了想，说："没错，是这个理！"林老师笑了笑，又递了一根烟过去……

几天后，林老师回到了城里。这天，亲戚来电话闲聊，林老师便问他李德全给小儿子改名了没有。一提这话头，亲戚气不打一处来，说："改了，可还不如不改呢！"

林老师忙问为啥，亲戚答道："你走后，李德全就把小儿子的名字改了，改成李荣江，这下好了，村主任也不挨骂了。可前几天，李德全的大儿媳妇生了个小子，李德全不知在哪听说了个狗屁理论，说属虎的，名字里要有草有山。今年是虎年，正好李茂山这名字有草有山，于是他就把这名字安在孙子身上了。这下可好，村主任莫名其妙地又降了一个辈分，他正气得鼻孔冒烟哩！"

（题图：刘斌昆）

· 新传说 ·

民风淳朴的小镇因何连发蹊跷窃案？答案出乎所有人意料之外……

平安路

□佘远香

这天中午，镇派出所的王所长接到报案电话，河东村一个叫彩云的女人说，她刚从地里干完活回家，就发现家里来过小偷，把一只玉镯子偷走了。王所长知道这些庄稼人生活不容易，丢了东西哪有不心疼的？于是骑上车就往河东村赶去。

王所长一边赶路一边想，这一带治安一向很好，怎么会无端出了小偷？而且这小偷也太大胆了，竟敢光天化日之下行窃，正想着，河东村便到了。王所长进了村，到报案的彩云家一看，不由暗暗奇怪：这彩云的家境实在一般，一幢红砖房已盖了多

年，门窗都显得陈旧，村里富裕的人家也不少，怎么独独就她家被小偷盯上了呢？接着，王所长勘察了现场，只见大门有撬坏的痕迹，屋内一片狼藉，杂物扔了一地。

这时彩云走了过来，指着一只抽屉的夹层，说："那只玉镯就藏在这里，没想到也被小偷找着了。"她沮丧地说："这只镯子是我娘的遗物，我一直都很珍重……唉，这小偷太可恶了！"

王所长心想，镯子藏得这么隐蔽都被找到了，说明小偷在此停留的时间不算短，作案时有恃无恐，到底是

什么人作的案呢？

这时，彩云在一旁突然说道："王所长，我肯定，这个小偷就出在我们村！我的邻居秀枝就有最大的嫌疑。"

王所长一愣，忙问："你有什么证据吗？"

彩云恨恨地说："这事还得从去年说起。那天，她家的猫溜到我家，打翻了我一口好坛子，我一气之下就敲了那猫一棒子，没想到猫不久后就死了。秀枝当时就撂了狠话，说那猫比她的家人还亲，她不会善罢甘休的。我想，一定是她偷了我的镯子去抵她

那只死猫了。她今天没有下地，一直在家，有作案的机会，我提议，立即去她家里搜查。"

王所长听罢，皱了皱眉，道："光凭怀疑是不行的，凡事都要讲证据。"他顿了顿，又道："不过，倒是可以去她家了解一下情况，你们两家屋子挨得近，也许她能提供些有用的线索。"

说完，王所长出门向秀枝家走去。秀枝家与彩云家隔着一块七八丈远的空地，在村里就数这两家离得最近。王所长走进秀枝家，秀枝显然早已听到了风声，摆出了一副"兵来将挡、水来土掩"的架势。

王所长问秀枝："你今天一直在家吧？"秀枝答道："在家，没出过门。""那你看到附近有可疑的人吗？"

秀枝一笑："没出过门，自然就看不到什么人。"正说着，她突然一眼看到彩云站在自家门口，探头朝屋里张望，顿时气不打一处来，冲着门口的彩云喝道："你那眼珠子往哪里瞧？要是怀疑，就进来搜好了。"

这句话正中彩云下怀，她说了句"这可是你自己说的"，就走进屋来翻箱倒柜，可是折腾了好半天，也不见镯子的影子。这时，秀枝冷冷地说："这下看明白了吧？以后可别乱冤枉好人。"彩云却不屑地道："我看你早把东西藏

到别处去了，要不哪会叫我来搜？"

"你……"秀枝气得说不出话来，眼看两人又要掐起来，王所长走上前劝道："唉，都说远亲不如近邻，你们怎么闹得跟仇人一样？好了，都别吵了，我再到村里去了解一下情况，等案子破了，自然水落石出。"

接下来王所长陆续走访了几户村民，他们都说秀枝虽然有点小心眼，但人很诚实，这样小偷小摸的事还真做不出来。最后有个村民无意中说道，今天上午村里来了一个磨刀的陌生男人，眉角有道刀疤。王所长听了精神一振，记下了这条线索。

回到所里，王所长就打印了几份防盗告示，让人贴到各村去，还增派了两个民警到各村去巡逻。然而小偷狡猾，防不胜防，接下来一段时间，附近又有几户人家陆续失窃。

王所长走访后，从这些案件中总结了一些奇怪的现象：这个小偷胆子不小，不在夜里行窃，却喜欢乔装改扮成磨刀的或收山货的，光天化日大摇大摆地混进村里，很有点有恃无恐的架势；外来盗窃一般都会找村里惹眼的富户下手，可这个小偷"光顾"的失主大多和彩云一样，家境都不富有。更奇怪的是，这些失主遭窃后，反应也都和彩云差不多，总是口口声声先怀疑自己的邻居。有好几次，王所长已经向失主说明了是外地流窜来的惯偷作案，但失主还是坚持自己的观点，有的当场就和邻居争吵起来，还险些动手。

调查下来，王所长感到十分头大。看来，这个小偷还真有些古怪，其中的缘由，恐怕只有等小偷落网才能搞明白了。

半个月后的一天，派出所接到镇上一家首饰店老板打来的电话，说有个男人想在店里卖一只玉镯，形色慌张，十分可疑。王所长赶过去一看，那男人的外貌和村民描述的一模一样，于是一举将他拿下，接着又从他的住处找出好些来不及转手的赃物。

回到派出所，王所长一边通知村民来认领失物，一边和民警小朱审讯起了疑犯。这个疑犯果然是个惯偷，扬子江上的麻雀，风浪也见过不少了，于是没怎么对抗，就把偷了哪几个村子哪些人家，都一一作了交代。原来，这段时间镇里的多起案件真是这小偷一人所为。

最后王所长想起了连日来心头的疑惑，就问小偷："你既然行窃，为什么不选有钱的人家，是不是有什么阴谋？"

小偷听了这话，竟毫不脸红地嘻嘻一笑："哪有什么阴谋啊？这是我做事的原则，不偷最有钱的，只偷最安全的。"

只偷最安全的？王所长搞不懂了，小偷就解释说，他们作案，最怕被户主的邻居发现，所以偷那些邻里关系不好的人家最安全了。因为这些人就算注意到邻居家有异常情况，也不会出门察看，有的就算看到了，也会睁只眼闭只眼。

王所长细细一想，可不是？自己进村调查时，就有失窃村民的邻居吞吞吐吐地不肯多说，没想到这个小偷竟如此奸猾。

这时，旁边的民警小朱疑惑地问小偷："你是外地人，又不是村里人，怎么知道人家邻里不和？"

小偷听了这话，竟好像有些得意，他晃着脑袋道："这个嘛，是我们这行必备的素质，这里面讲究可就多啦，有个口诀叫：一看墙，二看路。我白天进村，就是为了能看清这些。邻里关系好的人家，隔开两家院子的墙头修得低，人站在院子里，能看见墙那边的邻居，互相说话、递东西都方便；要是隔墙修得又高又厚，那多半邻里关系就不怎么样啦。这就是'一看墙'，要是独栋房子呢，那就要看路了。"

原来，这一带的农村，许多村子只有一条主马路进出，有些人家的屋子不在马路边，村民相互走动，就要从田埂上或菜畦中穿过去，走的次数多了，地上便会踩出一条土路来。那些邻里关系好的，连接两家之间的土路又平坦又清晰；而那些邻里关系紧张的，那条路就会杂草丛生、模糊不清，或者根本就没有路。

最后，小偷说，他就是以这些情况作为判断，到现在为止，还从未走过眼……

王所长和小朱听到这里恍然大悟，扭头一看，不知何时，门口已站着好几个人，原来都是领了失物来旁听的村民，彩云也红着脸站在其中。大家显然都听到了小偷的话，一个个张口结舌。王所长走过去，对他们说道："刚才都听清了吧，还愣着干什么？赶紧回去把通往邻居家的路都好好修一修吧。"

（题图、插图：张恩卫）

换房游

□ 艾儿

十一长假到了，钟兴成和妻子胡苹准备去旅游。他们要参加的是这两年很时兴的"换房旅游"。所谓换房旅游，就是身在两地的朋友分别住到对方家里去，享受假日生活。不过，这次换房游是胡苹通过换房网站找到的信息，他们和换房的网友是完全陌生的。

出发前，胡苹把两人的行李收拾好，整整齐齐地叠放在旅行箱里。钟兴成冷冷地看着妻子收拾东西，心里掠过了一丝鄙夷：这女人还想通过这次旅行来挽回感情呢，太晚了。

这次旅行是胡苹提议的，原因很简单，两人最近出现了感情危机，闹起了离婚，胡苹就说："出去散散心吧，也许换个环境，心情就不同了。"钟兴成勉强答应了。这几年，钟兴成的事业一帆风顺，接触的东西多了，眼界开阔了，总盼着生活中多一点新鲜，他觉得，胡苹精心经营的家就像一张网，缠住了自己。

收拾好行李，胡苹又开始打扫房间，钟兴成终于忍无可忍了："都要出门了，还收拾得那么干净干吗？这些天别人来住，回来后还不得重新打扫？"胡苹说："别人来咱家住，就是客人。打扫干净了，人家住着舒服，也是对客人的尊重。"钟兴成咕哝了一句："除了打扫，你还会什么？"胡苹白了他一眼，自顾自干活。

胡苹打扫完，又找来几张纸条，

写上字，贴在家具上。钟兴成仔细一看，写的都是些注意事项，比如："遥控器有个按键坏了"、"抽油烟机抽不干净请开最大挡"……钟兴成不由冷笑：别人来旅游，只不过借个地方睡觉，谁还真把你这里当家呀？

终于出发了，一路上，胡苹好奇地问这问那，钟兴成却自顾自地看书，几乎不理睬她。到了目的地，夫妻俩打开房门一看，对方的房子和自己家差不多大，都是两居室，房子看起来也收拾过，不过还是显得凌乱。茶几上有一道道灰尘没擦干净，房间也只有一间能用，另一间堆满了杂物。胡苹看着房间直皱眉，钟兴成却被墙上挂着的一幅婚纱照吸引了，看来房主是一对小夫妻，妻子长得很漂亮，有一张充满青春活力的脸。

旅行就是从自己住腻了的地方到别人住腻了的地方去，钟兴成这次算是深刻体会到了这句话，换房游没让他感到一丝欢乐。虽然两人说好不吵架，但第一天晚上他们就吵了一架，因为胡苹非得把房间收拾好才睡。临走的时候，胡苹又坚持将房子收拾干净再走，还说："我不想让人家怀疑我们一家的素质。"钟兴成已经气得说不出话来。

回到家，胡苹一放下包就收拾开了，钟兴成往沙发上一躺就不想动弹了。突然，他觉得有什么东西硌着自己，拿出来一看，竟然是一部手机。轻轻一摁，手机是开着的，屏幕上出现一个时尚靓丽的女郎——正是换房游那家的女主人。这时，胡苹从卧室出来说："我看那两口子有点马大哈，你看看他们有没有落下什么东西，捡到了就还给人家。"钟兴成却下意识地把手机藏在了身后。

钟兴成藏起了那部手机，却不知道该怎么办。他常常拿出手机来看看，手机里有不少相片，都以女郎为主角，她摆出各种姿势，或俏皮，或端庄，或性感……看着看着，钟兴成心里突然多了份莫名的期待。

过了两天，钟兴成决定把手机还给人家，他刚要拨号的时候，手机响了，正是那女郎打来的。钟兴成有些不好意思："我正要打电话把手机还给你呢，你就打来了。"女郎格格地笑了，笑声清脆悦耳，她说："这么巧呀，看来咱们是心有灵犀了。"女郎自我介绍说，她叫黄佳颜，喜欢旅游，喜欢交朋友，两个人聊得很投机。最后钟兴成说要把手机快递给她，黄佳颜想了想说："不用那么麻烦了，我已经买了新手机。我打这个电话，只是看看谁拾到了我的手机，也许能交个朋友。认识你是一种缘分，你把那些相片传给我就行了。"钟兴成借机要了她的QQ号码。

从此，钟兴成就常和黄佳颜QQ聊天，胡苹睡着的时候，钟兴成还关起门来和黄佳颜视频。渐渐地，两个人都有了些异样的感觉。一天，钟兴成向黄佳颜倾诉心中的苦闷，黄佳颜突然哭了："其实我和老公感情也不好，他不喜欢我的生活方式，我们常吵。说出来你别笑，我喜欢你这样的，成熟又不失浪漫——"

钟兴成僵住了。

从此，两人的感情迅速升温。钟兴成对胡苹谎称出差，其实是和黄佳颜幽会。和黄佳颜在一起的一星期，就像坐过山车一般刺激，钟兴成感慨：这才是自己想要的生活，和胡苹在一起的这些年简直是白活了！

回到家，钟兴成把买的礼物交给胡苹，却不敢正视她的眼睛。不料胡苹没有接他的东西，只是平静地说："黄佳颜的老公赵磊来过了，来找他的老婆。"钟兴成惊得差点跳起来，半天才说道："咱们离婚吧。"

很快，钟兴成和胡苹离婚了，出于愧疚，他把房子留给了胡苹。不久，黄佳颜也离了婚。钟兴成很高兴，张罗着结婚，黄佳颜却说："我对婚姻有点恐惧了，现在流行试婚，咱们也先试婚吧。"钟兴成觉得这样也挺刺激，就这样，两人住到了一起。

找了个比自己小好几岁的漂亮女人，钟兴成出门的时候觉得倍儿有面子。一有假期，两个人就结伴旅游，哪怕周末，黄佳颜也要在家里搞聚会。刚开始，钟兴成非常享受这种生活，

可是渐渐地，他有些吃不消了，一是他的工作很忙，二是年龄——他比黄佳颜整整大了八岁。

更要命的是，钟兴成觉得自己的生活乱了。他常常找不到领带和袜子，租来的房子里到处扔着衣服，但没几件是干净的。有一次，钟兴成主持一个会议，发现前排的人看自己的目光有点奇怪，后来才发现，自己的衣服上面竟然有一片油渍。

钟兴成想了很久，准备买个房

子，他想有个像样的家。

黄佳颜一听买房子就拍手欢呼。按钟兴成的想法，量力而行，买个两居室就够了，但黄佳颜坚持要买个大的，最好是复式带大阳台的那种，可以在家里烧烤。

拗不过黄佳颜，钟兴成最后挪用了一笔公款，买了套大房子。房子虽然有了，钟兴成却还是找不到家的感觉，家里仍然乱糟糟的。他有时都不想回家，自己一个人在单位宿舍住，但半夜里黄佳颜却喝得醉醺醺的来"查房"了，还大吵大嚷地说："你这人很会勾引别人的老婆，我对你不放心。"搞得钟兴成很没面子。从此，两人的争吵成了家常便饭。

有一天钟兴成去上班，发现办公室里有两个人在等他，原来是挪用公款的事东窗事发了。钟兴成配合纪委调查了一天，不管最后的处理结果如何，他的仕途是彻底毁了。

下班后，钟兴成走到家门口，却听到里面传来震耳欲聋的音乐声，原来黄佳颜正在开派对。钟兴成转身就走，在街上买了瓶酒边走边喝，天色已晚，他不知道该去哪里。最后，半醉的他鬼使神差地来到一处房门前——这正是他以前的家。钟兴成犹豫了好一阵，终于摁响了门铃。

门开了，厨房里传来熟悉的饭菜香味，那一瞬间，钟兴成觉得自己的鼻子发酸。"来了来了"，一个人出现

在门口，钟兴成瞪大了眼睛，这个人，竟然是黄佳颜的前夫赵磊！

看见钟兴成，赵磊也愣了一下，他冷冷地问："你来干什么？"钟兴成觉得自己的声音发虚："我、我回来看看——"

赵磊压低声音说："两年前，我知道黄佳颜出轨后，非常愤怒，我怀里揣着一把刀来找你。你不在家，知道我的来意后，胡苹平静地接待了我，就像我是一个远道而来的客人。她给我做吃的，和我聊天，后来我哭了，她也哭了。我是来找你拼命的，可见到她以后，就再也没了这样的念头。其实从上次换房旅游开始，我就关注她了，因为一进这个门，我就感到，这才是我想要的家，我一直都想找一个这样的女人，一个能够把家照顾好、让我放心去做事的女人。这里现在是我的家了，我和胡苹已经结婚了，这两年我的事业蒸蒸日上，我和她的感情也很好。你和黄佳颜的事我也知道，我不介意你们在一起，希望你也不要来打扰我们，你走吧。"

转身离开的时候，钟兴成听见一个熟悉的声音问："来客人了吗？是谁呀？"赵磊回答："没有，只是一个走错门的人。"那一刹那，钟兴成百感交集：也许自己真的走错门了？但婚姻不像换房旅游，走进别人的家门，还可以回来……

（题图、插图：谭海彦）

· 新传说 ·

只要心存善念，再偏远的地方，也会成为美好的乐土……

良心买卖

□ 史雪辉

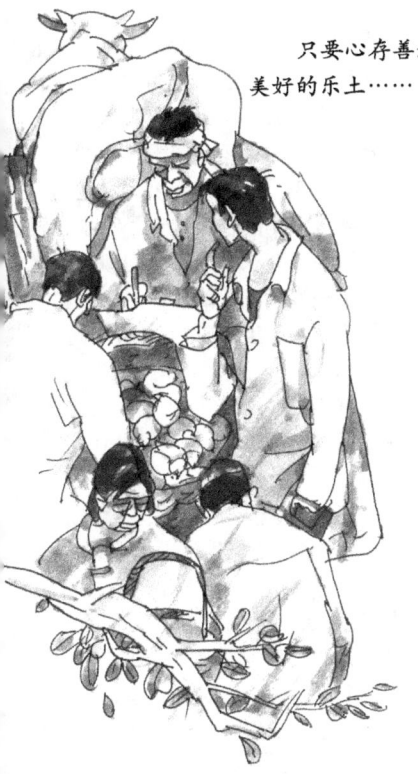

这年头工作不好找，张合理中学毕业后就没再念书，他找了一份挺特别的工作——放鸡。

现在的人特别讲究食品质量，同样是鸡蛋，有的摆在地摊上论斤称，有的却贴上标签、在大超市里按个儿卖，两者价钱能差上好几倍，张合理放养的鸡下的鸡蛋就是后一种。他工作的地方叫鸡围山，这是一片还未开发的山区，山明水秀，景色怡

人，方圆几百里，大大小小几十个村子，家家都靠养鸡为生，养的都是老母鸡。母鸡就在山上觅食，吃的是野生的小虫子小蚂蚱，下的是地道的山鸡蛋，纯天然、无公害，卖到城里能赚不少钱。可以说，没有勤劳的母鸡就没有鸡围山。

说白了，张合理就是个"鸡倌"，人家放牛放羊，他放的是鸡，每天早晨起来把鸡群赶上山，等母鸡吃饱喝足再赶着下山。这活虽然挺枯燥，但每月给的工资也算可以，月底发工钱时还送10斤山鸡蛋。

这天，一个老汉赶着牛车来到张合理打工的村子，一进村头，就扯着破锣嗓子喊道："乡亲们，都出来看看，卖小鸡崽喽！"

老汉坐在车前喊着，车上的几百只小鸡崽叽叽喳喳叫个不停，就像一

个合唱团。鸡围山每家虽然都有几只公鸡，但大多是用来宰肉招待客人的，村民都是直接买进小鸡崽，而不是自家孵鸡。

老汉这么一喊，不一会儿，村里人都出来了，张合理也跟着过来看热闹。只见老汉把牛车停在路边，把车上的小鸡崽都放在地上，让村民挑拣。那些小鸡崽都精神着呢，又叫又跑，也不知道累。有的村民要10只，有的要20只，老汉就从怀里掏出一个小本子、一支圆珠笔，一一记录下来。也就一个多小时，老汉的鸡

崽卖完了，他小心翼翼地把本子塞到怀里，给老牛喂了点青草，扬起鞭子抽了老牛屁股一下，吆喝着："驾，得驾！"驾着牛车就走了。

这一下，张合理看傻了：这老汉卖完鸡崽，咋没收钱就走了？张合理正奇怪呢，突然看见自己的雇主钱老爹提了一笼子刚买的小鸡崽，慢悠悠地往家赶，便追上前去，好奇地问道："老爹，那个老头是活雷锋吧？怎么卖鸡崽不收钱呢？"钱老爹笑了笑，说："谁说不要钱？几个月后他会来收钱的。"

张合理一头雾水："几个月后再来？为什么不现在收钱呢？"

钱老爹放下笼子，指了指笼里的小鸡崽，说"现在？现在你能看出鸡崽的公母吗？不能吧？神仙也不能，但几个月后，鸡崽长大一些，就能看出公母了。我们鸡围山只要母鸡不要肉鸡，所以，这些小鸡崽里有几只是母鸡，我就付几只的钱。"

张合理听着新鲜："那剩下的呢？"

"死了的就算了，要是剩下小公鸡，老头再买回去，或者用两只小鸡崽换一只小公鸡。"

张合理听愣了："那老头不是赔大了？"

钱老爹摇了摇头，说"他怎么会赔呢？我们帮他把公鸡养大，他弄回家再养一段时间就能卖了。当然，我

们做的也是良心买卖，比如我买了20只小鸡崽，如果10只是母鸡，都养活了，我却说只养活了9只，还有1只死了，老汉也不追究，但我们全村没一个这样做的。鸡围山又远又偏，人家来一趟不容易，咱不能昧了良心。"

几个月后，老汉果然赶着牛车来了，又载着满满一车小鸡崽。他把车停在路边，从怀里掏出小本子，按着上次记的去收账。

钱老爹上次收了20只小鸡崽，死了2只，长成11只小母鸡，7只小公鸡。老汉就按11只算钱，然后又给了钱老爹14只小鸡崽，把那7只小公鸡收走了。其他人也是如此，没有哪家少报母鸡的数量。

老汉卖完了车上的小鸡崽，高高兴兴地走了。张合理看得心服口服。

几天后，钱老爹要去走亲戚，出门前他嘱咐张合理："我联系了邻村的木匠，让他来咱家打三个鸡窝，我出门的这几天，你帮我看着点。"

钱老爹一走，木匠后脚就来了，拿起工具一通忙活，一天下来，两个鸡窝做好了，可是，家里剩下的木料不够了，不能再做第三个鸡窝。张合理在院子里溜达了几个来回，看到门口不远处有棵枯死的老榆树，那榆树非常粗壮，砍下来能做不少家具。他见那树离钱老爹家最近，知道这是钱家的树，就拿了斧子，费了九牛二虎之力，把榆树砍

了。张合理累得满头大汗，对木匠说："这下木料够了，你索性再打几个鸡窝吧，省得以后鸡崽多了还得费事。"

几天后，钱老爹回来，一见屋旁的榆树被砍了，着急了，就问张合理："你咋把树砍了？"张合理本以为自己这事办得挺漂亮，现在很委屈：这榆树反正已经枯死好多年了，也没啥用处，夏天乘凉都不行，砍了多做几个鸡窝不是正好？

张合理嘟囔着说："多做几个鸡

窝，就能养更多鸡崽，赚的钱不就更多吗？"没想到钱老爹黑着脸说："钱钱钱，不能光顾着钱，忘了本啊！"

忘本？忘什么本？张合理不明白，可他见钱老爹腮帮子一鼓一鼓的，真的生了气，只好不再言语了。

第二天，钱老爹忙活了一天，做了一块大木牌，然后找来张合理："合理啊，听说你念过几年书，会写不少字吧？"张合理不好意思了，咧着嘴说："看您说的，我好歹也是中学毕业啊。"

钱老爹点点头，说："那好，我做了个木牌子，你在上面写几个字。"

张合理见钱老爹已经准备好了毛笔和墨水，就问："写什么字？"钱老爹想了想，说："就写'原大榆树'吧。"

张合理皱了皱眉头，这是什么意思？钱老爹叹道："你不是把大榆树砍了吗？我怕那个卖鸡崽的老头找不到咱家。他卖鸡崽时，本子上记我家的地址，写的就是'大榆树旁第一家'。要是没了这棵树，他怎么找到我家收账？我们鸡围山大大小小有几十个村子呢，他哪里记得过来哟？"

张合理张着大嘴，惊讶地问："你昨天发那么大的火，就是怕卖鸡崽的老头找不到我们？"

钱老爹点点头："是啊，咱们村子又偏又远，鸟都不愿意来拉屎，要是没人家送鸡崽，咱能卖山鸡蛋赚钱？没人家送鸡崽，就没咱鸡围山，咱不能忘本啊！"

钱老爹告诉张合理，因为买鸡崽的人太多，几十个村子又没什么门牌号码，卖鸡崽的老汉往往就在本子上这样记着：老刘头，村头第三家，15只。赵大姐，村南边第二家，10只。三胖子，小河湾边的红瓦房，20只……张合理这才明白过来。

很快，木牌做好了，张合理主动把木牌插到了老榆树原来生长的地方。后来，钱老爹告诉张合理，其实，卖鸡崽的老汉靠嘴问路，也能找到自己家，只是自己不希望老汉费时费事，因为他来一次路途遥远，自己想让老汉卖完鸡崽早点回去，好吃上一口老伴做的热乎饭……

(题图、插图：谭海彦)

□ 雁 翎

恩比天高

路小飞二十好几了，却整天不务正业，游手好闲。这天一大早，他去邻村一个叫刁子的人家里打牌，一直打到天黑才散，然后趁着模糊的星光，深一脚浅一脚地往家里走去。

走到一处山崖边，路小飞突然听到前面传来一声巨响，只见一辆摩托车撞上路旁的石头，侧翻在地，车上的人也被弹飞起来，骨碌碌地向山崖下滚去。路小飞吃了一惊，赶忙扑过去一看，在黯淡的星光下，隐约看见那人被一棵树挡住了。路小飞知道，岩缝中的树都很细小，哪能承受住一个人的重量？这人迟早还会掉下去的，到时说不定连命都保不住了。路小飞见旁边有根拇指粗的山藤，就把藤条在石棱上磨断，想把那人拉上来。

可就在这时，路小飞无意中发现那辆摩托车有点眼熟，一看车牌号才知道，这辆车是同村李志清的。路小飞立刻把手里的藤条扔到了一边，对这个李志清，他早就恨之入骨啦！每次他输了钱回家跟他妈路大婶吵架，这个李志清都要仗着年长一辈，走过来狠狠地训斥他一顿。于是路小飞放弃了救人的想法，悄悄溜走了。

他刚走了几步，又停下了脚步，倒不是他良心发现，而是突然想起，李志清承包了一大片林场，是村里最富有的人，听说身家有上千万了。路小飞心想，常言说"滴水之恩，涌泉相报"，如果自己救了李志清一命，说不定他为了报答，随手就给自己十几二十万的……于是路小飞赶快回到山崖边，冲着下面喊"下面的人是李叔

叔吗？你现在怎样了？"

山下很快传来李志清的声音："是我，你是小飞吧？我现在暂时没事，等下我就……"

路小飞忙接口道："我知道你等下就会掉下去了，别急，我这就来救你。"说完，路小飞拿过那根藤条，一头拴在旁边的大树上，另一头抛下去，对李志清喊道："李叔叔，你抓紧

了，我拉你上来。"

路小飞使出浑身的力气，终于一点点地把李志清拉上崖来。李志清上来后，拉着路小飞的手说："小飞，我平时对你那么严厉，没想到关键时刻你却肯出手相救，我真要好好谢谢你！"路小飞听了，不禁心花怒放。

果然，第二天李志清就提着一只黑色塑料袋来到了路小飞家。李志清进门后对路大婶说："嫂子，昨天我从林场回来，出了车祸掉下崖去了，多亏小飞把我救上来，所以今天特地带了点礼物来感谢你们。"

路大婶听了忙摆手道："小飞救你那是应该的，怎么能收你的礼呢？"

路小飞听到动静，忙走过来接了袋子，说"妈，李叔叔诚心登门致谢，我们怎么好拒绝呢？"他把袋子拿在手里，感觉有点分量，不由心头暗喜：这袋里装的是什么呢？是一捆捆的钞票，还是什么贵重物品？

等李志清走后，路小飞迫不及待地打开袋子，一看，不由大失所望，原来袋子里面装着的竟是几只螃蟹。路大婶却挺高兴，她说："哟，这么大的螃蟹我还从没见过呢，小飞，你说这些螃蟹清蒸还是红烧？"

路小飞见他妈一脸满足的样子，只觉得气不打一处来，哼了一声进屋去了。

第二天，路小飞又想去打牌，可

一摸口袋，只剩下几个钢镚儿了。他这才想起，前天已经把身上的钱全输光了。

路小飞在家憋了几天，突然有人找上门来，原来是牌友刁子。刁子问他，这几天怎么不见人影，路小飞叹了口气，说自己身上没钱了。刁子望着路小飞笑道："我听说你救了一个有钱人的命，怎么，这天大的恩情他就一点没报答你？"

这话真是说到了路小飞的心坎上，他恨恨地道："别提了，那李志清是个铁公鸡，一毛不拔。"

刁子看着路小飞的神色，凑上来小声道："他不主动给，你可以自己去拿呀。他不是开林场的吗？听说现在木材价格上涨，我们索性就去偷他几棵树卖。"

路小飞起先还有些犹豫，可一想到李志清忘恩负义，也就下了决心。两人商量已定，半夜三更时分，路小飞悄悄溜出了家门，刁子早已在外面等着了。两人摸黑来到林场，选中了几棵价格昂贵的枫树，正要动手，突然前方一道强光射了过来，一个声音大喝道："什么人，竟敢来偷我的树？"

路小飞吓了一跳，来

人正是李志清，想不到这么晚了他还在山上转悠。这时李志清也看到了他们，吃惊地问："小飞，怎么是你，你怎么能干这种事？"他又扫了一眼刁子，厉声道："我劝你们赶紧离开，否则我就报警了。"

刁子听了这话，恶狠狠地道："我们既然来了，就没有空手回去的道理。"说着从怀里掏出一把明晃晃的尖刀来。

路小飞吃了一惊，他知道刁子这人心狠手辣，什么事都干得出来，忙对李志清说："李叔叔，你就散点财算了，保命要紧。"

李志清听了怒道："这是什么

话？我的林场都是计划培植的，能乱砍滥伐吗？"说完拿出手机就准备报警。

刁子见状，突然举起手里的尖刀，向李志清刺去，刀子刺中了李志清的大腿，顿时血流如注，李志清倒在了地上。刁子正准备继续砍树，突然听到山下响起了脚步声，他做贼心虚，赶忙逃走了。路小飞却被刚才的一幕惊呆了，站在那里一动不动。

李志清望着他骂道："你的良心都让狗吃了吗？我把你当亲侄子一样看待，你竟然纠合歹徒来害我。"

路小飞这才回过神来，他振振有词地说："这都怪你自己太小气了，你难道不知道救命之恩，恩比天高？你的命都是我救的，我偷你几棵树算什么？"

李志清听了路小飞的话，吃惊地说："原来你是这样想的，看来我不说实话不行了。"他顿了顿说，"其实我那天掉下山崖，并没有生命危险，因为挡住我的那棵树，离地面只两三米高，我跳下去根本不会有事，只是天黑你看不清而已。"

路小飞听了，感到不可思议，他疑惑地问："那、那你为什么还要让我救你？"

路小飞话音刚落，只听到背后有个声音道："我知道是怎么回事！"

路小飞回头一看，原来是他妈路大婶！她怎么来了？路大婶摇头叹道："你和别人嘀嘀咕咕，我听到了几句，半夜看见你没在床上，估摸着准是上山偷树来了。"说着她看到了倒在地上的李志清，突然扬手狠狠地打了路小飞两记耳光，骂道："你这个混账东西，还愣着干什么？快把你李叔叔送到医院去。"

路小飞这才回过神来，忙背着李志清向山下走去。到了医院，李志清进了病房，路大婶才松了口气，她对路小飞说："你不是奇怪，李叔叔明明没危险，为什么还让你救他吗？妈知道，其实他是想借这事除去我的心病啊！"

路大婶告诉儿子，原来他两岁多时有一次在村口玩，一条毒蛇爬来，刚巧李志清经过，就赶走了那条蛇，路小飞毫发无损，李志清却被蛇咬伤了，昏迷了两天才醒来。从那以后，路大婶就有了块心病，乡下人都讲究知恩图报，可自己孤儿寡母的，能拿什么来报答人家呢？说到这里，路大婶有点哽咽了："我想，你李叔叔故意让你救他，就是想借这件事抵消当年他对你的救命之恩，好让我放下包袱，安心过日子……"

路小飞听后惊呆了，原来李叔叔对自己，那才是真正的恩比天高啊……

（题图、插图：张恩卫）

（本栏目欢迎来稿。来稿可从邮局寄发，也可从网上传递。如为电子邮件，请发以下信箱：lujia411@yahoo.com.cn。）

编读聊天室：众手浇开故事花

山东读者周华斌： 我是从1998年开始看《故事会》的，历年的《故事会》我都珍藏着，搬家也舍不得扔掉。我想，如果能集齐所有500期《故事会》杂志，那一定很酷，有什么办法能做到吗？

红版编辑部： 谢谢您多年来的厚爱。最近我们正在筹划出版一套规模前所未有的《故事会》"合订本"，内容将包括从第1期到第500期所有的《故事会》，其中70年代末的几期杂志现在已经很难找到了哦，喜爱收藏的同学有福了。

浙江作者温宇轩： 我注意到11月（上）这期《故事会》发表了两个有关相亲的故事：《结婚有奇谋》、《女博士相亲记》。一篇讲的是在相亲中用计谋，另一篇则是相亲引出了真爱。两个故事都很有趣，我特别喜欢。希望以后能多发表这类关注社会热点、题材时尚的作品。

红版编辑部： 谢谢您的喜爱。您提到的两个故事都是"新传说"栏目的，栏目名里的一个"新"字已点出了编辑部的努力方向——让我们的故事"与时俱进"，多接些生活的"地气"。除了"新传说"这一主打栏目，"职场故事"、"故事中国网文精粹"、"情感故事"等栏目也常会刊发一些时尚题材的作品。还有，别忘了我们的老朋友阿P，阿P也在与时俱进，他会开车、会网购，有一期故事里，他还去过高档会所呢……

新浪第二届微小说推荐作品选登

主题：穿 越

由新浪微博主办的第二届微小说大赛已经结束，作为合作媒体，《故事会》同时征稿并遴选佳作推荐进入复评。大赛详情请见故事中国网（www.storychina.cn）。

@浅如白溪 "轿车行驶中路面突然开裂，李姓年轻驾驶员当场死亡……""不！"李老板瞪着电视喊道，他没想到自己转包偷工的公路居然断送了自家香火！李老板倾尽家产回到过去救儿子，可回去后事故却已经发生。"时间穿越少了！"他愤怒地大吼。空中一个声音回应道："我也是转包的！"

@夏正正 "麻烦，借过一下。"图书馆狭窄的走道上，他对她说。在这次初遇之后不久他们相恋了。她想再也不会有比他更好的男孩了，然而她却为自己肥胖的身材自卑。一次意外穿越，她开始拼命地减肥。在命中注定的那天她早早守在了图书馆，他却径直从消瘦的她身边走了过去，而没有说出那句"借过"。

@李探花的马甲 "咔！你是演皇帝，举手投足要有一股霸气，重来。""咔！顺治是情痴，你得演出他骨子里的柔情，重来！"一场宫廷戏，反反复复拍了一整天，他累得腰酸背痛，导演却仍不满意。收工卸妆时，他对着镜子感伤："朕为何连自己都演不像？"

改编自甲贺三郎的小说。甲贺三郎(1893－1942)，日本著名推理作家，擅长在作品中设置悬疑和谜团，代表作有《珍珠塔的秘密》、《琥珀烟斗》等。

消失的棋子

佐藤酷爱下棋，尤其是盛行日本的"将棋"，一下起来就特别投入。他有好几个棋友，其中交往最频繁的是铃木。佐藤和铃木从中学时代起就认识了，两人的关系挺微妙：佐藤身材肥胖，铃木则体型瘦削，虽然外表是两个类型，可在个性方面，两人都十分倔强好胜。不知从什么时候起，两人把对方当成了自己的竞争对手，一见面就要互相嘲讽两句。在下棋方面，这种竞争更是白热化，为了不输给对方，佐藤拼命地学习将棋的技艺，可是两人的水平不相上下，多年来一直互有输赢。

这天，佐藤的妻子带孩子出门了，佐藤难得清静地坐在书桌前，刚要开始工作，铃木就上门来了。两人寒暄了几句，和往常一样，开始下棋。

这盘棋的气氛充满诡异，原来，最近两人为了一件事闹得挺不愉快，下棋时双方都憋着一股劲。平时两人对战，总会一边下棋一边轻松地嘲讽对方，可这天，两人却一句话也不说，只是盯着棋盘，彼此身上都冒出一股杀气。

铃木下一手棋，佐藤也下一手棋，直到中盘为止，两人的布局都毫无失误，可是随着棋局的进展，佐藤的形势渐渐危险了，慌乱之中，他出了一个昏招。棋子刚一落下，佐藤就意识到自己要输了，他懊悔地抬起头，正好看到铃木脸上露出得意的冷笑，说道："哼，愚蠢的盘算落空了吧？"

佐藤心里蹿起一股邪火，反驳道："谁输谁赢还不一定呢！"

"算了吧。"铃木冷冷地说，"从中学时起你就不如我，这么多年，一直硬撑得很辛苦吧？"

这句话一下子点燃了佐藤的怒火，两人吵了起来，从陈年旧账说到最近的矛盾，越吵越凶。最后，佐藤再也忍受不住，猛地扑向铃木。等到回过神来，佐藤才发现，瘦弱的铃木被自己压在身下，咽喉被自己的右手牢牢掐住，已经一动不动了……

佐藤失魂落魄地站起身来，不知站了多久，才发现天色已经暗了。他一转头，看到倒在旁边的铃木的尸体，突然明白了自己的处境：快，必须趁妻子还没回家，找个地方把尸体藏起来。

幸好，佐藤家虽然不大，却是位于郊外的独栋房子，有个宽大的庭院。为了打扫庭院里树木的落叶，佐藤前几天刚好在院子角落里挖了一个大洞。这个洞已经填满了落叶，妻子一直叫佐藤填埋起来，免得孩子不小心掉进去。佐藤心想：现在自己把洞填了，应该不会引起妻子的怀疑。

于是他抱起冰冷的尸体，走进庭院，分开洞内的落叶，放入尸体，再从上面盖满落叶，最后一锹一锹地铲土覆盖在落叶上，终于顺利地将尸体埋妥。埋好后，他跑回屋内收拾好一切，这才呆坐着等妻子回来。不久，妻子回家了，佐藤说自己头痛，没吃晚饭就回卧室躺下休息了。妻子果然一点也没怀疑。

从这天晚上开始，佐藤失眠了。白天，他的目光总是不自觉地投向院子的那个角落，夜里更是噩梦连连。就这样过了两三天，铃木的家人曾经来询问过一次，佐藤假装一无所知。每天早上，他都仔细阅读报纸，却没发现有什么相关报道。

第四天中午，佐藤的另一位棋友来访，他没有发现佐藤不太对劲的样子，向他提出了挑战。这位朋友棋力比佐藤稍弱，竞争意识也不强，平常佐藤很喜欢和他下棋，现在却实在没有这份心情，但佐藤又担心：如果自己拒绝，会不会引起朋友的怀疑呢？于是，他只好若无其事地拿出棋盘，和朋友面对面坐下。

朋友迅速从棋盒里拿出棋子，在棋盘上摆放起来，佐藤也同样摆放着棋子。忽然，佐藤发现少了一颗名为"角和步"的棋子。

佐藤愣了一下，立刻脸色大变：角和步、角和步……那不是铃木当天拿在手上的棋子吗？想到此，佐藤不由摇摇晃晃地站起身来，嘴里喃喃念着："棋子少了、棋子少了……"他恍恍惚惚地走出客厅，刚走进卧室，就倒了下去。妻子担心地跟着佐藤进屋，那位朋友只好没趣地告辞了。

佐藤昏倒一会儿后醒了过来，他对妻子说，自己是劳累过度才这样的，总算骗过了妻子。

这天夜里，妻子睡着后，佐藤悄悄起床，走出了卧室。他想来想去，那颗消失的棋子一定是握在铃木的手掌中！自己平时非常珍爱这副棋子，连孩子都不让碰，如果棋子就这么无缘无故消失了，妻子肯定会怀疑的。佐

藤决心要拿回棋子。

冒着深夜的寒气，佐藤来到院子里，即使在黑暗里，他也清楚地记得那个洞穴的位置。他卷起袖管，插入了铁锹，"噗噗"的挖掘声，好像是从地底下传来的呻吟……佐藤鼓足勇气挖下去，突然，他看到了和服的一角衣摆，慌忙想转头，脖子却像僵住了似的无法动弹。佐藤深吸了一口气，丢下铁锹，用双手扒开落叶。

很快，他摸索到了死人的手，佐藤一阵恶心，情不自禁地缩回手，可他脑海里好像有个恶魔在低语："证据，这可是证据啊，不能把证据留在那种地方啊……"佐藤擦了擦满头的冷汗，咬紧牙关，扳开了死人的手指，可是，手里没有棋子……

佐藤用尽力气扳开第二只手，怎么回事？手掌中还是空空如也，他又找到第一只手，还是没有。佐藤只觉得脑海里一片空白，他慌忙用泥土覆盖住尸体，将一切恢复原状，脚步跟跄地回到卧室。这一夜，似乎费尽了他一生的精力。

佐藤醒来时已是第二天中午了，他觉得全身像棉花般松软无力，还有点发烧，但一想到棋子的事，他还是勉强爬了起来。起床后他立刻来到客厅，拿出那副将棋，再次在棋盘上摆起了棋子。不可思议的是，棋子竟然齐全！这究竟是怎么回事？

现在，佐藤最担心的就是昨天来

· 世界之窗 精品共赏 ·

佐藤觉得浑身冰冷，过了好久，他好像听到朋友在叫自己"喂、喂"。他回过神来，立刻低头在膝前、棋盘下，前后左右地搜寻，但是，到处都找过了，哪里都找不到那颗棋子。佐藤崩溃了，他趴倒在棋盘上，神经质地大笑起来，笑了好久才停下来，接着，他一口气对朋友坦白了自己的罪行。

听完佐藤的话，朋友的脸色变得苍白，他结结巴巴地说"对、对不起，请你原谅，我没想到你会有这样可怕的秘密。老实说，昨天你摇摇晃晃地站起来时，我就看到棋盘下掉着'角和步'的棋子，可是你并没有找棋盘下，只像梦游症患者一样，嘴里念叨着'棋子少了'，然后就走进卧室，倒下了。今天你约我时，态度还是很古怪，仿佛魂不守舍，所以我出于恶作剧的心理，在摆棋子时迅速藏起了'角和步'，想看看你有什么反应，没想到会对你造成如此严重的打击！"

说着，朋友将紧握在左手掌中的棋子丢在棋盘上。

佐藤目瞪口呆，但他一点也不恨朋友，只感到整个人顿时轻松了。这时，他听到另一个房间里传来妻子的抽泣声，想必妻子也听到了两人的谈话吧，自己服刑后，妻子该怎么办？佐藤陷入了沉思……

（推荐者：顾　诗）
（题图、插图：佐　夫）

访的那位朋友，自己的怪异举动全落在他眼里了，不知他会不会四处宣扬，如果传到刑警耳里，那可就糟了。想到这里，佐藤坐立不安，心想：一定要让朋友见到自己轻松愉快的样子。于是，佐藤给那朋友打了个电话，说自己昨天很抱歉，不过今天已经痊愈，请朋友下班后务必到家里来。

傍晚，朋友如约来了，佐藤立刻到门口迎接，还装出愉快的样子陪他闲聊。佐藤笑着对朋友说："我最近大概将棋下得太多，脑筋都下出毛病来了。"朋友听了不由哈哈大笑，两人很快摆上棋盘。

摆放棋子的时候，佐藤忽然有一种可怕的预感。果然，摆着摆着，他就发现棋子不够，缺少的正是那颗"角和步"！

老父亲的丧事

□ 大刀红

樊喻常年在外打工，这天，他接到老家常大伯的电话，常大伯在电话里说"樊喻，你爸不行了。"常大伯和樊喻的父亲是几十年的老哥们了，常大伯说，这两天，他没有看见樊喻他爸，就去找他，没想到，樊喻他爸病在床上，只有出气，没有进气。常大伯还对樊喻说："我请了医生，给你爸挂着点滴，医生说你如果快点回来，还能见上你爸一面。"

樊喻的父亲身体不好，有肺气肿，感冒发烧厉害了，一口气上不来，随时可能有生命危险。樊喻得到消息，马上找到妻子，说："刚才常大伯打电话，说爸快不行了，我们得带着麒儿赶紧回家去。"樊喻和老婆带着儿子小麒来广东打工已经三年了，这

三年他们没有回家，一直靠电话和家里联系。

为了赶时间，樊喻买了三张飞机票，一家三口第一次坐上了飞机。下了飞机，又坐了一天长途客车，才来到县城，在县城，樊喻买好寿衣寿鞋和其他丧葬用品，包了辆车回村。

回到村里，樊喻见自家院子里站满了乡亲，全是清一色的老年人。樊喻知道，每当村里有人要过世时，乡亲们都会来看望他，和他念叨几句家常。樊喻穿过人群，进了屋，见常大伯守在父亲床前，父亲闭着眼，脸色铁青，喉咙里塞着一口痰，呼呼直响，胳膊上还挂着点滴。

常大伯见了樊喻，轻声说"这几天你爹一直都这样昏迷着，看样子，

他是在等你，还想再见你一面。"说完，把嘴靠在樊喻父亲耳边，说："老哥，喻儿回来了。"

樊喻的父亲似乎听见了，使了很大的力气，才把眼睛睁开。见了樊喻，他脸上露出一丝笑容。见父亲这个样子，樊喻忍不住大声哭了出来。

晚上，樊喻把妻儿安排睡下后，独自坐在父亲床边，照看父亲。也许是见樊喻回家了，父亲的精神好了许多，眼睛一直睁着，望着樊喻笑。到了深夜，父亲居然开口说话了，他对正在犯困的樊喻说："喻儿。"

樊喻一惊，醒了，问父亲："爸，有事吗？"

父亲说："我饿了，想吃面条。"

樊喻忙说："好，我这就给你做。"樊喻生好火，给父亲煮了一大碗面条，还加上两个鸡蛋。父亲真的饿了，一口气把面条和鸡蛋全吃了，连面汤也喝个精光。

也许是见到了三年没见的孙子，樊喻父亲心情舒畅；也许是这些天医生的治疗起了作用，第二天，父亲能在床头坐起来了。第三天，他居然能下床行走了，饭量也增加了不少。

樊喻回家一个多星期，眼看着父亲一天比一天好，心里很高兴，可过了几天，他的妻子却不乐意了。那天，她见公公睡着了，悄悄对樊喻说："我们回城里去吧。"

樊喻说："再等几天吧，等爸好利索了，我们就回去。"

妻子说："还是明天就走吧。我请的假快到期了，如果逾期不归，扣钱不说，说不定还会被开除。"

接着，妻子开始跟樊喻算账，这次回来，飞机票花了五千，车费花了一千多，给老人买寿衣寿鞋什么的又花了两千多，加上因为请假而损失的工资，一下子就花费了一万多。妻子一边算账一边说："这次回来，花完了我们三年的积蓄，下次要是再这样，唉，真不知该怎么办了……"

樊喻听了，也叹了口气，他想了半天，哀求妻子："那我们把爸捎上，让爸跟我们回去。"

妻子说："你傻呀，我们租的房子只有三十个平方，爸去了住哪儿？难道再租一套房子？"

樊喻知道，自己经济上承担不了这笔开销，只好说："好吧，那我明天就跟爸说。"

第二天等父亲一觉睡醒，樊喻就对父亲说："爸，我们请假的时间到了，明天要回去了，您知道，我们请假不容易。"

父亲听了，叹了口气，说："这么多天，把你们给耽搁了，我知道，你们有你们的难处呀！"

见父亲如此明理，樊喻一阵心酸，赶忙背过身去擦泪。父亲看着樊喻的背影，半天没说话，似乎在思考着什么……

第二天早上，樊喻早早起来，准备和父亲道别。他来到父亲房门口，发现门还关着，就敲了敲门，说："爸，起床没有？"

屋子里没有丝毫响动，樊喻又喊了几声，还是没人应答。他一急，把门一推，门居然开了，原来，门根本没有闩。

屋里弥漫着浓浓的农药气味，樊喻忙跑到父亲床前，不由"啊"的一声惊叫。只见父亲穿着崭新的寿衣，直挺挺地躺在床上，口鼻流着血，床下丢着一个农药瓶子。枕头边还有一张纸条，上面潦草地写了几行字："喻

儿，你们那天夜里说的话，我都听见了，早知如此，还不如我这次就……还省了你们一笔路费……"原来，父亲竟喝农药自杀了！

樊喻不由大哭起来"爸，你为什么要走这条路呀？"

常大伯听见消息，赶来一看，见樊喻的父亲死了，也哭了起来。他把樊喻扶起来，说："我知道你爸的心思。上个月，村里的张大娘孤零零地死在家里，过了一个星期大家才发现，尸体都烂了。张大娘的儿子和你们一样，出门打工几年了，最后连个终也没送上。你爸肯定是怕和张大娘一样，死时没人送终，才趁你们还没有走的时候，喝了药……"

父亲死了，樊喻给父亲设了灵堂，晚上给父亲吊唁的，全是六十岁以上的老人。樊喻知道，因为村里交通不便，经济条件差，年轻人都出门打工去了，只留下这些老人留守。第二天，樊喻给父亲下葬，却发现村里已没有能抬得动棺木的年轻人了。他只好出钱，去镇上请了八个壮劳力。

见老哥们下葬，常大伯趴在坟头哭道："老哥，还是你想了个好主意，有儿子给你送终！可怜我了，不知道有没有你这么好的福分……"

樊喻听别人说，常大伯的儿子出门打工，已经五年没有回家了……

（题图、插图：谢　颖）

压方

□ 姜红梅

平地风波

乾隆年间，济南府有户做药材生意的商家，户主叫胡策龙，生有一子，唤作胡书宝。胡策龙年纪大了，就把药店交给儿子打理。胡书宝是毛头小子，做事有些浮躁，有人来抓药，他常常瞥一眼药方，就提秤量药。胡策龙不止一次提醒他说："药方

放到柜台上，要用'压方'压上，不然万一起风，药方被吹走怎么办？"

所谓压方，就是药店里用来压住药方的木块。胡书宝可不信父亲那一套，屋里怎么会起风呢？再说就算起风，自己伸手把药方抓住就行了，何需用那块又脏又重的压方？

这天，药店里走进一位穿着讲究的后生，他从怀里掏出一副药方，胡书宝接过一看，上面有十几味药材，就把药方放在柜台上，转身去取秤。刚转过身，只觉得脑后一阵发凉，屋里忽然吹过一阵风，那风劲道十足，吹得人鸡皮疙瘩都起来了。

胡书宝回头一看，不禁吃了一惊，柜台上的药方不见了！后生怒道："药方被吹跑了！你怎么抓药？"

胡书宝暗叫不好，忙拱手施礼："对不住，你可否再写一份？"后生瞪了他一眼："岂有此理！这药方上有十几味药材，我怎能记全？"

胡书宝虽然浮躁，心思却细，刚才屋里刮风，柜上的摆设被吹得一片狼藉，唯独后生的衣襟头发纹丝不乱。从起风的方向看，那股强风似乎是从后生衣袖里吹来的！胡书宝不禁想起刚才后生递药方时，右手宽大厚实，很明显，后生是习武之人。

想到此，胡书宝心里有数了，后生八成是故意来找茬诈财的。果不其然，后生见胡书宝没法抓药，狮子大

张口，说要赔十两银子。

为了息事宁人，胡书宝只得打碎门牙肚里吞，把银子交给了后生。吃了哑巴亏，胡书宝这才知道，原来药店的规矩定得都有道理，如果早听父亲的话，用上压方，再大的强风也刮不走自己的脸面。

自那以后，胡书宝把又黑又重的压方"请"了出来。有了压方，药店里再没出什么幺蛾子。

一字之差

胡家药店有个传统：穷人抓药可以赊账，因此生意异常红火。人手不够，胡书宝就新雇了一个伙计帮衬。

这天，胡书宝叫新伙计站台，新伙计见胡书宝坐在一边打盹，就偷偷从兜里摸出一包东西，打开，里面黑糊糊一片。他用眼角瞥了一下胡书宝，伸手摸向了压方……

一炷香的工夫过去，只听一阵歇斯底里的叫喊，一个中年汉子跟跄着冲进药店，他掏出一副药方，哭喊道："抓药，抓药，抓救命药！"

胡书宝被喊声惊醒，忙走到柜台前细问缘由。汉子急道："我爹昨天干农活时突然晕倒，请了几个郎中也断不出一二，幸亏有个过路神医把脉，开了药方。这可是救命药啊！快快抓药，神医说这药及时服用才有效。"

胡书宝点点头，小心翼翼地接过药方，取来压方，压住药方一角，转身取秤量药。因为是救命药，他不敢有半点马虎，每抓一味药，都要看三遍药名，再看三遍药量。

前几味药称完，只剩最后一味药"牛蒡"，牛蒡的用量刚好被压方挡住了，胡书宝就拿起压方。突然，他心里"咯噔"一下，只见压方下竟是一片墨黑，药材用量全被遮住了！胡书

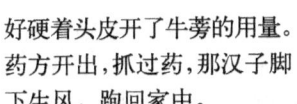

宝忙把压方翻过来一看，见压方上被抹了一层墨，再找那新来的伙计，早已踪迹不见。胡书宝哪里知道，因他家药店生意红火，早就引起了其他药店老板的妒意，这个新伙计就是他们派来捣乱的。

此时，汉子见胡书宝半天没动静，就催促道："快抓药啊！"

胡书宝定了定神，拿起药方，走到大街上，对着阳光举起药方，想看清被墨渍掩盖的字迹。可翻过来掉过去，瞅了半天，一个字也辨不出来，他心里一阵发凉。

此时汉子急了："还不快抓药？你这是见死不救啊！"

胡书宝咬了咬牙，问："你可记得药方里牛蒡的用量？"

汉子急得直跺脚："我哪有工夫记这些？要说药的用量，恐怕只有那神医自己才知道。"

胡书宝眼前一亮："神医呢？"

"神医早走了！"

胡书宝慌了，只好请出父亲胡策龙拿主意。胡策龙看过药方，直摇头："这不是普通药方，手法神奇。"胡策龙请来附近有名的郎中，请他们猜测药方中牛蒡的药量，众郎中看过药方，个个脑袋摇得像拨浪鼓，谁也没见过类似药方。胡策龙一咬牙："那就按经验试开一次吧！"

胡家以卖药为主，把脉看病并不是强项，但此刻救命要紧，胡策龙只

好硬着头皮开了牛蒡的用量。药方开出，抓过药，那汉子脚下生风，跑回家中。

第二天，胡书宝刚把店门打开，就倒吸了一口冷气，只见汉子带人抬着一副棺材摆在门前。汉子哭天抢地："我爹昨晚去世了，全是因为你们，神医开的药方被你们弄坏，我要到官府告你们！"

结果，胡家父子赔了那汉子大笔银子，好在有人替他们在县太爷跟前说好话，父子俩才没被关入牢房。胡家药店却因经费不足被迫关门了。

没想到几日后，胡书宝下乡办事，竟瞧见那汉子和他父亲在田里耕种。胡书宝恨得捶胸顿足："那汉子明明是陷害我们，我要去衙门说清楚。"不料却被胡策龙拦住了："我们得罪了其他药店，才会遭陷害，想来，县衙一定也已被他们打通。"

胡书宝咽不下这口气："难道我们就任人宰割？"

胡策龙长叹一声："当然不是，总有一日，我们要东山再起。我们不害人，但也不能留空子让歹人钻。"

镇店之宝

靠着胡家药店的口碑，父子两人慢慢赚回了银子，胡书宝急着重新开张，胡策龙却不着急。他说，开张前必须先做一件事。

这天，胡策龙带着胡书宝来到城

郊一座山前，两人爬上山顶，胡策龙指着一棵大树，对儿子说："爬到大树最顶端，把上面的树枝砍下来！"

胡书宝好生奇怪，可父命难违，他还是把斧头别在腰间，爬到了树上。没想到，这棵不知名的大树，木料分外坚硬，胡书宝用了三天两夜才砍下了一根枝干。

回到家中，胡策龙把那根树枝放入了一口大水缸，又在水缸里放了各种药材，最后找了一条十斤重的鲤鱼，取出鱼鳔投入水缸。然后他把水缸支起，下面添了木柴，小火慢煮两个时辰，这才取出木材，晾于房后。几日后，待木材阴干，胡策龙找来木匠，去粗取精，制成了压方。

这块压方颜色灰暗，异常沉重，是常见木材的两倍有余，拿起来一闻，竟然有阵阵清香。胡书宝问父亲"为了一个压方，何必费这般力气？"

胡策龙将了捋胡子："上次我们就毁在压方上，若不吸取教训，还会跌到同一个坑里。这压方厚重异常，狂风吹不动；表层严密结实，水墨浸不透；还能发出清香，防虫咬。"

胡书宝连连点头，上次那伙计正是在压方下面涂了黑墨，现在这压方水墨不侵，即使掉入水中，拿出来也不沾半滴水珠。

好事多磨，经过这番准备，药店终于重新开张了，很快，生意一天好过一天。胡书宝知道，不少同行只怕又要害红眼病了。

这天，一个蓬头垢面的壮汉来到药店，他拿着药方，说话疯疯癫癫："给大爷抓药，快给大爷抓药！"

胡书宝看了一眼汉子，认出这是城里有名的混混，听说前几天他和人斗殴，腿被打折了，再一看药方，果然是治腿的方子。胡书宝拿压方压住药方一角，照着方子上的药材一一称量，待看到"何首乌"时，他不禁一愣，原来几天前，有人来胡家药店买药，把何首乌全都买去了。胡书宝就对混混说："这位壮士，店里的何首乌卖完了，要不你去别处买？"

混混一拍柜台："敢戏弄我？我到你店里抓药，你却打发我去别处？"

胡书宝知道这人不好惹，正要好言安慰，忽然，店里闯进几个提刀的汉子，后面跟着几个穿着得体的人。胡书宝一看，不由心生怒气，这不正是城里几家药店的掌柜吗？不用说，何首乌的事是他们策划的，说不定，混混的腿也是他们找人打伤的。

来人里领头的是薛掌柜，他走到胡书宝面前，斜着眼说："药店是抓药救人的地方，那么普通的药材你都没有，还开什么店？"

胡书宝强压怒火："薛掌柜到底什么意思？"

薛掌柜冷笑一声："很简单，药

不能救人，便要关门歇业。如果你家的药能把这位壮士的病治好，店便可以开下去，我等再不找你麻烦；如果你治不了病，就得卷铺盖走人，永不开店！"

其他几个药店的掌柜也煽风点火道："对对，你店里若抓得出药，我们再不找你麻烦。"

胡书宝正手足无措，胡策龙从后屋走了出来。他眉头紧皱，看了薛掌柜一眼，说道："此话当真？"

"绝对算数。"

胡策龙点点头，转身离去，不多时，只见胡策龙提着一把菜刀，走了过来。薛掌柜大惊，往后连退几步："你……你要干什么？"

再看胡策龙，提刀来到柜台前，小腹一收，气运丹田，高抬手腕，手起刀落，只听"咔嚓"一声，柜台上的压方被劈为两半！

众人大惊，不知胡策龙玩的什么花样。胡策龙说道："将一半压方碾成细末，即可代替何首乌入药！"

薛掌柜一摆手："慢！药方用的是何首乌，你却用块木头代替，你是想耽误这位壮士治病吗？"

胡策龙冷笑一声："若治不好壮士的病，我愿一命换一命，还叫我儿永不在济南府开店卖药！"

说罢，胡策龙与薛掌柜击掌为誓。那个混混服了压方制成的药，两天后腿疼大为缓解，稍后果然痊愈了。从此，胡家药店名声大噪，其他药店再也不敢来寻衅滋事了。

后来，胡策龙告诉儿子，那块压方本身就是一味良药，当初制成时，加了各种药材又泡又熬，其中一种刚好就是何首乌。制成后，压方就成了"药本"，含有多种药材的效用。

那块压方被菜刀斩为两段，一块入了药，剩下的一块，成了胡家药店的镇店之宝，代代留传……

（题图、插图：黄全昌）

双雄记

□ 彭晓风

抗战期间，清河城里有两家棺材铺，城东那家是老店，掌柜的叫陈雄；城西那家是新开的，老板姓武，单名也叫雄。武雄原先在邻县做棺材买卖，不知闯了什么祸，逃难到清河，还干老本行。

一开始，陈雄并没把武雄放在眼里，可他没想到，武雄的铺面刚开三个月，自己的生意就冷清了。一打听才知道，武雄有一手绝活：做棺材从不使一根铁钉。他打造的棺材，全部是木齿咬合，死者装进棺材，只要棺盖一封，任你用什么办法都打不开，除非你用斧头把棺材劈开。武雄还放出话来，说他的棺材，保证死者两年内身体不会腐烂，如发现两年内身体腐烂，他十倍赔偿。

虽然谁也不会真的在两年后开棺看个究竟，但武雄的放话是有底气的——他在清河打造的第一口棺材没有卖，而是在开业那天当着众街坊的面，浸入了店铺后院一个大水池里，并用油漆在吃水线上做了记号。三个月过去了，那口棺材仍然漂在水池里，吃水线以上，连水印都没有。

武雄的这招，陈雄接不住，他做的棺材泡在水里，别说三个月，估计三五天就会进水。陈雄思前想后，决定效仿武雄，做棺材不再用铁钉，可说起来容易，做起来难。棺材一头大一头小，整体向内有一定弧度，要想密不透气，又不用铁钉，就只能像武雄那样全木齿，整体榫卯。这样一来，每根木头的榫卯都要向内有一定弧度，弧度大了，榫卯合不到一起；弧度小了，又做不成棺材。更难的是，要让棺盖与棺材严丝合缝，陈雄试了多次，不是封不严，就是卡死了封不住。

陈雄努力了几个月，技术始终赶不上武雄。这天上午，他望着冷清的店铺，长叹一声，伸手去摘门头上的匾额，却被一个人拦住了。陈雄低头一看，来人是自己的堂弟陈虎。

提起陈虎，陈雄就气不打一处来。

陈虎前些年参加了国军，驻守清河，鬼子占领清河后，陈虎投降成了皇协军，整天跟在鬼子屁股后头清剿八路。此时陈虎现身，陈雄就冷着脸问他有何贵干。

陈虎满脸堆笑地说："我给哥哥揽下一笔生意，包你渡过难关。"

陈雄哼了一声，说："给我揽下生意？你不给我下套就烧高香了。"

面对陈雄的讥讽，陈虎似乎并不生气，他说："我怎么会害你？怎么说我们也是堂兄弟，我能眼睁睁地看着你被一个外地人挤兑吗？"

陈虎的话说到陈雄心窝里，脸色便有所缓和。陈虎见状，就压低声音说，前段时间皇军攻打二龙山的八路，结果没捞到便宜，死了六七十人。尸体火化后要送回国，皇军想找人做七十个骨灰盒……

"什么，你让我给鬼子做骨灰盒？"陈雄一听是这种生意，顿时火冒三丈，"鬼子在清河烧杀抢掠，无恶不作，你让我给他们做骨灰盒，这不是让别人指着我的脊梁骨骂吗？"

陈虎没想到陈雄的反应这么激烈，忙说："不就是骨灰盒吗？皇军每个骨灰盒给四块大洋，比你卖的棺材还贵。"不料话还没说完，就被陈雄三两下推出店铺，"砰"的关在了门外。陈虎在门外一跺脚，说："别以为只有你会做，我不信出四块大洋没人做，你就等着关门吧。"说完气呼呼地走了。

清河城里只有陈雄和武雄两家棺材铺，陈雄不做，陈虎只有去找武雄了。门内的陈雄不由心中一动：倘若武雄禁不住诱惑，答应给鬼子做骨灰盒，那自己就可以制造舆论，让武雄在清河城里呆不下去……

想到这里，陈雄赶紧悄悄尾随在陈虎身后。见陈虎进了武雄的店铺，他便坐在对面一个茶楼里，边喝茶边看动静。片刻过后，只听武雄的店铺传出吵闹声，紧接着，就见陈虎被武雄推了出来。陈虎一副恼羞成怒的样子，拔出盒子炮作势要打，武雄面无惧色，用胸膛抵住枪口，说："跟在鬼子屁股后头作威作福，算什么本事？有本事你打鬼子去！"陈虎见围观的人越来越多，怕引发民愤没好果子吃，只好悻悻离去。

这一幕，陈雄在茶楼上看得真

切，心中不禁五味杂陈，既有对武雄的钦佩，又有如意算盘落空的失落。他结了账，黯然回家，关了店门，呆坐在店堂里，想着祖上的家业在自己手中败落，禁不住潸然泪下。

也不知枯坐了多久，外面突然传来急促的敲门声，陈雄以为有顾客来了，忙起身去开门。刚打开一道缝，陈虎就挤了进来，他"扑通"一声跪下，带着哭腔说："哥哥救我。"

陈雄疑惑地看着他，陈虎哭丧着脸说："我揽下皇军的差事，却没人愿做，皇军很恼火，限令我今天把这事办妥，否则杀一儆百。"

听陈虎的意思，还是让自己给鬼子做骨灰盒啊，陈雄拉下脸，冷冷地说："自作孽，不可活。"

"哥哥，你真的见死不救？"陈虎几乎哭了出来，"我父母临死的时候，你答应过他们，说照看我的。"

陈雄愣住了。他比陈虎大一轮，幼年父母病逝，一直跟随叔婶生活，叔婶去世时，他是说过照看陈虎的话，可哪想到陈虎后来会当汉奸啊？

陈虎看到陈雄犹豫的神色，忙再三央求，保证不会有第三个人知道这事，而且他还想到了打垮武雄的办法。

"打垮武雄？"陈虎又说到了陈雄的痛处，"你有什么办法？"

"这你别管，我自有办法。"见陈雄语气松动，陈虎赶紧爬了起来，怕陈雄变卦，他边往外走边说："我去给你拿钱，你就等着好消息吧。"

望着陈虎的背影，陈雄长叹了一声。此后数天，他关了店门，辞退了帮工，独自一人做鬼子那批骨灰盒。完工前一天晚上，陈虎来到店里，一脸兴奋地说，自己帮陈雄拔掉了眼中钉。陈雄知道指的是武雄，忙问："你用了什么办法？"

陈虎得意地说"我出了点钱，让

几个鬼子去他店里闹事，把他的右手打碎了，伤好后也没法干活了。"

陈雄闻言大惊，瞪着陈虎，愤怒地说："你、你怎么用这下三滥的招数！这不是把人往死路上逼吗？"

陈虎却不以为然，嘴一撇，说："哥，你这是妇人之仁。生意场上本来就是你死我活，他挤兑你的时候想过你的感受吗？"

陈雄无言以对。

两天后，出于愧疚，陈雄去看望武雄。武雄躺在病床上苦笑着说："陈掌柜，我几乎挤垮了你的生意，你还来看我，让我无地自容啊！大夫说，我这手能保住就万幸了，生意是没法做了。"

"你怎么招惹上鬼子了？"陈雄怕武雄怀疑自己在背后捣鬼，忙先问了出来。武雄叹了一口气，无奈地说："是福不是祸，是祸躲不过，这都是报应啊！"

陈雄不解地问："报应？"

武雄点点头，说了起来。原来，他在邻县的生意做得很大，去年鬼子让他做骨灰盒，他不愿意，鬼子就用他家人的生命威胁，武雄只得答应了。谁知这一下捅了马蜂窝，他给鬼子做骨灰盒的事传出去后，大伙谁也不买他家的棺材了，每天都有人朝他家扔垃圾。他实在无法忍受这样的鄙视，就一把火烧了那些骨灰盒，逃了出来，没想到，还是没逃过鬼子的毒手。

听了武雄的叙述，想想自己也为鬼子做过骨灰盒，陈雄顿觉一股寒气从脚底直蹿脑门……

陈雄回去后，一连几天都失魂落魄。

这天，陈虎又来到他店里，让他再给鬼子做八十个骨灰盒。陈雄恼了："上次是为了救你的命，这次我无论如何不会再做了。"不料陈虎听了，冷笑一声，说："哥哥，做一次是做，做两次也是做，上了贼船，想下去就没那么容易了。要是我把你给皇军做骨灰盒的事说出去，你也会像我一样身败名裂！"

陈雄气得直哆嗦："你这条披着人皮的狼，我看在叔婶的面子上好心救你，你倒反咬一口！"

陈虎冷笑着说："你太天真了，自打我跟了皇军，在清河人眼里我已经是认贼作父，一个连祖宗都不要了的人，还有什么事做不出来？给你一个晚上考虑，明天若不答应，别怪我不留情面。"说完转身走了。

事到如今，陈雄的肠子都悔青了。平静下来后，他的第一个念头就是像武雄一样逃走。就在这时，又响起了敲门声，开门一开，竟是武雄。他右手还没痊愈，用一根绷带吊在脖子上，一进来就问："陈掌柜，陈虎刚才来过吧？"

陈雄愣住了："你怎么知道？"

武雄压低声音说："我刚才在这条街上见过他。前几天鬼子又在二龙山吃了败仗，估计要找人做骨灰盒，你答应没有？"

陈雄没敢看武雄的眼睛，脸扭向别处，说："没、没有，我怎么会给鬼子做骨灰盒？"

不料武雄两眼盯着陈雄，一字一顿地说："你应该答应。"

陈雄惊呆了："什么，你也让我给鬼子做骨灰盒？"武雄笑了一下，说："你听我说，我想出了一条妙计。"接着他对陈雄耳语了几句。

听了武雄的话，陈雄好一阵没说话，最后才轻声问了一句："这办法能行吗？"武雄说："不管行不行，总比逃跑好。现在大半个中国都被鬼子占了，哪里又是我们的安身之地呢？"

陈雄想了想，牙一咬，答应下来。

几天后，约定交货的时间到了，陈虎到了陈雄店门口，见骨灰盒已装上马车，他清点了一下数目，赶起马车就走。到了鬼子军营，鬼子就往下搬骨灰盒。突然，有几个鬼子觉得不对劲，骨灰盒里像是装了什么东西，挺沉，就想打开看看，可怎么也打不开，仔细一看，才发现骨灰盒采用了木齿结构，盒盖与盒身紧紧咬合在一起。一个鬼子急了，就用枪托去砸，才砸了两下，只听"轰"的一声巨响，骨灰盒爆炸了！这一爆炸不要紧，其他骨灰盒像点燃的爆竹，纷纷爆炸起来，顿时，整个军营火光冲天。爆炸声还没结束，就听鬼子军营外响起了冲锋号，一支八路军队伍冲了进来，一番激战后，残存的鬼子也被消灭了……

几天后，清河城的人们惊奇地发现，陈雄的棺材铺换了匾额，新匾额的字号是"双雄"。陈雄和武雄分别站在店门两边，微笑着向过往行人打招呼。

（题图、插图：谢 颖）

当人贪得无厌、恣意索取时，大自然的报复已悄然而至……

大树的报复

□卞永刚

陆定山是个生意人，这天他在外地做完一单生意，见天色已晚，就准备找个地方住下。走到一条僻静的小巷，一个穿旗袍的女人拦住了他。女人约摸二十多岁，模样很俊俏，她对陆定山说："我知道你是定远县人，我和你是同乡，想请你给我男人捎点东西回家。"

陆定山奇怪地问："你怎么会认识我？"

女人说："我听一个熟人说的。我家住在靠山村南坡，我男人叫王杏银，是个断了左臂的残疾人。我在城里打工，本想这段时间回趟家，可老板不准假，只好拜托你了。"

陆定山不愿揽事，就推托道："哎呀，这段时间我要做生意，可忙了。"

女人想了想说："我不会让你白忙的，我这里有两个金耳坠，算是给你的酬劳吧。"说完，女人从耳朵上摘下一对金耳坠，交到陆定山的手里。

陆定山见这对耳坠就像两把小扇子，做工非常精细。他当然不相信这是金子做的，但女人说到这个地步，也不好再拒绝，就对女人说："好吧，你要带什么东西？体积大了，我可带

不了。"

女人拿出一个巴掌大的布口袋，交到陆定山手里，说："麻烦你了，请你一定把它交到我丈夫手里。"

陆定山用手掂了掂布袋，感觉里面全是玻璃珠大小的圆圆的东西，也不沉，就把口袋装进随身的挎包里。当陆定山再次抬起头时，那女人却已不见了踪影……

第二天，陆定山准备回家，走在街上，看见一家金店，他突然想起女人给他的金耳坠，就信步走进金店。金店里有一位老师傅，陆定山掏出金耳坠，对老师傅说："这是我老婆家祖传的，可她不知道是不是真金的，也不喜欢这个样子，想重新打一对，你帮忙参考一下吧。"

老师傅拿着金耳坠，用手掂了掂，又用放大镜仔细看了一下，对陆定山说："是真金无疑。这么好的做工，要是重打就太可惜了。"

陆定山听了，不由喜出望外。坐在回家的车上，他心里想道：那女人肯用一对金耳坠让我捎个口袋回去，说明口袋里的东西要比金耳坠贵重得多。他忍不住取出那个口袋，想打开看看，没想到布口袋的开口处用绳子牢牢系着，陆定山又拉又拽，怎么也解不开，只好悻悻作罢。

陆定山回家后，还是不甘心，就想用剪刀把绳子剪断，可这绳子似乎

是特殊材料制成的，任凭怎么剪，绳子上都没有一丝断裂的痕迹。陆定山感到十分奇怪，只好放弃，打算把袋子送到女人的丈夫王杏银的手里。

陆定山根据女人说的，来到靠山村，找到一个当地的村民，问："你知道南坡在什么地方？"

村民警觉地望了他一眼，反问："你去南坡做什么？"

陆定山随口说："哦，我找人。"

村民点点头，用手指向南边的一道山坡。陆定山一看，村民指的那个地方，自己以前好像去过，他记得那里除了茂密的树林，根本没有房屋。也许自己上次没瞧清楚？陆定山想了想，还是决定去一趟。

陆定山来到南坡，不知怎的，平地里飘来一阵大雾，如牛奶一般浓稠。陆定山一下迷失了方向，在树林里乱转了一会儿，终于看见一座茅草房。陆定山走上前，只见房门开着，里面一片黑暗。陆定山走到门口，叫道："屋里有人吗？"

"你找谁？"黑暗里传来一个男人的声音。

陆定山说："请问，王杏银是不是在这里住？我找他有事。"

"你进来吧。"男人说。

陆定山走进屋，只见黑暗里一线灯光慢慢亮起，原来，男人点燃了一盏煤油灯。在适应了黑暗后，陆定山见男人约摸四十多岁，左臂的袖管空

（页眉）· 荒诞视点 虚幻笔记 ·

空荡荡。男人对陆定山说："你找我做什么？"

陆定山忙从包里掏出那个布口袋，对男人说："你老婆让我带东西给你。"

男人用右手接过口袋，脸上露出狂喜的神色。他用嘴叼住口袋，右手熟练地解开口袋上的绳结，那手法看得陆定山眼花缭乱。解开绳子后，男人将口袋里的东西倒在桌上，陆定山忙凑了上去，只见桌上堆了一堆圆圆的东西，仔细一看，竟然全是银杏的果实。男人用右手拨拉着银杏果，一粒粒地仔细数着，最后，对陆定山说："不错，正好一百粒。"

陆定山觉得奇怪，问："你老婆为什么要给你一百粒银杏果？"

男人没有回答，只对陆定山说："谢谢你，你等一下，我给你酬劳。"说完，将身子探到床下，从床下搬出一个坛子，打开坛子的盖子，陆定山只觉得坛里放出一片令人眩目的金光。男人将手伸进坛子，取出两小片扇形的东西递给陆定山。

陆定山一看，这两片东西和女人上次给自己的金耳坠一模一样。陆定山收了东西，匆匆下山。

回到家，陆定山找到一个叫炜子的人，对他说："我有个发财的门路，你做不做？"

炜子是个小偷，刚从监狱里放出来，陆定山对炜子说："靠山村南坡的茅草房里，住着个断臂男人，他床下有个坛子，里面装满小金扇子。我们两人去把那个坛子抢走，几辈子都吃不完。"

炜子不信，说："人家有那么多金子，干吗还住茅草房？"

陆定山掏出那四片小金扇子，把事情的原委说了一遍。炜子看到金子，眼睛就被烧红了，立刻答应下来。

当天夜里，两个人趁着夜色的遮掩，来到靠山村南坡。炜子撬开茅草房的房门，两人溜进屋一看，那男的

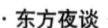

不在家，屋里没人。陆定山心里说"正好"，就和炜子爬到床下，两人抱起坛子，跑出茅草房。

两个人正高高兴兴地往山下跑，不料没走多远，就被一群拿着棍棒的人拦住了，这些人都是靠山村的村民。一个村民说："听人说，今晚有几个贼来偷金瓮，想不到是真的。"

陆定山听了，脸都吓白了，原来当地有一个风俗，先祖被火化后，骨灰盛在一个坛子中，称为"金瓮"，然后找个风水好的地方埋下，传说这样可以庇荫后世。

陆定山和炜子傻了：自己偷的明明是装金扇子的坛子，怎么成了装骨灰的金瓮？他们百般解释，可村民们根本不听，对着他们就是一顿狂殴，陆定山连声讨饶说："我们真的没偷金瓮，你们要是不信，可以一起去找王杏银问个明白。"

一个村民听了，冷笑一声，说："南坡是座荒山，根本没人居住，更没听说过什么叫王杏银的人。你们就是想偷走金瓮，讹人钱财！"另一个村民想了想，说："看他这么肯定，要不咱就去看看？"

于是陆定山带着村民来到南坡。到了地方，只见一棵公银杏树巍然耸立在那里，并没有什么茅草房。

陆定山傻眼了，村民说"这里从没住过人，只有一棵百年老树。"原来，这棵公银杏树有一百多岁了，一直孤孤单单地站在这里，当地人称为"银杏王"。为了让公银杏树有个"老婆"，二十多年前，村民在这里栽了一棵母银杏树，一直到今年，母银杏树才成熟，开第一茬花。

陆定山呆呆地看着大树，这时，一把小金扇子缓缓飘落在他手里，陆定山仔细一看，发现那是一片金黄色的银杏树叶。

一瞬间，陆定山仿佛明白了什么。原来，陆定山是做贩卖树木生意的，他经常在乡下山林里寻找珍贵野生树木，然后偷伐盗伐，贩运到城里，获取高额利润。几个月前，陆定山看中了这里的一公一母两棵银杏树，就悄悄带着工人来盗树。那棵公的，因为工人操作失误，把左边的枝丫搞断了，破了相，陆定山才没有挖，只挖了那棵母银杏树，卖到城里。

陆定山想起，盗走母银杏树时，那树正在结第一茬果实；他还想起，那个穿旗袍的女人曾告诉他，断臂男人名叫王杏银，反过来念，不正是"银杏王"吗？原来，是自己拆散了这对银杏夫妇，而女人托自己带回的一百颗银杏果，正是她和"银杏王"的孩子。

陆定山抬头一看，只见"银杏王"四周散落着一些小银杏树苗，仔细一数，不多不少，整整一百棵……

（题图、插图：佐　夫）

喊鹊桥

□ 於全军

鹊桥传说

张升家境贫寒，靠采药为生。这天，他到柳家药铺去卖草药，一抬头，见门前贴着一张布告，说药铺老板柳呈青的千金柳艳得了重病，需要铁肤树的根做药引，谁能找来铁肤树根，女的赏银千两，男的就把柳艳许配给他为妻。张升一见，也不卖药了，一把揭了布告，说："我知道哪有铁肤树根。"

柳呈青见状，便把张升带到药铺后面的住宅，只见柳艳小姐病得奄奄一息，已说不出话来。张升顿觉心如刀绞，其实，他和柳艳小姐已不是第一次见面了。上个月，张升来药铺卖药，柳艳到药铺送饭，这对青年男女就有了点意思，后来又借故见了几

面，两人早已情根深种。

这时，柳呈青问张升："铁肤树根世间罕有，你去哪里找？"张升说："家父也是采药的，生前留下一本册子，记载着铁肤树的生长之地。"

离开药铺，张升直奔城外三十里的二指峰，铁肤树就生长在那儿。二指峰山势险恶，张升历尽艰辛，终于爬上了半山腰，只见峰头一分为二，像两个张开的手指，中间是条大裂谷，最窄处也有十几丈宽。一片铁肤树就长在对面的峰头上，可是对面这座山峰直上直下，根本无路可通，裂谷上又没有桥，怎么过去呢？张升向裂谷下看去，只见下面黑沉沉的不见底，一股硫磺热气蒸腾而上。

张升沿着裂谷慢慢走，始终找不

到过去的方法，想到生命垂危的柳艳小姐，他情急之下，就要往崖下爬去。这时，一个在山上砍柴的老樵夫拦住了他，张升对老樵夫讲明原委，老樵夫想了想说："其实，裂谷上是有桥的，不过需要有人来喊，一喊桥就会出现。"张升纳闷了：桥怎么会被喊出来呢？

老樵夫说，很多年前的七月初七，有一对私订终身的男女，被女方家人追到了二指峰。当时裂谷上有一

座索桥，那男的叫阿尤，先跑到了另一座峰上，女的叫织妹，正要跟过去，她的哥哥追到，抓住了她，还把索桥砍断了。阿尤被困在孤峰上，和织妹相向而泣，两人正要跳下裂谷殉情，幸好在峰上修行的鹊仙姑看到，她喊出了一座鹊桥，让阿尤过桥团聚……

张升听后苦笑，说世间哪有这种事。老樵夫认真地说："怎么没有呢？鹊仙姑还活着，我这就领你去。"

老樵夫领着张升走了好久山路，来到一间草屋旁。老樵夫先进去通报，不多时，一个脸蒙黑布的老婆婆走了出来，老樵夫说，这就是鹊仙姑。张升半信半疑，但还是对老婆婆说了自己的事。

老婆婆听完，掐指算了算，说："每年的七月初七酉时，才可以喊鹊桥，三天后就是这个日子，看你一片诚心，我就为你喊一次吧。"

临别她又郑重嘱咐，过鹊桥有危险，记得只挖一截树根就要往回跑，不然鹊桥一断就回不来了。

张升点头答应，心里却有点不相信，这鹊仙姑看着就像一个普通山民，难道她真有喊出鹊桥的本事？

一喊成桥

三天后的酉时，张升来到了裂谷边。这时天色已暗，鹊仙姑和老樵夫正等在那里，见张升来了，鹊仙姑就俯身对着裂谷喊道："架桥喽！"

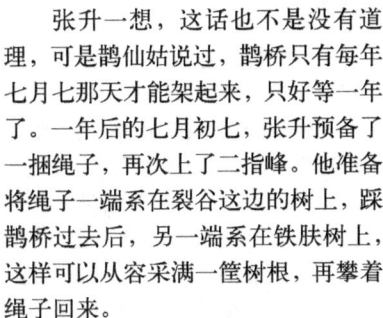

裂谷上窄下宽，鹊仙姑的喊声激起回音，不绝于耳。忽然，裂谷下飞起一团金光，张升仔细一看，真的是一大群喜鹊飞了出来！那些喜鹊一只只比鸡小不了多少，翅膀上还带有金丝。金丝喜鹊越聚越多，很快把裂谷的缝隙密密层层地填满，鹊仙姑大喊一声："还不过桥？"

张升一咬牙，踩着喜鹊的背就走了过去，虽然步子不太稳当，还是快速通过了。到了对面的峰上，那里果然长着十几株铁肤树，张升匆匆挖出一截树根，砍下后回头就跑。这时，鹊桥上的喜鹊已不像刚才那么密集，张升飞快地跑了回来。

鹊仙姑喊过桥后就悄然离去了，只有老樵夫等在那里。张升就问老樵夫："既然对面有珍贵的铁肤树根，为什么不在裂谷上架桥？"

老樵夫说："索桥被砍断后，也有人想重新架桥，可是白天刚把绳索接好，晚上桥就莫名其妙地断了，后来就没人敢修了。我猜是鹊仙姑在这里修行，不愿意受打扰，才施法断桥的。对了，今天的事你不要说出去，当心鹊仙姑生气。"

张升点头答应，拿着树根回去给柳艳小姐熬药，不久她的病就好了。张升提起成亲的事，柳呈青满口答应，但是又说："我们柳家也是大户人家，嫁女儿不能寒酸，怎么着也得收一笔彩礼吧？这样吧，你再去采些铁肤树根，卖出去就有彩礼了。"

张升一想，这话也不是没有道理，可是鹊仙姑说过，鹊桥只有每年七月七那天才能架起来，只好等一年了。一年后的七月初七，张升预备了一捆绳子，再次上了二指峰。他准备将绳子一端系在裂谷这边的树上，踩鹊桥过去后，另一端系在铁肤树上，这样可以从容采满一筐树根，再攀着绳子回来。

张升上山后先去草屋找鹊仙姑，不料鹊仙姑不在。眼看酉时快到了，张升只好自己想办法。看着黑不见底的大裂谷，张升试着冲裂谷喊开了："架桥喽！"

在回音的嗡嗡声中，跟上回一样，裂谷下面忽然飞起一团金光，大群金丝喜鹊越聚越多，密密层层地布满了裂谷的缝隙，鹊桥竟然架好了！

张升见状大喜过望，他系好绳子，踏着鹊桥过了裂谷，很快就砍了满满一背篓铁肤树根。然后他攀着绳子回来，背着背篓下了峰。

误坠桥下

张升把铁肤树根一卖，很快换回银两，置办了彩礼。不料柳呈青又发话了："我女儿怎么住得惯你家的草屋？最少也得是青瓦房。反正你知道长铁肤树的地方，就再去一趟。"

张升没有办法，只好再等一年。

第三年的七月初七，他刚要出发，突然想到，盖房开销大，只挖一筐树根不够，于是就雇了几名工人，带上好几捆绳子，直奔二指峰。张升计划踩着鹊桥过去后，把所有绳子都分别系在两头树上，那就是一座绳桥了，然后带工人过去开挖。

来到大裂谷前，已是酉时了，张升就朝裂谷下喊开了："架桥喽！"裂谷下果然又飞出一团金光，但这团金光比以前黯淡多了。眨眼间，金丝喜鹊架起长桥，张升抬腿就上，没想到才走出两步，就一脚踏空，坠落桥下！工人们刚想救他，只见谷底飞上来一团黄雾，冲破金丝喜鹊的封锁，向众人劈头盖脸冲了过来。大家"妈呀"一声叫，都跑了。

张升掉下鹊桥，可是没有死，他被一张大网托住了，就这样悬吊在半空中。这时月光明亮，直照到谷底，张升看见谷底白花花的一片，也不知是什么，接着就闻见硫磺味更重，也更热了。再看两旁山壁，到处都是孔洞……正在疑惑之时，山峰上垂下了一条绳子，张升慌忙抓住，攀着绳子出了裂谷。

张升攀上峰顶，只见老樵夫和蒙着脸的鹊仙姑就站在面前，老樵夫一见张升就叹起了气"你闯了大祸，这一带的老百姓要遭灾了！"

张升不明白，鹊仙姑解释道："你刚才看见谷底的白色了吧？那是蝗虫卵，因为谷底有地热，适宜蝗虫繁殖，那里蝗虫数量大得惊人。每年七月初七前后，蝗虫翅膀长硬，不断飞出谷外。如果此时有人喊一嗓子，受惊的蝗虫就会蜂拥而出。幸好山壁间的孔洞里住着许多金丝喜鹊，蝗虫出谷的时候，金丝喜鹊就飞出捕捉，有少量蝗虫逃逸也不足为患了。因为天色暗，一般人看不清蝗虫，乍一看，还以为金丝喜鹊是来架桥的。"

原来如此啊，张升点点头，可他还有一个疑问，就问道："为什么这回我过鹊桥，会掉下去？"

老樵夫叹道："还不是因为你贪得无厌，去年采了那么多铁肤树根。铁肤树极为娇嫩，一旦根部损伤就活不成了。峰上的十几株树被你毁掉一半，用铁肤树嫩芽哺育幼鸟的金丝喜鹊不得不迁徙，离开了裂谷。喜鹊数量大减，就不能承受你的重量了。好在我们事先在鹊桥下张了大网，你才没出事，但是蝗虫已大量逃逸出去，必然会危害附近的庄稼。"

听到这里，张升也大为后悔，他叹了口气说："我是被那门亲事逼急了，现在我想通了，既然娶不起，就算了，我这就下山帮大家治蝗，将功赎罪。"鹊仙姑听后，微微一笑，忽然摘下蒙脸布，露出一张满是疤痕的脸来，说"看你诚心悔改，我就帮帮你。我们两个这就跟你下山，会一会柳家药铺的柳呈青！"

仙姑真相

来到柳家药铺，鹊仙姑独自见了柳呈青，两人在屋里一会儿哭一会儿笑。不多时，满面泪痕的柳呈青走出来，郑重宣布，女儿的婚事随时都可以办，不要大瓦房了。

张升闻言，惊喜交加，马上张罗

亲事，不几天就把柳艳娶过了门。洞房花烛夜，张升对鹊仙姑赞不绝口，柳艳闻言扑哧一笑，说出了真相。

原来鹊仙姑就是当年的织妹，老樵夫就是阿尤。那一年两人因为门不当户不对，被织妹的哥哥追上二指峰。两人隔峰相望，情急之下大喊大叫，误打误撞喊出了鹊桥。通过鹊桥两人再次相会，但织妹的哥哥还是不依不饶，于是两人双双跳下了悬崖。织妹的哥哥以为两人必死无疑，追悔莫及。其实他们都被崖旁大树挡住，又爬了上来，但是织妹的脸容尽毁，平日里就蒙着脸。好在阿尤不离不弃，从此两人就居住在二指峰。两人在崖底看见过蝗虫卵和金丝喜鹊，明白了鹊桥的秘密，也明白了此处关系着百姓的庄稼收成，就负起保护之责。织妹假扮鹊仙姑，想过去只有找她喊出鹊桥才行；阿尤则偷偷破坏修桥，不让人随意砍伐铁肤树根。

张升终于懂了，但他还是不明白，织妹是怎么说动自己的老丈人的？柳艳一指头戳到他脑门上："榆木脑壳啊，我得管织妹叫姑姑，懂了吗？我父亲见了亲妹妹，还有什么不答应的？再说，姑姑来了个现身说法，阿尤面对毁容的她还是不离不弃、相伴一生，可见，感情才是连接两人幸福的真正鹊桥啊！"

（题图、插图：黄全昌）

如果不希望父母以后一看电视新闻就按"换台键"，那么年轻人，在冲动前请按"暂停键"……

不看电视的

夫妻

□ 王乃飞

王翔是个高中生，快要期末考试了，他没呆在学校里，却跑到大山里迷了路。因为走不惯山路，王翔崴了脚，每走一步都很艰难，而且他已经两天没吃东西了。现在他只想走出山林，找个有人的地方，吃点东西再说。

傍晚，王翔好不容易走出了山林，他看到不远处有一座孤零零的房子，就一瘸一拐走到房前。见屋里亮着灯，王翔敲了两下门，一会儿就有人来开门了。

门内是一个中年男子，跟王翔父亲的年龄差不多，男人见到王翔，显得很意外，问他是从哪里来的。王翔说，他和几个同学来爬山，结果迷了路，又和同学走散了，还崴了脚……

男主人听了，忙把他扶进屋。进屋后，王翔见屋里还有个女主人，女主人对王翔也很热情，不一会儿就给他端来一碗热腾腾的面条。

王翔已经饿了两天，也没客气，狼吞虎咽地就吃起来。吃完饭，那对夫妻安排王翔到一间屋里休息。也许是这几天太累了，他头一挨着枕头就睡了过去，梦里他回到了家，跟父母在一起……

王翔的这一觉睡得太沉了，再睁

开眼睛只见太阳升得老高，已经是第二天下午了。王翔一屁股从床上坐起来，看着这个陌生的环境，好一会儿才想起自己在哪里。他悄悄下了床，打开门往客厅里一看，里面没有一个人，看来屋里就他自己了。他见茶几上摆着一台大电视，突然很想看电视，就顾不上脚疼，三步并作两步跑过去想打开电视。可让王翔失望的是，不论怎么摁按钮，电视机一点反应也没有，难道这山里没有电？不对呀，昨天屋里明明亮着灯。

王翔皱了一下眉头，开始检查电视机，他实在太想看电视了，可是查了半天，也没查出哪里有故障。最后，他发现信号线和有线接收机的接口处好像有人动过，王翔想了想，就打开接口，只见里面的钢缆已经断了。他想把电缆接好，可没有工具，找了半天，屋里连个剪刀都没有，他只好作罢。

王翔心想，这事好蹊跷！断掉钢缆，应该是那对夫妻做的，他们这么做的目的，分明就是故意不让人看电视，可为什么要这么做呢？难道是为了自己……

傍晚的时候，那对夫妻回来了，说是到地里干活去了，见王翔睡得香就没惊动他。他们问王翔的脚好些了没有，说明天就送他出山。王翔听了一愣，突然想起电视的事，就试探着问："叔叔阿姨，家里的电视怎么打不开呀？"

夫妻俩神色有些慌张，女主人僵笑了一下，说："我们、我们不爱看电视……"说着，竟说不下去了。

夫妻俩沉默了一会儿，男主人接过话来："孩子，我们不是不想看电视，我们是不敢看呀！"说到这里，竟也卡住了。

王翔觉得很奇怪，还有害怕看电视的？最后，男主人好像鼓了很大的勇气才说："几年前，我们这里出过一个案子，有个叫张林的年轻人因为斗殴捅死了人，你听说过没有？"

这个案子当时闹得挺轰动，王翔当然听说过。那个张林是个大学生，因为小事和同学争吵，后来发展成斗殴，张林一时冲动，出手捅死了人，最后被判了死刑……

王翔呆呆地看着这对夫妻，试探着问："你们是……"

夫妻俩神色凝重，男主人对王翔说："我们就是张林的父母呀！"

王翔只觉得脊梁骨一阵发凉，自己竟闯到死刑犯的家里来了！可是，这跟看电视又有什么关系呢？

这时，只听男主人说"以前我们最爱看电视，从地里干活回来，晚上唯一的消遣方式就是看电视，可自从儿子出了事，我们再也不敢看电视了。一看到电视新闻的那个主持人，我们就会想起儿子，因为……因为儿子被判死刑的新闻就是他播的。后来，我儿子的事成了青少年犯罪的一个典型案例，电视里经常提起，所以，我们实在不敢看电视了……"

王翔听完这话，不由就想到了自己，他再也忍不住了，竟"哇"地一声哭了出来。这对夫妻忙问他怎么了，王翔哭着说："叔叔、阿姨，我爸爸妈妈以后也要和你们一样，不敢看电视了！"

夫妻俩忙追问王翔为什么这么说，王翔沉默了一会儿，才说："我、我杀人了！"

原来，王翔在山里迷路，并不是因为爬山。几天前，他在学校食堂里与同学发生了口角，盛怒之下，王翔也不知哪里来的劲，竟然操起一个酒瓶子砸在了同学头上。同学当时就倒在地上人事不省了，头上还流了很多血，看来是活不成了。王翔被吓傻了，他本能地想到了逃跑。他一口气跑出学校，拦住了一辆出租车，糊里糊涂地就到了山脚下。下车后，他漫无目的地钻进了山里……王翔说完后，双手抱着头，沉默了。

夫妻俩听完，对望了一眼，男主人问王翔："白天你急着看电视，是不是想了解外面的情况？"

王翔点了点头，男主人又坐到王翔跟前，问："那，你想怎么办？"

王翔抬起头来，脸上很痛苦"我也不知道该怎么办。我好害怕，怕我的事会上电视，怕我爸爸妈妈以后也不敢看电视了。我爸爸是个球迷，妈妈又爱看电视剧，以后他们一打开电视，便会想到我……"

男主人又问："既然你知道后果，那为什么还要杀人呢？"

王翔流出了悔恨的泪水，说："我、我只是一时冲动，并没想过杀人呀！"

这时，男主人突然笑了，他拍拍王翔的肩，说："孩子，知道错了就好，经过这几天的折磨，你一定知道冲动的后果了吧？但我要告诉你，其实你并没有杀人。"

王翔一下愣在那里。

男主人这才说，昨天他一见到王翔就觉得不对劲，现在是期末考试的

时候了，哪个学生有空出来爬山呢？果然，昨天晚上，夫妻俩睡得好好的，王翔突然在梦中喊了一声："我杀人了！"把夫妻俩都惊醒了。这更证实了男主人的猜测，王翔一定是有事才逃出来的。

男主人继续说道："今天我们就进城打听了，电视报纸上的新闻一条条都看了，都没有中学生伤人、杀人的报道，也就是说，你的同学应该没有大碍。"

王翔听了，高兴得差点蹦起来，男主人拍着王翔的肩膀说："你的脚伤也好得差不多了，今晚好好休息，明天回家吧。"

第二天，王翔告别那对夫妻，回到了城里，果然，那个同学只是暂时被砸晕了，过一会儿就醒了过来，包扎了一下就没事了。回到学校，王翔只是受了点处分。事后，老师问王翔这几天到哪里去了，王翔想了想，认真地说："我去上了一堂最好的课，关于生命和亲情……"

（题图、插图：刘斌昆）

您手中有没有得意之作？本刊辟有二十多个原创性栏目，如新传说、我的故事、情感故事、16岁故事、职场故事和中篇故事等；您读到或听到什么趣事可以和大家一起分享吗？3分钟典藏故事、笑话和快乐辞典等都是本刊推荐性栏目。热忱欢迎来稿，本期责任编辑信箱：lujia411@yahoo.com.cn。

做菜如做人：用简单朴素的原料，注入十分诚意，减去七分花哨，淡泊名利，返璞归真，才能品出最好的味道……

最好的味道

□ 董　雷

1. 神秘食客

老林下岗后没找到工作，便把在农村种地的老婆接了出来，两人一起开了个街边大排档，老婆负责买菜收账，老林负责炒菜掌勺。以前，老林从没当过火头军，在老家时，吃饭都是老婆伺候他，在厂里的时候，他是顿顿吃食堂。说实话，刚开排档时，老林连个土豆丝都切不好，可是这排档一条街上的夫妻店都有个不成文的规矩：男人掌勺，女人收账。为啥？因为掌勺是个苦活、力气活，大排档从晚上五六点开始营业，到凌晨三四点，一干就是十来个小时，一般女人家根本就撑不住劲。老林只好赶

鸭子上架，硬着头皮开了张。好在老林平时就喜欢琢磨事儿，几年厨师干下来，他总结出了一套做大排档菜的心得。渐渐地，他的"老林家"排档生意蒸蒸日上，每天晚上都聚满了客人。

这天晚上，排档一条街上来了一位神秘的客人：一个高个儿精瘦的老头儿。他手拿一瓶矿泉水，挨家挨户地逛了过来。或许是上了岁数

的缘故，他在密密匝匝的排档间穿行，步子都不大稳当。在吃排档的人里头，这样的老先生绝对是个另类。来大排档的大多是吆五喝六、成群结队的朋友，像老先生这样的长者，似乎更应该去茶楼、茶馆这样的地方。这位老先生人挺特别，点菜的方式也是与众不同，他没有停留在一个摊子上吃喝，而是蜻蜓点水似的一路溜达。不管到哪一家摊子上，他都只点一道菜——土豆丝。做法上他倒是毫无要求，辣炒、清炒、醋溜、凉拌随你，做好后，他尝上一两口，然后拿出随身携带的矿泉水瓶，喝水、漱口，接着直奔下一家，还是来一盘土豆丝……

很快，老先生就来到了老林的摊子上，照例点了一盘土豆丝。老林三下五除二鼓捣出一盘醋溜土豆丝，端上了桌。老先生举起筷子，尝了一口，眼睛突然一亮，这回，他没有用矿泉水漱口，而是又接连尝了好几口。细细品味之后，老先生终于开口说话了，他问老林："这菜是你炒的？"

老林点点头："对啊，您不都瞧见了吗？"

"为什么这么炒呢？"

为什么？这问题老林还是第一次遇到，大排档炒菜还问为啥？为了糊口呗！老林是个实在人，便实实在在地答道："这么炒有味儿。"

老先生笑了笑，继续追问："有什么味儿呢？"

老林被问懵了，难道是自己做的菜出了什么错，老先生砸场子来了？可看老先生笑眯眯的样子，又不像呀，老林抓抓头皮，想了想，这才回答说"醋溜土豆丝这菜吧，要做得有味儿，关键是醋和辣椒的比例。"

老林告诉老先生，来吃大排档的，第一图便宜，第二就是图"有味儿"。大排档的原材料，多是羊杂牛杂、花蛤海蛤、大肠猪肺这样的"边缘货"，这些东西本身很腥膻，大排档的厨师们为了让它们出味儿，就下重油、重盐、重麻、重辣，一口下去，好比给食客的舌头打了一针兴奋剂，一时间，嘴里除了调料的刺激，什么别的味道也尝不出来了，这就叫"有味儿"。可是，老林对"有味儿"的理解有点不一样，他在做菜的时候格外留心，猪心猪肺要用多少辣椒来压住腥味，羊头牛肚要用多少花椒来去膻，每出一锅菜，他都要尝试不同的用量，一步一步地做到了现在。就拿这醋溜土豆丝来说吧，别的厨师都习惯了大勺大勺地放辣椒和醋，可老林觉得，土豆和荤腥不一样，不需要用这么多的调料，所以他做的这道菜，看似调料比别人家用少了，可尝起来反而更有味儿了。

老林一口气说完，觉得心里挺痛快，这些都是他多年来做排档菜的经验，可从来没人感兴趣，也没人问过

他，他也就没机会说过。

今天不知怎么了，老林对着一个食客全说了出来，他隐约觉得，这位老先生和别的食客有点不一样。

老先生认真地听完老林的话，刚要开口说什么，突然一阵喧哗声响起，只见一个戴着厨师高帽的人和几个西装革履的男人走到了老林的摊位前。那个戴厨师帽的人一把抓住老先生的手，挺激动地说："张老先生，我们可找到您了！酒席都给您备得了，您怎么到这种地方来了？多不卫生啊，要是吃坏了身体，可怎么得了？"

这一连串话把一旁的老林听傻了，他刚要辩解自家的菜挺卫生，老先生冲他摆了摆手，随后转身对戴厨师帽的男人说："吴总厨，谢谢你，饭我已经在这里吃过了。这个排档很有意思，来，你也尝尝这盘土豆丝。"说

着，老先生端起土豆丝，递到那个吴总厨的面前。

老林看着吴总厨不想接又不得不接的尴尬表情，不觉好笑。突然，他觉得眼前的这个"吴总厨"有点面熟，再仔细一看，原来是在电视上见过，这不是华美大酒店的行政总厨吴书明吗？别看人家干的也是厨师，老林和他一比，那是一个天上一个地下。吴书明最近还出了一本食谱，市面上卖得很火，电视台为此专门采访过他，这可是个人物呀！

这时，只见吴书明尴尬地捧着土豆丝，勉强尝了两口，敷衍地说："不错不错。"

"不错？"老先生看了一眼老林，说，"我看，这水平，够报名参加比赛了！"说着，他从怀里掏出一张报名表递给老林，再三叮嘱老林一定要去报名。

老林接过报名表，只觉得一头雾水：参加什么比赛？这老先生又是什么来历，连吴书明都对他恭恭敬敬的？老林正想着，一转头，突然看到吴书明铁青着脸，投向自己的目光里充满了不屑。

2. 美食大赛

这天收摊后，老林仔仔细细地看了老先生留

给自己的报名表，原来，老先生说的比赛，就是最近本市闹得风风火火的第一届"风味杯美食大赛"。老林之前也听说过，报名参加这个比赛的，大多是饭店酒楼的专业厨师，他从没想过，比赛会跟自己这个排档厨师沾边。

拿到报名表后，老林就开始关心起这个比赛来。这天，他看到电视里正在播放美食大赛的新闻，新闻里说，这次比赛请到了多位名家担任评委，其中最有分量的就是名厨张若虚老先生，他将友情担任决赛阶段的评委。

这位张若虚老先生是本地人，他自小就在饭馆里做学徒，从最低级的洗菜做起，一步一步修成正果，三十年前便已成为了举世闻名的大厨。可是，在参加过一次本地举办的烹饪大赛后，正值事业巅峰的他却突然辞职，离开了这个城市。关于他离开的原因众说纷纭，但从来没人能够给出一个令人信服的答案。大家唯一知道的就是，张老先生从那时起仿佛和这个城市有了隔膜，除了几次还乡祭祖，再也没有回过家乡，他开的几家饭店也都是在外地。这次他能回来，可真是极其难得了。

这时，电视屏幕上出现了张老先生的镜头，老林一看就跳了起来：这不就是给自己报名表的那位老先生吗？只听张老先生对采访他的记者

说，他并无子女，这次回来，是想借着大赛的机缘，在家乡收一个徒弟，以后继承自己的家业……看到这儿，老林激动了，当然，他可没想过自己能赢得比赛，他激动的是，张若虚这样的名厨，竟能到自己的排档上来点一份土豆丝，还鼓励自己参赛！本来，老林还在犹豫到底要不要报名，这下，冲着张老先生的这份知遇之恩，他怎么也得参加比赛了。

美食大赛很快拉开了帷幕。第一阶段是初赛，选手们分成若干小组，每组二十人，现场准备三道自己的拿手菜，经评委组打分后，得分最高的

前两名晋级。

别看老林干了多年厨子，可毕竟是不入流的大排档，参赛那天，他才真正见识了各路高手。有的选手玩儿的是刀工，一尺长的黄瓜硬敢切成两百片，而且每片之间还连接不断；一块拳头大小的豆腐，转眼之间就把它雕成了一只玉兔。有的选手拼的是食材，和老林同组有一位选手，在一家高档的西餐厅任职，他提鲜一定要用牛肝菌、竹荪，调味一定要用上等鱼露、鹅肝酱，主菜的牛排一定得是新西兰空运来的……结果比赛还没结束呢，就被主持人送了一个美名"食材哥"。

高手如云，老林看花了眼，轮到他的时候，原先的一点儿"豪情壮志"早就被吹到爪哇国去了。做什么菜好呢？老林想了半天，觉得自己平时做的那些菜，哪个都拿不上台面，他有点想放弃了。

这时，评委们正轮流走过每个参赛者的展位，在吴书明的桌前，评委停留的时间最长。老林虽然看不到他做了什么菜，但能听到评委们的赞叹声。突然，一个评委说道："听说，张若虚老先生回乡后的第一顿饭，就是吴总厨接待的？"吴书明脸色一变，没有接话，另一位知道内情的评委笑道："张老先生回来后的这第一顿饭，可是充满了传奇色彩啊！听说他自己跑去了咱们市的排档一条街，在大排档上吃了饭不说，还在那里发现了一位潜力选手，这位选手……今天应该也来参赛了吧？"

正收拾锅碗瓢盆打算开溜的老林听到这话，脸立刻涨得通红，这时，一个眼尖的评委看到了他桌上的牌子"老林家排档"，大声道："看，不是在那儿吗？"转眼间，一大群评委都来到了老林桌前。一个满头白发的评委和气地问老林："这位选手，你的参赛菜品是什么？"

老林红着脸，结巴了半天，最后只好报出了自己的"绝活"——也就是排档三大菜：清炒土豆丝，辣炒大肠，煎青鱼。他刚说完，场上就响起一片笑声，几个评委也有点忍俊不禁，那个白发的评委微笑着说："好好，本色就好。"

评委离开后，老林快速地完成了三道菜品，还没等评委给分，就离开了比赛现场，他知道，自己这回准没戏了。回家路上，老林暗想：今天见识了真正的高手，就算不能晋级，也不虚此行了。

3. 晋级复赛

几天的比拼下来，比赛的三十强产生了。出乎老林的意料，他居然进入复赛了，虽然在所有选手中排名第三十，刚好是够格进入复赛的最后一名！

从现在开始，美食大赛的每场比

赛都将进行电视转播。赛制也发生了变化，三十名选手被三人一组分成十组，综合各评委的给分，每组的前两名晋级二十强。

复赛定在周日举行，选手进场后，老林一看，顿时倒抽了一口冷气：自己这组的另两个选手，一个是初赛里见过的"食材哥"，另一个，竟然就是大名鼎鼎的吴书明。

开赛后，主持人介绍了比赛规则：这场比赛准备好了各种食材，既有参、翅、鲍、贝等山珍海味，也有普通的猪牛羊鸡鸭鹅，还有一些蔬菜水果等配菜。选手们根据初赛的成绩，依次挑选自己需要的食材。吴书明是初赛中成绩最好的，可以第一个挑选。老林本以为他会挑选最名贵的食材，没想到，吴书明只拿了普通的猪肉；轮到"食材哥"挑选时，还剩了不少材料，食材哥也欢欢喜喜地挑了自己想要的东西。所有选手都挑完了，终于轮到了成绩排在末尾的老林。他走到堆放食材的桌边一看，心里立刻"咯噔"一下，暗叫：完了完了！只见桌上空空荡荡，唯一剩下的就是几根长条茄子，连一点荤腥都没留。老林垂头丧气地拿了茄子，回到灶台边。

选好食材，比赛就正式开始了。老林一时不知如何下手，索性就观摩起了别人的手艺。只见吴书明做的是抓炒肉片，这道菜看起来稀松平常，其实最考验选手的基本功，特别是对火候的把握。做这道菜，就看厨师能不能在火候最佳的几秒钟里"抓"肉片下锅，"溜"好之后又在最关键的几秒钟里把它们"滑"进菜盘，只有这样，做出来的肉片才能外脆里嫩、滑而不腻。火候过了或者火候不到，肉片或老或生，行家一口便能尝出来。俗话说，"没有金刚钻，不敢揽瓷器活"，在比赛中好些资深厨师都避免选择这道菜，以防自己一时紧张，错过火候失了手，吴书明一上来便主动选择这道菜，自信心可想而知。

老林再看"食材哥"，他做的是一道创新菜，选了高档食材石斑鱼和草原羊肉，把羊肉塞进鱼肚子后再进行烤制，显然，是取一个"鲜"字的寓意。

看了同组两位选手的表现，老林是彻底轻松上阵了，和这些高手比拼，自己哪还有胜算？他来到锅灶旁，三两下将茄子切好，要下锅时，他却犹豫了。他本想做一道传统的风味茄子，可一想到这很可能是自己最后一次站在这个赛场上，做一道毫无新意的菜就下场，实在有点不甘心。突然，他灵机一动，想到了"排档三大菜"里的"煎青鱼"，自己何不素菜荤做，改良出一道"煎茄子"？想到此，老林突然兴奋起来，他略施刀工，把茄子加工成了长条的青鱼形状，然

后把鱼香茄子和煎青鱼的做法结合起来，很快，一盘煎茄子便上了桌。

比赛结束，评委打分，吴书明的手抓肉9.9分，老林的煎茄子8.5分，而食材哥的"鱼羊为鲜"竟然只有4.5分。

老林傻眼了，自己淘汰了食材哥？人家菜做得不错呀，自己哪里比人家强了呢？事后听了评委的分析，老林才恍然大悟，"鱼羊为鲜"这道菜，因为鱼肉和羊肉的食材特性大不一样，同样的烤制时间，鱼肉焦而羊肉生，再加上这两者口感差别太大，入口一嚼，味道难以融合到一起，实在是一大败笔。反倒是老林的"煎茄子"，用料恰到好处，创意和口味兼具。评点到最后，一位评委对老林说："其实，初赛的时候我们就注意到你了。听说大排档菜里有一道煎青鱼，

今天你能够做出这样的创新，将劣势转化为优势，确实难得！"老林听后心里美滋滋的，原来自己也有独到之处啊！

分数出来后，主持人当场就宣布了复赛结果，老林做梦都不敢想的事情发生了，他这个大排档厨师，竟然进入了决赛！

4. 绝活之战

这样一来，老林的名气可算是打出去了，一时间，他的大排档上人气爆棚，几乎每桌都会点上一份"煎茄子"，把老林乐开了花。可是，还有一件事他一直放心不下：人家大赛组委会的人告诉他，接下来的决赛将分两个阶段进行，第一阶段要求选手两两之间进行绝活比拼，一招定胜负。他老林有什么"绝活"，能够拿到这种大赛的现场去展示呢？

决赛那天终于到了，比赛现场座无虚席，一个个本地名厨在徒弟、助手的簇拥下走上了赛场。只有老林，拎着一只小包就上场了——本场比赛所有食材均由主办方提供，本人无需准备。

第一阶段，绝活大比拼，老林的对手是决赛选手中唯一的白案厨师，专做面食的。他的绝活就是

能将面条拉到极致，一个绣花针孔里能穿过五根面条。见面条一根根从针孔里穿过，别说下面的观众，连老林都看呆了。轮到老林时，只见他从小包里拿出一块黑布，对主持人说"我也没什么拿手的本领，就是做了这些年厨子，舌头练出来了。我现在蒙上眼睛，你们现场有啥菜品，只要让我尝一口，主料是啥，配料是啥，我都能分出来。"

他这句话一说完，底下的观众"轰"的一声笑了起来，这叫啥本事？连三岁娃娃都知道辣椒辣，花椒麻，白糖甜，杏子酸，还用得着他来尝吗？倒是台前的几位评委考虑得更加专业，一位戴眼镜的美食家善意地提醒老林："同样是酸，杏子酸和柠檬酸混在一起，一个味道重些，一个味道轻些，你能保证百分之百地尝出来？好好考虑考虑，换一个吧。"

"不用！"老林几步走到赛场中央，"要是大家不信，那就请这位拉面师傅给我出题，咱们当场比试比试！"

见老林这么有自信，拉面师傅的好奇心也上来了，很快，他就做好了一道豆腐汤。为了混淆老林的味觉，他往汤里扔进了一些杂七杂八的配料，像什么葱姜、蒜末，甚至还有萝卜缨子。拉面师傅刚要把汤端给老林，这时，另一组的一位决赛选手突然举手说道："主持人，既然是比赛绝活，就应该加强难度，我可以再往汤里加一样东西吗？"

老林一下就听出来了，这是吴书明的声音。他顿时紧张起来，吴书明要往汤里加什么呢？主持人和评委商量后，同意了吴书明的提议，很快，豆腐汤被端到了老林的面前。他尝了一口，分辨着各种不同的滋味，慢慢说道："嗯，这道菜是豆腐汤，除了主料豆腐、蘑菇，调料有高汤、花椒、葱姜、蒜末，还有、还有萝卜缨子……"

观众们见老林连对手随意洒入汤里的萝卜缨子也尝了出来，不禁响起一阵掌声。老林听到掌声，顿时松了口气，看来刚才吴书明加进汤里的就是萝卜缨子了。他刚要宣布尝味完毕，突然感到舌尖上隐隐回味出一股奇特的香味。老林赶紧又舀了一勺汤，细细咂摸，这股香味是他以前从没尝过的，像茴香，却没茴香辛辣，像薄荷，又比薄荷温和，这到底是什么呢？老林结结巴巴地说："还、还有……汤里还有一种东西，虽然我不知道是什么，可我能描述它的味道。"

听完老林的描述，一个评委笑了，说："你最后说的这样调料，是罗勒叶吧？"老林摘下蒙眼布，傻愣愣地问："啥，罗啥叶？"

评委舀起一勺汤，指着汤里几片绿色的叶子，说："这就是罗勒，是西餐里常用的一种香料，效果嘛，就和

我们用茴香差不多。你没接触过西餐，难怪不认识。"

评分时，评委们发生了分歧，一个评委说："老林虽然品出了所有调料的味道，可他连罗勒也不认识，对厨师来说，不是一种缺陷吗？"正在难以抉择之际，突然，观众席上响起一阵骚动，老林回头一看，原来，张若虚老先生现身了。

张老先生走到评委席上，拿起话筒，说："我本该是下一环节的评委，但比赛实在太精彩了，我忍不住出场说两句。老林不认识罗勒，是一种局

限，但他能把一种从没见过的调料品出来，还把味道描绘得如此到位，这不正是厨师最宝贵的天赋吗？"

张老先生说完，观众席里顿时响起一阵热烈的掌声。原来，拉面师傅的绝活，好多观众都在电视上看过，倒是老林的绝活特别新鲜。再加上有些观众也不认识罗勒，看的时候就特别有共鸣，很有一点观赏"达人秀"的意思——咱老百姓当中、大排档厨子里，还有这种猛人呢！

最后，张老先生的意见在评委中占了主流，老林再次晋级了。

最后胜出的十名厨师——除了老林，其他都是响当当的名厨——再一次来到了灶台前，最后的冲刺开始了。主持人宣读了最后一场比赛的要求：每位选手用主办方提供的相同的食材，自由搭配，做出一道自己最拿手的菜肴，由张若虚老先生评判，一战定江山。

正式比赛前，选手们有十分钟的休息时间，趁着这个机会，老林走到吴书明跟前，诚恳地说："刚才汤里的罗勒是您最后加上的吧？这次比赛我真是大开眼界，简直不敢相信，自己会走到决赛这个阶段。"

吴书明冷冷地看了老林一眼，说："我也不敢相信，自己会和你这个大排档厨师一起参加决赛。"

老林满怀善意，被这句话一呛，一时不知该说什么好了。吴书明接着

低声说："你以为自己是怎么走到今天的？初赛时，要不是张若虚特意向评委推荐你，就凭你那排档三大菜，能进入复赛？复赛时，食材哥马失前蹄，你误打误撞做了个煎茄子，这才侥幸晋级。至于刚才嘛，罗勒是我加的，我就是想让大家看一看，你这个排档厨子只认识一些最粗贱的食料，要不是张若虚出来力挺你，你以为自己能走到这步？我不知道你们之间有什么关系，我看多半是张老年纪大了，脑子也糊涂了。虽然最后一场比赛他有决定权，但如果他的评判理由说不过去，全市的电视观众都不会答应的，你的好运气也只能到此为止了。"

吴书明说完，休息时间也就到了，老林眼看着吴书明头也不回地上场，原先的良好感觉一下全没了，心里只剩下一个疑问：自己真的是因为张若虚老糊涂了，才侥幸进入决赛的吗？

5. 又见土豆

此时，两位工作人员推着一辆盖着帆布的小车走上了赛场，小车里就是最后一战的食材吧？里面会是什么呢，瑶柱、海参、燕窝？看这辆小车的装潢如此华丽，难不成里面竟是驼峰熊掌？选手们跃跃欲试，都睁大眼睛盯着小车。老林却还沉浸在刚才的对话中，垂头丧气地打不起精神。

帆布揭开了，观众和选手看到主办方提供的食材，不由一齐发出"哟"的一声，原来，那小车上整整齐齐地摆满了土豆！

随后主持人走上赛场，进行了解释：大赛主办方本来已经给各位选手准备好了贵重的食材，谁知，就在比赛开始前，张若虚老先生要求主办方向选手们提供他亲自带来的食材：一包土豆，不然他就不担任这场比赛的评委。主办方无奈之下，只好按张老先生的要求行事，于是就发生了大家刚才看到的一幕。

主持人的话音刚落，张若虚老先生便从座位上站了起来，一字一句地说道："诸位，这道菜的主料，就用我带来的土豆，其他配料嘛，你们随便用，我没有限制。"

一个个拳头大小的土豆发到了选手的桌子上，短暂思索过后，大家开始忙碌起来，只有一个人例外，那就是老林。他垂头丧气地做着前期准备，打算随便做一道炒土豆丝之类的排档菜，可是，他正给土豆切丝时，忽然愣住了。他放下菜刀，拿起一把已经切好的土豆丝在鼻子边使劲地闻着，然后，又意犹未尽地把一条条土豆丝塞进嘴里，那种贪婪的样子，好像在咀嚼什么山珍海味。

旁边的选手们已经准备收工了，老林这时才如梦初醒，他飞快地清洗了一下剩下的几枚土豆，然后"扑通扑通"地把它们扔进盛满清水的大锅

里，开火"咕嘟咕嘟"炖了起来。等到其他选手纷纷交卷的时候，他这边的土豆刚好煮熟。

老林这是要弃权了吗？台下观众议论纷纷。评委组见状，在品尝时也就没有考虑老林的"菜品"，只对其他选手进行了打分。最后，吴书明的"五鼠闹春"得分最高。

这五鼠闹春，是把五枚土豆用刀工刻成老鼠的模样，然后在它们身上分别涂上调制好的蜂蜜、辣酱、蓝莓酱、苦瓜酱和盐水，然后放入烤箱内烤制，出炉后，五鼠分呈黄、红、蓝、绿、白五色，显甜、辣、酸、苦、咸五味。然后，再用高汤加淀菜汁勾浓芡，在托盘上画出碧草、绿树、藤萝等一番春天的景象，最后把五鼠放置其中，果然是春意盎然，栩栩如生。

吴书明准备接受比赛奖牌的时候，一直在旁边不发一言的张若虚老先生忽然开口了："还有一位选手没打分呢，老林，你这道菜是怎么想的呢？"

观众们"轰"的一声笑了起来，老林做的哪是菜呀，四个煮熟的土豆摆在菜盘里，这不是闹着玩儿吗？

老林的目光扫过全场，随后说道："我也知道大家为啥笑，可是，容我说两句。"

"说实话，我这做了几年排档菜，要说伺候土豆，我只会一道，炒土豆丝。今天，我本来也只能做这道菜，可是切菜的时候，我发现这土豆和我以前用的不一样。"

"不一样？"主持人露出一脸夸张的表情，他走到餐桌前，拿起一枚土豆，左看右看，转过头问道，"不一样吗？我看不出来。"

"真的不一样。"老林看上去都有点急了，"真的，这些土豆，有土豆味儿！"

"哗……"观众们又一次笑出声来，土豆没有土豆味儿，那成什么了？

老林却没有被笑声影响，接着说道："小时候家里穷，我老林就是吃土豆长大的，这个东西，小时候我娘天天煮给我吃，这味道我一辈子都忘不了。可是后来，这东西的味道越来越淡了，不光是土豆，啥菜都是这样。我们平时做排档菜用的材料，都是从菜市场批发来的，那些东西，每买回一批我都要亲口尝尝，白菜、萝卜、土豆……我尝了一批又一批，再也没有尝到小时候的味道。我问人家这是为啥，他们说，如今的菜，自打种子入地到采摘上桌，都离不了化肥、农药、催熟剂，所以慢慢就没味儿了。可等这些东西进了厨房，咱们又开始拼命往里面加料，大料、味精，放得那叫一个欢。我就一直在琢磨，菜味儿已经淡了，再放这些东西进去，到底要让顾客吃啥？所以，我平时做菜放料都是点到为止，万万不敢过火。"

"今天张老给的这些土豆，一开始我也没觉得啥，可是切着切着，我就闻见味儿了，就是小时候吃过的那种味道，快二十年没尝过了吧。吃上一口，我就会想起小时候，想起我娘。这么好的土豆，它压根儿就不用放啥调料，白水煮来吃最香，从小时候一直香到现在！"

老林说完，全场一片寂静。好一会儿，几位评委走上了赛场，拿起老林的白水煮土豆尝了起来。一尝之下，这土豆果然与众不同。大家不约而同地转头去看张若虚，只见他微微一笑，说"我也给大家讲个故事吧。"

"我自小学厨，不满三十岁，各种冠军已经拿了几十个，我也觉得自己很了不起。后来，咱们这里举行厨艺比赛，我参赛了，决赛的对手是一个工厂食堂的厨师。当时我就想，这冠军还有旁人吗？指定是咱的呀。比赛题目就是土豆菜，吴总厨的这道五鼠闹春，其实是那一次我为了比赛专门新创的。

"那位厨师做的是清炒土豆片，评判的时候，评委们甚至对那道菜尝都没有尝一口，他们都被那道五鼠闹春吸引住了。颁奖结束后，我还自以为是地走过去，想安慰一下那个对手，可是，尝了一口他的清炒土豆片，我当场就呆住了。

"那才是真正的味道啊，油、盐、葱花、土豆，平平常常的四样东西，可是经他的手，菜的真味出来了！他告诉我，在工厂食堂里没啥高档货，一年到头就是土豆白菜，所以做菜时他格外上心，一心一意，就是要让每一种菜看都能'有味儿'。

"我知道自己其实是输了，那道五鼠闹春说白了就是一个花架子，跟这道清炒土豆片比起来，根本算不了什么。有一阵子我甚至觉得自己这几十年都白学了，让每一道菜都能真正的'有味儿'，这才是我们厨师最最核心的东西，可是这些年我一直在学些什么呢？这些天看你们这些大厨做

菜，动不动就用高汤鲜料，这和排档菜用重油、放重料本质上有什么区别吗？当年，我曾想跑过去告诉评委，让他们亲口尝一尝那道菜，重新评判一次，可是虚荣心拦住了我，到底没有走出那一步。从那以后，我心里一直有一个声音在对自己说：你输了，你其实什么都不懂，根本不配那个冠军。

"尽管没人知道这件事，我还是感到没脸在这里继续生活下去，所以我离开了。三十多年了，我一直都忘不了那天的事。这次我回来，一是想借比赛告诉大家这件事，它困扰我太久了，只有说出来才会安心。另外，我还想找到一个真正懂得'有味儿'的人，收他做我的关门弟子，把我这些年思考的东西一一告诉他，没想到，今天真的找到了。"

说到这里，张若虚走到老林身边，拍拍他的肩膀，说"你说的没错，这些土豆是我自己在乡下种的，没有用农药，也没有用化肥，大概就是三十多年前的那个味道吧？其他选手看到这些土豆的第一眼，就是去造型、去调味，只有老林一个人，注意到了土豆本身的味道……"

听完张若虚的话，大家纷纷陷入了沉思。半小时后，比赛结果要揭晓了。这时，主持人突然匆匆上场，对观众和评委们说道："刚才，老林对我说，听了张若虚老先生的话，他感到自己要学的还很多，他决定退出这场比赛，和张老先生一起去他的种植基地看看，将来，一定要做出更多让老百姓吃了放心、有味的菜。现在，他和张老先生已经离开赛场了……"

评委们闻言不由面面相觑，一时不知如何是好。观众席上静默良久，突然，爆发出一阵热烈的掌声，在赛场上回荡，经久不息……

（题图、插图：杨宏富）

阿 P 系列幽默故事征文

阿 P 系列幽默故事栏目开辟二十多年来，深受读者欢迎。

为了把这个栏目办得更好，本刊再次面向全社会征稿，希望有更多的人来关注阿 P，把您身边的阿 P 故事写得更精彩，更有现实意义和典型意义。

来稿方法：1. 从邮局寄发，请在信封上注明"阿 P 故事征文"字样，本刊地址：上海市绍兴路 74 号《故事会》杂志社，邮编：200020。2. 从网上传递，可寄以下信箱：wulun@vip.sohu.net，请在主题上注明"阿 P 故事征文"字样。凡已和我刊编辑有联系的作者，稿件可继续投给联系的编辑。

文明的标志

一个考古学家举办讲座，台下听众提问："发掘出原始部落的遗址后，怎么判断这部落是否已进入文明阶段了？"大家听后议论纷纷，有人说，看遗址中有没有陶罐，有人说，看遗址中有没有鱼钩。而考古学家的回答是："看受伤后又愈合的股骨。"

考古学家解释说，野蛮部落奉行"优胜劣汰"的丛林守则，大多数受伤者都无法生存下去。如果在一个部落的遗址中发现了大量愈合的股骨，就说明这些原始人在受伤后得到了同伴的照料，有人跟他们分享火堆、水和食物，直到他们的骨伤愈合。

最后，考古学家意味深长地说："这标志着原始人类开始懂得'怜悯'，而'怜悯'正是文明与野蛮之间最根本的区别。"

（推荐者：鱼多多）

"欢迎逃单"拉面馆

在日本有家拉面馆，它的员工手册上有一条特殊的规定：客人逃单，员工不准跑出店外追客人。

有个新来的员工不理解，一次他当班时，发现有客人吃霸王餐，员工放下碗就想追出门，老板拦住了他。过后，老板耐心地给员工解释：不追逃单，一是因为追逃单的人工成本太高，即使追回一点拉面钱，也会浪费很多时间，这些时间本可以用来招待更多客人。二是追逃单会影响小店的形象，无论你的态度多么平和，穿着员工服装在大街上与人争执，总是不雅。三是因为，有的人并不是故意逃单，只是忘记带钱；还有些逃单的是穷人，需要一碗保命饭填饱肚皮。

就这样，"欢迎逃单"拉面馆开了近二十年，店里逃单的客人反而越来越少，生意也越做越好。

有些事情，看似吃亏了，实际上却能得到更多。

（作者：李金鹏；推荐者：于林娜）

阿P写网文

□ 焦松林

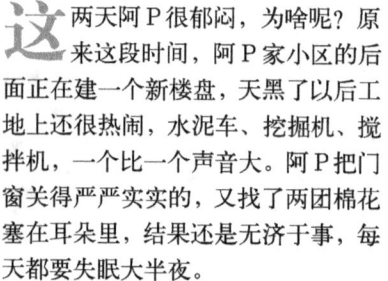

这两天阿P很郁闷，为啥呢？原来这段时间，阿P家小区的后面正在建一个新楼盘，天黑了以后工地上还很热闹，水泥车、挖掘机、搅拌机，一个比一个声音大。阿P把门窗关得严严实实的，又找了两团棉花塞在耳朵里，结果还是无济于事，每天都要失眠大半夜。

这天，阿P再也受不了了，他专门请了假，去建委要说法。刚到建委楼下，阿P一眼看到了邻居赵大，正要打招呼，赵大先开口了："阿P啊，你是为晚上施工噪音的事来的吧？别去了，我刚去过，没戏。"

阿P不相信：有我阿P亲自出马，怎么可能没戏呢？赵大见状，就热心地领着阿P上楼。走到二楼建委办公室门口，赵大指了指门边墙上贴的公告，说："你自己看吧。"

阿P抬眼一看，只见那告示写道

"亲，您是为夜间工地噪音来的吧？别生气上火哦，我们正在全城盘查工地夜间施工证，很快就能让您睡个囫囵觉了，到时记得给好评哦，亲。"

阿P知道，这是最近网络上很火的"淘宝体"。以前阿P开过网店，为了和买家套近乎，也这样一口一个"亲"地和对方聊天，可是，这网络文体怎么用到公告上了呢？阿P看不明白，赵大就告诉阿P，现在有些部门为了表示亲民，就用这种文体写告示。阿P顿时哭笑不得，他推开门就走进办公室，向里面的工作人员问道："我是江岸明珠的业主，我们那儿有个在建工地，夜间施工扰民，你们有没有查过？"

工作人员慢腾腾地答道："我说老兄，外面不都贴着告示吗？查也需要个时间，对不？"

阿P生气了："你是在忽悠我吧？你们到底去那里查过吗？"

工作人员见阿P脸红脖子粗的，只好打开电脑，检索了一遍后告诉阿P："那个工地没有夜间施工证，我们已派人下发停工通知了。"

阿P这才松了一口气，心想，今晚总可以好好休息了。谁知夜里十一点多，阿P又被噪音惊醒了，他掀开窗帘一看，只见后面那个工地灯火通明，好不热闹。阿P那个恼啊，他索性穿好衣服离开家，直奔工地而去。

一路上，阿P遇到了十多位小区居民，他们也是被噪音吵起来的。一行人来到工地上，工地承包人正好在那里，阿P上前连声问道："我白天去了建委，他们说你这里没有夜间施工证，已经给你们发了停工通知，你们怎么还继续施工呢？"

那负责人说："停工通知？我没收到啊。"忽然，他像是想起了什么，从衣袋里掏出一张纸，问："你说的是不是这个？这上面的确盖了建委的公章，可我还以为他们闹着玩呢。"

阿P一看，只见那纸上写道"亲，你们没有夜间施工证，不能施工哦。要想获得施工证，请把你的施工资质证明复印件、中标合同书，以及施工经理的身份证带来。当然，还要带上1000块钱哟，这样，亲们就可以放心大胆地施工了。"

阿P捏着这张纸，气得脸都绿了。

· 多重性格 憨态可掬 ·

这哪是什么停建通知呀，根本就是一张变相的收费通知！人家只要交了钱，夜间施工肯定更加肆无忌惮了。

阿P愤愤地回到家里，心想：你们会写网络文体，我阿P就不会写吗？想到这里，他索性不睡了，拿起笔来就以小区居民的身份，给建委写了一个报告。第二天一早，阿P拿着报告，站在小区大门前收集签名。

小区居民看到阿P的报告，都会心一笑，纷纷签上了名。看着纸上黑压压的一片签名，阿P很有满足感，他拿着报告直奔建委而来。办公室里坐着的还是昨天那个工作人员，见到他，阿P将报告递了过去。

那工作人员接过报告，打开一看，只见上面写道："亲，我们是江岸明珠的居民，你们发了停建通知的工地，晚上却照常施工，亲，你们不会盼着我们夜间连续拨打110吧？还是想让我们把这些材料都寄给电视台？对了，你们那个很搞笑的停建通知，其实就是一张收费通知，拿出来可是很有说服力的哟亲。"

工作人员看完后，脸色顿时变了，他拿起手机，拨了个号，慌慌张张对手机那头说道："亲，哦不是，领导，出事了……"

看着工作人员紧张的样子，阿P忍不住"噗"地笑了……

（题图：顾子易）

一句话让人心里冰凉

◆ 考取了名牌大学，所有人都祝贺你说："真是人不可貌相。"

◆ 送弟弟去上学，老师笑着对弟弟说："你妈妈好年轻啊！"

◆ 老板找你去办公室，说："你业务能力非常强，但我们这个小庙容不下大菩萨呀……"

◆ 兴致勃勃地等着观看世界杯，你老婆拿起遥控器，说："太好了，韩剧今天大结局。"

◆ 心仪的女生终于约你出来见面了，她羞红着脸说："你能帮我约一下你单位的小王出来吃个饭吗？"

◆ 买了只漂亮的宠物兔送给女友，第二天打电话过去询问，她说："味道还不错。"

◆ 满怀喜悦地把一个月工资交给老婆，老婆数了数，问："怎么就这么点儿？"

◆ 接到哥们电话，说快来滨江饭店，就等你了。你急匆匆打车过去，哥们见到你，眼泪涟涟："你总算来了，我们忘了带钱，这顿饭你先帮忙结了吧。"

◆ 老婆出差，约哥们在家聚会，喝酒打麻将，正在兴头上，电话响了，那边说："老公，我事情办完了，今天提前回来，你高兴不高兴啊？"

◆ 国庆节放假前，班主任对学生们说："放假结束后第一天，学校组织摸底考试。"

（推荐者：王永生）

吃鱼的学问

◆ 鱼眼给领导：叫高看一眼；
◆ 鱼嘴给好友：叫唇齿相依；
◆ 鱼尾给下属：叫委以重任；
◆ 鱼鳍给后辈：叫展翅高飞；
◆ 鱼肚给新识：叫推心置腹；
◆ 鱼背给失意者：叫定有后福；
◆ 鱼肉随意吃：叫年年有余。

（推荐者：赵 平）

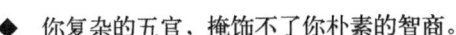

◆ 你复杂的五官，掩饰不了你朴素的智商。

◆ 女追男，隔层纱；男追女，隔层妈。

◆ 因为你的"对不起"，我决定和你"没关系"！

◆ 我身材其实挺好，肥而不腻。

◆ 别到处嚷嚷世界抛弃了你，世界原本就不属于你。

◆ 为了培养气场，我经常吃大蒜、洋葱和萝卜，现在我上下前后左右都布满了气场。

◆ 在这个世界上，看我二的人能成为我的朋友，陪我二的人能成为我的闺密，比我二的人简直可以成为生死之交了。

◆ 莫要晒甜蜜，莫要晒幸福，因为常识告诉我们，晒容易流失水分，而冷藏是保鲜的最佳方式。

◆ 累吗？累就对了，舒服是留给死人的。　　　　（推荐者：史顺利）

网络三国

◆ **桃园三结义**

刘备：我新弄了个聊天群，名叫桃园，你们两个加入吗？

张飞、关羽：好，我们听哥哥的。

◆ **三顾茅庐**

刘备：在下见过卧龙先生。

诸葛亮急忙从床上爬起来，大惊：是谁把我的网名泄露出去的？

◆ **过五关斩六将**

关羽终于在 QQ 上与刘备接上了头：哥，今天我加你为好友，你怎么发了五次验证，还设了六道密码，我费了好大的劲啊！

刘备：不是我干的，一定是曹操从中作梗，放的病毒。

◆ **草船借箭**

孙权新开了个"草船博客"，非常冷清，周瑜急忙求诸葛亮帮忙。诸葛亮找到几张非主流的照片贴了上去，数日后……

周瑜：先生，网上万箭齐发，都是骂主公的，主公快给口水淹死了。

诸葛亮：你没看见点击率上去了吗？

◆ **连环计**

众人问王允：董卓与吕布原本非常兼容，你是用什么手段让他们发生冲突的呢？

王允：我给他们送去了貂蝉 1.0，她与董、吕均能兼容，却会造成他们之间的版本冲突，嘿嘿，因为我在里面放了些爱虫病毒。

　　　　（推荐者：蓝银草）

（本栏插图：安玉民 梁 丽）

工资单里的
猫腻

□ 赟 华

老张从老家来到广东打工，靠着打工挣来的钱，他供孩子读完高中，上了大学。然而，天有不测风云，前不久老张在工作时，一不留神让机器割断了左手的食指和中指。经过治疗，老张慢慢康复了，但左手却留下了永久的残疾。

这天，老张正躺在病床上，老板来看望他。老板笑着对老张说："恢复得不错嘛，能活动了。"老张憨厚地笑了笑。老板又安慰了老张几句，就掏出一张纸条，说："这是上个月的工资单，你签个字，我让财务把钱送过来。"老张也没细想，就在工资单上签了字。

不久，老张出院了，他找到老板，希望谈谈经济赔偿的事。老板挺爽气："好的，好的。你打算要多少？"事先，老张已找人了解过，依据自己

3800元的月薪，怎么也能赔偿个二三十万。老张也不贪，开口说："我想要二十万。"不料老板一听就变了脸色，嘴里骂道："20万，你想抢钱啊？没有，你自己出的事自己负责！"

为讨还赔偿金，老张四处奔走，最后老板无奈地答应给老张12万元，并声称是严格按照法律规定计算出来的。老张怎么也想不通，有人工资比自己低，受伤比自己轻，得到的赔偿却比自己多得多，怎么到了自己这里赔偿就这么少呢？

老张一气之下就到当地劳动仲裁委员会申请仲裁。然而，仲裁结果出来了，老张大吃一惊，他们计算出来的赔偿金额竟然与老板给的数额一样。难道是老板买通了当官的？老张

咽不下这口气，又去上访，但有关领导经过调查，明确答复他，老板手里有老张亲笔签名的工资单，工资单上写得明明白白，老张的月工资是1900元。按照这个基数，公司给予的赔偿金没错！

老张闷闷不乐地回到了老家。到家后没几天，老张就病倒了。读大学的儿子闻讯匆匆赶了回来。

儿子得知父亲生病的原委，也很气愤。他是学法律的，自然关心法律程序，就问道："爸，您说您的工资是3800元，但为什么签字只签1900元？"老张摇摇头说："不是签一份。我们工资分两部分，一部分是基本工资，另一部分是各种补贴，两项加起来就是总工资。老板说这样就不用缴个人所得税了，是为了我们好。"

儿子一听就明白了其中的猫腻，他说："我这就去找我的导师，您不是有工资复印单吗？到时我们上法院去讨公道！"

不久，老张和儿子以及儿子的导师王律师来到广东某法院。在庭审过程中，老板的代理人故伎重演，只出示了一份工资单，工资单上有老张的亲笔签名，写明老张的月工资总额是1900元，所以赔偿金计算没错。

但是，王律师向法庭提交了老张的另一份工资单复印件，说："被告方在撒谎，事实上原告每次签工资单时都签了两份，而两份工资单都由被告

保存，被告在法庭上出示的工资单只是其中一份。"

老板的代理人装作不知情，坚持说只有一份工资单。王律师不慌不忙地又拿出一份证据。原来在开庭前，王律师已经向老张的工友们做了调查，他们证实，确实有另一份工资单。

最后，尽管被告拒不提供原告的所有工资单，法院还是判定老张的主张成立，认定老张的月工资总额为3800元。

律师点评：

《工资单里的猫腻》说明了这样一个法律问题：证据的确认。根据《最高人民法院关于民事诉讼证据的若干规定》第七十五条的规定，有证据证明一方当事人持有证据无正当理由拒不提供，如果对方当事人主张该证据的内容不利于证据持有人，可以推定该主张成立。

故事中，老张的老板其实早就算计好了，他把工资分成两部分，让老张他们签两次名。遇到工人要求赔偿时，老板就只出示其中的一份，计算赔偿时以其中一份为计算的基数，这样就能"合法"地少支付赔偿金。

这样的案例在生活中时有发生，因此，特别提醒读者平时一定要妥善保存好相关证据，遇到问题时才能利用法律手段保护自己的合法权益。

（题图：安玉民 梁 丽）

人类的朋友

□ 郑武文

张山、李石，王福三个人是好朋友。一天三人喝酒闲聊，聊着聊着，聊到了"动物是人类的朋友"这个话题。张山提议，一人讲一个动物救人的故事。

张山先说："大青马救了我爷爷的命。我爷爷在抗战时是骑兵，一次战斗时中弹了，从马上摔了下来，眼看要被后面的战马踩死，大青马转过

身，用嘴叼起爷爷的腰带，飞快地向侧翼跑去，一直跑到安全地带。"

李石接着说："大黄狗救了我儿子的命。那一次，我和妻子下地干活，把儿子一个人锁在家里。中午回来，看到家里的大黄狗嘴里含着一块撕下的人肉。原来，有个人贩子看到我家没人，就翻墙而入，想抱走孩子。谁知大黄狗一口就咬住了他的腿，人贩子只好灰溜溜地逃跑了。"

最后王福说："我也被动物救过，小白兔救了我的命。"张山和李石都笑了："小白兔还能救人？"

王福叹道："你们还别不信，我不是爱好旅游吗？那次我在山里迷路，被一只狼跟上了，跟了整整一天啊。天暗下来了，我发现前面有一所废弃的小屋，就逃进屋，屋里躲着一只受伤的小白兔。如果没有小白兔，我今天也不会坐在你们面前了。"

听到这里，张山忍不住问："是不是你治好了小白兔的伤，它指给你一条逃出去的暗道？"李石说："一定是它牺牲了自己，跑出去引开了狼。"

王福喝了一口酒，说："都不是。我在屋里发现了一些干柴，就用随身带着的打火机点燃了干柴。狼看到火，不敢靠近了。我把小白兔杀死，用火烤着吃了，恢复了体力，坚持了一夜。第二天有人路过，把我带出山林，我得救了！那兔子肉可真香，我一辈子都没吃过那么香的肉……"

穿越之后

□ 何　君　编译

圣诞夜的聚会上，一位物理博士向朋友透露了一个秘密：他发明了能穿越时间的机器。朋友以为博士喝醉了，就问："你有证据吗？"

博士一边喝酒一边说："我用时间机器带回了好几位古代先贤，阿基米德啊、牛顿啊、伽里略啊……"

朋友半信半疑地问："你是说，你把古人带到了我们的时代？"

博士点头道："是啊，但他们不适应我们的生活方式，最后我只好送他们回去。"博士说，后来他想到，只有最伟大的灵魂才能适应不同的时代，深思熟虑后，他选了莎士比亚。

朋友叫起来："什么？你把莎士比亚带到了现代？"这朋友是个英语讲师，莎士比亚可是他的偶像啊。

博士点点头，说："如果你不相信，我有证据。"说着他拿出一张纸，

上面潦草地涂着一个签名。朋友一眼就认了出来，这是莎士比亚独有的签名方式，要知道，当今世上只保留了三个莎士比亚的亲手签名。

朋友意识到博士说的可能是真的，这时，博士接着说："我告诉莎士比亚，他的剧本我们钦佩得五体投地，大学里还教莎学课呢。"

朋友激动了："我就教莎学。"

博士点点头"我知道，我给他在你班上报了个名。可怜的老头，他急于了解后世对他如何评价。"

朋友惊呆了，突然，他想起自己班上真有这么个人，打扮、说话都挺奇怪……这时博士已经喝得醉醺醺了，他伤心地说："可是，就因为上了你的课，莎士比亚强烈要求回古代去，因为他受不了那样的侮辱！"

朋友不明白了："侮辱？"

博士一口喝干了酒，说："你、你这呆瓜，你给了他一个不及格。"

照顾你面子

□冷 空

小刘今年读上了研究生，住宿条件不错，两个人住一间宿舍，但厨房是公用的，每层楼只有一个。

这天小刘没课，中午他听见宿舍隔壁的厨房有动静，就到厨房门口一看，一个女生正往锅里倒油呢。小刘纳闷了：这一层没住女生啊！再仔细

一看，原来是楼上的美女小田。小刘明白了：这个粗心的小田，少跑了一层楼也没发现。小刘刚想去提醒她，突然计上心来：自己装作不知道，一会儿说不定能蹭一顿饭吃……

于是小刘又悄悄回到床上躺下。过了一会儿，他溜到厨房门口一看，哟，小田已经炒好了两个菜，放在灶台上。小刘心想：还是提醒她一下吧，但小田知道自己用了别人的厨房，肯定下不了台。正在为难，小田的手机响了，她关掉火，匆匆出去了。

好机会！小刘赶紧拿起小田炒好的菜，走到楼上小田那一层的公用厨房，也把菜放在灶台上。真是天衣无缝！过了一会儿，小田接电话回来，这回她没走错，回了自己那层楼。

打这以后，小刘脑海里总出现小田在厨房里忙碌的身影，他发现，自己爱上了小田。这天，小刘瞅个机会，便半开玩笑地向小田表白了。

谁知小田一听，脸沉了下来，说"我最看不惯朝三暮四的人！"

朝三暮四？小刘不明白，小田鄙夷地看着小刘说："那天我回宿舍，门只开了一条缝，我一眼看到你正躺在我室友的床上，我赶紧跑去做饭，心想，不知什么时候你俩好上了。怎么让你们下台呢？做完饭，我只好假装接电话出去了，等回来一看，你果然已借机走了。"原来，小田到现在还不知道自己那次曾经走错了呀！

抢冠军

□ 陈伯群

民国年间，四川举办了一场川菜大赛，厨师大头一举夺冠，顿时成了烹饪界的香饽饽。各大酒楼饭庄都想抢到他，既要他的技术，更要他这个活招牌。

大头的徒弟开了一家"好吃大酒楼"，他头脑灵活，立刻把师傅请到自己的酒楼庆功。不少记者闻风而来，好吃大酒楼着实风光了一把。

大头的师弟也开了一家饭庄，听说此事，就动起了脑筋。他赶到好吃大酒楼，见众人正在酒楼门口合影，就走到大头面前，热情地说："师兄，原谅小弟迎接来迟，请允许小弟将功赎罪，参加小弟为您准备的庆功酒。"说着就想拉大头去自己的饭庄，大头的徒弟见状，忙说："师叔既然来了，何不在这里一起给师傅庆功？"

大头的师弟却坚持道："还是一起到敝饭庄为师兄庆功……"

一群人正在酒楼门口争执不下，两个警察赶到了。他们一边一个抓住大头，说："刚刚接到报警，你聚众阻碍交通，扰乱社会秩序，跟我们到警局走一趟。"说罢，不由分说就将大头推上了警车，留下众人在原地发愣。

还是大头的徒弟反应快，他想起，自己有个铁哥们在警察局有关系，赶紧请他出面打听。那铁哥们很快回了话：问不到大头的情况。

事情严重了！大家都为大头的安危捏了把汗。正束手无策，当地报上登出一条广告：川菜冠军主厨掌勺本店，金源大酒楼欢迎各界光临。

这是怎么回事？大头的徒弟忙拜托铁哥们再去打听，那铁哥们打听了半天，回话说："金源大酒店的老板，就是警察局长的小舅子，他们这是通过特别手段把冠军抢到手了！"

喝酒的潜规则

□ 亮 坡

古时候有一个极品酒鬼，一天他喝醉后挡了县太爷的道，县太爷便命人把他关进了大牢。酒鬼的酒还没醒，在牢里直讨酒喝，看守便故意作弄他说："有提供酒的牢房，要不要将你调过去？"

原来，不久前县里抓住一个飞天大盗，第二天就要处死，处决前要让他酒足饭饱地吃一顿。

等调完监狱，酒鬼一看飞天大盗那凶神恶煞的样子，吓得酒醒了一半，但一闻到酒香，他又镇定了。他倒了两杯酒，递了一杯给飞天大盗，两人你来我往，连喝了几十杯。很快，飞天大盗醉了，他趴在桌子上说："我要吐了，这样喝下去要喝死了！"

酒鬼迷迷糊糊地说："怕、怕什么！该吃就往肚里吃，该吐就往外面吐，死不了，绝对死不了！"

说完这句话，"哐当"一声，酒鬼自己先躺下了。第二天酒鬼醒来，发现牢房里只剩下自己一个人，飞天大盗不见了。过了一会儿，县太爷竟叫人打开牢门，放他出去。

酒鬼不明不白出了狱，回到家，正琢磨这事呢，突然有人敲门，开门一看，妈呀！是那个飞天大盗。酒鬼吓得直哆嗦："你、你是人是鬼？"飞天大盗恭敬地说："当然是人了。感谢先生指点，我才捡回一条命。"

酒鬼摸不着头脑："指点什么？"

飞天大盗哈哈大笑"你说：该吃就往肚里吃，该吐就往外面吐，绝对死不了！我一下就明白了，赶紧想法疏通，将以前吃进去的赃物吐了个干干净净，他们马上就放人了。"

酒鬼目瞪口呆，难怪县太爷放自己，原来自己喝酒得出的经验，暗合了某些潜规则啊！

（本栏题图、插图：包丰一 顾子易）

503

2012
SEMIMONTHLY
下半月刊

1月
STORIES

欢迎登录本刊主办的"故事中国网"（www.storychina.cn）

故事会
—STORIES—

2012 年 1 月
下半月刊·绿版

何承伟：社长、主编

夏一鸣：副社长

吴伦：常务副主编（兼绿版负责人）

姚自豪：副主编（兼红版负责人）

本期责任编辑：颜轶超

电子邮箱：yanyichao1004@sina.com

绿版发稿编辑：

朱虹 刘迎曦 黄美舟

美术编辑：李宝强

电脑制作：郭瑾玮

本社办公室电话：021-64375030

上半月刊编辑部电话：021-64332325

下半月刊编辑部电话：021-64336469

（上海市绍兴路74号 邮编：200020）

主管、主办：上海文艺出版（集团）有限公司

出版单位：《故事会》编辑部

发行范围：公开

出版、发行总监：张凯

电话：021-64313938

广告业务：上海故事会文化传媒有限公司

广告总监：张淮

广告业务：021-34010383

广告投诉：021-64333738

广告经营许可证

沪工商广字3100320080016号

发行：中国图书进出口上海公司

过把瘾

公司请员工吃自助餐。小陈拿了一大盆虾，正准备剥时，新来的美女同事娇滴滴地说："陈哥，如果你不介意，我来帮你剥虾吧？"说完就开心地为他剥起虾来，剥了一只又一只，自己却不舍得吃一口。

小陈见此情形，心里明白了：这美女一定是看上我了！于是散席之后，他便殷勤地要送美女回家，没想到竟被美女一口回绝了。这就让小陈摸不清头脑了，刚刚她剥虾时倒挺主动，现在怎么就翻脸不认人了呢？于是就追着问原因。

美女一脸不屑地说："其实我最爱吃虾了，但最近皮肤过敏，不能吃。今天，我看见你盆里的虾就心痒痒，过不了嘴瘾，只好帮你剥虾过把手瘾啦！"

（韩益飞）

（本栏插图：包丰一）

写诗的诀窍

女孩最近一心想学写诗。男友闻讯，哈哈大笑，说："写诗不难，我来告诉你怎么写！"

女孩一听，有些奇怪了，平时男友不声不响的，怎么还会这一手？只见男友一本正经地说："要想写好诗，第一步得先学乌鸦叫。"

女孩一脸不解，问："干吗先学乌鸦叫啊？"

男友解释道："因为诗人们都爱在诗里'啊'个没完没了。"

（星空之上）

原来如此

夏天，宿舍里蟑螂横行，屡灭不止。于是便有学生在校园论坛上发帖询问："学校用了灭蟑香后，蟑螂怎么出没得更频繁了呢？"

很快，便有人跟帖回答："你家人不见了，你不着急吗？"

（琅　琅）

专 家

小李和女朋友在谈婚论嫁。女朋友让小李把住房登记变更到她名下。他不知道这样变更会产生什么后果，便到处查阅资料。

小李的一个男同事听说此事，便说："你也别看了，我直接给你推荐一位这方面的专家，你记个电话号码。"

"那太好了。"小李很高兴，但又有些担忧，"是资深律师吗？不会按分钟收费吧？"

男同事拍拍小李的肩膀，说："完全免费，她是我丈母娘。"

（张　力）

金牌销售

黄经理是一位金牌房产销售，这天他接待了一个女客户。女客户听完黄经理的介绍，连连点头，说还要回家听听正在读大学的女儿的意见。

第二天，女客户又来找黄经理，请他再多介绍一点楼盘。这次，她听得更加认真，还不时用手机录下重要的数据。黄经理介绍完，觉得这笔生意有戏，便问女客户何时下单买房。

女客户想了想，说："房子以后再考虑。请你再多介绍一点，因为我女儿正在学房产营销。通过你的讲解，她应该能学到很多……"

（宋绍武）

小问好

小杰的妈妈见人就夸自己的儿子有教养，每次看到老人，都会一个一个叫过来"奶奶好，爷爷好！"这天，妈妈带小杰在社区里玩，遇上一群正在锻炼身体的老人。他们见小杰可爱，都上来逗他。

妈妈觉得该让儿子表现表现了，就引导小杰说："快叫爷爷奶奶！"

这次小杰一反常态，只顾"一、二、三……"数着，正当妈妈要责备他的时候，他突然大声说道："十个爷爷奶奶好！"

（魏晓彦）

找零

有个大妈去买千层饼。卖饼的小贩剁下一块饼，一称：两块八毛。

大妈给了小贩三块钱。但是小贩翻了半天钱匣子，发现没零钱了，便请大妈下次来取找零。

大妈一听不乐意了，说："为两毛钱，让我专程再来一次？你今天就得找零给我！"

小贩想了想，不慌不忙地从案板上夹起一些饼屑、芝麻碎，又从调料堆里夹起一点葱花，往大妈的饼上一撒说："这样足够两毛钱了，多的也不问您要了！"

（王艳红）

马甲

老爸退休在家，学会了上网。这天，他在一个论坛上跟人争论，被人顶了几句，心里非常郁闷。

女儿见老爸不太开心，就问他，为什么不骂回去。

老爸连连摇头说："这不行，这有损我的形象！万一被熟人看到就不好啦！"

女儿便给父亲支招："你可以披个马甲，保准谁都认不出你！这样你既能出气，又能保持形象啦！"老爸听了，直呼有道理。

第二天，女儿回到家，发现老爸坐在电脑前。只见他穿着一件黑色马甲端坐在电脑前，一边"噼里啪啦"打键盘，一边焦急地问女儿："为啥我穿了马甲，还是被他们一眼认出来了？"

（尔 安）

理发

一个男士去理发。剃头师傅等他落座后，便问他洗不洗头。

男士犹豫一下，说："洗！"说完还指定了洗发水。

剃头师傅很认真地帮男士洗了两遍头发。回到座位上，师傅边帮他擦头发边问："先生，那您打算理个什么发型啊？"

男士干脆地说了声："光头！"

（晓 畅）

让人误会的名字

爸爸和女儿逛街，巧遇爸爸的一个男同事。爸爸便对同事介绍说："这是我女儿，名叫冠雄。"

那个男同事听了哈哈大笑，一边笑一边说："原来你就是冠雄啊！我常常听你父亲提起，还一直以为他生的是儿子呢！"

女儿见他笑得放肆，就问爸爸，这人是谁。

爸爸回答说："这就是我常说起的丁香——叔叔！"（吴 祥）

借 钱

一个大学男生在食堂看到一个让他怦然心动的女生，便上前搭讪说："同学，请问能借我十块钱吃碗面吗？我忘带钱包了！"他边说边递上早已准备好的学生证，"你看，我不是坏人！要不我把学生证押在你这里？"

女生接过男生的证件看了看，便说："不用了，我借给你！"说完，就把十块钱和男生的证件一起递过去。

男生又说："要不你把手机号码留给我，等会儿就联系你还钱？"

女生笑了笑回答："不用了，不还也可以。"说完就要走人。

男生只得继续厚着脸皮说："要不你借我二十块，我请你也吃一碗？"（冯向阳）

对恋人去歌厅唱歌。

女孩爱美，脸上粘了几个星星贴纸，在灯光照耀下，一闪一闪的。男孩唱了几句，便直盯着女孩的脸看。

女孩被他看得忐忑不安，便摸着脸问："怎么，你觉得小星星不好看吗？"

"不是不是，"男孩腼腆地说，"小星星挺好看的！但是它们背后的天空更好看！"（牛 牛）

天空更美

本栏欢迎来稿，读者、作者可将有新鲜感、有精彩细节的笑话佳作投寄给我们。来稿一经采用，最高稿费为一则100元。本期责任编辑电子信箱：yanyichao1004@sina.com。

一座座美丽的城市，一个个传奇的故事……

永恒之城——罗马

罗马的城徽非常有趣 两个孩子伏在母狼身下吃奶，这蕴含了罗马起源的故事。

相传，拉丁国王努米托雷遭王弟阿穆利奥篡位，被放逐了。眼看努米托雷王系就要灭绝了，其女儿西尔维亚与战神私缔姻缘，产下了一对孪生子。阿穆利奥对此十分愤怒，就杀死了西尔维亚，并把她的一对孪生子放进竹篮，扔进河里。然而这对孪生子漂到河边，被一只母狼叼去，喂养长大。多年后，一个猎人发现了他们，便收养他们并抚养成人，一个取名罗慕洛斯，一个取名勒莫。兄弟俩练就了一身本领，杀了那个篡位的国王，报了杀母之仇。罗慕洛斯建起了一座城市，并以自己的名字命名为"罗慕洛斯"，后来慢慢成了"罗马"。

因祖先是喝狼奶长大的战神之子，罗马人英勇好斗。在其后的几个世纪，通过几次征战，罗马成了一个庞大的帝国，养育出恺撒大帝、奥古斯都大帝等雄视千古的帝王，后来又成为文艺复兴的发源地。罗马在近千年的时间里，是西方的一大政治、经济、交通的中心，号称"永恒之城"。更由于教廷也设在罗马城中的梵蒂冈，基督教徒从四面八方赶来朝圣，因此，还有"条条道路通罗马"的说法。

梦中的城——曼谷

十八世纪中叶，侵略军攻打泰国，直捣首都大城府。泰国国王率军迎击，虽取得了胜利，但大城府已被破坏得面目全非。正在国王准备重建首都之时，他做了一个梦：梦见重建的首都富丽堂皇，但很快被一阵狂风吹得七零八落，又成了一堆废墟。国王自己也慢慢往下沉。这时，一只人面鸟身的大鸟救了他。国王仔细一看，这竟是先王。先王告诫他，必须

是一个碧蓝的海湾，太阳映在海水里，成了一个银球。

他望着面前的树林，果然结满了各色的硕果。他欣喜若狂，领来国王一行。这片树林坐落在湄南河三角洲上，这便是最早的曼谷。

重新选择一个吉祥宝地作为首都，说完便扔给他一张纸。纸上画有一只大白象，它头顶一个金球，鼻衔一个银球，站在一个巨大的果盒中。果盒里还堆满了金蕉、榴莲、芒果、红毛丹、人参果等。

梦醒后，国王请人重现梦中的画，并带人四处寻找这块宝地，找了很久，也没有结果。这时，国王身边最聪明能干的随从，自愿立下军令状，限一年的时间，找到宝地，若不成，则以身殉职。这位随从风餐露宿，找了364天，仍没寻觅到宝地。最后一天，他心力交瘁地走进一片树林，竟沉沉睡去。第二天一早，他睁开眼睛，一眼就看见天上的太阳，像一个金光闪闪的火球，他冲出林子，前面

女神赢来的城——雅典

有一天，智慧女神雅典娜和海神波塞顿来到希腊上空。他们朝下看去，都为这块土地的美丽富饶而惊异，想把它据为己有。两人为此争吵不休，互不相让。最后闹到宙斯那里。宙斯听完他们争辩，和众神商议之后，决定让雅典娜和波塞顿在当地比试一番，然后再做决定。于是，雅典娜和波塞顿都使出浑身解数，各显其能。首先，波塞顿把战叉投向地面，顿时恶浪翻滚，他要显示自己有排山倒海的武力，可以建立强硬的霸权。然后，雅典娜把她的长矛掷向地面，那里便长出一棵生机勃勃、硕果累累的橄榄树，她希望使当地居民丰衣足食，安居乐业。因此，众神一致倾向于雅典娜，同意她作为这座城市的保护神。当地人民也十分高兴地接受了她，并以她的名字命名首都为"雅典"。

（推荐者：李 川）

（本栏插图：安玉民 梁 丽）

新闻幕后的
故事

□ 江永年

必有内情

潘曙光是《新城晚报》的见习记者。这天，他接到一个报料电话，说有个老人摔倒在路边，好多人都在围观，但就是没人敢扶。结果有一个乞丐当了一回"活雷锋"，把老人扶起。潘曙光一听，就觉得这个事件有新闻价值，立刻赶往事发地。

潘曙光来到事发地，见好多人都在看热闹。中间有个满脸胡须的男人，衣着像是乞丐，他正向大伙傻笑，含混不清地说"你们都不敢，我一个穷要饭的，什么都不怕……"

这时，有个粗壮的汉子挤进人群，来到摔伤的老人跟前，一脸焦急地问："爸，是谁撞倒您的呀？"

话音刚落，围观的人们便愤愤不平道：你看，你看，人家儿子一来，就打听是被谁撞倒的，这不吓人嘛！

这时摔伤的老头已缓过气来，他狠狠地瞪了儿子一眼，说"你不要狗咬吕洞宾——不识好人心！是我自己不小心摔倒的，是这位好心的小哥扶我起来的，你得好好谢谢他！"说完伸手指了指身旁的乞丐，露出了感激的微笑。

壮汉脸上一红，赶紧从口袋里掏出几张皱巴巴的十元钞票，递给乞丐，说"不好意思，我身上就这点钱，还请你笑纳……"

没想到乞丐挡开了他的手，异常坚决地说："我不要你的钱！"

壮汉以为他嫌少，连忙解释"我和我爱人都是下岗工人，孩子又在上学，实在没有太多钱，要不等这个月发工资，我再给你一百块钱。"

乞丐听了咧嘴一笑，说"我不是嫌钱少，是有人给过我钱了，所以我不能再要你的钱！"

在大伙惊诧的眼神中，乞丐从口袋里掏出一张崭新的百元大钞，在手里一扬道："那开宝马的老板说了，这一百块钱只是定金，只要我扶起摔倒在地的老头，明天早上他经过这里还会赏我两百块钱……"

潘曙光明白了：原来，有人出钱请这乞丐扶起摔倒的老头。事情好像变得更加有意思了。那开宝马的神秘人究竟是谁呢？他为什么这样做？难道他是肇事者？于是，潘曙光赶紧亮出身份，问中年乞丐，记不记得那辆宝马车的车牌号码。

可乞丐抬手挠着头皮，说"记者同志，当时我两眼只盯着这张百元大钞，哪还想到记他的车牌号呀！"

围观的人们忍不住哈哈大笑起来。笑声中，有个白发老头过来告诉潘曙光："记者同志，当时我就在这里练太极拳，亲眼看到一辆黑色小轿车打这位老哥身旁驶过，并猛按了一下喇叭，我想这老哥一定是受到惊吓，才脚下一软，摔倒在地的。可那辆黑色轿车只稍稍犹豫了一下，便加速开走了。"

但旁边的乞丐却指天发誓，那辆宝马车是乳白色的。

而围观者们大多是事后才来到第一现场的，所以谁也说服不了谁。

就在众说纷纭之际，交警们赶来了，他们很快疏散了围观的人群。潘曙光正想问那乞丐明天早上几点与那开宝马的老板接头，不料对方也随着人群消失了。

初露端倪

第二天天刚蒙蒙亮，潘曙光决定采取守株待兔的办法，一早就骑着电动车赶到了事发地点。昨天他跟踪采访了摔倒的老人，写了一篇报道《乞丐扶起摔倒老人 拷问围观者的良心》，此文将登做今天报纸的头版。主编还说了，只要他能挖出开宝马的幕后老板，再作后续报道，就让他提前转正。

潘曙光骑着电动车不停地在这段街面上"巡逻"，注意着有价值的新闻。整整"巡逻"了一个小时，直到电动车都要罢工了，他才看到昨天的乞丐一边伸着懒腰，一边向公园走来。

看到乞丐出现，潘曙光这才松了口气。他把车停在一家小店门口，然后站在那里静候那神秘的宝马车主出现。可左等、右等，半个小时又过去了，他也没看到一辆宝马车打这经过。

乞丐也站在公园的台阶上焦急地四下张望。

潘曙光不禁暗暗叹了口气，心说：看来这宝马车主是要爽约了！正当他要泄气时，忽然看见有个开摩托车的小伙子"嘎"一声停在了乞丐跟前，只见他坐在车上打开一张报纸，认真看了一下，又仔细打量了乞丐几眼……

潘曙光立即以百米冲刺的速度飞奔过去，刚好看到开摩托车的小伙子掏出两张百元大钞递给乞丐。潘曙光精神大振，正要亮明身份上去采访，可忽然间不知道打哪里冒出了一群手拿相机、肩扛摄影机的记者，将他们三个团团围住道："请问你就是那位

幕后老板吗？你今天为何不开宝马来呀……"

开摩托车的小伙子摘下头盔，一脸不耐烦地回答道："你们什么眼光呀？好好看看我这一身水泥浆，像买得起宝马的人吗？我只是一个打工的，这钱，是一个不认识的人托我转交的。"

在场的记者都失望极了。开摩托车的小伙子轻哼了声道："宝马车主算准了你们一定会在这里守候，他让我转告你们，他每年都要资助几十名失学儿童重返校园，他喜欢做善事，但不希望做了善事还要被人告上法庭，所以才请人扶起那摔倒的老人！"

小伙子说完启动摩托车走了，记者们也长吁短叹地散了，只有潘曙光不肯离去，因为不找到那神秘的宝马车主，他心有不甘。而且他隐隐觉得，这开摩托车的小伙子一定跟那位神秘宝马车主关系不一般。这样一想，他也顾不上停在小店门口的电动车，赶紧拦下了一辆出租车，让司机务必追上前面的摩托车。

开摩托车的小伙子做梦也没想到有人会跟踪他，非常"配合"地把出租车带到了火车站附近的一个建筑工地。开摩托车的小伙子把车停在车棚里，然后大步流星地走向对面的办公室。

潘曙光一路尾随开摩托车的小伙

子走到办公室门口，正好听见他在对里面的人说："大林哥，我任务完成了。不出你所料，有好多记者在那等你现身哩！他们还想从我口中套出你的身份，不过都让我三言两语打发了……"

这时，潘曙光已经推门而入，并向"大林哥"打起了招呼："牛总，原来你就是那位神秘的宝马车主呀！你让我找得好苦哦。"

原来如此

潘曙光口中的牛总，大名牛大林，是当地声名显赫的商人。一个月前，潘曙光还曾采访过他，因为当时有人提供线索，说牛大林资助失学儿童，可牛大林始终不肯"认账"，结果那篇报道最终泡汤了。但这一回，自己亲耳听见了他和小伙子刚才的对话，牛大林总不能再赖账了吧！

潘曙光开门见山地问牛大林，为何要请乞丐扶起摔倒在地的老人？牛大林不住摇头，还打起了官腔"无可奉告"。

潘曙光不想让这条线索断了，他苦苦哀求道："牛总，不好意思，这是我们报社主编给我下的死命令，一定要找出事情的真相。牛总，现在找工作不易，您就帮帮我吧。"

在潘曙光的软磨硬泡下，牛大林终于被打动了，他无可奈何地说："既然你这样坚持，那我就带你去见一位

朋友吧。"

听了这话，潘曙光不由愣住了，心想：难不成牛大林也是受人之托，这事真奇了。

很快牛大林开着乳白色的宝马，把潘曙光带到市郊一间破旧的小平房门口。小平房的门敞开着，一眼就能看到里面坐着一个满脸胡子的男人，正在那里整理废纸壳、可乐瓶什么的。

牛大林走进小平房亲切地向大胡子男人招呼道："胡子哥，生意还好吗？"

大胡子抬头笑道："填饱肚子倒是没问题，就怕有人再找我打官司！"

就在大胡子抬起头的一刹那，潘曙光不禁瞪口呆了。原来对方竟是昨天早上扶起老人的乞丐，而且今天自己还见过他，他不是乞丐吗？怎么还做收破烂生意？

牛大林找了两条小板凳，请潘曙光坐下，这才指着大胡子向他介绍道："这是我刚刚认识的胡子哥，昨晚我们聊了整整一晚，你不知道吧，几年前他可是本市有名的废品大王哩！"

听了他的话，大胡子脸色立即阴沉了下来，还不时地摇头叹气。牛大林继续说道："可惜好人没好报呀！三年前的一天晚上，胡子哥开着小货车从乡下收废品回来，刚进市区便看到路上倒着一个人，他下车一看，才

· 新传说 ·

发现是个昏迷不醒的大爷，浑身都是鲜血，显然是被前面的车撞倒后碾压过去的！胡子哥想也没想，就抱起昏死的大爷上了车，然后火速送往市医院。为了抢时间，胡子哥先垫付了几万元手术费……后来，老人脱离了危险，可谁会想到，半个月后他的两个儿子找到了医院，竟然昧着良心串通父亲，让他一口咬定胡子哥就是肇事司机，并把胡子哥告上了法庭。这场官司打了差不多两年。打得胡子哥身心疲惫，最后一气之下便把所有的存款捐给了希望工程，以此证明自己的清白……"

虽然这个案件潘曙光早有耳闻，但现在得知眼前的就是昔日的废品大王，他的内心还是产生了极大的震撼！

这时，牛大林又说话了："潘记

者，你明白了吗？同样我也不想做好事还惹来一身臊，更不想冒浪费时间跟人打官司的风险。所以昨天我开车路过，看到有老人摔倒在路上时，我犹豫了一下就把车开过去了。但我内心很纠结，老人万一有生命危险，见死不救，那我会自责一辈子的！所以当车开过前面的拐弯处，我看到有个像乞丐样子的人，便想到了花钱请他去搀扶老人的主意。"

这时，一直低头不语的胡子哥接过话茬，说："我扶起那摔倒的老人后，见围观的人也都把我当成了乞丐，心里是又好气又好笑，想想没人会找乞丐麻烦吧？于是我就变成了乞丐。昨晚，牛总找到了我，询问那老人的情况，我们就聊了起来。"

潘曙光慢慢理清了这件事的头绪，但他还有一点搞不清楚"那上午在事发地点……"

胡子哥悠悠一笑，说"牛总就是想看看，你们记者是不是光顾着炒作。如果真是这样，他今后更不敢做好事了，他那么忙，真的耗不起时间啊！"

至此，潘曙光终于查清了这件新闻幕后的故事，当晚，他撰写了一篇特别评论，文章的标题是：《呼唤社会诚信，让我们都敢扶起摔倒的老人》。

(题图、插图：安玉民 梁 丽)

俗话说：人要衣装，佛要金装。这说明仪表很重要！在现代社会，大家更注重装点门面，甚至有人不惜"武装"到了手机……

身陷「山寨门」

□ 吴 嫡

买个李鬼

刘明找了份工作，在一家大公司做销售。上班第一天，他跟着一个老销售出去谈业务。老销售一看刘明的手机就笑了："这是哪里找来的古董啊？"

原来刘明用的是一款白屏手机，但他却不以为然地说："手机能接打电话、收发短信就可以啦！"

老销售听了，好心地说"手机不光是自用，还要给别人看！"他见刘明一脸不解，便不再细说。

两人到了客户那里，老销售把自己的智能手机往桌上一放，客户也把手机放在一边，是个最新款的苹果手机，刘明便也掏出了自己的手机。客户扫了一眼刘明的手机，竟再不多瞧他一眼，只和老销售侃侃而谈。

刘明这才明白了老销售刚才那番话，想来客户是在"以机取人"。刘明在一边坐立不安，更加不自信了。他怀疑自己的衣领是否脏了，领带是否也打歪了。

这笔业务在老销售的努力之下还是谈成了。但是刘明还是因为客户对自己的态度而闷闷不乐。他知道是自己的古董手机露了怯，便咬牙决定换

一个。

心动不如行动，下班后刘明直接去了手机城。很快他就觅到了一款适合自己的手机：最新款的苹果手机，但是山寨版。外形和正品几乎一模一样，但价格只有其十分之一。可谓是山寨机中的战斗机啊！

新手机到手之后，刘明借来了朋友的正品苹果手机，研究了一下两者的不同。这是很必要的，因为只有知己知彼，才能掩饰两者的不同，让这部战斗机发挥价值。

不过由于山寨机的通话质量还不如自己的古董手机，因此刘明仍然用自己的古董手机打电话，至于这个山寨机，装个电话卡，当个撑面子的道具，几乎没怎么使用过。

刘明跟着老销售又跑了一周，业务算上手了，便向领导申请"单兵作战"。做了一番准备后，他出发了。

为了体现热情和诚意，刘明约客户在一家有点档次的饭店见面，他提前到，还点好了菜，不超过公司的报销上限。因为有过这种情况，老销售请客户吃饭，碰上个脸皮厚的，自己挑饭店，自己点菜，超出公司报销上限的消费就得销售贴钱。因此还不如主动出击来得好。

刘明点好菜才深吸一口气，然后掏出自己的山寨机，对着光可鉴人的屏幕理了理头发，又有了点底气。

客户很快就到了，刘明学老销售的样子，将山寨机放在桌子上，然后才递上公司的资料，并侃侃而谈。巧得很，客户居然用的也是苹果手机。两人的手机放在一起简直就是一模一样的。客户也注意到了这一点，不时看看刘明的手机。

刘明心里有点发慌，生怕被对方看出问题来，但又不好意思收起来，只能尽力把客户的注意力吸引到资料上来。

步步惊心

客户是一个建筑队的采购，这是个肥差，常常有回扣能拿。不过这个客户看起来也是新手，首先是年轻，比刘明大不了几岁；第二是生疏，看起来他和刘明一样紧张。

两个人聊了会儿业务上的事，酒菜上来了。两人客气一下，开始推杯换盏。几杯酒下肚，两人就开始闲聊了。

第一次见面，生意的事不能说得太深，点到为止，这是老销售说的。看来客户也有同样想法，两人开始聊起彼此的爱好，喜欢的体育项目，爱吃的东西等等，气氛顿时热络了起来。

从言谈中，刘明能感觉出来：客户家境不错，爱打网球，爱吃西餐和日本料理，爱看话剧。

为了不让对方看不起自己，刘明便把自己平时从时尚杂志上学来的那点东西全用上了。俗话说：没吃过猪肉，总看过猪跑。何况现在是信息时代，谁都能从网上搜到自己想要的答案。

刘明显然有点表演天分，因为客户竟然没察觉他的异样，还和刘明讨论得热火朝天。

两人边聊边喝，频频干杯，很快都有了醉意。

可惜好景不长，聊着聊着不知怎么就聊到手机上了，客户拿起自己的手机，开始谈论苹果手机的软件更新啦，好玩的游戏啦，各种古怪有趣的小工具等等，边说边在自己手机上翻找着。

刘明赶紧把自己的手机也拿起来，假装浏览，此时他早已吓出了一身冷汗，生怕客户说出一句："你的手机给我看看。"像对方这种正品手机的拥有者，一旦摸过自己的手机，就会知道这是山寨的！这样不但自己颜面丢尽，还会直接影响生意，那可就偷鸡不成蚀把米了。

所谓怕什么就来什么，客户看着刘明牢牢抓着自己的手机，竟好奇起来，说："我看看你的手机里有些什么软件！"说着伸出手来。

刘明差点哭出来，现在人家伸出手来了，自己不能不作回应，只好把手机递过去。他的手在空中运动得比蜗牛还慢，边运动边想办法。

一阵清凉的风从窗口吹进来，满头大汗的刘明忽然被吹清醒了，他有主意了。他右手继续运动，左手则偷偷从口袋里摸到自己的古董手机，迅速按下了山寨机的电话号码。就在客户的手马上要碰到山寨机的一刹那，手机铃声及时地响起。

刘明赶紧把手缩了回来，他还一脸抱歉地笑了笑，佯装接起了山寨机："喂，啊？好的，我知道，我正陪客户呢。明白了，我马上赶回去。"然后他把手机往桌子上一放，"真是不好意思啊，正聊得高兴呢，公司要开会，我得马上回去。您看明天我什么时候去拜访合适？"

客户理解地笑笑"没事，反正正

事也谈完了嘛。明天九点吧，咱们到时详谈。"

刘明叫来服务员结账，由于有点醉意，站起来都有点摇摇晃晃的。

客户见状也慢慢悠悠站起来，表示自己埋单。

刘明深知，这时候正是表示自己热情的时候。于是他一边拦着客户，一边迅速地把钱给服务员，附加一句："开发票。"

两人正拉拉扯扯，一个小伙子急匆匆地走过来，一下撞在了客户身上，刘明赶紧扶住客户。

那小伙子似乎有急事，说了声"对不起"，又继续往前走。这时饭店

里靠近门口的一个男客人喊了起来："小偷！我看见他刚才偷东西了！"大家都被这叫声一惊，赶紧抬头看，男客人指着的正是那个小伙子。

小伙子惊慌地说"神经病！"并加快脚步往门口跑。那男客人兴许是酒壮英雄胆，一脚踢开椅子，一把拉住小伙子的胳膊，两个同桌吃饭的友人也冲上去助阵。这时酒店的保安也闻讯赶来了。

刘明和客户赶紧摸自己的包，没丢什么，但回头一看桌面，原本放在桌子上的两部手机只剩一部了，不用说，另一部肯定是让小偷摸去了。

就在这时，抓小偷的男客人已经从小偷口袋里翻出了赃物，大声吆喝着："我就看他伸手了嘛，没想到还是部苹果手机，咦，不对啊，怎么这个苹果商标这么别扭呢？"

旁边是他的朋友，接过仔细看了看，又掏出自己的苹果手机看了看，才戏谑道："这个苹果咬的那一口怎么是在左边啊，你小子也够倒霉的，一偷还偷个不值钱的山寨货！"

原来如此

刘明脑袋"嗡"的一下，心说：这次人是丢到姥姥家了。但事已至此，继续欺骗下去也毫无意义了。他红着脸不敢看客户，径直走到几个见义勇为的男客人面前，小声说："各位，多谢了。这手机是我的。"

几个男客人见刘明一脸窘迫，便明白了大概。

此时被按在地上的小偷叫起来："学艺不精啊！连个苹果被咬在哪边都没看清楚就动手了，为这么部山寨货被抓，太不值了！"

酒店的保安听到这番言论忍不住笑骂道："你还叫屈？你该觉得走运！你知不知道要是偷了个正品苹果机，就得按价值五千以上的赃物算，你至少得多蹲三个月。"

此时刘明只想快点离开，他低着头从服务员手里接过发票，转身就要跑。客户在身后喊"明天九点记得去我们公司，别忘了"。

刘明含糊地答应一声，逃也似的跑掉了。他一口气跑过两条街，才缓过劲来。他不知道该哭还是该笑，自己费尽心机地装点门面，急中生智地躲过危机，想不到最后让小偷给毁了。他甚至都有点埋怨那几个见义勇为的男客人了，自己损失几百块虽然心疼，也总比在大庭广众下丢人强啊。

正在胡思乱想时，山寨手机响了，刘明一愣，这手机铃声怎么有点陌生呢？他接起电话，那头是个女的："今天你生日，晚上早点回家吃饭，我给你做清蒸鱼。"

刘明"啊"了一声，对方就把电话挂了。刘明愣了半天，仔细端详手机，才发现虽然这手机和自己的一模一样，但电话簿里的人自己一个也不认识。他一拍脑袋，看来桌子上的那部手机才是自己的，这部是客户的啊！他翻过手机来看看背面的苹果商标，忍不住大笑了起来，他想了一下，又拨通了自己的山寨手机的号码……

按照约定，第二天刘明又去拜访那个客户。落座后，两人都把手机掏出来放在了桌子上。客户笑着说"多谢你昨天打电话给我，才没错过生日。昨天是我女朋友第一次下厨。"

刘明点点头回答："是我太莽撞了，没看清楚就瞎拿。"

客户说"我也是穷人家孩子，毕业不久，哪来钱买那么贵的手机啊？实话实说，昨天看你一个劲儿地看我的山寨机，我担心你要看，只好以攻为守，抢先提出看你的手机。"

刘明听了，也好奇地问："你当采购，不是很有钱吗？"

客户憨憨一笑，说："你不知道，我们建筑队规模不大，都是一个村的乡亲，队长就是我们村长，我干不出吃回扣这种事。"

刘明听了心头一热，拍着胸脯向客户保证，一定给他争取最优惠的价格。

客户点点头回答："我相信你，虽然咱们用的手机是山寨的，但咱们干的事可是正派的。"

（题图、插图：张恩卫）

□李 谦

给局长发稿费

文化局的张局长最近出了本书，里面收录了一些诗词和各国游记。

没几天，有个叫庞涛的科员找到张局长。庞涛说，自己是中文系毕业的，一直喜欢古诗词，想跟张局长交流探讨一下写律诗的心得。

张局长大为惊讶，连连说"现在年轻人爱钻研诗词的可不多呀！来来来，坐下说！"

庞涛是有备而来，他一口气就流利地背诵了张局长的诗词，还就某一首诗的个别字词谈了自己的看法。

张局长又惊又喜，大有相见恨晚的感觉，笑眯眯起身倒了一杯水。

庞涛赶紧站起来，双手接过，随后他又掏出了几张稿纸，说："局长，您的诗词是很精妙，但我最喜欢的还是您的游记，二十多个国家的游历，充分展示了您的文化底蕴。我写了几篇心得，打算发到咱们局网站……"话音没落，张局长的脸忽然一变，他推开了庞涛递过来的稿纸，严肃地说："年轻人，作诗填词就是个业余消遣，还是把心思多放到工作上吧。我还要准备个会，没事你先出去吧。"

庞涛闹了个大红脸，赶紧退了出去。他垂头丧气回到办公室，听见同事们正在议论一个热帖，据说一位副市长去过六十多个国家，因此被众网友围攻，网上骂声不绝。庞涛恍然大悟，偷偷在自己嘴巴上连抽了几下，一边抽一边骂：我叫你惹祸！

没过几天，局里开展普法教育，庞涛又成了普法积极分子。

这天上午，庞涛再次来到局长办公室，进门就说："局长，这次普法宣传，我学到了很多，以前我是个地道的法盲，作为一个国家公务员，做了一件不该做的事……"说着他从兜里拿出来一个纸包，放在张局长面前。张局长疑惑地打开一看，里面居然是一沓钱！

张局长立刻沉着脸说："小庞，你年纪轻轻的，怎么不学好呢？赶紧拿回去！我最厌恶的官场规则就是买官卖官！"说完他把钱"啪"地扔回给了庞涛。

庞涛的脸又红了起来，他可怜巴巴地连连摆手道："局长，这、这不是我的钱！这是您的钱！"

局长听了一愣，忙问："我的？你胡说什么，我可没丢钱！"

庞涛急了，补充说："这钱不是您丢的，是您的稿费，两千零四十六块五毛！其实……其实我今天是来跟您自首的！"

自首？张局长一下子警惕起来，他问庞涛："你犯了什么错误？我的稿费又怎么跑到你那儿去了？"

庞涛露出一脸愧色，好半天他才说明前因后果。

原来庞涛的爱人没工作，就自己开了一个小书店。庞涛把张局长的书带回家，夜夜读得起劲，他爱人也来了兴趣，

加入了阅读行列。她读完，大为敬佩，说这类书大学生和白领特别爱读。可她去进货的时候才发现，局长的书早就脱销了。

听到这儿，张局长的脸色才缓和下来，挥手示意庞涛坐下说。

庞涛说，因为进不到正版书，又赚钱心切，爱人就背着他偷偷进了一批局长的盗版书，销路果然很好。

说到这儿，庞涛羞愧地站起来，垂首恭立，他说："局长，通过普法学习，我了解了版权法，明白了经销盗版书，不仅损害国家利益，还损害了原作者的利益！您说，我身为一个公务员，觉悟怎么能这么低呢？我思来想去，按照您书的定价，计算了您的稿费给您送来。您一定得收下！"

庞涛说完站起身就走，张局长怎么喊他都没回头。

第二天，庞涛爱人的小书店里来了一位中年顾客，他什么都没买，翻翻这本，看看那本，其实他正是张局长，他是暗访来的。他见书架上摆放着不少自己的盗版书，但质量不错，还真的不时有读者指名要买这本书。

第二天张局长召开全局大会，把庞涛"自首"这件事，作为普法的典型来宣传，最后还当着大家的面，把稿费还给了庞涛。

从此，张局长更加注意起庞涛来，不久就提拔他当了办公室主任。

有几个好朋友听说庞涛高升，便纷纷起哄，要他请一桌。饭桌上觥筹交错，渐渐大家都有点高了，也就没了那么多避讳。

朋友小梁率先说："我不瞒大家，我在文化局也有个朋友，他为了坐上办公室主任的位置，特意准备了十万块！可没等他拿出钱来，就被局长打发出门了！"

大家纷纷嘲笑他的朋友不识时务。要知道张局长号称才子，为人清高，最喜欢的就是舞文弄墨、发表文章。那朋友想用钱开路，方法不对。

这时候，大陈大着舌头开腔了，前段时间他休年假，回来时晒得黝黑，同事们都以为他是去马尔代夫晒太阳了，其实他是在给领导当免费劳工！领导他老爸家盖新房，整整一周，大陈天天顶着太阳，在墙外"涂鸦"！

大家又开始嘲笑，出苦力的，也就是个打工的，傻干？一辈子难担大任！

众人越说越好奇，就逼问庞涛："你今天必须给哥们一个交代，你小子到底凭什么让张局长情有独钟？"

庞涛已经醉得七荤八素，没头没脑说了起来："凭什么，就凭盗版，有盗版，那才证明作家水平高！"

大家你看我，我看你，这才恍然大悟，敢情那个轰动文化局的"补发稿费"事件，是一个拐弯抹角的高水准马屁呀！

这时，庞涛还在吹嘘"买书的读者是我早就安排好的，我就等着局长上门暗访呢。至于说盗版书是哪个笨蛋印的？嘿嘿，小印刷厂印了几十本，一共花了这个数——"

庞涛灌下一杯酒，醉眼惺忪地竖起两根指头，说道："两——两千！"

（题图、插图：张恩卫）

包你满意

□ 汪培君

李拓的媳妇特别爱逛街，每次逛街都拉上李拓，一逛就是大半天。这让李拓苦不堪言。

有一天，两人逛啊逛啊，李拓实在烦了，就想先回去，可媳妇不同意。李拓无奈之际想起兜里有张小广告，说是有家"包你满意"公司，无论客户有怎样的要求，他们都会出点子，包客户满意，而且前两个点子免费。

李拓借上厕所，偷偷拨通电话，说明了自己的要求。对方立刻出了个点子：只要媳妇看着好的东西，立刻买下，买到拿不了了，她就会回家。李拓一听，对呀，若是手上提着大包小

包，她还愿意在人堆里挤来挤去？

夫妻俩进了一家服装超市，李拓依计而行，不管什么衣服，只要媳妇一搭手，他立刻就让服务员打包，没过一会儿，大包小包买了一大堆，两个人费了好大劲，才把它们弄到收款处。

交完钱出来，李拓边往外走，边暗自得意：这下该回家了吧？却不料媳妇把东西存在了服务台，拉着他又进了食品超市。

李拓一看不行，又给"包你满意"打电话，对方给了个第二个点子：买些海鲜提着。仅此一句，李拓就明白了，这么热的天，海鲜很快就会变质，媳妇自然会赶快回家。

李拓赶紧在前面带路，直奔水产柜台，买了几条冰冻带鱼。对媳妇说："这是你喜欢吃的，快回家吧，不然就坏了。"媳妇很高兴，跟着李拓就往外走，可走到门口，媳妇仍想逛，她想了一下，就去买了十支冰棍，装进海鲜袋里，还交代李拓，看着点，冰棍

化了立刻换新的。

两个点子均告失败，李拓无奈只得再打电话，对方告诉他，前两个点子免费，真正能派上用场的，就必须交服务费。

李拓此刻只想让媳妇快回家，就答应了。对方让他在商场门口等着，马上派人支援。

媳妇进了商场，李拓在门口站着，这时过来一个比媳妇还漂亮的美女，她收了钱就与李拓聊了起来。正聊得开心，媳妇突然出现了，她狐疑地看着美女，问："她谁呀，和你聊得这么开心？"

李拓正不知道怎么回答，美女却慌慌张张地走了，李拓回过神来，顺口回答不认识。媳妇哪里肯相信，拽上他又准备进商场。

不料没走多远，那个美女竟还跟着，见李拓看见了她，立刻飞来一个媚眼。

李拓顿时明白了美女的用意，也频频向她放电。媳妇看在眼里，哪还有心思再逛，拉着李拓，急匆匆回了家。

一见此法灵验，李拓心里美滋滋的，心说：下次还是这么办，既能制住老婆，还有美女陪聊，爽！

到了星期天，李拓特意打扮了一番，等着媳妇叫他去逛街，却没想到这次媳妇不让他去了，让他在家休息。

李拓一听，格外高兴。只一次就解决了问题，真不愧是"包你满意"公司。

这之后媳妇都是独自一人去逛街，但是反而比往常逛得更久。李拓心中不免生疑，决定一探究竟。

又到了星期天，媳妇出了门，李拓紧随其后，不一会儿，看到她在小区门口打了个电话，就从路边冒出一个小伙子。李拓一看，小伙子比自己高大帅气多了，特别是那两只大眼睛，滴溜溜如带电一般，心肠再硬的女人也会被电软。媳妇走到他跟前，一副小鸟依人，无限幸福的样子。

李拓憋着一肚子火，准备抓个现行！可是他筋疲力尽地跟了半天，也没有看见两个人有不雅的动作。看着两个人分了手，李拓跟上了那个小伙子，他要弄清小伙子是干什么的。

没想到李拓跟着小伙子进了"包你满意"公司，他一看就明白了，这小伙子，是媳妇找的"陪逛"。一想到媳妇花上一大笔钱请帅哥陪逛，李拓便愤愤不平，他推门走进公司，冷冷地问小伙子："陪着美女玩了半天，挺爽吧？"

里面的美女认出了李拓，便说："他也是在为客户服务。"

李拓吼道"什么狗屁服务，他这是破坏客户的家庭和谐！"

美女赶紧说："他是在陪你媳妇逛街吧？反过来想，他这样做，也是为了包你满意呀！"

（题图：谭海彦）

·新传说·

我们常说"过犹不及",是说：凡事得有个度，好事做过头也会变成坏事！这不，有个叫吴老憨的庄稼汉，就遇到了件让他哭笑不得的好事。

爱心行动

□ 马凤文

那天，吴老憨正在田里除草，忽然老婆打来电话，叫他赶紧回家，说是家里来了几个人，来献爱心的。

吴老憨吃了一惊，怎么还会遇上这种好事呢？他来不及多想，放下锄头便向家里赶去。

还没到家，吴老憨远远就听见自家院子里闹哄哄一片。吴老憨放下自行车，进入院门，只见有几个年轻人站在那里，看来就是他们来献爱心的。

吴老憨便客气地问："小同志，你们是不是搞错了？我们还不需要你们献爱心！"

其中一个高个子男孩说："你是不需，但你家的狗狗就非常需要。"说完便蹲在吴家的狗面前，左一声"狗狗"右一声"宝贝"地和它说起话来。

吴老憨在一旁仍是一脸迷茫，现在还流行给狗献爱心的？

高个子男孩见吴老憨还没明白，就告诉吴老憨说，他们是爱狗协会的，刚才路过此地，发现吴老憨有虐狗倾向，所以要把吴老憨家的狗带走，带到协会保护起来。

这下吴老憨总算明白了，他不无生气地说："你们简直就是胡说八道，我哪里有虐狗？把狗拴起来也是为了安全，以防伤人啊。"

"这你就不对了！"高个子男孩愤愤不平起来，仿佛他被拴了似地说，"狗是人类最好的朋友，万物生来都是平等的。如果我把你拴起来，你愿意吗？"

吴老憨被问得哑口无言，另外一个女孩不无心疼地说："你看这狗狗多可怜！它也是一条生命，你为啥非要把它拴起来呢？"

吴老憨被气得说不出话来，突然大吼："不管怎样，狗是我家养的，就是不能带走！"

高个男孩追问道："既然是你家的，你有证据吗？你能拿出犬类饲养许可证吗？"

吴老憨可没什么许可证，农村人都这样养狗，也没人发证。献爱心的见吴老憨无言以对，就要强行把狗牵走。

吴老憨一急，说道："你们等着，我马上报警，我就不信没人能管得了你们！"说完，吴老憨打电话给派出所。

很快民警开着警车赶来。吴老憨把事情经过一说，民警也犯了难。一位民警说："这种事不在我们管理范围，就算是管也找不到法律依据，你们还是协商解决吧。"

吴老憨听罢，脑袋"嗡"的一声大了起来。高个子男孩笑着说"怎么样，连警察都不管，这说明是对我们献爱心行动的支持，你就不要阻拦了。"

吴老憨没有办法，抱着狗就是不放，那个女孩不管三七二十一，上来就拉狗，哪知狗受到惊吓，竟然张口咬了她一口，虽没见血，但也留下一排显眼的牙印。

高个子男孩立刻大叫起来"你家的狗伤人，你说怎么办？"

吴老憨气愤地说"我又没让她来拉，这是她自找的！"

高个子男孩说"看来你是不懂法呀，按民事诉讼法相关规定，谁家的动物伤了人就由它的主人赔偿。"说完便和吴老憨讲起了法，吴老憨又听得一阵迷糊，失魂落魄不知如何是好。他愣怔了半天，结结巴巴地说："那我、我把这狗处理了？"

"千万别！"那个女孩一脸怜惜地看着狗说，"这不怪狗狗！它一定是被你拴久了，产生了抑郁症。大叔，您就让我把它带走吧。我也不要你赔偿了！"看来，他们就是执意要把狗带走。

这时，吴老憨忽然想到了村长，他高声喊道："先不要动，给我点时间，半个小时后我让你们把狗带走。"

献爱心的这帮人也想看看吴老憨还有什么把戏可耍，便答应了。吴老憨赶紧给村长打电话，让村长来处理此事。

村长听吴老憨交代完整桩事情，在电话那头嚷嚷着："你等着，我马上就到！"

不到半个小时，村长来了，他一进门就大喊："同志们，我总算把你们盼到了！你们的献爱心行动真是太令人感动了。"

几个献爱心的人一见村长如此态度，便高兴地说："这么说你也支持我们把狗带走？"

村长说："支持，这种奉献爱心的事我咋能不支持？"

高个子男孩一听，便把吴老憨推到一边就要带狗。

吴老憨没想到村长来了没帮自己，反倒助外人一臂之力，正在恼火，只听村长说："等等，都说你们是来奉献爱心的，我们村有五户户三十多人，既然来了，你们是不是应该奉献点爱心？"

大家这才注意到：外面又来了几个老头子、老太太，看来他们不是来凑热闹，而是来求爱心的。女孩子有点为难地说："咱们是救狗，又不是救人，这可咋办？"

没想到，村长立刻连连摇头说："不不不，虽然我们没你们的觉悟，但村里的人还是会想办法赡养，倒是他们家都有狗，不如你们也带回去，献个爱心？"说完，那些老头老太都变戏法似的，牵出了十几只狗，还有几只狗咬到了一起，顿时场面有点混乱起来。

高个子男孩赶紧对同伴说："一条狗还可以，这么多狗，似乎、好像有点——"

那头村长似乎有点急了，问他们："你们还献不献爱心啊？你们到底有没有足够的爱心啊？"

高个子男孩一脸尴尬地说："献，当然得献，不过我们还是过两天再来吧。"说完，便带着一堆人迅速撤退了。

（题图、插图：杨宏富）

（本栏目欢迎来稿。来稿可从邮局寄发，也可从网上传递。如为电子邮件，请发以下信箱：yanyichao1004@sina.com）

为了兄弟情

□ 戴慕仁

庄启龙与夏白玉要结婚了，婚宴定在一家五星级酒店。

结婚那天，场面果然气派。庄家包下一个宴会厅，男女双方各20桌。新郎新娘双双恭候在宴会厅门前，诸位亲友纷至沓来，往新人怀里塞红包，新郎新娘便含笑送上一句："不好意思让您破费了。"

婚礼仪式大同小异，全凭司仪一张嘴调节气氛。

但新郎新娘敬酒时，却得面对一个身份尴尬的朋友，他叫史明，和新郎庄启龙是好同事，同时也是新娘夏白玉的前男友。

早在庄启龙和夏白玉拟定宴客名单时，就为请不请史明而纠结不已。单位是小公司，就那么十来个同事，如果请了其他人而不请史明，这显得

庄启龙小家子气；但如果请吧，场面上多少会有点尴尬。

最后新郎新娘达成共识：请！至于史明来不来赴宴，由他自己决定。

那天，史明拿到请柬的一刹那有点晕，有点狼狈。这个喜酒去不去？不去，显得自己太没腔调；去吧，前恋人的喜酒肯定是杯苦酒。后来架不住同事的起哄，他便答应去了。

到了婚礼敬酒的环节，新郎新娘挨着顺序敬酒，很快到了同事那一桌。

夏白玉的脚步一顿，因为她一眼就看到了史明在埋头喝闷酒。

一旁的庄启龙凑近她的耳边问："怎么啦？"

夏白玉努努嘴说："我怕他们闹。"

庄启龙心里明白她在撒谎。因为他也看到了史明不太对劲，便安慰她说："没事，有我呢。"

真的到了那桌，倒也太平无事。同事们使劲起哄，反倒掩盖了三人之间的尴尬。

宴会临将结束，史明想早点离场，没想到被同事们一把揪住："还得一起去闹洞房呢！"

史明只好说："我爸从外地来了，我已经答应要去陪他的。"

有个同事酒喝多了，说了句狠话："你是不是吃不到葡萄，心里酸？"

史明堂堂男子汉，拉不下面子，便拉开嗓门说："去就去，酸个屁！"

洞房就在五星级酒店的高级套房里。闹新房的套路大同小异，嬉闹加恶作剧，这一套难不住这对新人。只有一个环节差一点让他们下不了台。当有人问到他们恋爱经过时，开始新郎新娘还镇定自若，应对如流。但有个冒失鬼哪壶不开提哪壶，追问新郎新娘恋爱中间有过什么曲折。

这一问让新郎新娘僵在那里，大家的眼光不约而同地寻找一个人，史明！还好，史明不知去向。很快，大家也都识趣地离开了。

新郎将房门锁上。现在是两人世界，庄启龙突然问夏白玉，世界上哪种女人一下子变老？

夏白玉睁大眼睛问："哪种女人？"

"新娘！"说完，庄启龙一把将老婆拥入怀中。

夏白玉依偎在老公怀里问："为什么新娘一下就老了？"

庄启龙亲了她一口说："因为今天是新娘，明天就变成老婆了。"

两个人静静拥抱了一会儿，夏白

玉想起一件事，说："我们把红包记一下，今后还要'还债'哩。"

于是夏白玉念送礼人，庄启龙逐笔登记礼金。庄启龙随口问道："你看到史明什么时候走的？"

夏白玉一听这话，脸就沉下来："你什么意思呀？他什么时候走，为什么问我？"

庄启龙忙打哈哈："不就是关心他吗？我怕他喝多了出事啊！"

这时，酒店总台打电话来，宴会

厅遗留了些东西请新人去认领。庄启龙关照老婆早点洗漱休息，便开门前去处理。

夏白玉走向套房里间，刚推门进去，她差点惊叫起来，只见里间的沙发上睡着一个大男人，再仔细一看，竟是史明。

原来史明今天喝多了，他被同事架到新房，大伙闹新房时，他酒劲上来，溜进里间倒头便睡。现在被夏白玉一叫，他也醒了，懵懵懂懂地问："我在哪里？"

夏白玉捂着狂跳不止的心脏，说："你在我的新房里！你怎么还不走？"

这时，史明完全清醒了，他跳起来连声说"对不起，我马上就走。"走出新房，他的手机响了，拿起一听是他爸打来的。他问儿子，都半夜了怎么还不回家？明天还要陪自己去医院开刀，应该要早点回来休息。

史明听完，安慰他爸说"您放心吧，我已经联系了一个好大夫，还特意准备了五千元红包。"说到这里，他下意识地拍拍口袋，这一拍，差点吓出他半条性命。口袋怎么这样单薄？他急急忙忙把手伸进去，却摸出来一个小红包，里面只有五百元。这个小红包是送给庄启龙的礼金，应该在签到时已经送出去了！糟糕，看来是把两个红包搞错了。

史明顿时感到天昏地暗。送出去

的人情像放进河里的鱼，那是要不回来的。老爸明天就要住院开刀，自己到哪里再去筹这五千块钱呀！他站在新房门口，进退两难。琢磨了许久，他返身又去敲门。

夏白玉开门见又是史明，就沉下脸问他："你怎么还不走？"

史明鼓起勇气说："白玉，我有话想跟你说说……"

"你什么也别说！今天是我大喜的日子，请你尊重我，也尊重你自己。"夏白玉正要把门关上，突然看到庄启龙从走廊那边过来，心里一紧张就把史明拉进房。

史明懵懵懂懂拿出手机还想给老爸打电话，被夏白玉一把夺下扔在茶几上，推他进了里间，临关门时还叮嘱道："千万别出声！"

外间里，夏白玉帮老公开了门，便催他去洗澡，好趁机放走史明。但庄启龙特别兴奋，拉着夏白玉说这说那。

这时茶几上史明的手机响了，庄启龙接起手机来，听到了一个老人的声音："史明，你怎么还不回来……"

庄启龙纳闷：这不是史明的手机吗？再望望夏白玉，见她神色慌张，感觉不对头，便匆匆挂断了电话，盘问妻子："为什么史明的手机在这里？"

夏白玉不知该如何解释，一来二去，两人大吵起来。

史明听夫妻两人吵得不可开交，便走了出来，他对庄启龙解释说："刚才我喝多了，在你们套间里睡着了，你不要怀疑白玉。"说完，他重重地叹了一口气，欲言又止。良久，他才深吸了口气，问说，"你们收到一个大红包吗？里面有五千块钱。"

夫妻俩对望了一下，刚才是登记到一个大红包，用庄启龙公司的信封装着。他们还以为这是单位的贺礼呢。

史明急着说："那是我的。"接着便将送错红包的事情和盘托出。

明白了事情的始末，庄启龙和夏白玉都觉得对不起史明。他们原本以为今天史明在酒宴上心事重重，低头喝闷酒，是因为小心眼呢。没想到，是他家里出了那么大的事情！即便如此，史明还顾及情谊，来祝贺婚礼，相比之下，他们夫妻俩瞎猜忌，太小家子气了。

夫妻俩到一边轻声商量了一下，便由庄启龙对史明说："兄弟，你有困难怎么不早说呢？你的小红包我们收下。这个信封你拿回去。"

史明接过信封，感觉分量比之前重了许多，想看个仔细。

庄启龙又说话了："不用看了，多了五千元，这是我们夫妻一点心意，希望伯父能早日康复！"

（题图、插图：谭海彦）

老板

心太软

□ 万里秋风

小张在一家电子商务公司上班。最近，公司新来了一个叫王宏的网管，他工作经验丰富、适应能力强，而且他也懂得"与人为善"，对大家电脑里的一些小游戏都睁一只眼闭一只眼，所以很快便和大家打成一片。

可惜没几天，老板就抓到了王宏工作上的疏漏。他指着一台员工电脑说："这台电脑里有个游戏，你怎么没发现？"

王宏嬉皮笑脸地说："那是老板您的直觉准啊！公司三十几台电脑，你随便挑了一台，就找到了一台安装了违规游戏的。"

小张等人低头假装干活，听着两个人的对话，不由为王宏捏了把汗。要知道老板在公司就是神一般的存在，是绝对说一不二的。

老板一听，果然暴跳如雷，大声嚷嚷着要王宏卷铺盖走人。

王宏见状，忙低声讨饶："老板，请再给我一个机会！我就要结婚了，我很需要这份工作！您看，这是我女朋友，如果我失业了，她一定会离我而去的。"说完，他从贴身的口袋里掏出了一张照片。

老板余怒未息，他虎着脸接过照片一看，表情竟慢慢平静下去。过了好久，他丢下一句"婚姻对男人很重要，再给你一次机会！"便转身进了自己办公室。

在场的员工目睹此情此景，都瞪圆了双眼。要知道，老板对于犯错的员工一向是"零容忍"的。今天他怎么心软了呢？大家也都对王宏刮目相看，人家凭一张照片就成功激起了老板的恻隐之心。

下班了，小张上了地铁才发现把手机落在了办公室，只得折返。刚到办公室门口，他意外发现王宏和老板都没走，他们在聊天。

小张贴着门偷听，一听他又皱起了眉头，王宏竟然要求涨工资！这是又犯老板的大忌了，以前凡是提过此类要求的员工无一不被开除，而且连最后一个月工资都不给，理由是强行离职，影响公司运行。

办公室里的老板果然又化身为"愤怒的小鸟"，他激动地说："什么，加薪？你的工资已经很高了，你知道吗？我从来没有给过一个网管这么高的工资，就是给，也没超过两个月的，就是超过两个月，后来也都扣掉了！你是不是脑子坏掉了，敢对我提这样的要求。你听谁说过咱们公司有加薪吗？"

王宏又不急不躁地说："老板，只要是公司，怎么会没有加薪呢？"

老板坚决地说："电子商务这东西谁都能干，和售货员没什么区别，懂电脑会打字会上传图片就能干，我儿子三岁就会干这些。加薪？加什么薪，公司需要流动性，谁想走悉听尊便。"

王宏沉默了一会儿，又说："老板，您是了解我的，我就快结婚了，我就挣这点钱，别说买房，连租房都成问题，您不给我加薪，我女朋友说不定就跟别人跑了啊！老板，您是过来人，知道婚姻对我们男人也很重要啊。"听衣服的声音，王宏又把女朋友的照片掏出来了。

老板也沉默了一会儿，然后才无奈地说："好吧，就给你加百分之五，你给我好好干，别出事！"小张又听王宏说了声"谢谢老板"，便赶紧逃走了。

这天晚上，小张激动得辗转难眠。他觉得自己的机会来了。因为他也有女朋友，但也结不起婚。如果老板就吃这一套，那么不妨明天自己也去试试！

于是小张做了精心的准备，他先选了一张女朋友最好看的照片带在身上，然后他对着镜子揣摩了半天王宏的表情，特别是那种诚恳耐心、不卑不亢的态度。最后小张告诉自己：太软弱不行，太强硬也不行，得掌握好一个度。

这么折腾了一夜，第二天小张顶着一对黑眼圈踌躇满志地上班去了。这一整天他的情绪都很亢奋，工作积极性也很高。而且其他同事似乎也挺亢奋的。老板见大家充满激情地工作，也心情大好。

小张好不容易等到下班，出去绕了一下，又回了公司。他刚刚已经打过电话到老板办公室，证实老板还在。小张走到老板办公室门前，礼貌地敲了两下，听到里面传来"进来！"的声音，他才推开门走了进去。他不敢多看老板一眼，一鼓作气地说："老板，今天我们做了三十单生意，是这周最好的成绩。我们这周的成绩是这个月最好的。我们这个月的成绩是今年最好的。"

老板听完，有点不耐烦地问："所以呢？"

小张赶紧切入正题道："老板，我在咱们公司干了快两年了，工作量一直在增加，但工资一直没变过。您看是不是……"

"你是想加薪？"

小张连连点头说："是的，您也看见了，我们最近的生意做得不错……"

没等他说完，老板拍案而起，怒斥他："那只能说明你们以前的工作是狗屁！你脑子是不是进水了，居然想让我给你涨工资？我告诉你，明天就给我滚蛋！不，现在马上给我滚蛋！"

小张吓了一大跳，不过幸好他对老板的反应做了万全准备，他赶紧拿出自己的应对措施，用准备好的不卑不亢的语调说："老板，我也是不得已的，您看，我马上就要结婚了。这是我女朋友。"他边掏照片边注意着老板表情的变化，老板的表情有点怪异，但是显然没有打断自己的意思。

小张感觉大有希望，便继续他的演说："老板，我现在的工资太低了，结婚的负担很重。我要求的不多，只要涨一点，我对女朋友能有个交代，把她娶到手就好了。"他见老板的神色越来越专注，赶紧又加上一句，"老板，您是过来人，知道婚姻对我们男人很重要啊。"

老板无奈地叹了口气，他伸出手来接过小张手里的照片，他定睛一看，把相片摔回了小张的脸上，他又骂开了："混蛋，你又不是我儿子，你结不结婚不关我的事！我再说一遍，你现在马上就滚蛋，别等我说第三遍！"

小张完全没料到老板会是这反应！他吓坏了，扭头跌跌撞撞地走了。等他拉开门又吓了一大跳：只见门口还站着三个同事，他们个个神色古怪，尴尬中带着庆幸。瞧他们那模样八成也是揣着女朋友的照片，来求"心太软"的老板加薪的。

在老板的坚持下，小张被克扣了半个月的工资，并且没有拿到任何补偿就离职了。小张也没去申请劳动仲裁，因为从经济角度考虑，即使他能成功，也会耽误大量找新工作的时间和精力。何况他知道老板的丈人挺牛的，寻常人可动不得他。

幸好小张在一个月后就找到了新工作，虽然工资不算高，但新老板人挺和气，也承诺只要他好好干，每年都会有加薪。

冲着这点，小张决定忘掉在前公司的倒霉经历，好好干出个样来。走马上任第一天，他和新公司的网管打了个照面，便愣住了！咦，怎么会是王宏呢？他忙问："王宏，你怎么辞职了？"

王宏苦笑着说"不是辞职，是被赶走的。"

小张心说：这就奇了，老板不是很看重他的吗？

王宏似乎看透了小张的内心，解释说："这都是因为他离婚啦！"他见小张仍是一脸茫然，便继续说道，"事到如今我就告诉你吧，其实有一次我帮前老板修理笔记本，无意中发现了一个隐藏文件夹，里面有情书、照片，最酷的是还有一段录像……"

小张也不是笨蛋，他很快就明白了王宏在说什么东西。他联想着前因后果，又推测说："所以，你拿的不是你女朋友的照片？"

王宏笑了笑："那是他小三的照片。可惜，天下没有不透风的墙，虽然我替他保密了，但他老婆雇的私人侦探可不会替他保密。结果他被一脚踢出了家门。然后他就一脚把我踢出了公司！"

小张听完这么个有趣的事，不无遗憾地说："其实既然你有证据，你还可以威胁他啊，比如把视频公诸于众之类的。"

王宏却连连摇头："此一时彼一时，当初我在公司时提的要求都是我应得的。现在再这么做，可就是敲诈勒索，是犯法的呀。而且他现在也学乖了，虽然开除了我，但还是按照规定给了补偿金！"

小张听了，更加对王宏刮目相看，同时他决定明天就去老公司，要回自己应得的那份补偿金。

（题图、插图：谢　颖）

·运筹人生　智慧鼓点·

故事会2012年1月下半月刊·绿版　**35**

知县
找护卫

□ 严国仁

有个叫陈春的，在科举道路上耗尽了大半生心血，到四十二岁才考中了进士，被任命为万河县知县。消息传来，贺喜的人接踵而至，可是当事人陈春却手脚冰凉。

原来，十年前，陈春也住在万河县，与邻居童家产生了矛盾，而且越来越深，最后发展到不共戴天，真刀真枪干了一仗。后来陈家使了阴招，打死了童家的两个人，只得举家连夜逃离了万河县。要知道童家是开武馆的，老爷童祝瑶更是武功高强，一个顶仨。他发过狠话，说：只要陈家人敢踏进万河县一步，必杀无疑。这让陈春哪里还敢去上任呢？

但朝廷的任命也不敢违抗，怎么办呢？陈春拖了几天，眼看拖不下去，只得上了路。这天到了三岔口，往右便是万河县，到底去还是不去，陈春左右为难。

正在这时候，从右边的路上来了一个人，他走路歪歪扭扭，跌跌撞撞，好容易走到了陈春一行人跟前。陈春见他全身是血，身上披着一张狼皮，左手还提着一把刀子，不由吃惊地问："你，你被狼咬了？"

那人张开半闭的眼睛看了陈春一眼，把刀和狼皮扔到他面前，说"你、你、你瞎眼了啊？明明是我、我把狼打死了，还说我、我、我被狼咬了！"

那人嘴巴一张，一股酒味扑面而来。陈春捂住鼻子，仔细打量来人，见他虽然身上都是血，但并没有受伤，显然都是狼的血；站立不稳，那是因为喝醉了。陈春惊异地问："你喝得这么醉，还能打死狼？"

"我、我是酒侠，喝了酒我才、才有力气，越喝酒越有力气。打、打狼算什么？"那人一副桀骜不驯的样子。

陈春摸摸狼皮尚有余温，看来刚打死不久，就叫那人带他去看打狼的地方，那人也不拒绝，歪歪扭扭走在前面。众人翻过了一座山坳，便看到了，现场一片狼藉，被剥了皮的狼还在地上。陈春心里一阵激动，刚才路上就在想，如果有这么一个人给自己当护卫，还怕什么仇家呢？他问对方姓啥叫啥，那人好不耐烦"怎么那么啰嗦，人家都叫我酒大侠！"

陈春赶紧亮明身份，最后问："你愿意跟我一起去上任吗？"

旁边的随从都一起怂恿着："快

答应呀，跟着老爷吃香喝辣的。"

酒大侠这才知道对方是临县的县太爷，不过他也不紧张，口齿不清地说："可以是可以，但我必须喝酒才有力气，不喝酒什么也做不成。"

这是小问题，陈春当即点头答应"行！你尽管喝酒，要多少我供你多少！"

于是，陈春带上酒大侠赴任去了。到了万河县，陈春立规矩，追查积案，结交豪强，忙得不亦乐乎。一个多月后，他的仇家童祝瑶得知消息，在一个晚上找上门来，他大叫："陈春，你给我滚出来！"

这一个多月来，陈春一直被人前呼后拥的，一时间还没反应过来，他拉开门一看，当时吓得面无人色，急忙对正在喝酒的酒大侠说："快出去！他找上门来了！"

酒大侠拿上一壶酒歪歪扭扭地开门走了出去。陈春不敢跟着出去，只

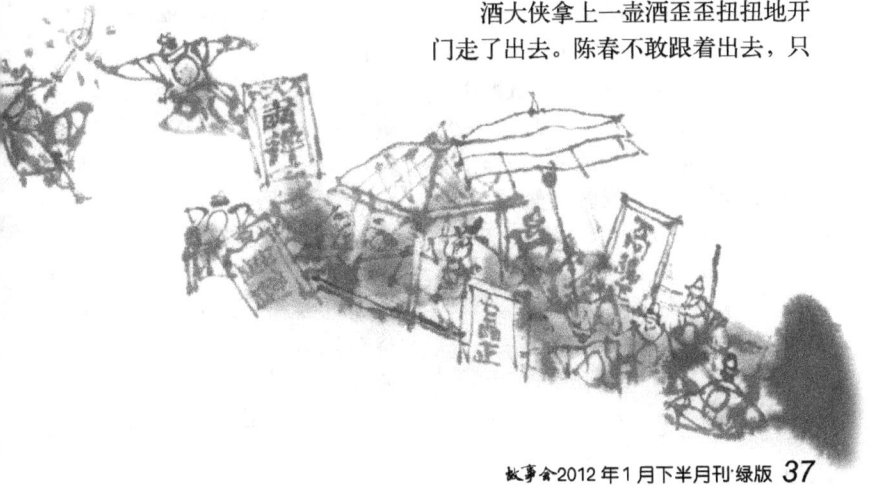

能赶紧关上门，然后耳朵贴在门上听动静。

再说那童祝瑶见走出来一个醉鬼，便疑疑惑惑盯着他看。酒大侠好容易站稳了，转过身来看着童祝瑶。童祝瑶问："你是……"

酒大侠也不搭话，拿着酒壶向童祝瑶打去。童祝瑶猝不及防，赶紧用手去挡，殊不知壶里的酒是挡不住的，一下泼到了他的脸上。童祝瑶眼睛被酒辣得睁不开，怕对手又使阴招，忙捂着眼跌跌撞撞地跑开了。

听不到声音了，陈春才敢打开门，一边东张西望，一边走出来。酒大侠手舞足蹈，迎面走来，和陈春撞了个满怀，"扑通"倒在地上了。

陈春也不计较，连忙把他拉起来，欣喜地问："你把他打跑了？"

"他、他……他算什么？我只、只、只一下，他就挡不住，跑了！"

陈春大喜过望，从此更加放心，也更加厚待酒大侠。过了几天，陈春赴宴回家，走到半路，突然童祝瑶从一块大石头上跳下来，二话不说，举刀就向陈春的轿子奔过来。陈春吓得大叫酒大侠，酒大侠提着酒，打着饱嗝从轿子后面走出来，看到了童祝瑶，拿起酒壶就往他脸上砸。童祝瑶手里的刀一横，向酒壶斩去，只听"当"的一声，酒壶被打碎，碎片飞溅。

巧的是，其中两块碎片，正好飞到童祝瑶脸上，他痛得大叫，连忙回头跑了。

陈春见酒大侠武艺高强，高兴得哈哈大笑，觉得从此再也不怕任何人了。

那天，闲来无事，陈春陪着酒大侠喝酒，喝着喝着，陈春就问酒大侠的武功是跟谁学的。这天，酒大侠是难得清醒一回，他对陈春说："我没武功，我好怕呀，我要回去了！"

陈春吓了一大跳："你、你说什么？"

酒大侠继续说："我其实就是一个酒鬼，不喝酒就活不下去，我跟你来，就是为了有酒喝。"

陈春怔了一怔，好一会儿才明白了他的意思，吃惊得后背心直冒冷汗，但他又有些不解，问："我亲眼看到你两次打败了童祝瑶，而且你不是还打死过狼吗？"

酒大侠见躲不过去，就把那事说了：其实，那天酒大侠提着酒壶在山里走，突然一只狼从侧面扑来，他都快吓死了，下意识地拿酒壶去挡狼的嘴，狼嘴一张，连壶带酒吞了进去，狼先是被辣得不知如何是好，然后很快就醉倒了。酒大侠捡了个便宜，杀了狼，就这样被陈春误以为是英雄了。

陈春酒都吓醒了，一想到童祝瑶随时都可能来找自己的麻烦，他再也待不下去了，连夜收拾东西跑了，保命要紧，知县这芝麻官不当也罢！

（题图、插图：黄全昌）

38

□ 张义明

阿P 占车位

这几年，居民小区里停车越来越难。到下班时间，小区的门口就成了车的海洋，各种各样的小车拼命往里挤，喇叭声、叫骂声连成一片。阿P有一辆旧"奔奔"，每天下班也为停车而烦恼。

这天，阿P回来得早，回到小区时，小区的空地上还没有几辆车。阿P准备在自家楼下的空位上停车，抬头一看，空位上有一个老大爷，正坐在草地上打瞌睡。阿P短促地鸣了一声喇叭。老大爷抬头看了看，又继续打瞌睡。这人是怎么了？

阿P再按喇叭，老大爷已经变成了聋子。阿P没办法，只好打开车门，跳下来要老大爷让让。

老大爷抬起头，看看阿P，轻轻说了声："这地儿我占了！你另找地方吧！"此话一出，惊得阿P的嘴好久都没有合上。真新鲜啊，还有人专

门来占车位的。阿P再看看老大爷，知道要吵下去，自己有欺老之嫌，只好另找地方停车。

回到家中，阿P越想越来气，哼，这个办法你用我也能用！原来，阿P早就准备把老家的母亲接进城来，看来如今得加快步伐了。第二天，阿P便请假回家，把母亲给接来了。

母亲一来，可真是发挥了大用场，每天下午，母亲就在楼下抢占好车位，这样阿P停车再也没有后顾之忧了。

但好景不长，麻烦还是来了。半个多月后的一天，阿P下班回来，便看到自家楼下围着一大群人。阿P停好车，挤进人群一看，吓了一大跳，只见自己的妈被人打得头破血流，躺在地上。阿P来不及细问，抱起母亲就向医院跑去。

阿P刚将母亲送进治疗室，正准

备打电话报警，肇事者已经来了医院。

阿P一看，肇事者就是上次占车位的那个老大爷。阿P的火"噌噌"往上冒，母亲才进城就被人打，这脸可丢大了，必须得好好敲敲这个肇事者，看看我阿P是不是好惹的！

但老大爷不是一个人来的，他的女儿也一起来了。那可真是个美女啊，年轻时尚，曲线动人，两只明晃晃的大耳环在耳朵上晃来晃去，她一见阿P便连连道歉，还"阿P哥阿P哥"叫个不停。阿P竟一时开不得口。

美女还告诉阿P：今天下午，阿P的母亲早早就拿着小板凳来楼下，占了一个车位。后来她上了趟厕所，回来发现小板凳被扔出好远，原来的位置被老大爷占了。阿P的母亲自然

不乐意，两人你一言我一语吵了起来，后来竟动起了手。

最后，美女诚恳地说："阿P哥，我叫小丽，真对不起，是我爸不对，打伤了伯母！伯母住院的一切费用都由我来出，你保管好各类票据，到时我付钱给你。"

阿P的火气瞬间就被美女的善良扑灭了，他一感动就说出了真话"也不是什么大伤，我看就不要住院了吧。"

小丽可不答应，她说："这怎么行呢？老人年纪大了，万一有些变化，还是在医院稳当。"说完从包里拿出一张纸，写上自己的电话号码递给阿P。话说到这个份上，阿P也不好再说什么，他突然多了个小心眼：冬令进补，母亲身体还不够结实，趁机叫医生多给开些补药，就当是补补身子骨吧。

就这样，阿P的母亲住进了医院。小丽端茶送水，忙前忙后。第二天一早，小丽还给阿P的母亲带来了自己做的早餐，俨然是女儿在服侍母亲。

阿P在一旁看着，心里有那么一丝悔意。就在昨晚，他还让医生给母亲开了几千元的补药，当时想法就是反正有人埋单，不吃白不吃！

服侍完老人，小丽又主动请阿P到咖啡厅去坐坐。在暧昧而浪漫的灯光下，阿P不免有点受宠若惊。看着小丽那迷离的眼神，性感的双唇，他

浑身不住地颤抖。同住一个小区，真是相见恨晚，阿P也不想让自己的母亲在医院赖下去了，于是说："小丽，我妈身体没大碍了，要不明天让她出院吧？"

开始，小丽还客气几句，后来见阿P态度坚决，她就说："好吧，那明天就接咱妈回家吧，这住院可用的是我们以后的钱哟！"

阿P一听"咱妈"和"我们以后的钱"心里都快酥了，咧着嘴傻笑说"明天一早就给她办出院手续。"

隔天，阿P早早地来到医院，可是等了许久，没见小丽的影子。昨天可是说好的，小丽拿钱来医院结账，现在都快十点了，小丽还没来。

打了两次手机，电话都没通，阿P又打了一次，总算打通了，小丽在电话那头挺着急地说："P哥，今天总裁来检查工作，我一时走不开，等会才能过来！"停了停，小丽又说，"P哥，要你到我公司来一趟，拿了钱去医院，把咱妈的账都结了。我的地址是……"

电话那头声音突然有些模糊。阿P想，我到她公司去拿钱也太小家子气了。于是，他便挺豪迈地说："你忙吧，我先把所有的费用都结了，咱俩谁和谁呀！"

于是，阿P把医院的账都结了，乖乖，这次住院用去好几千块呢！反正也不要自己花钱，而且还能认识美女，阿P付钱付得可痛快了。

结完账，阿P把母亲接回家，就想打电话向小丽邀功，可电话怎么也打不通，一直到晚上仍没有消息，母亲便叫阿P去她家问问。

阿P敲了半天小丽家的门，没有反应。隔壁的门倒是开了，一位大爷出来说："这家人不租了，今天搬走了！"

什么？阿P足足愣了半分钟，才结结巴巴地问："她、她是租的房子？"

"是的，房东又将房子挂牌了，你要租？"

阿P突然大声骂起来："租你个头，我就住在楼下，这个骗子！"

大爷不高兴了："我好心好意告诉你，怎么变骗子了？"

阿P垂头丧气地回到家，拿出医院的发票在那里发呆。哎，怪只怪自己想占点便宜。这时母亲过来问道："钱要回来没有？我看那姑娘挺不错的……"

骗子，骗子！阿P心里一个劲地骂，但又不好告诉母亲真相。他一语不发地走到楼外，见前面空地上还坐着个老奶奶，看得出也是抢车位的，心里不由百感交集。罢了，要不是抢车位，母亲是拉也拉不去医院的，更不用说是吃补药什么的了，这次，就算是高价给母亲买补药吃吧……

（题图、插图：顾子易）

现在是个"拼爹"时代，为此便有两位较上了劲儿……

想做富二代

□ 刘超

天下之大，无奇不有。有个年轻人叫三水，他媳妇正月怀上了孩子，满打满算，本来十月份就该当爸爸了，可眼看就快过年了，他还是抱不上孩子。咋的啦？孩子还在他娘肚子里哩，就是不出来！

当初，预产期到时，三水曾带着媳妇去医院看过，医生建议三水媳妇采用剖腹产，可三水是个穷打工的，一算，这一刀可不便宜，就坚决拒绝了，想回家等等再说。

没想到，这一回去，一等就等到现在。两口子掐指一算，妈呀，都超过预产期两个月了，这到底怀的什么胎啊？虽然害怕，可他们还是舍不得去挨那一刀。

这天，三水在厂里加班，半夜才下班。走到离家不远的地方时，他忽然听见路边的草丛中有人在说话，好奇地走近看看。只见两个老头面对面坐在地上，两人都是六十岁左右年纪，一个脑门光亮，脸蛋又白又胖，一看就像个干部；另一个却长得可怜多了，瘦巴巴的脸，一片菜色，仿佛几年都没吃过肉似的。

只听那个瘦老头可怜巴巴地恳求道："老哥，您就可怜可怜我吧，把这个机会让给我，我一辈子都记得您的大恩大德！"

胖老头断然拒绝道："我再说一遍，不可能！这都是人家安排好的，凭什么要我让给你？"

瘦老头不甘心地说："老哥，您怎么说都享了一辈子福了，我呢？唉，您就成全我一回吧！"

胖老头哼了一声，不理他。瘦老头凑近一些，说道："我不会忘了您的，等我享上福后，一定找到您，好好报答您！"

"扯淡！"胖老头一脸不屑地说，"等你享福的时候，你还认得我？说不定到时你开个什么狗屁公司，做大老板，我呢，却站在门口帮你看门。免谈，免谈！"说着，他连连摆手，站起来想要离开了。

瘦老头一看急了，拉住他不让走："这样吧，老哥，您捎上我，咱俩做兄弟！"

胖老头一口拒绝："想得美！"瘦老头还是不肯放手，胖老头火了，一拳打过去，两人倒在地上撕打起来。

三水看到这儿，急忙站出来劝架："两位老伯，有什么事好好说嘛，别这样啊！"

两个老头顿时吓一跳，不约而同地松开手，惊讶地望着他。胖老头问："你是谁？叫什么名字？"

三水刚报出自己的名字，胖老头突然哈哈大笑，指了指瘦老头，又指了指三水，大笑着跑了。

三水感到有些莫名其妙，看了看瘦老头，关心地问："老伯，您没伤着吧？"

瘦老头没回答，坐了起来，瞧了他两眼，低下头叹了口气。三水正要再问，瘦老头忽然没头没脑地冒出一句："三水，你买彩票吗？中过奖吗？"

三水一愣，心说这老头好奇怪，可还是老老实实地说："我没买过，也不会玩。再说了，我的运气这么差，买了也不会中的。"

瘦老头想了想，又问："那你有什么计划，想做点什么生意呢？"

"做生意？"三水怔怔地说，"我这脑子哪会做生意啊？我这人没什么志向的，只要能平平安安地过日子就满足了。"

瘦老头听完，好不失望，叹气道："看来你这辈子都发不了财啦！"说罢掉头就跑，一眨眼没了影。

三水挠挠头皮，心里直犯嘀咕。这老头太奇怪了，又好像认识他似的，而且还挺关心他呢。琢磨了一阵，他也没把这事放心上。

过了两天，三水来到厂里，看见楼下又有两个老头在厮p打不休。仔细一看，还是前几天自己遇见的那对活宝。不知咋的，他们竟然又打了起来。两个老头好像都想往楼上冲，可另一个却死活不让，你拉我拦，打得不可开交。

三水急忙上前劝架："两位老伯，你们不要在这儿打了，让我老板看见就完啦！"

那瘦老头瞪了他一眼："呸！不要你管！你个穷光蛋！"

三水一下瞠目结舌。正在这时，

老板陈富贵扶着老板娘从楼上下来了。那老板娘挺着一个大大的肚皮，估计是要去医院。

两个老头一看，争先恐后地向他们直冲过去。三水忍不住大喊："小心！"

话音刚落，那个胖老头抢先一步撞到了老板娘身上。只听老板娘"哎哟"喊了一句，抱着肚子嚷："富贵，你儿子要出来啦！"

三水看到这一幕，大吃一惊，因为他发现那个胖老头整个人钻进了老板娘的肚子里。没等他反应过来，只见瘦老头也低下脑袋，照着老板娘猛冲过去。谁知道撞到人家的肚皮上，却被反弹了回来，摔在地上。

陈富贵好像没看见老头，赶紧扶着老婆坐上车，一溜烟跑了。

那瘦老头望着远去的车，一个劲

地捶胸顿足，放声大哭。哭了一阵，他爬起来，大哭着撒腿狂奔。

三水胆战心惊地看着瘦老头，愣了一会，猛地一拍脑瓜喊："我明白了！"撒腿朝瘦老头追去。

那瘦老头一路哭哭啼啼，不停地抹着眼泪，最后爬上了一座大楼的天台，一屁股坐在那儿。

三水追到天台，只听瘦老头正哭着喃喃自语道："我真倒霉啊！我的命真苦啊！为啥人家享了一辈子福，还能接着做有钱人？为啥我穷了一辈子，还要我做穷人啊……"

三水缓过了劲，上前大声问他："你到底是谁？"

瘦老头回头看了他一眼，哭道："你别问了，我本来是要做你的儿子，可我不想再当穷人了，我想跟胖老头换……"

三水一听，什么都明白了，自己猜的果然一点儿都没错。他顿时火冒三丈，一把揪起瘦老头，破口大骂："你这个臭小子，你把你妈害惨了！你让我们白白担惊受怕了两个月！"

瘦老头低下头说："谁叫你这么穷？"

"你这个嫌贫爱富的兔崽子！"三水劈头盖脸骂道，"你想跟人家交换，你以为这样就可以享福了？屁！你知道吗？这个老板娘只是老板的二奶，人家早就在老家有儿子了，听说在别的地方还有几个。你生出来，也就是个私生子，说不定哪一天就被人家抛弃了，哭都来不及！"

瘦老头吓了一跳："真的？"

三水哼了句，接着教训他："你一门心思老想着当有钱人的儿子，做个富二代，你就不会想着自己当个有钱人，做个富一代，那不是更好？"

瘦老头挠挠头，喃喃道："你都这么穷，我能富得起来吗？"

"告诉你吧！"三水有点得意地说，"算命的说了，我将来能享儿子的福，我儿子命好得很，是个大老板，

十五岁就能赚得第一桶金，二十岁就能当上百万富翁！"

瘦老头喜出望外："真的？爸，您咋不早说呀？早知道，那天在医院我就不临阵退缩了，我这就找我妈去。"

"说个屁！"三水又好气又好笑，朝他屁股踢了一脚，"快去，你妈都急死了！"

一眨眼，瘦老头就不见了。三水飞快地跑回家，一进门，就看见老婆在床上抱着个白白胖胖的孩子在喂奶。老婆欢天喜地地说："睡了一觉起来，咱们的儿子已经跑出来了！"

（题图、插图：佐　夫）

· 本刊信息传真 ·

故事会▪新浪 微故事大赛

1月征集主题：英雄

让你的脑细胞兴奋起来，一起跳个舞吧！

这是一次对灵感、睿智、情感和文字驾驭能力的挑战——

用1条微博，讲完1个故事。

《故事会》杂志和新浪微博（weibo.com）联合主办微故事大赛继续进行，邀请各路故事名家、草根英雄和世外高人展开较量！

本次大赛所有作品通过新浪微博平台征集，分为"命题故事"和"自选题故事"两部分，命题故事每月一个主题，当月设金奖1名，奖金1字10元（字数低于120的按120字计），银奖2名，奖金1字5元；自选题故事由作者自由命题，全年评出金奖1名（5000元），银奖2名（2000元）。优秀作品将在《故事会》上刊登，并结集出版。11月微故事金奖得主：河北张静娟。

1月微故事主题：英雄。请您根据该主题构思一篇微博故事，力求情节出人意表，立意隽永深远，文字鲜明生动，本月的微故事达人或许就是你！截稿日期：1月21日。

（本期刊物特别选登12月微故事大赛优秀作品，详见P81）

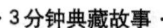

真正的英雄

有个煤矿发生了事故，一个在深井作业的班组被困。几天后，奇迹发生了，十一个被困者全部生还。为此矿方特别举办了记者会。

班长首先发言："当时我听见一声'快跑呀'，就带着大家顶着大水往上冲。"

然后一个老工人接过话说："我们刚跑几步，水就漫到了胸部。我熟悉地下的情形，就让大家攀着管子，这样我们才来到了地势高的地方。"他一边说一边模仿攀管子的情景。

他话音刚落，一个胳膊缠着绷带的大汉接着说："那时上下井坐的'猴车'还能用，但一个大浪就把'猴车'

掀翻了，我跳下车，一手抓住粗电缆，一手死死护住上面的人。"

班组成员纷纷描绘着逃生时的惊险，并着重指出自己的英雄行径。

忽然有个记者提出了问题：资料显示这个班组只有十个人，那获救的怎么会有十一个呢？

矿方代表说："还有一个在地下200米看轨道车的工人也被困住了。"说完指了指角落里一个从没开过口的中年人。

记者问中年人："你在地下200米工作，应该不受事故影响，怎么会和地下700米的人一起遇险了呢？"

那中年人说："当时我见水顺着轨道冲下来，巷道里的风带着白色雾气，就知道出事了，转身便逃。我跑了两步，想想下面还有好多弟兄呢，就掉头一边往下跑，一边喊'快跑呀'，所以也被困住了。"

记者又问："你不害怕吗？"

"当然害怕！"中年人不假思索地说，"但我不能一个人逃，这样对不住自己的良心！"他朴实无华的言行让所有人肃然起敬。

（作者：赵倡文　推荐者：小　青）

有个女子游泳队，过两天要去参加锦标赛。女孩们都爱美，刻苦训练之余，也想穿着得体亮丽的泳衣参赛。于是，这天女孩们相约一起去买泳衣，到了商店，她们发现各款泳衣色彩斑斓，令人眼花缭乱。女孩们便一一试穿，又一一否决。只有一个叫拉加德的女孩，只挑不试，并不时和泳衣柜台的店员在一旁嘀咕。

两个小时过去了，每个女孩都挑了一件泳衣，一比较，大家竟公认：拉加德的泳衣最美。大家便好奇地问她："你都没有试穿，怎么能挑出最美的泳衣呢？"

拉加德微笑着说："其实我只是信任店员而已。所谓'术业有专精'，所以店员推荐的泳衣肯定不会有错。"

（作　者：刘云利；**推荐者**：张忠辉）

相片姻缘

十年前，老赵和妻子在工会集体活动中认识了。当时，老赵给大家拍照。回来他冲洗出相片，一张张压在自己写字台的玻璃板下。大家来一个取走一张。

老赵的妻子也来了，可是她的相片竟牢牢地黏在玻璃板上，四个角都试了，就是揭不下来。

老赵怕撕坏了照片，就让她不要撕了，另外多冲了一张，让她拿走。后来，玻璃板下的相片一一被认领，最后只剩下她的那张，于是就有人指着她的相片问："她是谁啊？"

老赵的回答从"我的同事"到"我的朋友"到"我的女朋友"，最后变成了"我的妻子"。就这样，妻子的那张相片一直在老赵的写字台下压着。有一年可以领新写字台了，他也没去领。

多年之后，老赵的婚姻竟亮起了红灯。妻子和他说："我想把你玻璃板下那张相片拿走。"老赵虽然不舍，但还是翻起玻璃板，试着揭相片，他分别试了四个角，但就是揭不下来。

妻子见状，便说："现在撕破也无所谓了，我来吧！"说完，她捏住相片一角，"哗"的一声揭了下来。相片居然完好无损，真是个奇迹。

老赵叹了口气说："看来还是蛮容易揭的，但我怎么就揭不下来呢？"

这时，妻子的眼泪流了下来。因为她知道老赵是太珍惜那张相片，所以才下不了手。这么多年，他珍惜那张相片一如珍惜自己。这么想着，她又让老赵把相片放了回去，直到今天，还在那儿。

（作　者：莫小米；**推荐者**：朱　朱）
（**本栏插图**：安玉民　梁　丽）

学写作文，从读故事开始

哪里是家

□ 白 水

三叔是个庄稼汉，他侍弄了一辈子庄稼。最近，他有点伤感，因为田里的青蛙越来越少了。

这天，三叔在河边听见一群妇人在叽叽喳喳说着什么，她们好像在说福根。福根是三叔的儿子，他在大城市里开饭馆，生意好得不得了。

三叔便凑上前去，问道"你们在说什么啊？"

那些人一见是三叔，全住了嘴。被三叔问急了，一位中年妇女才说："三叔，你可知道你儿子的饭馆生意这么红火，是为啥？"

三叔憨厚地笑了笑，说："这个，我还真的不知道哩！是为啥呀？"

"三叔，实话告诉你，你儿子福根开饭馆发财，是靠一道名叫'田鸡卧莲'的招牌菜。"

三叔听完愣了愣，有些不明白："啥叫'田鸡卧莲'？"

"啊呀，就是用青蛙入菜，城里人可爱吃了，说是绿色食品。你儿子缺德啊！"

闻听此言，三叔的脸色越来越难看，听大家说得斩钉截铁，他心里一阵难过，第二天就坐火车进了城。

三叔没自己进过城，找了半天才找到儿子的饭店，福根见父亲突然到来，一下愣住了，好久才喊了一声："爸，您老怎么来啦？"

三叔"嘿嘿"一笑，说："儿子哟，你开饭馆发了财，老子今天来吃一顿，你把店里的招牌菜端上来！"

福根猜不透父亲的心思，但还是

让人立刻就去准备。很快，菜上来了。桌子中间是一只大汤盆，汤盆里有一张荷叶，荷叶上有八只像是被剥了皮的青蛙，正围成一圈作跳水状。

三叔一见，便"呼"一声站了起来，大声说："混小子，你果然在靠'田鸡卧莲'赚黑心钱！老实跟你说，你爸我虽说是个乡下粗人，可我从小就知道，青蛙是农民的朋友，你们这样做，真是丧尽天良啊……"

见父亲发火了，福根急忙也站起来，大声说："爸，这不是真青蛙，这是用芋头雕刻的仿真青蛙，您老仔细看看！我知道您是最爱惜青蛙的，我哪里敢用青蛙招待您？再说了，我从小听您说青蛙是咱农民的朋友，哪敢违背您的意思，在城里卖青蛙？"

听儿子这么说，三叔才慢慢熄了怒火，他低下头，细看荷叶上的青蛙，果然不是真青蛙，心里这才好受了一些。这时，厨房间里又传来青蛙"呱呱呱"的叫声，三叔走进去一看，见一只大玻璃缸中，养着数百只青蛙。好小子，竟敢骗老子！三叔彻底被激怒了，他二话没说，操起一只放在旁边的小网兜，将里面的青蛙全部捞出装进蛇皮袋，然后拎着袋子匆匆走出饭馆后门，来到不远处的小河边，将青蛙悉数倒下河去……

三叔这一举动，一气呵成，速度极快，福根想劝阻都来不及！再说了，福根长这么大，还没见过父亲如此发火，他哪里敢去劝阻？

做完这一切，三叔又回到屋内，泡了一杯菊花茶，坐下喝了几口，说："福根，爸将青蛙放生了，这是在为你积阴德！"

三叔说完才觉得心里舒坦了些，但很快他又听到门外有青蛙的鸣叫声。怎么饭店里还有青蛙？他刹住了话头，走出后门去看。

这一看，让三叔大吃一惊：那些被他倒进河里放生的青蛙，不知为什么，全都回到岸上来了。它们仰着头，朝三叔呱呱地叫哩……

三叔觉得奇怪，青蛙放进河里不去逃生，反而回来送死，没有道理呀！

福根在旁看得一清二楚，他走下河堤，双手捧起一掬水，放到父亲鼻子底下。三叔立刻闻到一股怪味。

福根在旁边解释道："这河水早被工业污水污染了，青蛙跳下去也是死啊。爸，儿子将青蛙关在玻璃缸内养起来，不是为了吃青蛙的肉，而是想让城里的小孩亲眼看一看真实的青蛙，而不是书本上的青蛙。不过，青蛙被关养，就像鸟儿被笼养，总是没有乡下的好！"

三叔眼圈一红，转身回屋，拿出那只蛇皮袋，将青蛙一只只放回袋中。他边捡边摇头："福根，听村长说，外商要来村里开一个化工厂，乡下也不太平，青蛙的家在哪里啊？"

（题图：谢 颖）

□ 尚作鑫

穿长裙子的女教师

科斯塔是一名工兵，他奉命在哈瓦莱山清除地雷。哈瓦莱山曾经历过战争，当时对阵的两军为了防止对方的偷袭，在前沿阵地下了上千枚地雷。

如今，战争早已经结束了。可是山里仍布满了地雷，这对居住在哈瓦莱山周围的居民造成了很大的危害。很多人踩到了地雷而造成伤残，他们都是地雷的受害者。

这天，科斯塔带领着队员们，将一枚枚地雷从地下取了出来。眼看时间已经差不多了，科斯塔对几名正在排雷的队员说道："伙计们，今天就到这儿了。感谢上帝吧，我们都完好无损。"

大家都非常高兴，毕竟，排雷是一项很危险的活儿，一天的作业下来，没有发生任何意外是很值得庆贺

的。

从哈瓦莱山下来，科斯塔在集市上购买了一条很时尚的短裙，匆匆地朝镇上赶去。就在前不久，科斯塔在这里认识了一个名叫海兰蒂的女教师，文静而富有爱心的她总是穿着长裙子，静静地坐在椅子上翻看着诗集或修改学生的作业。

科斯塔深信，海兰蒂就是自己一直在寻找的女神，他已经深深地爱上了海兰蒂。今天，科斯塔要庄重而正式地向海兰蒂表达自己的爱意。

科斯塔来到海兰蒂居住的屋子，见海兰蒂正在收拾衣物，他拿出那条短裙，问道："你要回学校去了吗？"

海兰蒂微笑着对科斯塔说道："是的，明天就要开学了，我正要给你打电话呢，你就来了。"

"也许这就是心有灵犀吧。"科斯

塔一边深情地望着海兰蒂，一边把短裙递给她。

海兰蒂脸上露出欣喜的神色，她说道："我虽然不穿短裙子，不过对我来说，它太有意义了。"

科斯塔愣了一下，深深为自己的疏忽而后悔，赶紧表白道："以后我会给你买长裙子的。海兰蒂，你可以接受我的求爱吗？"

刚才还是神采飞扬的海兰蒂，忽然变得有些消沉了，她喃喃地说道："你了解我吗？其实，我并不完美。"

"不，我向上帝保证，你是我所见过的最完美的女子。你不能拒绝我，那样的话，上帝也会感到遗憾和难过的。"

海兰蒂没有说话，她默默地垂下了头。

科斯塔轻轻地拉过海兰蒂的手，从兜里掏出一枚戒指，轻轻地戴到了海兰蒂的手指上，海兰蒂的脸上顿时飞满了红霞。

科斯塔抚摸着海兰蒂的手指，说道："我们能到外面走走吗？"

"还是我给你唱首歌吧。"海兰蒂想了想，回答道。

"这太好了。不过，以后你别老呆在屋里，有时间要出去走走，时常锻炼对你的身体有好处。"从一开始，科斯塔就觉察到海兰蒂走路很慢，身子似乎很虚弱。他不由得调侃道，"如果你愿意，我也可以背着你去锻炼身体

的。"

海兰蒂笑了笑，便开始给科斯塔唱歌。风儿不时吹起海兰蒂柔顺的长发，科斯塔听得如痴如醉。直到夜深人静，科斯塔才从歌声里回过神来。他看了看表，起身说道："真是一个温馨而愉快的夜晚，亲爱的海兰蒂，明天一早我来送你，你要早些休息。"

翌日，科斯塔一早就来了，他陪着海兰蒂搭车来到了她工作的学校。临走前，海兰蒂叮嘱他道："你的工作很辛苦，也很危险，可千万要小心啊。"

科斯塔笑了笑，说道"亲爱的，为了能见到你，我一定会万分小心的。再说我的调职报告已经递交上去了，那时，我就可以离开那个危险的行当，和你永远在一起了。"

海兰蒂连忙问道"怎么，哈瓦莱山的雷排完了吗？"

"宝贝，怎么可能那么快？现在也只不过是刚排了整个雷区的三分之一，伤亡就已经出现了呢。"说着，科斯塔吻了一下海兰蒂的额头。

海兰蒂看了看科斯塔，恳求道："亲爱的，如果为了我，你愿意留在哈瓦莱山继续排雷吗？"

科斯塔听了，不由惊讶地问："我就是为你才离开哈瓦莱山的啊，难道你不希望我们在一起吗？"

海兰蒂欲说还休，她顿了顿，说"亲爱的，你愿意去看看我的那些可爱的学生吗？"

"好的，非常愿意。"科斯塔点了点头，骄傲地说道，"我也可以给他们讲讲排雷的故事。"

海兰蒂用手朝右边一指，说"亲爱的，你能不能先到我的班级和孩子们在一起。我换一下衣服，让最真实的自己出现在你的面前。五年级一班，在最边上的那个教室。"

科斯塔疑惑地看了看海兰蒂，便朝教室走去。

让科斯塔出乎意料的是：这里的孩子竟都是肢体残疾的！细问之下，科斯塔得知，他们都是被哈瓦莱山埋藏的地雷炸伤的！看着一张张稚气的脸庞，科斯塔的双眼模糊了，他的心被深深地刺痛了。

正在这时，海兰蒂出现在了教室门口，她的手臂下夹着课本，依旧像平时那样迈着缓慢的步子走进了教室。只见孩子们在拐杖或课桌的帮助下，支撑着身子站了起来，齐声喊道："老师好！"

"大家好，请坐下。"

科斯塔仔细地打量着海兰蒂。突然，他惊喜地发现，海兰蒂换上的正是自己送她的短裙，这使得以往穿惯了长裙子的她显得更有韵味。可是，科斯塔很快就看到了令他心碎的一幕：只见裙子下，海兰蒂的一条腿竟然是假肢！

刹那间，科斯塔明白了海兰蒂穿长裙子的原因。毫无疑问，是哈瓦莱山埋藏的那些该死的地雷带走了海兰蒂的腿。他静静地坐在下面，认真聆听着海兰蒂教孩子们唱歌、做算术。当下课的铃声响起的时候，科斯塔站起身来，他坚定地走到了海兰蒂的面前，温柔地说道："亲爱的，我立即就去撤销我的调职报告。"

此刻，海兰蒂没有说话，她朝科斯塔点了点头，感激的泪水已经流出了眼眶。

（题图、插图：佐　夫）

火案之谜

□ 陈伟民

劫后余生

清朝末年，扬州城里有个祥瑞珠宝店。这天晚上，珠宝店打烊之后，老板李鸿达和老婆陈秀凤买来酒菜小酌。李鸿达此人酒量很小，几杯下肚后，便进屋呼呼大睡。

睡梦中，李鸿达只觉得火烧火燎的疼。睁眼一看，他不禁大吃一惊，天啊，原来是着火了！一股浓烟扑面而来，他一下子呛晕了过去。

幸亏左邻右舍发现了火情，都来帮忙扑救，李鸿达也被大家抬了出来。他一醒来，便迫不及待地问："各位乡邻，你们看到我老婆了吗？"

大伙儿直摇头。一个邻居回忆说："我见她拎着一只大包袱，急匆匆地往南边走了。"李鸿达听了便慌忙跑进放宝物的密室中，发现里头最值

钱的家当竟被洗劫一空了。他气得一屁股跌坐在地上。

大伙儿见李鸿达这副模样，赶紧跑到衙门，替他报案。衙门立刻派来了一位姓马的捕头彻查此事。马捕头带了两名衙役，勘查了现场，询问了来龙去脉，折腾了好一会儿，众人才散开去。

第二天一早，马捕头又来了，告诉李鸿达，他老婆陈秀凤已被捉拿归案，知府大人正要升堂开审，传话叫李鸿达过去做个人证。

李鸿达赶到的时候，知府大人正在审问陈秀凤。只见他猛地一拍惊堂木，大声呵斥戴着手铐脚镣的陈秀凤道："大胆刁妇陈秀凤，你可知罪？"

可陈秀凤此刻却镇定自若，冷冷一笑道："回老爷的话，房子是我烧

的，宝物也是我拿的。不过，这叫善有善报，恶有恶报。民妇何罪之有？"

堂上知府没想到陈秀凤对犯下的罪行供认不讳，更没想到她还不卑不亢反问一句，一时间竟不知如何继续审下去，愣怔了半晌，才问："此话怎讲？"

此刻，陈秀凤也不再看那知府，而是狠狠瞪了一眼一旁的丈夫李鸿达，把自己的身世娓娓道来。

十八年前的腊月二十清晨，一名十二三岁的小乞丐倒在祥瑞珠宝店门前。珠宝店的林掌柜将他救醒，后又收为徒弟。四年后，小男孩长成小伙子，在林掌柜的精心栽培下，十分聪颖，而且独当一面。

想不到这年中秋节晚上，珠宝店突发火灾，林掌柜夫妇葬身火海，林掌柜唯一的女儿明珠生不见人、死不见尸，那小伙子也不知去向。但半年后，失踪的小伙子竟又回到扬州，并重新开起珠宝店。这个小伙子便是李鸿达。

前尘往事

李鸿达听到这儿，不由惊叫起来："莫非你、你就是明珠大小姐？"

"不错！"林明珠恶狠狠地瞪了他一眼，咬牙切齿地骂着，"你这个狼心狗肺的东西，我父亲待你不薄，你竟谋财害命。我想烧死你，就是想一报还一报，替父母报仇。"

知府大人终于听出眉目来，没想到今天这起纵火案，又牵出了一场陈年旧案！于是他又猛拍惊堂木，喝问道："李鸿达，她刚才所说的是否属实？"

李鸿达慌忙跪下："大老爷，容草民把这故事继续讲下去。"

知府愣了一下，心想，难不成还有什么隐情？于是点头说："讲吧！"

李鸿达便讲起了他的故事来。

话说十四年前的一个傍晚，林掌柜的珠宝店正要关门，却来了个黑脸大汉。他拿出一幅唐伯虎的字画，硬要卖五千两银子。林掌柜一眼便识出是赝品，就婉言谢绝。那大汉临走时恶狠狠地抛下句话："是大燕山的王大当家的让我来的，连他的账都不买，你就等死吧！"从这以后，林掌柜一直过得提心吊胆，他将家里贵重宝物放到一只包袱里，随时准备逃命。

这年中秋节夜里，林掌柜忽被一阵撬门声惊醒。他赶紧跳下床，透过门缝朝外看，只见几个蒙面人正在用刀尖撬门。

于是林掌柜慌忙将徒弟喊醒，要他拿着贵重宝物带着师娘和他女儿从后门逃跑。可没想到后门也有土匪把守，走投无路之际，掌柜的突然想到院子围墙脚下有个狗洞。可那洞很小，仅能容纳瘦弱的李鸿达和幼女爬出去。

最后，林掌柜只好让李鸿达先带女儿逃命。当时林明珠才五六岁，林掌柜怕她害怕而惊叫，被土匪发现，于是便将她弄昏，交给了徒弟，并交代说："无论发生什么事，千万不要报官。"

李鸿达背着林明珠逃了出去。当他回头看时，只见珠宝店方向火光冲天。不久，他又发现有人朝这边追来。这时他已浑身无力，如果再背着林明珠走的话，恐怕两人都难逃土匪魔掌。无奈之下，他只得将昏迷中的林明珠藏在一处隐蔽的草丛里，自己引开追兵。等他甩了追兵，回来找人时，林明珠却已不见踪影。

李鸿达禁不住哭了起来。哭够后，他打开包袱，发现里面除了贵重宝物外，还有一封信。看完信他不禁大吃一惊：原来林掌柜曾在一个叫王大麻子的人手下做过土匪，后来金盆洗手，才来扬州开了祥瑞珠宝店。

听了李鸿达的叙述，林明珠先是一怔，继而骂了起来："你胡说八道，我父亲怎么会是土匪呢？"

李鸿达没有跟她争辩，而是苦笑了一下，接着讲自己的故事。

自己本是一个无依无靠的小乞丐，是掌柜的救了他，才总算有了个家。当时，他把大小姐弄丢了，感到十分愧疚。于是他就想，如果自己把珠宝店继续开下去，说不准大小姐哪天能找回来。就这样，他又回到珠宝店，将烧毁的房子重新修好，边做生意，边打探大小姐的下落。让他做梦也没想到的是，十四年后，大小姐竟以这种方式回到家中。

知府大人听完了李鸿达的讲述，又迫不及待地问林明珠："这些年你跑到哪儿去了？"

"唉！"林明珠长叹了口气，讲起了自己的不幸遭遇："我醒来后，发现躺在草丛里，止不住地哭了起来。这时，天已蒙蒙亮。可我还太小，根本就认不得回家的路，于是边哭边往前跑。也不知跑了多久，我终于遇上一位赶马车的大伯。他问我叫什么，家住哪儿，我是一问三不知。最后他把我抱上马车，继续往前走。这一走啊，竟把我带到了京城！这位大爷姓陈，膝下无一子半女，以帮人家送货为生。就这样，我成了他的养女。我十六岁那年，养父一病不起。临终前，他告诉我，他是在扬州捡到我的，当时我颈项上挂块玉，玉的背后刻着我的出生年月和祥瑞珠宝店几个字。料理了养父的后事后，我便南下扬州，准备寻找亲生父母，经多方打探，才知他们早已不在人世。不过，我怀疑是李鸿达谋财害命，便决定以牙还牙——先嫁给他，再找机会复仇。"

林明珠说到这里，已是梨花带雨，她又哽咽着说："想不到天不助我，没有烧死这个忘恩负义的东西！"

知府听了两人的陈述后，一时还真难判断出谁说的是真话。突然，他像是想起什么似的问李鸿达："林掌柜的那封信呢？"

李鸿达怔了一下后，苦笑着说："我弄丢了。"

林明珠一下子跳了起来，指着他的鼻子对知府说："大人，他分明是在说谎，这么重要的证据怎么会丢了呢？可见是他在污蔑我爹，我爹根本

就不是什么土匪！"

拨云见日

这时，一旁的马捕头却叹了口气，他对林明珠道："你父亲林云志的确是个土匪。"说罢，又双手作揖道，"大人，卑职有话要说。"

这知府被这个扑朔迷离的案件吊足了胃口，便连忙应允。

马捕头深吸了一口气，说道："说实话，林云志是我师兄。"

大家一听，顿时呆若木鸡。难不成马捕头也是土匪？真是一波未平，一波又起。只听那马捕头清清嗓子，又讲出一段故事来：

二十五年前，马捕头在老家拜师习武不到半年，师兄林云志因赌博成性，欠下了一屁股的债。他为了躲债，逃到大燕山做了土匪。更令人可气的是，他临走时，竟然偷走了师娘的首饰。师傅为这件事，气得一病不起。后来听说师兄离开了大燕山，也就不知去向了。

转眼十几年过去了。这年夏天，马捕头刚来此地当差，便发生了祥瑞珠宝店纵火案。当他赶到案发现场时，林云志已是奄奄一息。他见到马捕头后，先是一愣，接着悔恨道："自作孽不可活！如果我死了，求你不要再追究这一切了！"说完，便断了气。

马捕头说到这里，朝大家苦笑了一下："当时我觉得，人之将死其言也善，再说那伙土匪确实来无影去无踪，于是便草草结了案。谁知竟又结了这么段孽缘。卑职求大人看在此案事出有因，又盘根错节的份上，请对林明珠网开一面！"

一时间，公堂之上一片唏嘘。众人感叹善恶有报之余，也纷纷为林明珠求情。

这知府理清了案件的来龙去脉，此刻神清气爽，心想：总算轮到我粉墨登场了。只见他拍了一下惊堂木，大喝一声："刁妇林明珠，蓄意杀人放火，罪名铁证如山，按照律法……"

"青天大老爷，请法外开恩。"知府话还没说完，李鸿达先"扑通"一声跪了下来，哀求着，"都说不知者无罪，林明珠一时报仇心切，做下糊涂事，还恳求老爷网开一面，从轻发落。"

知府愣怔一下，又拿起惊堂木，在空中转了转，良久才落了下来，大声宣判："刁妇林明珠，蓄意杀人放火，罪名铁证如山，但事出有因，判你终身为李鸿达之妻，不得反悔。"

一旁的师爷听后，慌忙提醒着："老爷，哪有这种判法啊？"

"嘿嘿！"知府笑道，"律例是死的，人是活的嘛！既然他李鸿达都站出来求情了，本官岂能墨守成规，而不成人之美呢？"

（题图、插图：黄全昌）

公园里的绑架案

□ 李景辉

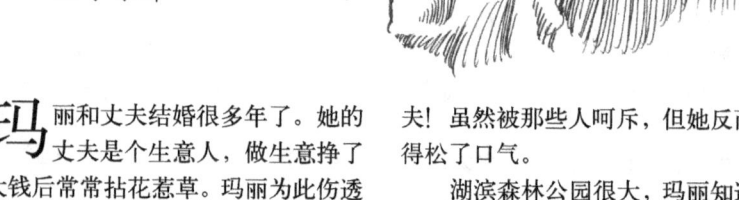

玛丽和丈夫结婚很多年了。她的丈夫是个生意人，做生意挣了大钱后常常拈花惹草。玛丽为此伤透了心。

这天晚餐吃到一半，丈夫接了一通电话之后，便说有急事，匆匆离去。玛丽对自己说："傻瓜，也许只有亲眼目睹，你才能死心吧！"于是她一路尾随丈夫，来到了偏僻的湖滨森林公园。因为是第一次跟踪，所以她显然缺少经验，当几个游人从她面前经过后，她便把丈夫跟丢了。

玛丽有点着急。此时夜幕低垂，月亮躲进了乌云里，这对寻找丈夫的她来说，又增加了难度。但是玛丽有种不找到丈夫誓不罢休的劲头，只要看到成双成对的，她都会凑上前去一看究竟。这么看了好几对，都不是丈夫！虽然被那些人呵斥，但她反而觉得松了口气。

湖滨森林公园很大，玛丽知道要全部找遍是不可能的。她灵机一动，如果是来此地幽会，那应该会去僻静的地方。她看了一下园区地图，发现不远处有一片小树林。她直奔小树林而去。远远的，她就看见了一个熟悉的背影，只见那男人中等个头，微胖，穿一套休闲西装，声音沙哑，此刻他正抱着一个长发女子说着话。

玛丽揉了揉眼睛，那男人不正是自己的丈夫吗？她气得瞪圆了双眼，握紧了拳头，像火车头一般冲到了男人身后，对着他的后背就是两拳，边打边骂："你这不要脸的家伙，你竟敢搂别的女人……"还没等她流下伤心的热泪，那个男人回过头来，玛丽看

见的竟是一张陌生人的脸。

糟糕，认错人了！玛丽自知理亏，忙对那男人道歉"先生，对不起，我把您错认为我丈夫了。我以为……"

那男人狠狠剜了玛丽一眼，气呼呼地说："疯子！"

玛丽的脸都快烧起来了，她又低声道了声歉，便逃走了。她脸上火辣辣的，心里酸酸的，自己都沦为别人眼中的疯女人了！自己这是怎么回事？或许这次真的是自己多疑了？

这么想着，玛丽决定放弃寻找丈

夫的计划。她准备回家了，通往园区出口有一条水上走廊，她刚踏上台阶，就听到了丈夫的声音："亲爱的，我被劫持了，你快回家取五万美金，但是千万别报警，不然我就没命了！"

玛丽心头一惊，她抬头去看，只见一个头上套着长筒袜的瘦高个，正双手掐着丈夫的脖子。而丈夫的双手害怕得直打颤。

玛丽也不说话。此刻看到丈夫让她的心又冷了下来，半夜三更到这么冷僻的地方来没有奸情也有不可告人的事情。

丈夫见玛丽没有回应，又带着哭腔说："亲爱的，快回家取钱，难道你忍心看我死在这里吗？"

听他这么一说，玛丽叹口气，夫妻一场，不能见死不救。于是她说了声"别伤害我丈夫"便转身往园区外跑去，而且越跑越快。

等玛丽跑远了，瘦高个却松开了掐着玛丽丈夫的手。丈夫转过身，揪下套在那人头上的长筒袜，露出一张美丽的年轻女人的脸。丈夫吻了她一下，然后说："我的甜心宝贝，你果然是学戏剧表演的，关键时候演得和真的一样。"

年轻女人听了，娇滴滴地说："你表演得更逼真，她为了你比兔子跑得还快！"

（题图、插图：佐 夫）

有人说：职场是没有硝烟的战场，我们必须保持清醒的头脑，因为一旦迷失了自我，便危机四伏……

□ 张正祥

职场风云

1. 风云骤起

林一非是方天广告公司的年轻员工，小伙子聪明、帅气。一年前，他凭借一个奇思妙想的洗涤液广告一炮打响，成了广告界新杀出的一匹"黑马"，不久又成为公司里最年轻的创作总监。

然而，正当林一非前途一片光明之时，他却卷进了一场突如其来的"泄密"风波之中。

前一阵子，林一非的小组为客户精心制作了一组广告，就在他们进行后期剪辑，准备播放时，一个叫"斯特朗"的外籍广告公司却抢先推出了一组同类广告。更令所有人吃惊的是，斯特朗抢先播出的广告，竟与林一非他们的如出一辙！很显然，方天广告公司发生了泄密事件。这起事件不但给方天造成了巨大的经济损失，还影响了公司的声誉。

所以，公司立即"封杀"了林一非的小组，责令他们进行内部调查。一时间，猜疑就像一层厚厚的阴霾，将小组重重笼罩起来。

虽然调查的矛头没有明确指向谁，但公司就像一个马蜂窝，不捅则已，只要一捅，那些员工们便三五成群，"嗡嗡嗡"地议论个没完没了。而且只要林一非在哪里出现，哪里的嗡嗡声就会戛然而止。很明显，林一非成了头号怀疑对象。

事态到了这个地步，林一非的小组就像一盘散沙，基本上处于瘫痪状态。林一非非常痛心，为了稳定军心，这天他将小组成员召集到会议室，准备给大家打打气。没想到，会刚开到一半，会议室的门突然"嗵"的一声被人一把推开，"呼啦"一下拥进七八个人来。

带头的是个趾高气昂的中年人，他一进门便表情夸张地惊呼道："哎哟，林总！你们现在居然还有会开？"

林一非一听这话，就皱起了眉头，回敬道："请教顾总，为什么我们现在不能开会？"

原来这个中年人叫顾城，是另一个创作小组的总监。众所周知，他是林一非的死对头。他曾是林一非的顶头上司，此人机灵有才气，为方天策划了很多经典广告，倍受器重。但他嫉贤妒能，当初见林一非才华横溢，风头日盛，便以各种手段刁难、压制，弄得林一非苦不堪言。要不是公司给了员工一个内部晋升的机会，说不定林一非现在还在受他的窝囊气呢！

今天，顾城是特意带人来挖苦林一非的。他见林一非理直气壮地回敬他，便阴阳怪气地笑道："能，当然能。可我担心有些人是占着茅厕不拉屎，'投名状'都给人家递上了，有必要再装模作样吗？倒不如把地方让给我们！"说罢，竟与他的部下一起"哈哈"大笑起来。

"你——"林一非顿时气得说不出话来。

原来公司内部有人私下里传言，说林一非一直在脚踩两只船，他想跳槽到斯特朗，那个创意就是他送给斯特朗的"投名状"。此时，林一非就算是浑身长嘴，怕也是越描越黑了。

见林一非不为自己辩解，有个姑娘坐不住了，她"呼"地起身，愤愤地指责顾城"没凭没据的，你怎么能血口喷人呢？"

"呵呵，翅膀都长硬了？"顾城瞟了林一非一眼，冷笑道，"看来你们真是天造地设的一对啊……"这位仗义执言的姑娘名叫珍妮，是林一非的助理，也是他的女友。她当初也是顾城的下属。当林一非脱离顾城"自立门户"时，珍妮也申请调离，毅然加入了林一非的小组。

珍妮反唇相讥道："没错，我们就是天造地设的一对！公司里美女如云，有些人却无福消受！"珍妮也真会借题发挥，谁都知道顾城是个工作狂，没有女人缘，至今还是个"钻石王老五"，她这不是哪壶不开提哪壶吗？

不料，顾城听了却毫不在意，"嘿嘿"笑道："那倒是一点儿也不假，我顾城的原则是——宁缺毋滥！"说

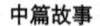

着，居然面带不屑地扫视着林一非小组的几个女职员。那几个女职员个个都称得上是"职场佳丽"，尤其是担任资深文案的余娜，虽然年龄稍大一点，却是个相貌与气质俱佳的美人。顾城这番刁钻刻薄的话，听得"佳丽"们脸上都挂不住了。然而，珍妮发现余娜却很淡定，嘴角边还露着微微的笑意。

顾城搅了局便率众扬长而去。林一非再也没有心情开会了，只好宣布散会。见大家都走了，珍妮才不解地问道："一非，难道你不觉得顾城今天很奇怪吗？他有必要这样张扬挑衅吗？"

"这就是'公司政治'，很现实也很残酷！我现在是落架的凤凰不如鸡，顾城当然会爬到我头上了，他等这个机会不是一天两天了！"林一非说着长叹一声，"从目前的局势来看，顾城已把自己当成了'主角'，我怕是连做'龙套'都没资格了，只能当他的'炮灰'啦！"

"什么？"珍妮听后惊诧道，"你是说'泄密事件'与顾城有关？"

林一非幽幽地说："顾城是公司的元老，他怎么可能让我挡他的道儿呢？你别忘了，董事长早就放出话来，要从我们这几个创作总监中提升一个做ECD……"

这林一非口中的ECD就是"行政创作总监"，是创作部的最大行政"长官"。按说像方天这样的知名广告公司，早就应该有个ECD，可不知为什么，董事长似乎是有意把这个位子悬在那里，虽然放出了话，却一直没有付之于行动。所以，林一非分析："泄密事件"一定是顾城为除去他这个障碍，使的一招"借刀杀人"之计。那些流言想必也是顾城放出去的。

珍妮觉得林一非说得很有道理，气愤地说："那我们就想办法找到证据，看他还能得意到几时？"

林一非摇了摇头，叹道："谈何容易啊！顾城是什么样的人，你我又不是不清楚。他可是个职场老手，做事小心隐秘，从不留下把柄，哪会那么容易找到证据？"

"我看不见得！"珍妮颇有信心地说，"事在人为嘛，不试怎么知道呢……"

2. 主动出击

说做就做，两人一合计，当即分头暗中调查了起来。

可是几天下来，别说找到证据，就连与顾城有关的蛛丝马迹也没有发现。林一非不得不回过头来，将广告制作的过程又仔细地梳理了一遍：那个广告从创意到策划再到制作，都是由他本人掌握的，除了制片前得到过董事长的首肯外，没有经过其它任何环节，顾城到底是通过什么途径，把方案原封不动地泄露给斯特朗呢？

其实，林一非也想过一种可能。不过，这种可能是他最不愿意看到的。他本想忍着不说，可不说就永远也钻不出那个"死胡同"。于是，他才隐晦地对珍妮说："看来，顾城的手伸得比我们想像的要长啊！"

珍妮是个很聪颖的姑娘，听后她惊诧地问道："你是说……是顾城指使我们当中的人干的？"

林一非忧心忡忡地点点头，说："没错，我怀疑我们当中有人被顾城收买了！"

听了这话，珍妮脑中灵光一闪，立即想到了一个人，她正要说出口，却被林一非抬手打住："等等！"说着

撕下两张纸，说，"我也想到了一个人，我们把各自的怀疑对象写在纸上，看是不是同一个人！"

珍妮点头同意，拿过纸"刷刷"几笔将一个名字写在了纸上。与此同时，林一非也在纸上写了一个名字。当两人将写好的纸片摆在一起时，两张纸上竟然是同一个名字——余娜！

问及对方怀疑余娜的原因，两人所说竟又不谋而合……

原来余娜自称是个"独身主义者"，平时冷若冰霜，拒男人于千里之外，身边不但没有男人的影子，连男人的电话都很少有。可是最近一段时间，他们注意到，余娜的电话突然多了起来，而且她接电话时总是遮遮掩掩的，像有什么不可告人的秘密。

这时，珍妮突然想起那天在会议室，面对顾城的恶语中伤，余娜的表情为什么那么耐人寻味？看来他们的关系非比寻常啊！她将心中的疑惑对林一非一说，林一非也觉得很有可能。他让珍妮沉住气，先不动声色地接近余娜，看能否得到点真凭实据，哪怕是和顾城有一点点瓜葛的……

这天晚上，小组里有一个女职员过生日，她邀请了组里的姐妹们去酒店参加自己的生日派对。在大家玩得开心时，珍妮突然发现：余娜有点魂不守舍，像是约了什么人，总是在看时间。就在此时，余娜突然接了一个

电话，挂了电话，她向大家说了一声，便匆匆忙忙离开了酒店。见余娜离开，珍妮也借口去洗手间，悄悄地尾随其后……

酒店门口灯火通明，珍妮见余娜走出酒店等了片刻，一辆小车疾驰而来，"嘎"一下停在了她面前。小车的司机帮余娜打开车门，她便很快上了车。躲在暗处的珍妮差点没叫出声来——因为驾车来接余娜的人竟然是顾城！

此刻，珍妮说不出是兴奋还是紧张，见顾城的车子扬长而去，她不及细想，立即拦了辆出租车紧随其后。她吩咐司机跟紧顾城之后，才想起给林一非打电话。

电话那头的林一非听上去很震惊，他嘱咐珍妮说："你小心点，千万别打草惊蛇！记住，随时与我保持联系！"

余娜和顾城这两人在公司里也就是点头之交，如今孤男寡女深夜外出，究竟是有什么内情？珍妮跟着顾城的车，一路开到了一家医院门口！

顾城和余娜一起下了车，两人边说话，边急匆匆地进了住院大楼。

珍妮怕被发现，没敢跟进去，她在外面逗留了好一会儿，也没见他们出来，只好离开医院。不过，一个疑问却在她脑中挥之不去：他们为什么要去医院呢……

第二天，珍妮一早便来到公司。进了办公室，见里面空无一人。一看手表，她才发现，自己因急于想见林一非，来得太早了。她正想给林一非打电话，余娜桌上的电话突然响了起来。不知为什么，珍妮见左右无人，竟鬼使神差过去拿起电话筒。

电话是一个老太太打来的。珍妮接起电话，只"喂"了一声，电话那头便叫了起来"是娜娜吗？娜娜，你赶紧回医院吧，你们刚走，孩子又烧上了……"从电话里，珍妮清晰地听到了小孩"哇哇哇"的哭声。

一听这话，萦绕在珍妮的脑中的疑问终于解开了，她鄙夷地暗笑道：我说为什么去医院？还什么"独身主义"、"王老五"？竟然连

孩子都有了！她按捺住心中的激愤，装作若无其事地问："阿姨，您好！请问您找谁？"

没想到老太太一听口音不对，竟慌忙改口，说："那啥……姑娘，对不起，我、我打错电话了！"说完"啪"地挂了电话。虽然听到的只是只言片语，可对珍妮来说，已经足够了。联系昨晚看到的，毋庸置疑，余娜把大家当猴耍了，平时矜持得像个圣女，背地里却有很多不为人知的秘密……

林一非得知此事后，也很惊诧。没等他理清头绪，只见余娜一阵风似的闯进他的办公室，焦急万分地说："林总，我想请个假！"

不用猜，余娜准是接到了老太太打来的电话。林一非不动声色地问道："有什么事吗？"

"我……"余娜支支吾吾了半天后才说，"林总，有一点私事，我能不能不说？"

林一非冷笑道："是去医院看孩子吧？"

林一非这话一出口，珍妮心中暗叫：坏了，林一非呀林一非，你也太心急了！

再看余娜，虽然她脸上掠过一丝惊慌之色，但马上镇定了下来，说："林总，我……我不知道您在说什么！"

林一非目光如炬，说："余娜，我们明人不说暗话，你能不能告诉我，你到底和顾城是什么关系？我们的创意是不是你泄露给顾城的？"

这句话的分量可不轻，余娜刻意躲过林一非剑一般的目光，低下了头。

林一非还以为余娜快要沉不住气了，正准备趁热打铁，进一步发动攻势，不料，余娜突然昂起头，理直气壮地说："没错，我是骗了大家，顾城是我的老公，我们隐婚纯粹是为了避嫌！为了顾及对方的感受，我们双方约定都不与异性接触，所以，都找了一个搪塞别人的借口，这样说你满意了吗？"接着她质问林一非道，"林总，你太抬举我们了！我知道你与我老公不和，但隐婚不犯法，如果单凭这一点，就说我们是斯特朗的内线，是不是有点危言耸听？"

"你——"面对余娜咄咄逼人的目光，林一非顿时语塞。

余娜则冷笑一声，继续说："林总，有些话希望您想清楚了再说。本来我只想请个假，但现在我改主意了，我无法再在你手下做事，我要辞职！"说罢，甩头迈步走出了办公室。

余娜走后好半天，林一非才回过神来，喃喃地说："这个女人实在太厉害了……"

3. 敲山震虎

第二天，余娜果然向公司递交了

辞职报告！问及辞职的原因，她言之凿凿地把原因都归咎于林一非，说他是非颠倒、黑白不分……为此，公司人力资源部还专门来找林一非核实情况，叫他好不尴尬。

现在看来，只能怪林一非太心急了，他要是能沉住气，顺藤摸瓜，说不定还真能证实自己的判断，哪会被余娜反咬一口？不过，余娜这一辞职，多多少少说明她有点做贼心虚。

小组成员本来都在明哲保身，与林一非保持了一定的距离，当顾城和余娜的隐婚在公司曝光之后，他们就恢复常态，又向林一非靠拢，还鼓动他说："林总，还等什么？向公司揭发这对贼公婆，还您一个公道……"

揭发什么呢？林一非心里很清楚，单凭余娜是顾城的老婆，根本说明不了什么。所以，他真不知道下一步该怎么办。

珍妮想了想说："我觉得你应该去见一见董事长。别的不说，就让董事长问问顾城，他处心积虑地把自己的老婆安插在你身边，到底有何居心……"

有道是：冤家路窄。当林一非敲开董事长办公室的门时，却发现顾城也在里面！林一非觉得：既然是撞到了一起，干脆当着董事长的面，把该说的话都说清楚。

方天广告公司的董事长叫郑方天，五十来岁，是个老到的生意人，在生意场上摸爬滚打了大半生，处事看人，果断精明。打林一非一进门，郑方天就把他的来意猜了个八九不离十了。

顾城见林一非进来，立刻起身，说："董事长，如果没什么事我就先走了？"

郑方天示意顾城坐下，笑道"职场中相互竞争是理所当然的，没有竞争何来进步嘛！你俩难得一起来找我，何不坐下来，开诚布公地谈一谈呢？"

从这句话，林一非听得出来，顾城肯定是来恶人先告状的！于是，他没有表态，闷声不响地坐到了顾城的对面。

郑方天点了一根雪茄，抽了一口，抬眼瞅了瞅两人，见两人都不开口，于是转向林一非说："如果我没猜错的话，小林也是为余娜的事而来。这事顾城刚才已向我解释过了，他的做法是不怎么光明磊落，但小林你也不能说他们就是内奸啊！"说着，他口气一转，像个和事佬，笑道，"顾城啊，我看这事就算了。说一千道一万还是怪我，我不该一直把着ECD的位子，说放手又不放，让你们争得不可开交。不过话又说回来，你们知道我为什么这么做吗？"

"这——"林一非望了一眼顾城，两人几乎同时摇了摇头。

郑方天慢悠悠地弹了弹烟灰，说："这样吧，我这两天正在看一部小说，我先给你们讲讲，听了之后你们一定能回答这个问题！"说着，他略微整理了一下思路，便娓娓道来：

有一个贩毒团伙，由于他们的犯罪活动屡遭警方的打击，于是他们就将两个年轻骨干送到了警校，想把他们培养成内线。他们的计谋成功了，那两人毕业后都被分到了刑警大队，开始了他们的内线生涯，导致刑警大队的行动次次失利……后来，在审讯一个毒贩时，刑警大队才意识到，是自己内部出了问题，于是展开了一场内部清查……

讲到这里，郑方天突然停了下来，说："小说我只看到这里，结局是什么还不得而知。但显而易见，自古至今除奸行动都是困难重重的。譬如我们，明明知道方案被人泄露了，却找不出泄密者是谁！"说着，他突然话锋一转，问道，"怎么样，现在有答案了吗？"

听了这个故事，林一非恍然大悟，惊得瞪大了双眼，试探着问道："董事长，您是说斯特朗也如法炮制，早就……"

"一语中的！"郑方天一拍桌子立起身，

用赞赏的目光看了林一非一眼，说，"斯特朗早有独霸中国市场的野心，在还没有成立中国分公司时，就秘密地培训了一批行业精英，将他们提前安插进了国内的一些知名公司里，方天也不例外。这一信息我是近期才得到的，由于一直没查出这个人是谁，所以，我才不敢贸然放手ECD的位子……"

锣鼓听声，听话听音。听了这话，林一非心里嘀咕：郑方天为什么要讲这样的故事呢？难道他怀疑我和顾城就是斯特朗的内奸？他下意识地看了一眼顾城，只见顾城此时竟然面如白纸，额头上冷汗淋漓。

郑方天也发现顾城的变化，关切地问道："顾城，你不舒服啊？"

顾城一边忙着擦汗，一边说着："没、没有，就是觉得有点热！"

郑方天看了一眼中央空调，见空

调"呼呼"地直冒冷气，嘴角便露出一丝不易察觉的冷笑。

林一非看到郑方天这一细微表情，心中暗自叹道：姜果然还是老的辣！郑方天这哪是在讲故事，明明就是在敲山震虎啊！

回去之后，林一非便埋怨珍妮，说事情查都没查清，她不该劝自己去见郑方天。现在倒好，不但没为自己洗清冤屈，从郑方天的言语表情里看得出来，自己和顾城都成了怀疑对象。

然而，珍妮却不以为然，她说："我看，那个故事一定是董事长特意讲给顾城听的。董事长那么英明，怎么可能误判你是内奸呢？"

也是啊！林一非仔细一想，觉得珍妮所说不无道理！他盯着珍妮，说道："有时候，我怎么觉得你就像董事长肚子里的蛔虫……"

4. 风云突变

郑方天的那招"敲山震虎"果然奏效。没过多久，顾城也向公司提出辞职。按说，像顾城这样级别的管理人员提出辞职，公司一般会问明原因，能挽留则挽留。

而顾城的辞职报告一递交上去，郑方天不但没做任何挽留，竟连离职原因也没有追问，就让他离开了公司。

所有的人对此大惑不解，只有林一非心里最清楚，郑方天这样做也是出于无奈。他明明知道顾城就是内奸，但苦于没有证据，才使了一招"敲山震虎"之计。不然，他怎么可能让顾城就这么潇洒地离开呢？

这天，郑方天又突然把林一非叫到了办公室。他与林一非面对面坐下，自己点了一支雪茄，然后递给林一非一支，说："来一支吗？"

郑方天的高深莫测林一非早有领教，他吃不准郑方天叫他来的意图，所以显得非常拘谨，惶恐地摆摆手，说："谢谢董事长，我不会！"

郑方天也不强求，将雪茄放回盒内，很随意地说了一句："做一个成功人士，必须得学会品味两样东西，一是雪茄，二是红酒。"说罢，他突然话锋一转，问道，"小林，你对顾城辞职一事有什么看法？"

林一非搞不清郑方天葫芦里卖的什么药，所以小心翼翼地问道："董事长，您是想问……"

郑方天疑惑不解地说："是这样，因为我觉得：他辞职好像与我们上次的谈话有关。上次我说什么了吗？"

林一非心里暗道：董事长，你可真是个装糊涂的高手啊！他知道郑方天想听什么，索性大起胆子，说："如果我猜得没错的话，顾城就是斯特朗的内线，上次他听了您讲的那个故事，知道事已败露，便离开了公司！"

"与我所想一致！"郑方天说着起身，走到酒柜前，拿来一瓶红酒，打开倒了两杯，漫不经心地说，"其实我早就在怀疑顾城，他这样做也算是明智之举啊！要不看在他追随我多年的份上，我一定不会轻易放过他！"说罢，他才言归正转，说出了叫林一非来的目的。

原来，郑方天见泄密事件的真相浮出水面，便打消了顾虑，他决定力排众议，让林一非来做公司的ECD!

林一非一听，顿时激动得手足无措，他"呼"地起身，说："董事长，您别跟我开玩笑，我何德何能担此重任？"

郑方天拍了拍林一非的肩膀，把他按坐在沙发上，笑容满面地说"年轻人，不必激动，我观察你并不是一天两天了，那个洗涤液广告就足以证明——你的才华不在顾城之下。我这个决定绝不是心血来潮，也是经过深思熟虑之后才下的！"说着，他举起酒杯，"来吧，小伙子，希望我没有看错人，你再推辞就显得不厚道了！"

话都说到这份上了，林一非只好举起了杯子，说："谢谢董事长的厚爱，我一定不辜负您的期望！"

"好！"郑方天将杯中的酒一饮而尽，一锤定音道，"从现在起，你就是我们公司的ECD！"说罢，他放下酒杯，从袋中掏出一张卡，郑重其事地交到了林一非的手中。

那张卡便是"行政创作总监"的身份识别卡，可以说是身份与地位的象征，很多人就算是奋斗一辈子，也未必能得到它。还有，公司"核心资料库"正是由这张卡开启的。郑方天把它交给林一非，说明林一非已完全得到了他的信赖。

当天，林一非便搬进了公司为他专设的办公室。坐在那豪华气派的办公室中，林一非还像是在做梦，想想这段时间的处境，他心中不由慨叹：职场上的事可真是瞬息万变啊……

这天下午，林一非接了一个电话，然后到资料库中的电脑里查了一些资料，当他正准备外出时，郑方天

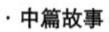

却突然登门。他见林一非要外出，问道："怎么，有事出去？"

林一非本来是有事要出去的，可郑方天一般是无事不登三宝殿的。林一非就是有天大的事，也得掂量掂量孰轻孰重啊！于是，林一非只好装作无事的样子，恭请郑方天进了自己的办公室。

没想到郑方天说没什么大事，他来这里就是想和林一非分享一下之前他看的那部小说。他说："原来那个故事精彩的在后头，尤其是结局，叫人扼腕叹息，要是不和你分享一下，我实在是憋得慌！"

林一非见郑方天兴致勃勃，只好表示洗耳恭听。

于是，郑方天就接着上次讲的那个故事，滔滔不绝地讲了起来……

一个多小时后，郑方天才从林一非的办公室出来。正如郑方天所说，那个故事的结局的确叫人扼腕叹息。郑方天走后，林一非回味了很长时间，才起身出门。

然而，林一非全然没有察觉，当他开车离开公司的时候，一辆小车也紧跟着离开了公司，时远时近地尾随在他的后面。叫人不可思议的是，车上坐的竟然是郑方天与珍妮！郑方天轻轻拍着珍妮的胳膊，就像一个父亲在抚慰受伤的女儿。

其实，珍妮就是郑方天的女儿！

她一直在国外读书，毕业后，郑方天叫她回国帮自己打理公司，可珍妮不想因为自己是董事长的女儿，而受到特殊待遇，所以，才隐瞒了自己的身份，通过应聘进入方天公司。这一点，公司上下没人知道，就连林一非也不知道。

那么，到底发生了什么事，让郑家父女对林一非的行踪如此关注呢？这事还得从"泄密事件"说起——

5.不堪回首

有珍妮在林一非身旁，郑方天自然对"泄密事件"发生后的事了如指掌。然而，当所有事情越来越明朗之时，郑方天却皱起了眉头，对珍妮说："难道你不觉得很不合逻辑吗？首先，顾城为人机灵老练，他要是与人为敌，绝不会公然挑衅，没道理带人到会议室与林一非做口舌之争；其次，当你们一想到小组内有顾城的人时，余娜便有了反常的举动。紧接着，你恰好看到她上了顾城的车不说，又恰好接到那个电话，这合理吗？还有最容易让人忽视的一点，顾城既然是斯特朗的内线，那他蛰伏在方天这么多年没被发现，说明他在等待时机，怎么可能为了一个案子就以身犯险呢？"

珍妮听后难以置信地瞪大眼睛，问："爸，你到底想说什么？"

郑方天犹豫了一下，忧心忡忡地

说："孩子，有时候我们不能相信自己的眼睛。现在还不好说。不过，我会让你看到真相的……"

郑方天说的真相到底是什么呢？其实他心里早已有一种预感，只是考虑到女儿的感受，才没有说出口。原来郑方天想到了另一面：林一非是何等聪明之人，那么多疑点摆在面前，他难道就没有发现？他怀疑林一非与顾城的关系并不像表面看到的那么简单！

郑方天只有珍妮这一个宝贝女儿，自小就视若珍宝，他知道珍妮钟情林一非已不可自拔，所以，为了珍妮，他决定走一步险棋：让林一非做ECD，看他下一步有何举动。不过，郑方天除了是一个父亲之外，还是一个精明的生意人，为确保公司的利益，他思量再三，还是做了一件不怎么光彩的事情：叫人偷偷地在林一非的办公室装了一个窃听器……

事实证明郑方天是对的，刚才林一非接的电话内容他听得一清二楚，给林一非打电话的不是别人，正是顾城。所以，他现在带着珍妮跟踪林一非，就是想让女儿亲眼看看林一非到底是个什么样的人。林一非到底是个什么样的人呢？此时，郑方天也不敢想，他只希望林一非能听懂刚才他讲的那个故事……

再说林一非，他将车一直开到一个偏僻的咖啡厅前才停了下来。他走进咖啡厅，一个戴着墨镜，穿着高领风衣的人早已在那里等他。见林一非姗姗来迟，那人显然有点不高兴，不等林一非坐下，便冷冷地问道："东西带来了吗？"

林一非缓缓坐下，咬了咬嘴唇，说："顾哥，我们之间的事能不能以其它的方法解决？"

那人果然是顾城！一听这话，顾城摘下眼镜，瞪着林一非，问道："你什么意思？"

林一非吞吞吐吐地说："我、我不能那么做！我劝你也早点收手……"

"住口！"顾城左右看了看，压低声音威胁道，"我早就料到，你会出尔反尔。你可别忘了，只要我将你的丑事公布出来，你马上就会身败名裂……"

听到这话，林一非身子微微一颤，痛苦地闭上了眼睛，又想起了那件不堪回首的事：

原来，林一非成功的光环下还隐藏着不可告人的丑恶——当初他一举成名的那个洗涤液广告并非他本人的创意，而是抄袭了别人的作品！

当时，公司让所有创作人员参与策划那个广告，然后搞一次内部竞标。林一非正苦于想不出好点子时，无意间发现了顾城的创意。他偷偷打开一看，真是神来之笔！虽然林一非知道抄袭很不光彩，但是也许是受顾城的压制太重，竟萌生了报复的念

头，一冲动便将那个创意偷偷地拷贝了一份，稍做修改后拿去竞标。

那个创意果然一举中标，林一非也因此受人瞩目。然而有一点，到林一非做了创作总监时都没想明白：顾城当时明知自己的创意被剽窃了，为什么只是弃权而不站出来争辩呢？直到"泄密事件"发生前的某一天，林一非才终于明白。

那天，顾城突然把林一非约出来，开门见山地说："林老弟，有笔账我想是时候和你清算了，我若再不站出来为自己讨个说法，只怕是要把它淡忘了！"

一听这话，林一非顿时头皮发麻。但他转念一想：我一口咬定那就是我的创意，料定你也拿我没办法！可顾城像是早料到林一非会这么想，

不等林一非抵赖，便说："实话告诉你，我的那个创意也是抄袭了斯特朗早期在国外的一个同类产品的广告，现在不是我要找你的麻烦，而是斯特朗，他们有足够的证据能证明你抄袭。还有一点我也可以告诉你，那个创意是我故意让你发现的，目的就是为了今天的事。只要你答应了，我可以保证斯特朗永远也不会追究此事！"

听了这些话，林一非顿时懵了，额头上冷汗涔涔渗出。过了好一会儿，他才喃喃说道："你实在是太可怕了，你到底要我干什么？"

顾城说："很简单，只要你把手头上正在制作的那个广告泄露给斯特朗就行！"

林一非沉默了一下，问："这算是一种交换吗？"

"不，"顾城摇摇头，说，"你能做出来的广告凭斯特朗的实力能做得比你更好。别的你也不必多问，你大可放心。如果方天怀疑到你的头上，你就把矛头引到我和余娜身上，到时，我们会配合你把戏演好的！"说着，他竟毫无顾忌地把自己和余娜的关系向林一非和盘托出！

林一非听后实在难

以理解，问道："这会不会又是一个陷阱？"

顾城冷冷地哼了一声，说："你还有选择吗？就是陷阱，你也得往下跳……"

顾城说得没错，此时的林一非的确没有选择，因为他现在所拥有的一切，包括珍妮对他的爱，都源自那个本不属于他的洗涤液广告。现在，就算顾城要他往火坑里跳，他也只能义无反顾地跳下去……

直到林一非做了ECD之后，他才算明白顾城的真正阴谋。可是，此时他已经是一错再错，不得不被顾城牵着鼻子走了……今天，顾城打电话要他来这家咖啡厅，就是想从林一非手中得到一样东西。他答应林一非，只要东西到手，他们之间的事便算是彻底了结。

现在，林一非知道，顾城的手上又多了一个制约自己的把柄——泄密。听顾城再一次说出要挟的话，他叹了口气，慢慢地将手伸向口袋，掏出了一个U盘。

一见到U盘，顾城顿时两眼放光。他正要伸手去接，不料林一非却将手收了回来，说道："不急。东西我可以给你，但我也有个条件：你要让我知道你到底是什么人？为什么这么做？"

也许是见东西就要到手，顾城终于毫不设防地说："好吧，如此精

密的计划如果不说出来，的确可惜！"接着便说了起来……

6. 一念之间

原来顾城是个商业间谍，他潜伏在方天广告公司，就是为斯特朗窃取方天的核心机密。其实，以他的水平，要不是斯特朗庞大的创作团队在暗中帮助，根本就做不了创作总监，他在方天的那些代表作都来自斯特朗。斯特朗这样做的目的就是为了让顾城站稳脚跟，早一天能触及到方天的核心资料。

可是，没想到就在顾城要成功的时候，郑方天不知从哪儿得知了内情，警觉地将ECD的位子紧紧地攥在手中。不难看出，郑方天想到了斯特朗的目的：进入方天的"核心资料库"，盗取客户资料。因为方天广告公司之所以一直稳步发展，靠的就是与客户建立的那条牢不可破的"利益链"，客户资料一旦外泄，势必打破这根链条，这对方天来说无异于灭顶之灾！而ECD恰恰就有进入"核心资料库"的权限，郑方天在内奸不浮出水面之前，怎么可能将ECD的位子放手呢？

听到这里，林一非忍不住问道："所以，你知道郑方天对你产生了怀疑，才借'泄密事件'故意把自己暴露出来，让郑方天打消疑虑，好让我

顺理成章地做上ECD为你所用？"

顾城一点也不否认，他感慨道："干我们这一行也不容易啊！其实就是拿自己的前程做赌注啊！要么功成名就，要么一败涂地。所以，我必须得稳操胜券，还希望老弟你能够体谅！"

林一非看了一眼手中的U盘，说"可是，如果我将它给了你，我的前程可就全毁了！"

"不会！"顾城慷慨激昂地说，"以你的才华，斯特朗的大门随时为你敞开！"说罢，向林一非伸手索要U盘。

林一非惨然一笑，将U盘给了顾城。顾城见目的已经达到，一分钟也不想多待，正准备起身要走，不料，林一非突然说道："还记得郑方天讲的那个故事吗？他当时只讲了一半，就

在我出门之前，他给我讲了另一半。难道你不想听听吗？"

"故事？"顾城狐疑地看了林一非一眼，接着好奇地又坐下来，说道，"其实我很佩服郑方天，我倒想听听，他故弄玄虚搞的什么名堂！"

林一非微微一笑，说："听完之后你就知道了！"说罢，缓缓讲了起来。

那个故事的后半部分是这样的：面对刑警大队的调查，那两个内奸也很狡猾，权衡利弊之后，他们中的一个便故意露了一个破绽，让另一个把他揭发了出来……事后，揭发的那个不但没被查出，还得到了表彰，竟被提升为刑警队长。这时，他接到老大的电话，要他利用职务之便，运送一大批毒品。由于这次毒品数量庞大，老大决定亲自接货。然而，他们万万没想到，货到之时，众多警察突然从天而降，将他们团团包围……

讲到这里，林一非突然停下来问顾城："你知道那些毒贩为什么会被警察包围吗？就是那个刑警队长，他在出发前向警方坦白了自己的身份。遗憾的是，这次行动，他没能活着回去，被毒贩老大当胸打了一枪……"

"你——"顾城听后突然像意识到了什么，警觉地回头一看，顿时惊呆了，只见郑方天就站在他的身后。与郑方天同来的除了珍妮，竟然还有两名身穿制服的警察。

看到林一非与顾城在一起，珍妮伤心欲绝，气愤地冲上前，狠狠扇了林一非一记耳光，然后哭喊着"原来真的是你，你这骗子！一直在演戏，欺骗我的感情……"

林一非面红耳赤，低着头，嗫嚅道："珍妮，我……"

"你还有什么话好说？"珍妮哭叫道，"林一非，我爸爸有哪一点对不住你？你怎么能做这种吃里扒外的事？"

林一非本想解释什么，可他突然一咬牙，说道："没错，方案就是我泄露的，而且我也早就知道你是董事长的女儿！但珍妮，请你相信，自始至终我对你的感情都是真的，我就是怕失去你，才没有勇气坦白曾经犯下的一个错误，所以一错再错。事到如今，我也不奢望你能原谅我！"说着，走到郑方天面前，深深地鞠了一躬，说，"董事长，谢谢你让我明白了一个道理：善恶总在一念间。只可惜我明白得太晚，给公司造成了莫大的损失。现在，就算你把我送进监狱，我也无怨无悔！"

此时，顾城全听明白了，他看了一眼手里的U盘，叹了口气，说："明白啦，这里面什么也没有。如果我猜得没错的话，我刚才说的话你已做了录音？"

"这一点都是从你那里学来的！"林一非说着，果然从口袋里掏出了一支录音笔！

"这——"珍妮望着郑方天，诧异道，"爸，这到底是怎么回事？"

郑方天"呵呵"笑道："女儿呀，我早就说过，有时候我们不能相信自己的眼睛……"

原来郑方天只说是带珍妮来看真相，并没有告诉她自己特意给林一非讲了那个故事。因为他也不敢打包票，林一非是否真的能像那个刑警队长，迷途知返，在最后关头幡然悔悟。不过，现在看来他的苦心没有白费。

第二天，由于郑方天没有起诉林一非，他在警局录完口供便恢复了自由之身。他走出警局大门，突然看到一个熟悉的身影，是珍妮。他正想低头绕开，不料珍妮却快步追了上来，挡在他面前，虎着脸问道"没看见我来接你吗？"

林一非苦笑一下，摇了摇头道："珍妮，我不配你来接，我知道我该去哪里！"

珍妮狡黠一笑，说"我不是来接以前的林一非，我是来接现在的林一非！"说着，不由分说地挽起了林一非的胳膊……

（题图、插图：杨宏富）

签了字能反悔吗

□ 杨之婧

李奇的父亲生前是个集邮爱好者，去世时留下几大本邮票册。李奇对邮票不感兴趣，在后来的几次搬家中，他一直想把它们处理掉。

一天，李奇的同事赵毅来他家玩，无意中在书柜顶上发现了这几本邮票册。

赵毅是个集邮爱好者，平时对邮票特别上心。他捧着这几本邮票册，爱不释手地欣赏了很久，心里竟"怦怦怦"如小鹿乱跳。

李奇见状，不由对赵毅摇头叹气道："也不是好东西，堆在家里占地方。"

赵毅闻言，心中便多了一个念头，他说："兄弟，你看这样行吗？我出5000元，买下这几本邮票，也算是帮你解决困难吧！"

李奇万万没想到：这几本邮票居然还能卖5000元。于是，他立刻爽快地答应了。

赵毅呢，是个有心人。他怕今后双方产生什么纠葛，便立下字据，一式两份，最后和李奇分别在字据上签名画押。

这事过去了好几年。有一天，李奇父亲生前的老战友来李奇家探望。

在聊天时，两人聊到李奇父亲的那几本邮票册。老战友告诉李奇，那批邮票中，有5张纪念新中国成立的主题邮票，相当珍贵，现在市面上每张已经炒到5000元了。

李奇对邮票是一无所知，可他知道人民币呀。事后他赶紧去打听，果然不假，他那几本邮票册值大价钱了。

这时，又有人告诉李奇，说赵毅正在四处寻找邮票买主，打算大赚一笔。

李奇这才知道：当初自己卖邮票是吃了个大亏。他为自己的糊涂行为后悔不已。

李奇想了好久，最终还是去找赵毅，一见面就说："好你个赵毅，早看出我的邮票价值不菲，竟然昧着良心坑我，哼，这买卖我不干了，这是5000块，退给你，赶紧把邮票还给我！"

赵毅听了这番话，也干脆撕破了脸皮，没好气儿地说："这买卖，可是'周瑜打黄盖——你情我愿'的，你收了我的钱，这邮票就是我的了。再说，你白纸黑字都签了字，难道还能反悔？"

这句话就是一记闷拳，打得李奇当时就没了声音。是呀，白纸黑字，签了字就不能反悔，这道理李奇还是懂的。

李奇回到家，越想越来气，在客厅里抽烟转圈圈。

妻子看了不忍，就说："老公，咱不懂法律，自己着急也没用，明天咱去找律师咨询咨询，让他们分析分析，那些邮票到底能不能要回来！"

李奇眼下也想不出好办法，也只有这么办了，便点点头。

第二天一大早，李奇夫妻俩就来到了律师事务所。他们把如何卖邮票，如何发现自己被坑了，想取消这笔交易的事原原本本地向律师说了一遍。最后，他们还拿出了签了字的字据。

律师耐心地听完夫妻俩的描述，又问了李奇几个邮票方面的问题，最后拍拍李奇的肩膀，说："别着急，我

看啊，这邮票能要回来。"

之后，律师又给李奇夫妻介绍了很多相关法律知识。李奇这才觉得宽慰不少，并决定要用法律来维护自己的权益。

事实果然如此，法院后来在开庭审理这一民事案件时，认为李奇缺乏对邮票相关知识以及市场行情的了解，导致他对买卖标的物的价值有严重的误解；而赵毅在知道此邮票的价值后仍以较低价格换取，显然违背了我国民法的基本原则。因此认定李奇和赵毅签订的买卖字据属于可变更、可撤销的民事行为，由享有撤销权或变更权的当事人决定是否变更或撤销。

在法庭上，李奇再次明确要求行使撤销权。最终，法院予以支持，并宣判：李奇退还赵毅人民币5000元，赵毅则必须将几本邮票册悉数退还给李奇。

律师点评：

《签了字能反悔吗》故事主要涉及一个法律问题，即合同可撤销的规定。根据《中华人民共和国合同法》第54条规定："因重大误解或订立合同时显失公平的，受损害方有权请求人民法院或仲裁机构变更或撤销。"

故事中李奇不懂集邮行情，主观上不知父亲去世后留下的邮票册实际价值。而购买者赵毅是集邮内行，他明知李奇手中邮票册价值不菲，却以超低价格促成交易。如此两者对比及邮票册价值与交易价值差值甚大，这笔交易显然存在重大误解及显失公平情节之嫌，故法院认定可撤销是有法可依的。

律师特别告知：一般说，法院办理此类案件较为严格，受损害方需要承担主要举证义务和责任。

（题图、插图：刘斌昆）

· 本刊信息传真 ·

法律知识故事征文

本刊推出的"法律知识故事"，通过发生在我们身边的、短小而具体、在法理上容易混淆的个案，生动、形象地宣传法律知识。这些知识注重现实性、实用性，真正起到解剖一个案例、明白一个道理的作用。

为鼓励作者深入生活，写出高质量的法律知识故事，我刊决定面向全国征文。本次征文也欢迎读者和法律界人士提供相关素材、案例，一经采用，即付稿酬。

来稿方法：1. 从邮局寄发，请在信封上注明"法律知识故事"字样，本刊地址：上海市绍兴路74号《故事会》杂志社，邮编：200020。2. 从网上传递，可寄以下信箱：wulun54@126.com，请在主题上注明"法律知识故事"字样。凡已和我刊编辑有联系的作者，稿件可继续投给原编辑。

·微博故事·

故事会 ■ **新浪** 微故事大赛

12月优秀作品选登　　主题：年

@ 风铃炸弹　还有一周就到新年。他照例四处巡视，吃喝。虽难找到最爱吃的糖瓜，但他早已习惯奶糖的味道。有时他也躺在人家的沙发上发呆，反正没人看得见。但半夜总有些特别有灵性的小孩，不仅看见，还拿着袜子眼巴巴盯着他。这时他总故意吹着胡子低吼："走开，我不是圣诞老人，我叫灶王爷！"

@ 蛀书立说　一位精通术数的大师告诉官员：你还有一年寿命。一年之后，官员疑惑地找到大师说：大师，你说错了。大师问道：这一年你都干了些什么？官员说：这一年，我专心公务以期留下好名声，关心家庭以期死后不负亲人。大师双手合十念道：阿弥陀佛，每个人的大限都在明年，就看你会续不会续，善哉！

@ 秋父 V　2261年，地球人口250亿。他49岁。生日那天收到政府通知：您年将50岁，根据法律，若您选择50岁自愿辞世，请您填写喜好，我们将为您输入美梦，供您享受一年，让您带着快乐的记忆安详离去。若您选择继续活下去，作为资源消耗代价，您必须接受噩梦植入，每晚带着痛苦的记忆活着。

@ 琴棋书画小丫头　妈妈对我说："你今年去把你爷爷奶奶接来和我们一起过年吧，就说妈妈想他们了。"回来的路上，奶奶紧紧地抓住我的手问："乖孙女，妈妈真的说很想我们？"我点点头，奶奶又问："那有没有说这次需要多少钱？"

@ 河北张静娟　大年初一，村长来找乡长拜年，可乡长老婆说乡长去给县长拜年了。村长等了许久不见乡长归来，就给乡长打了个电话，乡长说"县长给省长拜年去了，我也正等着呢！"刚挂了这个电话，村长老婆就来电话了，说："你快回来吧，省长下基层，正在我们村给老百姓拜年呢……"

@ 情感共想　儿女回了，孙子孙女回了，他们带着满满的礼物，盈盈的笑脸，还有美美的祝福"奶奶过年好！""好！好！好！"面对儿孙热情的问候，她笑着，笑里带着泪……"停！老人家，你演得好哇！"导演一挥手，"撤！"顿时儿女消失了，孙子孙女消失了，连礼物也消失了，只留下一个孤零零的她……

@ 苏大英雄　玉帝抓住年兽，怒不可遏："你平时不是挺乖的吗？为何每到除夕却去人间捣蛋？"年兽低着头委屈道："因为……因为过年开心嘛！"

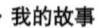

·我的故事·

会过日子的太太

□申恒亮

我刚结婚,太太晓芙长相甜美、性格温柔,还很会过日子。我们婚后的生活简单幸福。

那天晚上,晓芙去参加同学聚会,我一个人在家,打算做点简单的饭菜,打发一餐。我打开厨房的柜子,却发现里面放着十几袋盐,不禁有些纳闷。

待晓芙回到家里,我便问起此事。

晓芙笑眯眯地说:"是这样的,一天我去超市,发现这个品牌的食盐正在搞促销,平常要四块钱一袋,现在买一袋送一袋,折合下来才两块钱一袋。你说划算不划算?于是我就多买了几袋,反正咱家每天都要吃盐的。"

我听了,心中暗自犯嘀咕,这么多盐,得吃到猴年马月啊?但反过来又想,这不正说明晓芙会过日子吗?有这么精明的太太,家里的事就听她的好了!

可是接下来的事情就让我有些吃不消了。有一天晓芙遇见超市的黄瓜搞促销,一口气买下了十几斤囤在冰箱里。

接下来的一个星期,我家的餐桌上演了一出又一出的"黄瓜荟萃",黄瓜炒鸡蛋、呛黄瓜条、凉拌黄瓜丝、黄瓜蛋花汤……轮番而来的黄瓜餐吃得我一想到黄瓜就胃里打鼓。

又有一天,晓芙买了一大堆卷纸

回来，还眉飞色舞地说："老公，这卷纸促销，每袋便宜了十多块钱，我赶紧多买了些，这就省出近百元呢！"

但买回的卷纸实在太多，家里没有足够的空间摆放，最后只得堆在阳台上，足足占去了半个阳台的空间。我每每看到那些卷纸，心里就堵得慌，觉得需要找晓芙谈谈了。

当天晚上，我邀上晓芙，去公园里散步。月色清朗，景色怡人，晓芙心情格外好。我便轻轻地揽着她的肩膀，不失时机地说："亲爱的，我觉得你真是个会过日子的好太太。但是你看，咱家里的东西越积越多了，好多东西暂时都用不到，还拖累你经常要整理和收拾，不如以后每次少买一些，你说呢？"

晓芙低下头，脸上泛起微微的红晕："老公，我觉得你说的有道理。可我就是管不住自己，经不起促销的诱惑。你说该怎么办呢？"

我便笑着给太太出了个主意：每次去购物前，列一个清单，严格根据清单来购物。晓芙觉得这个主意不错，频频点头。

第二天是周日，晓芙一早便去了超市，出门前还把列好的购物单郑重其事地折好，放在了大衣口袋中。大概过了一个多小时，晓芙购物回来了，我开门一看，不禁愣住了，晓芙身后跟着一个超市的搬运工，正把足够塞满两个购物车的东西往家里搬。

我惊呼道："怎么买了这么多东西，你的购物单呢？"

晓芙一边接东西一边说："你不知道，今天超市搞活动，全场满五百减一百。过了这个村就没这个店啦，我就先买够五百元再说，管他什么购物单呢，快帮我搬东西！"

我哭笑不得，心说：看来还得再想一招。经过一番苦思冥想，我终于又想到一个办法。就对晓芙说："你不是常说，隔壁李太太和你性格相合、兴趣相投吗？不如以后你们就

一起去超市，一来可以边购物边聊天，二来如果遇到买一送一这类的促销活动，你们可以一起买，买完后一人拿一件。这样既有伴，又省钱，你说是不是一举两得呢？"

晓芙想想有理，又同意了。

第二天，晓芙和李太太相约去超市。我在家陶醉地倒在沙发上，打开电视津津有味地看了起来。

这次，晓芙去超市的时间似乎比往常更长一些，回到家的动静也更大。我出来一看，就傻了：这次她除

了买回一大堆日用品，竟还买了一辆小孩的学步车。我结结巴巴地说："亲爱的，我们又没有孩子，你买这做啥呀？"

晓芙兴趣盎然，开心地解释："哦，是李太太给她家孩子买个学步车，正赶上这个车买一送一，等于只需要花一半的钱。这样能省出三四百元呢，你说是不是很超值？"晓芙轻轻抚了一下额头，用温柔的眼光看着我说，"再说，我们迟早也会有孩子的，对吧？不会吃亏的！"

我无奈地倒在了沙发里，一句话也说不出来了。这时，我的手机响了，我茫然地接起电话，电话那头是我的同事，他问说："小申呀，听说你太太可是个会过日子的人，前天买的大闸蟹才三十元一斤，是从哪儿买的呀？"

（题图、插图：安玉民　梁　丽）

您手中有没有得意之作？本刊辟有二十多个原创性栏目，如新传说、我的故事、情感故事、16岁故事、海外故事、职场故事、传闻逸事和中篇故事等；您读到或听到什么有趣可以和大家一起分享吗？3分钟典藏故事、开卷故事、微博故事、外国文学故事鉴赏和快乐辞典等都是本刊推荐性栏目。热忱欢迎来稿，可从邮局寄发，也可从网上传递。邮寄地址：上海绍兴路74号《故事会》杂志社，邮编：200020。本期责任编辑信箱：yanyichao1004@sina.com。

罗伯特·谢克里(1928-2005)，是美国著名科幻作家，他的作品充满想象力和张力。本故事由他的代表作《幽灵五号》改编而成。

乐园五号

□吴　方　改编

这几年，地球污染严重，地上竖着核发电站，海里飘着污染物。有钱人怕死啊，便都争先恐后地移民了，他们移到了宇宙中那些新发现的小行星上去。格利高尔和阿诺尔德是一对老朋友，他们瞅准了这个商机，大胆开设了"ＡＡＡ行星消毒公司"，专门为有钱人打扫新家。说是公司，其实也就他们两个人。

这天，公司里来了个小胖子。他号称自己买了一颗小行星，要请格利高尔和阿诺尔德去打扫。见两人将信将疑，小胖子甩出了一张小行星所有

权状，他说："这是我父亲送我的十岁生日礼物！"

格利高尔接过权状一看，这是真的呀！因为正版的权状上布满了所有者的镭射头像，而且这些头像会随着所有者相貌的变化实时更新，眼前的镭射头像不正是这个小胖子吗？连他嘴里叼着的恐龙味棒棒糖都一模一样。

所谓顾客就是上帝，阿诺尔德赶紧换了一副嘴脸，说："愿意为您效劳！"

小胖子又说道："我把这个行星命名为'乐园五号'，但是我之前已经去过了，一点也不欢乐！那里有各种怪东西，你们去了就知道了！"

"我们就是专业处理怪东西的，请放心吧！"格利高尔在一边拍着胸脯说，"还有，我想请问，为什么它叫

乐园五号啊？"

小胖子从容地说："这是因为我爸、我妈、我爸的情人、我妈的情人都各自有一个小行星，轮到我就变五号啦！"

格利高尔和阿诺尔德一听，眼睛都发光了！什么叫有钱，这就叫有钱！这单生意一定要好好做！在愉快的氛围中，双方很快签订了协议。

第二天，格利高尔乘上一艘老得掉牙的租赁飞船飞往乐园五号。着陆后，他先联线留在地球上的阿诺尔德，示意自己平安到达。接着，他带着手枪向这里的营地走去。每个小行星都有自带的营地，供有钱人的雇员生存。

格利高尔仔细检查了营地的每个房间，处处井井有条。他没有发现任何异常。

黄昏降临，格利高尔把各种工具搬进屋内。他装上报警系统，把手枪别在腰间。

晚饭后，微风吹动树丛，簌簌作响，湖面上水波荡漾，没有比这更为幽静的夜晚了。格利高尔把脱下的衣服挂在椅背上，并关灯躺下。就在他蒙蒙眬眬，快要睡着的时候，突然觉得房间里似乎有人，报警系统根本没有动静，但是他的每根神经都在示警。于是他从枕下摸出手枪，因为他看到在远处果然站立着一个物体！

借着星光，格利高尔看见那是一个奇怪的生物，它样子有点像人，却长了颗鳄鱼脑袋。它那粉红色的皮肤长满淡紫色的条纹，一只手还拿了个装满褐色液体的玻璃罐头。

"哈罗！"怪物招呼说。

"哈罗。"格利高尔机械地答说，此时他随时准备发射子弹，"你是谁？"

"我是贪吃鬼，什么东西我都吃。"说着，它把玻璃罐头伸到格利高尔面前，它说，"巧克力沙司——食用小胖子的理想调料。我今天还不准备吃你，我只在明天，6月1日吃，这是规矩。"随着这句话，怪物隐身不见了。

格利高尔赶紧用颤抖的手指打开无线电，与阿诺尔德接上头后，把刚才的事一古脑儿讲给他听。

"噢……噢，"阿诺尔德喃喃地说，"但是科学从不承认有怪物存在。答案只有一个——就是幻觉。"说完，他很快查找了《外星物质目录》，找到了一种叫"伦格42"的气体，他又念出了声，"它来自于产生者最深的幼儿时期的阴影，闻到的人，便会重新坠入阴影里，甚至更觉恐怖。不过——"

"不过什么？"

阿诺尔德说："它只存在于十二岁以下儿童的体内。"

这让格利高尔非常迷茫，自己已经成年很久，此地也没有任何低于十二岁的儿童，哪里来的这种气体呢？

那头的阿诺尔德也想不明白。他赶紧找到小胖子，看看是否有遗漏的细节。

小胖子想了半天，突然涨红了脸，说："问题应该是出在我身上！"他回忆说，自己最近一次去乐园五号，放了好几个屁，所以……

阿诺尔德听了叹了口气"唉，有钱人的屁也威力强大啊！"知道了起因，他便开始寻找解决的办法。掌握了资料之后，他联线格利高尔，说，"你放心吧，你所看到的贪吃鬼是小胖子想象出来的，不会直接伤害你！如果你愿意，也可以用一句咒语直接干掉它！"

"什么咒语？"

阿诺尔德耸耸肩说："一句最能激励小胖子的话。因为这是他的梦魇，只有他知道！我也问过他，他说想不起来了！还有我后天便来接你回地球，我们可以多做些准备再来打扫！"

有了阿诺尔德的这句话，格利高尔也算放心了。

第二天晚上，贪吃鬼果然又来了："哈罗。"

"哈罗，老朋友。"格利高尔愉快地招呼说，"你可以滚了，我知道你只不过是个幻影，根本不能伤害我。"

"我倒不想伤害你，只是要吃你。"贪吃鬼说着，一步步走向格利高尔，它弯下身就啃了一口。

格利高尔痛得蹦了起来，他望望自己的手：上面是清清楚楚的牙印，鲜血涌现，这是真正的血，是他的血！这时格利高尔才想起，有次他见识过催眠术表演。催眠师用一支铅笔在受催眠者的手背上轻点，然后说，一支点着的香烟正触及他的手背。在催眠作用下，受催眠者真的感觉手背上出现了溃疡，和被烧伤的一模一样。这可不是闹着玩的！

格利高尔企图冲向门外，贪吃鬼一把抓住他，开始扯他的头颈。现在

急需咒语！不过是哪句呢？

"妈妈，救命！"

"不对，"贪吃鬼说，"瞧你还能玩什么花样？"

"我给你钱！"

"还不对，你的把戏该收场……"

"其实我一点儿也不胖！"格利高尔刚说完，贪吃鬼就发出一声惨厉的叫声，它飞向天空并立即消失。格利高尔无力地躺在椅上，他多么聪明，及时联想小胖子的情况，想到了这句最能激励小胖子的话。

第三天一早，阿诺尔德如约驾着飞船接走了格利高尔！飞船开出没多久，阿诺尔德突然看着格利高尔说："我觉得这里似乎有人！"

格利高尔满不在乎地说："不就是我们吗？"但是他也觉得有点异样，"这不可能，再说我们已经起飞……"

这时两人听到了喑哑的唠叨声。

"啊！"阿诺尔德嚷道，"我明白了。当飞船降落时，我们没有及时关上舱门。于是，那些气体也进来，现在我们呼吸的仍然有'伦格４２'！"

这时，机舱里果然出现了一个高大的身影，它拿着书和教鞭，嘴里不停地念着什么东西。

格利高尔猛冲上去把怪物关在了驾驶舱里。他喘着粗气说："现在好了，不过飞船会出问题吗？"

"自动驾驶仪能对付得了，"阿诺尔德安慰道，但是他很快又察觉到一缕轻烟正在门和墙壁之间的密封缝中渗透过来。想必是小胖子不爱学习，而又非常惧怕唠唠叨叨的老师，所以才形成了这个唠叨鬼。

这时，轻烟又慢慢形成灰色的唠叨鬼轮廓。两人慌忙退到下一个船舱并关住门。只是两分钟后他们又发现了轻烟。

"太荒唐啦！"格利高尔愤愤地说，"我们不能把空气过滤一下吗？"

"不行，控制按钮在驾驶舱里。"

很快，唠叨鬼重新在他们面前现形。阿诺尔德不由骂出声来"小胖子那该死的想象力！别浪费时间啦，现在该怎么办？"

之后，唠叨鬼并没有对两人进行实际的伤害，只是一直唠唠叨叨，快把他们的头都烦炸了。

阿诺尔德央求格利高尔道："我的朋友，既然你猜对了小胖子的第一个咒语，那你也能猜对这一个的，快想想办法！"

格利高尔只觉两耳嗡嗡作响，他也想赶快摆脱这场噩梦。那么孩子们在面对唠叨时会怎么对付呢？突然，他有了主意，他念了一句："我不理你，我要睡了！"便和阿诺尔德一起堵上耳朵，一副若无其事的模样。

只听"扑"的一声，唠叨鬼便消失了！

（题图、插图：安玉民　梁　丽）

局长永远是第一

□ 吴泽武

办公室的丁主任是个人精，他深谙官场法则，但凡局里写通知、发通报，甚至写礼单，只要涉及到姓名的，永远把鲍局长摆在第一位。

这年，局里投票选先进个人。这下，丁主任可愁坏了，因为一般情况下，候选人都按姓氏笔画，自己姓"丁"，笔画最少，一不小心，就得排到鲍局长前头了。这可不行啊，他思来想去，终于解决了这个难题！

果然，名单公布出来，鲍局长的名字还是排在第一。大家细看选票最下面，有一行小字：姓名按拼音排列。

很快，局里举行职工运动会，规定每个人都得参加，最后还要张榜公布成绩。为此，丁主任又遇上麻烦了，局里新调进来一个副局长，姓安。如果这次再按拼音排，鲍局长可排不到第一位啦！

不过这也难不倒丁主任。当打印好的运动员名单发到各科室时，大家又发现鲍局长还是排在第一位！有人便问丁主任，这次是按什么排的顺序。

丁主任一本正经地回答："按体重呀，很多国际体育赛事都是这么排的。鲍局长218斤，局里没人比他重，自然应该排在第一位！"

没过多久，全局接受健康体检。在体检人员名单上，鲍局长仍被排在第一位。大家不得不佩服丁主任的"智慧"，便和丁主任打趣说："这次又是按体重来排名吧？"

丁主任听了，却理直气壮地回答："当然不是！"

于是大家追问道："那你凭什么又把鲍局长排在第一啊？"

丁主任微微一笑，说"这次是体检，自然要按身体状况来排。全局上下谁不知道鲍局长血压最高呀？"

浪漫的花

□ 荻　秋

小吉和伊珊是一对新婚夫妻，虽然两人背着房贷、车贷，日子过得紧巴巴的，但依然讲究浪漫和情调。婚后的第一个情人节，小吉就给了伊珊一个惊喜。

当晚，伊珊回到家，小吉已经烧好了一桌美味佳肴。用完晚餐，小吉又神神秘秘地说"老婆，以前每个情人节我都会送花给你，今天也不例外！"说完，他变戏法似的捧出一个

碟子，碟子上十几朵花在灯光下显得晶莹剔透，格外美丽。

小吉说："这是橘子花，怎么样，够浪漫吗？"伊珊拿起一朵，仔细看了看，幸福得笑了起来。原来所谓的橘子花，是橘子一瓣瓣撕开，翻过来。乍一看，真的像是一朵盛开的花。

小吉笑着说："很有创意吧？"

伊珊说："老公真棒！这花价廉物美，看完还可以吃，真够实在的！下次我还要！"

没过几天，伊珊的生日又到了。伊珊才回到家，就看到小吉含笑在等自己。她便心知肚明，问道："怎么啦？是不是又有什么好东西送我呀？"

小吉说："今天我还要送你花！不过可不是橘子花啰！"

伊珊猜不出来："牵牛花？菜花？该不会是葱花吧？"

小吉听完便从厨房里端出一个碗，说："看，这次更便宜呢。"伊珊一看，乐了，原来那是一碗豆腐花。

吃完甜蜜蜜的豆腐花后，伊珊依偎在小吉怀里，问："老公啊，你是不是以后都能这么花心思，送我特别的花啊？"

小吉笑了："我想过了，以后啊，如果实在没有点子，我就带你到公园的人造湖去。"

伊珊奇了："到那里干吗去呀？"

"扔石头打水花呗！"

一举四得

□ 王川旭

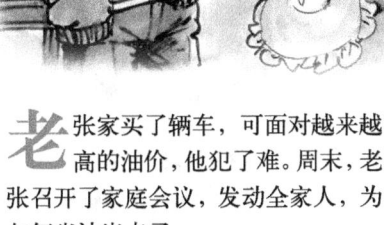

老张家买了辆车，可面对越来越高的油价，他犯了难。周末，老张召开了家庭会议，发动全家人，为如何省油出点子。

大儿子先开口："将备用胎卸下来，减轻车的重量。"

见老爸点头，老二不甘示弱地说："后面的座垫平时都没人坐，我看干脆就拆下来。"

看着老张赞许的目光，老三也补充道："加油的时候，不要加满，加一半就行了，这样也可以减轻车的载重。"

老张点头表示认可，但他还是觉得不满足，说"你们说的是车自身的问题，我想日常出行时是不是也该动动脑筋？"

老大心领神会，马上回答道"以后在出行时，碰见熟人要假装没看见，开过去。"

老二立马接口道"要我说，以后出行的时候，尽量用公家车，少用自家的车，既省油，又可以减少车辆的磨损，一举两得。"

老张看着老三，问："你有何高招？"

老三被逼急了，胡乱说道："以后去自驾游，我尽量不带老婆去。"刚刚说完，就被他老婆捏了一下。

老张一看儿子后院起火，赶忙打圆场，说："儿媳妇，你不要太在意，他是说着玩的，不要放在心上。"

在厨房洗碗的老伴听到他们的谈话，觉得这也太离谱了。她跑出来说："我看你们以后开车的时候，吃饭只吃半饱，光膀子只穿一条内裤，这不更省油？"

老张听了，眼睛放光，拍手道："老伴，你真是高人啊！哈哈，这样既省了粮食，又减轻了车的重量，既不用开空调，还可以锻炼身体，真是一举四得啊！"

就是不超车

□ 大　伟

这天，强子开着一辆桑塔纳回家，发现后面有一辆气派的奔驰车跟了上来。强子自觉地让出道，给人家超车。可让了好长一段路，奔驰车都没有超，而是跟在他屁股后头。

强子有点纳闷，他试着提速，后面的家伙也跟着提速。他又故意减速，结果后面的家伙也跟着减速。

这下，强子更好奇了，心想：难不成后面那小子跟踪他？他眉头一皱，干脆把车靠边停下，往后视镜一瞧，嘿，这小子居然也把车停下了。

很快，奔驰车上下来一个衣着光鲜的男人，跑到强子车旁，焦急地敲了敲车窗。强子摇下窗，警惕地问："你想干啥？"

男人说"师傅，你咋停下不走了呢？你能不能快点开啊？我求你了！"

强子瞪圆了眼睛，不解地看着他。男人抹了一把汗，说："我车上有病人，我得赶快送他去医院！"

强子一听，更奇怪了："那你还啰嗦什么呀？还不快点回去开车！"

男人急得直跺脚"你、你的车在前面，我不敢超呀！"

强子更是莫名其妙了，男人顿了顿，又说："你这是桑塔纳对吧？"

强子点点头。男人哭丧着脸说："可我那车叫奔驰呀！"

强子一听差点笑出来，谁定的规矩，奔驰就不能超桑塔纳呀？

男人犹豫片刻，一咬牙说："奔桑奔丧，兆头不好！"

强子傻了几秒钟，这才回过神来，哈哈大笑："兄弟啊，你只想到奔丧，怎么就没想到，你们老跟在后面，那不成了送桑送丧了吗？"

男人一怔，猛地一拍脑袋，跑了回去。不一会儿，奔驰车就"呼"的一声，从桑塔纳旁边超了过去。

（本栏插图：包丰一　顾子易）

504

2012 SEMIMONTHLY 上半月刊 **2月**

STORIES

欢迎登录本刊主办的"故事中国网"（www.storychina.cn）

故事会
—STORIES—

2012年2月
上半月刊·红版

何承伟：社 长·主 编
夏一鸣：副社长
吴 伦：常务副主编（兼绿版负责人）
姚自豪：副主编（兼红版负责人）
本期责任编辑：姚自豪 石莎莎（见习）
电子邮箱：ssasha@163.com

红版发稿编辑：
吕 佳 叶小萌 丁娴瑶（见习）
美术编辑：李宝强
电脑制作：郭瑾玮

本社办公室电话：021-64375030
上半月刊编辑部电话：021-64332325
下半月刊编辑部电话：021-64336469
（上海市绍兴路74号 邮编：200020）
主管、主办：上海文艺出版（集团）有限公司
出版单位：《故事会》编辑部
发行范围：公开

出版、发行总监：张 凯
电话：021-64313938
广告业务：上海故事会文化传媒有限公司
广告总监：张 淮
广告业务：021-34010383
广告投诉：021-64333738
广告经营许可证
沪工商广字3100320080016号
发行：中国图书进出口上海公司

·笑话·

现在拍照喊什么

阿毛是个摄影师，每年都给大学生拍毕业照。这天，他和朋友聊天，话题扯到了摄影上，朋友问他"现在大学生照相时，是不是还喊'茄子'？"阿毛说早不喊了，朋友好奇地问："那喊什么呢？"

阿毛说："那要看谁照相了，比如今年给理工学院毕业生照相时，那群男生都喊——'娘子'。"

朋友一听笑了，说："如果是女生占多数，该不会喊'汉子'吧？"

阿毛连连摇头："女生多的学院喊的更不同，有些喊'银子'，有些喊'房子'。"

（尔 安）

（本栏插图：包丰一）

孤枕难眠

这天上课，老师发现一男生不认真听讲，东瞅瞅西望望，还在纸上乱涂乱画。趁课间那男生不在教室，老师走过去一瞧，那纸上写着"孤枕难眠"几个大字。老师乐了，略一思考，提笔在下面接了一句话。

等男生回到教室，发现纸上多了几个字，他凑近一看，只见上面写着"换成两个枕头试试"。

（王 颂）

女儿的忧虑

客厅里，妈妈陪着六岁的女儿，一边听音乐，一边讲着《天鹅湖》的故事。考虑到女儿年纪还小，妈妈就简单地这样讲着："一只天鹅变成了美女，嫁给了王子……"

女儿听了，显出了一副不开心的样子："妈妈，如果王子让天鹅姑娘生宝宝，她却下了个蛋，那怎么办？"

（小 冷）

4

给力

某经济学家问一位语言学家："你知道为什么现在都不说'加油'，开始说'给力'了吗？"

语言学家思考良久，摇摇头："这个还真不太好回答。"

经济学家深沉一笑，说："因为'加油'越来越贵，而'给力'不用花钱。"

（李彦锋）

算命多少钱

一女子在街上看到一个摊贩，面前放了个瓶子，里边装了很多竹棍，看样子像是抽签算卦的。

女子想到最近霉运连连，就走过去问摊贩："算命多少钱？"

摊贩面露难色，对女子说："我是卖筷子的……"（喜乐）

遛狗

有人早起上班，路上遇到一哥们儿急匆匆地从身边跑过，便招呼道："干吗呢？"

那哥们儿答道："遛狗呢。"

没过几分钟，那哥们儿又急匆匆地从身边跑了回来，那人再次问他："怎么了？"

那哥们儿说："忘带狗了。"

（笑笑）

真实的广告

某男发现，街上的一家时装店总是在搞促销活动，大喇叭天天吆喝着："本店租房还剩一个月到期，所有时装一律四折。机不可失，时不再来！"

这种做法使他忍不住闯进店里，大声质问："你们天天宣称剩下一个月租房到期，这都几个月了，这不是明摆着在骗人吗？"

女售货员嫣然一笑，说："广告绝对是真实的，因为我们老板总是一个月一个月地交房租。"

（清平）

股 迷

吃过晚饭，丈夫照例是不刷碗筷，不收拾桌子，一屁股坐在电视机前听股评。

妻子埋怨道："你呀，关心股票比关心我和儿子还上劲。"

丈夫脖子一梗，说："哪有的事呀！"

妻子赌气地说："那我问你，咱儿子是哪天出生的？"

丈夫眨眨眼，答道："咋不记得？就是我股票被套牢那天生的。"

（秋 树）

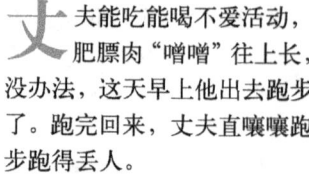

丈夫的跑步

丈夫能吃能喝不爱活动，肥膘肉"噌噌"往上长，没办法，这天早上他出去跑步了。跑完回来，丈夫直嚷嚷跑步跑得丢人。

老婆问："怎么丢人呢？"

丈夫答道："我跑得太慢了，连那些老头老太太都超过了我。"

老婆笑着说："那是够丢人的。"

"还有比这更丢人的呢！"丈夫接着说，"一会儿，又有一个老头从后面超过了我，你猜怎么着？人家是倒着跑的呀！"

（李雪涛）

考 勤 员

某公司的考勤制度极其严格，规定旷工一天即扣除当月奖金，请事假必须提前三天提出申请。大伙儿都认为这样的规定没人情味，可偏偏公司的考勤员不这么认为，而且他执行制度一丝不苟，经常有人因没有提前请假而作旷工处理。

忽然有一天，这个考勤员家有急事未到，旷工一天，大家都瞪大了眼睛，看他怎么处理自己。没想到第二天，考勤员在自己的考勤表上写了这样几个字：迟到 8 小时。

（太阳树）

挨着的票

两个好朋友正在排队买火车票，听见前面买好票的人在抱怨："就买两张票，怎么不给挨着？"说完，那人嘟囔着走了。

轮到他们时，两人赔上笑脸，对售票员说："您看，我们两个人……"

卖票的头也不抬地问："想挨着？"

"是，是。"

"挨着的。"卖票的说罢，递给了他们两张票。

两人连忙道谢，拿过来一看——"无座"。

只听卖票的说"两张站票，这下挨着了吧！"　　　　（宁　燃）

巧猜密码

一男一女去一个机关办事，那里的监控极其严格，进入办公区是需要密码的。

男的犯了愁，两个人都是第一次去啊，谁也不知道密码，怎么办？这时，只见女的瞅了一眼密码器，不慌不忙地连续按了六下，门立即开了……

男的大惊："你咋知道？"

女的淡定地回答："你看，密码器上的'1'都磨光了，而其他数字全是新的，密码不就是六个'1'吗？"

（六　子）

让货币升值

鲍尔问老师："货币贬值太厉害了，有没有什么办法，可以让货币升值？"

老师想了想，耐心地教导说："首先，在一块钱的硬币上打两个眼儿……"

鲍尔不解，但还是掏出了一枚硬币，照着做了，打完了眼，又问："然后呢？"

"于是你得到了一个价值四块钱的纽扣。"

（萍　萍）

本栏欢迎来稿，读者、作者可将有新鲜感、有精彩细节的笑话佳作投寄给我们。来稿一经采用，最高稿费为一则100元。本期责任编辑电子信箱：ssasha@163.com。

逢赌必赢

□郑小亮

有一句俗语，叫"久赌无赢家"，可偏偏有这么个人，只要赌博，必定会赢，你信不信？

话要从县电视台的一档节目说起，那档节目叫"民间高手"，上节目的，都是身边人身边事，熟悉得很，这就难怪能吸引眼球啦，摆弄琴棋书画的，唱歌跳舞的，头开酒瓶、指钻砖头、鼻吹唢呐、盲捏泥人的，要多热闹有多热闹。

节目火了半年，没过多久，节目组开始为难了：整个县都搜罗遍了，哪有那么多的民间高手？台长发话了："坚持一期是一期，万一不行找外援！"

话音刚落，刘记者汗淋淋地跑了进来："头儿，找到一个，赌……赌神！"

台长一听兴奋了，说："好啊，事不宜迟，马上去采访……对了，说什么来着，这人是弄什么的？"

刘记者说道："赌神啊，就在汪镇的小庄村，是个哑巴，逢赌必赢，远近闻名，听说那附近的村民玩牌的时候，一见他来了，马上散场。"

台长一听是赌博，犹豫了……

刘记者赶忙笑道："放心吧，他们不是赌博，都只是小打小闹的玩玩，消磨时间而已，关键是那哑巴不简单。据我推测，这里面包含着很深的科学道理，你们想啊，这哑巴口说不了，耳听不了，两项功能丧失了，眼睛和脑袋自然就发达了，有过目不忘的本事也说不定，就等着我们去挖掘啊！"

台长猛地一拍桌子："好，这个选题吸引人，批准了！"

这次是轻车简从，没惊动镇上的干部。车子开进村里后，不知怎么走漏了风声，村里的干部列队欢迎。这架势不好，不利于采访，刘记者正要婉拒，却听村支书说："县城的大记者来了，有失远迎啊，听说你们要采访哑巴？建议免了吧，好吃懒做的家伙，不如采访一下我们村这几年的变化吧……"

刘记者和一行人相视一笑，心里嘀咕着：你还不够格呢，采访你们村有个屁用，我们就要哑巴！

刘记者心里这么想，嘴上可不能这么说，他装模作样地上前和村支书寒暄了几句，然后把来意说了。村支书听了，眨巴着眼睛说："过目不忘？没听说哑巴有这本事啊，说他逢赌必赢，也是瞎扯的，其实是这么回事，我讲给你们听听就明白了，这哑巴啊……"

刘记者知道村支书的心思，无非是要找些由头，为采访哑巴设置障碍，然后让自己采访他们村里的"先进事迹"，于是他不耐烦地打断了村支书的话："好了好了，不管是怎么回事，得给观众留个悬念，还是由我们亲自来采访吧，如果愿意帮忙的话，最好帮我们请个能同哑巴比划的'翻译'。"

这事儿不难，很快便办到了。

来到哑巴家，哑巴正睡觉呢，吵醒了他的瞌睡，使他很不爽。刘记者见哑巴快火了，忙对"翻译"说道"麻烦你对他说明一下我们的来意，还有告诉他，采访完毕有劳务费。"

就那么简单的一比划，哑巴咧开了嘴，一边笑一边作数钱状。

这时，"翻译"传话道："哑巴说了，玩两局看看，上场要真金白银，不玩虚的。"

这也好啊，身临其境更能说明问题，刘记者马上吩咐架好"长枪短炮"，准备开拍。

哑巴的口开得还不小，够赌博的

·新传说·

档次了，为了拍节目，刘记者咬咬牙，掏出一把钱甩了甩，以示"米米"充足。

玩的是扑克游戏"跑得快"，每人抓十三张牌，大压小，谁先跑掉谁赢，一局三盘后结账。

不知是刘记者手气不好还是心里紧张，才几分钟下来，便连输了三盘，哑巴把手一摊，那意思是说——"得，说话算数，给钱吧！"

刘记者没办法，只好乖乖给钱，但他又说，不行，得再来一局。哑巴点头答应了，却又突然起身，手不停比划着，"翻译"笑道："哑巴说要上厕所。"

刘记者挥挥手说："好啊，去吧，

我们在这儿等着。"哑巴如获大赦，眉开眼笑着跑了……

到了这个时候，村里看热闹的人都笑弯了腰，把刘记者给弄糊涂了："你们笑什么？"

村支书笑得直不起腰来："你们可以收工了，采访已结束。"刘记者一愣，问道："我们还没完呢，哑巴不是上厕所去了吗？"

村支书说："哪里啊，哑巴赢了钱就跑啦，在你们离开之前，他是不会回来的，这就是哑巴'逢赌必赢'的秘密。你们刚来的时候，我就准备把这秘密告诉你们，可你们不愿听，怪不得我啊……"

"赢了钱就跑，这也不会逢赌必赢啊，"刘记者将信将疑，"那要是输了怎么办？"

这下大家都乐了，村支书说："输了也照样跑啊，赢了就跑，输了不给，这不是逢赌必赢吗？一个残疾人，也挺可怜的，村里人心善，谁会去跟他计较呢？"

刘记者听了，心头一热：哦，原来是这么回事啊……

（题图、插图：安玉民　梁　丽）

红版编辑部各编辑邮箱：

姚自豪：yaobianji@126.com;
吕　佳：lujia411@yahoo.com.cn;
叶小萌：xiaomeng.ye@gmail.com;
石莎莎：ssasha@163.com;
丁娴瑶：dingxianyao@126.com。

沙漠里的河马

甲乙是驴友，两人结伴前往沙漠，路上遭遇狂风肆虐，他们陷入了困境之中。

这一天，他们又渴又饿，突然，遇见了一个人，甲走上前去，用嘶哑的声音问："请问先生，你一路遇到过什么吗？"那人说："十个小时前，我看见过一群河马。"

甲乙欣喜不已，有河马的地方一定有水，于是他们毫不犹豫地朝有河马的方向走去。

果然，十个小时后，他们看见了一群河马，可是河马的四周并没有任何的水源。两人正在奇怪，一只河马走了过来，有气无力地问："我们是来沙漠旅行的'驴友'，我们断水好几天了，请问哪里有水源呀？"

（作者：李大勇）

人口普查

有个姑娘，是个人口普查员。这天下午，她来到一户人家门前，敲了敲门，等了好久，才从里面传来一个男子粗暴的声音："敲什么敲，干啥呀？"

"人口普查。"

屋内的人警惕地打开防盗门上的窗口，说："有啥你就问吧。"

"请问您家里是几口人？"

"是一口人。"

"十一口？"

"不是十一，而是一口人。"

"二十一口？"

"不是二十一口，其实一口人。"

"七十一口？不会吧？"

"不是七十一口，就是一口人！"

"九十一口？"

"对了，就是一口人。"

姑娘不禁"哈哈"大笑，说："您有和我来段绕口令的工夫，还不如把门打开吧，您看，就我一个姑娘家站在门外，还害什么怕呢！"

话音刚落，只听里边有个小伙子喊着："爸，开门吧，看清了，就是一个漂亮妞！"

"吱呀"一声，防盗门开了，一家老少夫妻四口，笑容可掬地把姑娘迎了进去……

（改编者：陶昆仲）

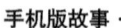

倔孩子

一个男孩，年方七岁，性情倔强，常让爸妈没办法。

院里有个丝瓜架，底下有凉席，每到爸妈批评他时，男孩就倔强地板着脸，到凉席上去坐着，牛都拉不起来。

这天晚饭后，男孩和小伙伴打架，妈妈数落了他一顿，还打了他一巴掌。结果，男孩嘟着嘴，坐到凉席上去了。八点多，妈妈发现儿子睡着了，就把他抱到屋里床上。这时，小伙伴的妈妈来道歉，说两人打架不怪男孩，是自家孩子的错。

次日天亮，妈妈起床，发现床上没了儿子，赶紧跑到院里一看，男孩正躺在凉席上睡觉呢！妈妈"扑哧"笑了，倔儿子肯定是半夜出来的，他还生着气呢……

（作者：阳光麦子）

情书

一个男孩和一个女孩，初中时就是同桌，以后班里调换过几次座位，但他们仍旧是同桌，这使一些同学很嫉妒，因为这女孩是全班最漂亮、最温柔的。初三时，女孩要转学去另一个城市，男孩偷偷写了封信放在兜里，可是，直到女孩和爸爸走了，男孩也没勇气把这信掏出来。

三十年后的一天，男孩风尘仆仆地来到另一个城市，去医院探望久病的女孩。这时的女孩早已成家了，病榻上，她已病得说不出话了，望着憔悴的她，男孩想哭，但他控制住了自己，说了一生中对女孩唯一的谎言："你几乎没变。"

女孩笑了，她尽力笑得美丽些，随后，她吃力地将一张发黄的信纸递给男孩，男孩看罢，失声痛哭，上面写的和他当年写的内容几乎一样："我们再去一次小树林，去背外语吧！"

（作者：王海龙）

（本栏插图：安玉民　梁　丽）

高难度汉语听力题

这套听力考试题，绝对会让老外抓狂……

◆ "小明，门口有个人找你，你认识吗？"

"我的妈呀，我爸！"

提问：是谁找小明？

◆ "小明，你要那个礼物还是这个礼物呢？"

"那个……这个吧！"

提问：小明要哪个礼物？

◆ "小明，后天是不是要考试？我好紧张！"

"我晕，你真晕！是明天考。"

提问：是小明晕还是小明的同学晕？

◆ "小明，帮我切一下黄瓜吧？"

"切，我才不切！"

提问：小明到底切不切黄瓜？

◆ "小明，你先说还是我先说？"

"我说还是你先说吧！"

提问：小明打算让谁先说？

(推荐者：墨 丁)

结婚七日

◆ 结婚第一天，老婆问："你爱不爱我？"脱口而出："爱！"老婆怒："回答这么草率，应付我！"自责中……

◆ 结婚第二天，老婆问："你爱不爱我？"吸取教训，作沉思状，还没等开口，老婆已怒："这都需要考虑？你很后悔娶我吧？"自责中……

◆ 结婚第三天，老婆问："你爱不爱我？"不知该怎么回答，汗水涌出："这个……那个……"老婆怒："这个问题很难吗？不用回答了！"自责中……

◆ 结婚第四天，老婆问"你爱不爱我？"决定先探探她的口气："你猜！"老婆怒："我要知道还问你？"自责中……

◆ 结婚第五天，老婆问："你爱不爱我？"决心以攻为守："你爱不爱我呢？"老婆怒："油嘴滑舌！"自责中……

◆ 结婚第六天，老婆问："你爱不爱我？"精神错乱，掏出兜里东西塞给她："这是我的钱包，你拿着；这是工资卡……"老婆笑逐颜开："老公，你真好！"

◆ 结婚第七天，做饭、刷碗后，听见老婆在打电话："我老公啊，很爱我的。"

(作者：乔志峰；推荐者：小 光)

不许笑，我是公交车司机

◆ 乘客朋友们，请不要将头放在车窗外，因为稍有不慎，你就会将它丢掉。这样的话，尽管你不会难过，但我们一定会很难过。

◆ 大家请注意，最拥挤的站就要到了。肚子比较丰满的请收好自己的肚子，身体比较差的请多吸几口氧气。

◆ 前方是堵车路段，这里堵车时间之长让人无法想象。有次，一对男女在车里将恋爱都谈成了，车竟然还堵着。

◆ 请大家屏住呼吸五分钟！车厢里的氧气有限，为了不影响这位老兄吸烟，只好拜托大家减少氧气使用量！

◆ 大哥，我知道你喝高了，整个世界都不放在眼里，但两元车票是不能免的。顺便告诉你一下，我们拒绝使用银行卡以及支票支付，更拒绝白条。

◆ 你们真是太幸运了，用两元车费就换来一百元都买不来的增值服务。首先，我们赠送"吊环"锻炼，可以增强体质；第二，我们在大热天附赠"蒸桑拿"，有减肥效果；最后，我们会和颠簸的路面配合，为大家送出非常舒服的"摇摇车"，带给大家无比快意的享受！

（作者：代淑蓉；推荐者：二　宝）

投稿逸事

◆ 有次给 A 杂志投稿，因担心编辑同志会无视我的邮件，特意在标题上提醒"不看你会后悔的"，结果编辑当天下午就回复："看过之后，我终于明白什么叫更后悔！"

◆ 有次给 B 杂志投稿，怕编辑审美疲劳，精心挑选了一首诗放在邮件正文中，并真诚地写道"如果您觉得这首诗还可以，就请打开附件……"没想到，编辑的回复让我差点吐血："全是乱码，没有看到作品！"

◆ 有次给 C 杂志投稿，邮件标题误写成了文章题目：《把我的稿费还给我》，编辑看到后郁闷了，他很快回复："你从没在我这发过稿件啊！"

◆ 有次给 D 杂志投稿，结果邮箱中毒，导致邮件里某些字被其他字替换。我写的是："编辑妹妹，去年不发，今年又不发，你还要让我再等多少年才发？"编辑看后开心地回复我："这年头王八不怕多的，不过野生的更好！"我目瞪口呆，再往下看自己的邮件，邮件内容变成了——"去年王八，今年又王八，你还要让我再送多少年王八？"

◆ 有次，E 杂志给我回复"需要小修改。"我回复"我不认为需要修改！"编辑继续回复："若不同意修改，本杂志有权拒绝发表！"我继续回复："我不拒绝发表，但我坚决拒绝修改！"编辑最后回复："你牛！你比我还牛！"

（作者：易春旺；推荐者：杨　潇）

（本栏插图：安玉民　梁　丽）

在舒适区外进步

次课上，老师在黑板上画了一幅图：在一个圆圈中间站着一个人，旁边是一座房子、一辆汽车、一些朋友。

老师说："这是你的舒适区，在圆圈里头，你会觉得自在、安全、远离危险或争端。"然后，他问："你跨出这个圈子后，会发生什么？"

学生抢着说："会害怕。"

这时，老师微笑着，在原来圈子外画了个更大的圆圈，还加上些新的东西：更多的房子、汽车和朋友。

老师告诉大家：虽然跨出舒适区后会害怕，但你会进步，你能使自己人生的圆圈变大……

（推荐者：王珠峰）

收获前，先学会付出

个年轻人向父亲征求意见："我想在咱们这条街上开店赚钱，得先准备些什么呢？"

父亲说："你如果不想多赚钱，现在就可以租两间门面开张营业；如果你想多赚钱，就先得准备为街坊邻居做些什么。"

年轻人问先做些什么，父亲想了想，说："要做的事很多，比如，每天清晨可以扫一扫街上的落叶，还有许多家庭需要得到一些帮助……"年轻人听了觉得很奇怪，这些跟开店有什么关系呢？虽然心存疑惑，但他还是去做了，他每天不声不响地打扫街道，还帮邮递员送信，给老人挑水劈柴。渐渐的，这条街上的人们都知道了这个年轻人。

半年后，年轻人的商店挂牌营业了，让他惊奇的是，客户非常多，很多人甚至舍近求远，拄着拐杖，赶到他的店里买东西。他们说："这年轻人是个好人，来他店里买东西，我们特别放心。"

仅仅几年时间，年轻人就成了拥有千万资产的企业家。有一天记者采访他，问他成功的秘诀，他想了想说："在收获前，先要学会付出。"

（推荐者：匆 匆）

为梦放行 7 分钟

他曾经是个炼钢工人，整天围着焦炉转，觉得焦灼难耐。在那个年代里，"偷懒"的行为是要被上纲上线的，厂里甚至有一个规定：不准在工作时间看小说。他想，厂里只是说不准看小说，但没说不准看诗集呀！于是，他就拿了一本《普希金诗集》，焦炉每隔10分钟出一炉，他3分钟就可以把活干完，剩余的时间就用来啃读诗集，有时他还掏出铅笔头，写一写属于自己的诗。

班长很快发现了他的这一举动，立即大声呵斥，就在这时，工长进来了，说，年轻人看看诗集，又不是闲书，有啥错？班长不吭声了。

从此以后，他的7分钟被匀出来了，他利用无数个这样的7分钟，读诗、写诗、发表，然后被调到了厂宣传部；再后来，通过应聘，他到了一家著名的杂志社当了编辑。

恰恰是在这个时候，国内的钢铁工业重组，他原来所在的钢厂被吞并了。

如今，他坐在宽敞明亮的办公室里，坐拥书海，手边却不离当年那本翻烂了的《普希金诗集》，还有那个工长的照片。

他说，他将永远铭记工长为他梦想放行的7分钟……

（作者：李丹崖；推荐者：闻　风）

百句话不如一条路

甲乙两人的工作，都是帮助赌徒戒赌。乙的成果卓著，他辅导过的赌徒，大多数都戒赌了，而甲至多只有乙五分之一的业绩。

为了寻找原因，他们的主管请两人报告工作方法。

甲说："我以最诚恳的态度，告诉赌徒们赌博的害处，举出许多实例，告诫他们再不戒赌就会倾家荡产，妻离子散，名誉扫地。"

乙通常则是要求对方说出一共欠下多少赌债，然后再帮助他们拟出还债的计划。乙说："许多人看到计划，都会吃惊地讲——'我还以为一辈子也还不完呢，这样看来，前景并不坏。'每当他们这样一说，往往就能自动戒赌。他们不再自暴自弃，而是愿意勇敢地面对现实、开创明天。"

对面临险境的人，挡在他前面说一百句劝诫的话，不如以一句话指点出一条实在的道路。

（推荐者：兰小英）
（本栏插图：安玉民　梁　丽）

学写作文，从读故事开始

说

有话好好

□ 老 三

·新传说·

惹祸的数码相机

丁柯年刚买了一架数码相机，正新鲜着呢。下午三点多，他闲着没事，站在自家三楼阳台上，举着相机照来照去。照够了远方，他又探出身子往下拍。这时，取景器中出现了一男一女，他们是对面一楼的，正走向院门。女的很胖，穿着条花色艳丽的大裤衩子和白色的跨栏背心。她扭着大屁股，走在前边，帮男人开院门；男人身材魁梧，筋骨强健，面相不善，尤其恐怖的是，他的右眼眶连同整个右太阳穴，有一大块黑色胎记，令人望而生畏，是个典型的"黑疤脸"。

胖女人打开院门，黑疤脸出去前，顺手在她肥大的屁股上拍了一掌，并耳语了句什么。胖女人立即娇笑不已，捶了对方腰眼一拳。黑疤脸走出了胖女人家的院门，却又突然站住，仰起脸来，下意识地抬起了头，往上一看。丁柯年正在三楼阳台上呢，他吓了一跳，"刷"地缩回身去，倒退两步，躲在阳台门后，心"怦怦"直跳。

半晌，丁柯年小心翼翼地露出半个脑袋，偷偷地察看起来，见那黑疤脸正慢慢走远，他一边走，一边还不死心地频频回头张望，丁柯年立即缩回头来，不敢再冒险偷窥。

几分钟后，丁柯年回到屋里，查看刚才拍摄下的三张相片——

第一张是胖女人和黑疤脸一前一后往院门走；第二张是黑疤脸伸手拍打胖女人的屁股；第三张是胖女人娇笑着还击……

这个胖女人，丁柯年有印象，她有个上中职的儿子，寒暑假才回来。她丈夫身材单薄，面色黝黑，是一家国营单位的采购员，长年出差在外。她和丈夫一个单位，几年前病退在家，而这个孔武有力、犹如凶神恶煞般的黑疤脸，印象中未曾见过面。

根据这种种迹象，丁柯年判断：一定是黑疤脸和胖女人有暧昧关系，今天他们幽会，分手时不幸被自己用相机拍到了……

丁柯年三十多岁，靠两间门面房的租金过日子，至今单身，是个老实巴交的人，事后他后悔自己为何要多事，往楼下拍什么照，现在人家的把柄被自己无意中拍了下来，人家能罢休？这可如何是好？

两度追杀

三天后的晚上，吃过晚饭，丁柯年步行去租他门面房的便利店收租金。收了租金，打完收条，他和店老板正聊天，有人推门而入，丁柯年一看，正是那个黑疤脸！两人打了个照面，丁柯年吓得一哆嗦，不敢再耽搁，走出便利店，快步往家赶。

正走着，整个大街突然间漆黑一片，原来是停电了。丁柯年不得不停住脚步，好让自己的眼睛适应一下黑暗。他回头张望，无意间看到三十步开外，一个人正用打火机点烟，借着打火机的光亮，丁柯年一阵惊悚：那人正是黑疤脸，他在跟踪自己！

丁柯年加快了脚步，可是他快，黑疤脸追得更快，好在小区到了，丁柯年冲了进去。小区公园旁有个大型公厕，公厕有前后两个门。丁柯年慌不择路，抄近路从公厕前门进后门出，黑疤脸不依不饶也追进了厕所……就在这危急关头，来电了，公厕亮了，街灯亮了，住宅楼亮了，整个小区都亮了，这及时的来电救了丁柯年一命，黑疤脸没敢追出来。

丁柯年捡了条命，他在路边哈着腰喘了半天，才拖着脚步，缓缓往家走。他不时心有余悸地回头张望，提防黑疤脸从公厕里冲出来。

回到家，虽然惊吓得不行，丁柯年仍难改多年养成的习惯：先写完日记，再上床睡觉。休息前，他反复检查了门窗。

次日从恶梦中醒来，丁柯年思前想后，认为冤家宜解不宜结，他觉得应当主动找胖女人沟通一下，这么想着，他便拿出数码相机，挂在脖子上，随即下了楼，按响了胖女人家院子的门铃。

胖女人穿着拖鞋出来了，把院门拉开一条缝，问："你找谁？什么事？"

丁柯年挤出了笑容，说："我是对面楼三楼的，我可以进去谈吗？"

"有什么事就在这说吧。"对方毫不通融，丁柯年没办法，只得站在门外，字斟句酌地开了口："哦，这个……是这样的，那天下午，我无意间看见了你和……那个男人之间……亲昵的举动，哦……这个，我真的是无意间看到的……"

胖女人的脸瞬间涨得通红通红，她又惊又气地说："你想怎样？"

丁柯年指了指胸前的数码相机，说："我无意间还拍下来了。"

胖女人压抑着愤怒，开了口："说吧，你打算干什么？"

"我是来向你解释的，我会把相片删掉，并且守口如瓶，永远不向外泄露，请你一定相信我。"丁柯年语气真挚地说着，胖女人松了口气，点点头，说："我能看看你拍的相片吗？"

"当然可以。"丁柯年调出了那三张相片，给胖女人看，没料想不看倒还罢了，这一看，胖女人突然间勃然大怒，手臂抡圆了，"啪"地给了丁柯年一个惊天动地的大嘴巴，然后连抓带挠、连踢带踹，痛哭流涕地号叫了起来："我不活了，老娘跟你拼了……你这个浑球、流氓、杂种……"

丁柯年懵了，一边抵挡，一边抱头鼠窜。

和解不成，令丁柯年沮丧到了极点。

又过了两天，这天上午，丁柯年骑电动车去银行，准备买点股票型基金。正骑着，一辆破破烂烂的灰色小皮卡车撵了上来，驾驶员正是黑疤脸，他指着丁柯年，大吼道："小子，站住，我今儿个非打死你不可！"

丁柯年哪敢站住？他把电门一拧到底，一路逃窜。黑疤脸气得七窍生烟，他猛踩油门，扭动方向盘，小皮卡"吱呀吱呀"地怪叫着，向丁柯年的电动车追了过来，看那架势，是非要置人于死地不可了。

丁柯年慌了神，电动车在高速奔驰中滑倒在地，人摔出去五六米，脑袋撞到了人行道的树干上，登时昏迷了过去……

事不过三

丁柯年昏迷了一个多小时，才醒了过来。幸运的是，没什么大碍，医生同意放他回家。从医院出来，他下了决心，一定要报警，不然自己的小命早晚得丢在黑疤脸手中。丁柯年直奔公安局，接待他的是一位姓魏的警官。魏警官详细听取了情况，答应马上开始调查，叮嘱他自己小心些。从公安局出来，丁柯年接到了贤山陵园管理处的电话，让他去交他父母墓地的管理费。

丁柯年一想，决定先不回家了，免得再碰见胖女人或黑疤脸，他"打

·新传说·

的"来到贤山陵园，交纳了管理费。

贤山是当地一座土石山，被开发成了陵园，丁柯年的父母合葬在陵园最高处的墓穴区里，后面就是陡峭的悬崖。交过费后，他沿着盘山小道走向山顶，去看望父母的灵寝。八月正是山景最漂亮的时候，林木苍翠，山花烂漫。丁柯年爬到山顶，伫立在父母坟墓前，远眺着城市鳞次栉比的楼

宇和远处浩瀚的大海，顿时心旷神怡，把这些日子里的烦恼都抛到了脑后。

突然，丁柯年打了个激灵，他看到弯弯曲曲的山道上，有一个粗壮的汉子正飞快地拾级而上。那汉子扛了把铁锹，铁锹大头朝上，在正午的阳光下寒光闪闪，夺人眼目。

天哪，来人正是黑疤脸！

丁柯年吓得魂飞魄散，拔腿就往上逃，连滚带爬地爬到了山顶的一块巨石上，回头一瞧，黑疤脸已追到了巨石下，正朝他大喊道："你下来，我有话跟你说！"

丁柯年恐惧到了极点，他只感到眼前一黑，一时站立不稳，一头便栽下了悬崖……

与此同时，魏警官开车载着胖女人，也赶到了贤山脚下。胖女人心急火燎地拨打黑疤脸的手机，不料一直占线，原因是黑疤脸也正在拼命打手机，呼叫人手来帮忙，抢救坠崖的丁柯年。

一通忙乱后，人们在悬崖下的溪流中找到了丁柯年，他摔得脑浆迸裂，早已气绝身亡。

致命的误会

根据丁柯年的日记以及对相关人员的调查，几天后，事件的真相被魏警官还原了出来——

黑疤脸叫苏启瑞，他和胖女人是

龙凤胎的孪生兄妹。那天下午，他去妹妹家有事，妹妹出来送他时，他开玩笑地在她屁股上拍了一掌，逗笑着："瞧你胖的……你真该减肥了！"这些恰巧被三楼阳台上的丁柯年拍摄了下来。

几天后的夜里，苏启瑞在街上走，然后又到一家便利店买烟，出来时遇上停电，偏偏这时候他肚子疼，要方便，于是撒腿往离此最近的妹妹所住那个小区的公厕跑。他注意到前边有个人也在狂奔，但并未多想。他冲进公厕时，正好也来电了。

接着是次日下午，妹妹向他哭诉，说有个叫丁柯年的神经病找她胡闹，偷拍下他们兄妹的画面，污蔑她有外遇。苏启瑞十分恼火，他悄悄认清了丁柯年的模样，准备教训教训，这才有了他在公路上驾车追逐丁柯年电动车的场面。

丁柯年摔下车昏迷后，苏启瑞挺害怕，报了120，并尾随到医院，直到医生说没事后才离去。

当天上午，魏警官因接到丁柯年报警，开车来找胖女人了解情况，胖女人带他一起去贤山陵园找哥哥——

苏启瑞是这个陵园的工人，负责维护环境卫生。

警车来到山脚下时，苏启瑞正拿着铁锹上山，去清理陵园内的杂草。他看到了巨石上的丁柯年，丁柯年怎么会在这儿？正奇怪着呢，同时也为上午自己鲁莽的追逐、恐吓而感到抱歉，所以苏启瑞主动向对方打招呼，谁知丁柯年竟然跌下了山崖……

弄清了整个事件的来龙去脉后，苏启瑞兄妹都唏嘘不已，为丁柯年感到惋惜，同时自怨自艾，深感内疚。

魏警官对胖女人说："只是有一件事我还不明白——那天上午，丁柯年拿着相机来向你赔礼道歉，想与你和解，你开始也接受的，但看到相机里的照片后立马翻脸，这是怎么回事？"

胖女人脸一红，说"你不知道他拍的是什么照片……"胖女人没说，魏警官当然不知道，丁柯年拍的就是黑疤脸拍打胖女人屁股的情景，当时胖女人很恼火，于是便勃然大怒，这才使误会越来越深，其实有话好好说，什么误会不能消除呢？

（题图、插图：谭海彦）

好疯狂

二手时代

□ 梅永远

这是个信息交流异常疯狂的年代，二手交易也蓬勃发展起来，二手房、二手车、二手电脑、二手书籍，甚至还有二手宠物、二手牌照、二手游戏账号、二手预订席位，反正在二手交易市场，只有你想不到的，没有你看不到的。

张双弓就是做二手生意发家致富的，他这么多年一直很"二"：在家排行老二，得奖始终是第二，二年级骑二轮车时，还被二踢脚炸了二头肌。他当过二房东，唱过二人转，做过二流子，甚至还二进宫。后来张双弓浪子回头了，开始倒腾二手家用电器，从手电、热水器到空调、洗衣机，他的业务无所不包。俗话说，无商不奸，二手家电一翻新，谁也看不出好坏。

就这样，张双弓的腰包和肚皮像吹了气一样鼓了起来。

这天，对张双弓来说是个大日子，他决定向一个女孩求婚了。女孩叫柳若水，通过几个月的考察，完全符合张双弓"温柔似水、清纯如水"的择偶标准：她是从外地来的，感情经历几乎是一片空白，没有男朋友，也没有复杂的社会关系。于是，张双弓向一个做珠宝生意的朋友定制了一款求婚用的钻戒，戒指的环内还刻上了两个人姓氏的拼音字母缩写：Z&L。

这天傍晚五点的时候，张双弓已经梳洗打扮完毕，他的头发梳得油光锃亮，穿上了早已准备好的新衣服：一套名牌男士西服，这也是一个做服装生意的朋友帮他购置的。这套名贵的西装穿在张双弓的五短身材上，还真有点化腐朽为神奇的功效。

张双弓开着车，激动万分地接到了柳若水。他原本想找个浪漫高雅的西餐厅和柳若水共进晚餐，他也已经预订了雅座，没想到柳若水说口中寡淡无味，闹着要去吃"刘大妈川味火锅"。张双弓拗不过她，今天是个好日子，他可不想坏了她的兴致，于是，张双弓便带着柳若水来到了刘大妈火锅店。

两人以前常去这家火锅店，那里生意火爆，常常需要等台。果不其然，到了那里，服务员先是把他们引到等候区坐下，又发给了他们一个号码牌。张双弓看了一下号码，78号，心里顿时七上八下了，他问了服务员，前面还有十八位等台的客人，张双弓灵机一动，走到几个学生模样的人旁边，瞄了一眼他们手中的号码牌，66号，他心里立刻有了主意。凭着三寸不烂之舌，几分钟后，张双弓便得意地将手中的牌子换成了66号，当然，他付了100元的转让费。

很快，张双弓便和柳若水坐上了位子，突然，他觉得心里有些疙疙瘩瘩的，这个位子是别人转让的，这不是成了二手的？在今天这样一个特殊的日子，这让张双弓很是不爽。不过，他还是很快忘了这茬，热气

腾腾的火锅翻滚起来，两人吃得不亦乐乎。

一会儿，张双弓开始脱衣服，突然，他在衣角里摸到了一个硬硬的东西，他忍不住去掏，竟然发现这衣服口袋的衬里破了，那个硬硬的东西正是从这个破洞里钻到了衣角。这硬硬的玩意儿是什么呢？掏出来一看，那是一张小小的卡片，卡片上写着姓名、颜色、款式、品牌、日期和洗涤方式，简单地说，这是一张洗衣卡。不知道这卡是如何阴差阳错地进入了衣服的里层，但可以肯定的是，这件衣服不是新的，别人曾经穿过，而且拿到洗衣店洗过，张双弓顿时觉得脑子里像烧开的锅底一样沸腾起来：二手货！

张双弓火冒三丈，这可是五万块钱一套的名牌西装啊，他恨不得立刻把那个做服装生意的朋友打成生活不

能自理，但是现在，终身大事要紧，张双弓衣服也不穿了，夹在腋下，拉着柳若水就走。

为了给柳若水一个意外的惊喜，张双弓对求婚一事高度保密，他准备把柳若水带到菲蒙妮酒店的观光天台，他打算在这座城市的最高处，跪在霓虹闪烁、晚风习习的星空下，向自己心爱的女人求婚。

张双弓开着车把柳若水带到了菲蒙妮酒店，柳若水的脸一下子红了："弓哥哥，我们来酒店干吗？你还是送我回家吧！"

张双弓看着柳若水娇羞的表情，心里乐开了花"不要紧张，我带你到天台看看夜景吧。"

两人坐了观光电梯，在流光溢彩的夜色里，一路到了观光天台。观光天台一半是露天的，摆放着几张时尚的桌椅，几个小资情调十足的年轻人正坐在那里喝酒、聊天。

张双弓早已预订了一个桌子，他把柳若水带到那里，点了两杯饮料，漫不经心地聊了几句，接下来的重头戏是这样设计的：张双弓会忽然跪下来，献上戒指，然后酒店的服务生会在四周点燃冷焰火，乐队也会奏响乐曲，这一刻，相信柳若水一定会激动不已……

张双弓想到这里，心里汹涌澎湃起来，他刚拉开椅子准备单膝跪地，忽然觉得肚子里"叽里咕噜"的，也"汹涌澎湃"起来，他没想到偏偏会在这个节骨眼上闹肚子。他强忍着肚子的不舒服，从口袋中掏出首饰盒，轻轻打开盒盖，那里面正平卧着一枚晶莹璀璨的钻戒。

柳若水瞪大眼睛看着张双弓，脸上写满了惊喜的表情。这时，只见张双弓嘴上说"嫁给我好吗"，表情却是龇牙咧嘴、痛苦异常。柳若水不知道张双弓葫芦里卖的什么药，她还没来得及有任何反应，只见张双弓把戒指往她手里一塞，拔腿就跑了……

服务生的冷焰火在四周喷出了绚烂多彩的火花，乐队的演奏也适时响了起来，而这个时候张双弓却逃离了天台，甚至没来得及解释原因，他不

跑不行啊，再不跑裤子里就要稀里哗
啦了！

现场只留下了柳若水，她惶恐又
尴尬地站在那里。原本一出浪漫的求
婚却变成了难堪的闹剧，几个旁观的
人终于把持不住，笑出声来。

等到张双弓解决了内急，一身轻
松地重新来到天台，他抓瞎了：柳若
水不见了，只在桌上留下了那枚戒
指。张双弓一问旁边的人，说是柳若
水早已捂着脸跑了。张双弓连忙给她
打电话，不接；再打，还是不接，他
第十八次拨通电话时，柳若水直接关
机了。张双弓找到柳若水的住处，也
是铁将军把门。

张双弓这一夜又闹肚子又闹心，
第二天，依然没有柳若水的消息，不
过，他在报纸上看到了一则消息：刘
大妈火锅店后堂人员自曝黑幕，说是
他们店使用回收的火锅红油重新做成
锅底卖给顾客。看到这里，张双弓终
于明白昨夜自己为什么会在关键时候
闹肚子，没想到吃了这二手的火锅
油，以致他的终身幸福毁于一旦。他
愤怒到了极点，正准备去找做服装生
意的朋友和火锅店老板算账，忽然意
外地收到了柳若水的短信息："你不
喜欢我也就罢了，可你为什么要羞辱
我？"

张双弓心里大喊冤枉，我哪里会
"羞辱"你啊？他打电话给柳若水，这
回倒是通了，他赶紧想解释一番，话

刚讲了半句，却听见柳若水
冷冷地说："你不用装蒜了，
你向我求婚，拿的却是我前夫送我的
戒指，你这是什么意思？我对那段短
暂的婚姻很失望，所以从来没提起
过，你以前只是问我有没有男朋友，
也没问过我的婚史啊！"

什么？前夫送的戒指？天哪，张
双弓的脑子"轰"的一声炸开了，他
疯了似的跑到做珠宝生意的朋友那
里，把戒指扔在柜台上，怒声喝道：
"这到底是怎么回事？"

那朋友捡起戒指，端详了一下：
"多漂亮的戒指，没什么问题啊！"

张双弓一拳砸在柜台上，吼道：
"你装什么蒜？我拿着这枚戒指向我
女朋友求婚，她居然说是她前夫送
的！"

朋友一下懵了，呆了半晌，吞吞
吐吐地说："老张，真是对不住，这事
是我错了。这戒指确实不是新的，是
一个姓赵的小子典给我的，上面还刻
着 Z&L 的字母。我看这戒指成色不
错，正好你订的戒指要求刻相同的字
母，所以清洗抛光后就卖给你了。我
怎么会想到这小子居然是你女朋友的
前夫啊，你不是说你女朋友清纯得
很，连个男朋友都没有吗？"

张双弓火更大了："这关你屁事
啊？"

朋友赔着笑说"老张，你先消消
火，都是我的错。这事就是太巧了，要

怪就怪我回收首饰的价格是全城最高的，所以姓赵的那小子就卖到我这里了，而且你们姓氏的第一个字母都是Z，才把事情搞成这样……"

张双弓差点岔气："你卖翻新的戒指给我还有理啊？"

朋友继续笑着说："你看你不也是把二手货当新货卖嘛，再说，这也不完全是坏事呀，你想想，你要找个清纯的女人，最起码这戒指让你发现你女朋友是个二婚头了！"

张双弓没有力气再争吵了，他简直崩溃了，特意订制的戒指居然是二手的，苦心寻觅的女人居然也是结过婚的！张双弓浑浑噩噩地离开了珠宝店，心里不住地喊道：我这是造了什么孽啊，所有二手的东西都和我有仇吗？

三年后，张双弓依然做着二手生意。这三年里发生了许多神奇的事：张双弓因为一起交通事故失去了两只眼睛，他在黑暗里生活了一年时间，然后又获得了一次宝贵的眼角膜捐赠，他现在那只重见光明的眼睛也是二手的。正是这次捐赠让张双弓有了顿悟：二手的东西不是拿来坑人的，而是要让它合理地发挥最大的价值。从此以后，他的二手生意做得风生水起，他卖的电器价格公道，质量上乘，赢得众人称道。

（题图、插图：张恩卫）

□ 曾明伟

当农妇遇上特务

这是1944年仲夏的一个下午，四川安岳来了两个日本特务，一个叫渡边，一个叫伊藤。他们受日军华中派遣军特高课派遣，秘密潜入四川，对盟军中国战区大后方的战备公路进行侦察，为日军飞机轰炸指示目标。

就在昨天，这两个特务引导日本战机，对安岳境内的一条战备公路和桥梁进行了轰炸，盟军运往前线的战备物资被堵在半道上，无法前行……

这会儿，渡边和伊藤装扮成了学生模样，瞧这模样，还真像是中国人。两人站在安岳境内一座小山的山坡上，偷偷笑了，笑过之后，他们躺在一棵树下休息。

就这样过了一个多小时，一会儿，山下传来一片嘈杂声，两人拨开草丛一看，看见山脚下来了一大群人，有拿铁钎的，有背绳索的，有推鸡公车的，还有军车在活动……他们再顺着山势朝前看，看见前山有一条新修的断头公路，他们明白了：修路的干活。

两人打开地图想找到这条路，但无论怎样，始终没有找到这样一条顺着山丘蜿蜒延伸的公路。

这是一条新修的公路，这是一个重大的发现！渡边和伊藤欣喜若狂，他们拿起工具，在图纸上开始添加记录。

就在他们专心描图时，山上起了一阵风，把他们手中的图纸吹走了。这时，从山后上来一个农村妇女，她

是上山来担水的，她看见图纸在空中打了一个滚，"噗"，最后掉进她的水桶里，湿了。

那妇女看见山上有陌生人，有些意外，但因为走得累了，她没说什么，在树林里撂下担子，坐在地上揩汗休息，还顺手从水桶里捞起那张图纸来看。渡边和伊藤十分担心，如果他们的秘密被发现，那就大祸临头啦！

图纸浸了水，湿漉漉的看不清楚，农妇就随手把图纸晾在了自己的扁担上。

两人松了一口气，渡边走上前去，说："大嫂，那个……东西是我的。"

农妇看了他一眼，大大咧咧地说："我知道是你的，看一下不可以吗？"

渡边说："可以可以，只是……麻烦你……可不可以还给我？"

农妇仔细打量了他们一番，说："我看你们是外乡人吧，是学生？"

两人都有些紧张，他们担心农妇会发现什么，伊藤甚至把手探到了身后，他的腰上藏着一把"王八盒子"。伊藤想，如果这农妇大叫大喊，在这荒郊野地，要解决区区一人，也不需弄出多大动静。

就在这时，伊藤的手被渡边按了下来，因为渡边看见筑路的工人都到了前山山脚的工地上，太阳白晃晃地晒着，因为距离远，农妇若要叫喊，工地上的人也不会听见，所以渡边认定一切全在他们的掌控之中，没必要动刀弄枪的。

为了要回那张图纸，渡边坐下来，和农妇说话。

渡边说："大嫂，我们是学生。国难当头，路过宝地，我们到成都是去投军的，那张图纸是我们到成都的地图。"

农妇"哦"了一声，又从扁担上拿起地图来看，看完了，她对着面前这两个年轻人打量起来，她想到了自己的儿子，说："要是我的儿子不死，也有你们这般大了，也是念书的年龄。"

渡边问："你儿子……"

农妇说："我儿子死了，死在台儿庄，是我把他送上前线的，那年他只有18岁。"

农妇又说，老大死后，她又把老二送上前线，后来老二也死了，死在上海前线；然后，她又把老三送上了前线，老三死在常德保卫战，没有办法，她又把老四送上前线。

渡边越发吃惊了："等等，大嫂，你到底有几个儿子？"

农妇回答说："我有六个儿子，五个牺牲在抗日前线，还有一个在家种地。"

渡边问："那你为什么没有让老六投军？"

农妇说："为什么要他投军？这

是我留下的种子，要是我儿子都死了，我就没孙子了。有了儿子，才会有孙子、曾孙子，才会香火不断，一直有当兵打仗的人。"

渡边不再说话，他心不在焉，他只想讨回地图，但农妇并没有还给他的意思，也没有看出眼前这两个年轻人的心思，她继续说道："为了给我儿子报仇，昨天我抓了一个日本鬼子。"

农妇这句话，把渡边和伊藤都逗乐了，农妇见他们一副不相信的神态，便说："你们还别不相信，真的，就在我们家田坝头。"

渡边说："怎么可能？"

农妇说："怎么不可能？一架日本飞机被我们打下来，掉到我们家稻田里，日本鬼子跳伞后，是我第一个冲上去把他抓住的……后来，我们拳打脚踢，把他捶个半死。"

渡边的神态紧张了起来，问："后来呢？"

农妇说："后来，他说他是良民，良心大大的，恳求我们不要杀他，他说他们渡边家族弟兄六个，他是最后一个……我呸！他们家情况怎么跟我们家情况一样啊，难道有人给他们提供情报？"

渡边心中一紧，随后镇定地说："巧合，纯粹巧合。"

农妇说："巧合也就算了，不过，对千刀万剐的日本鬼子，我们决不留活口。"

渡边大惊失色："什么？你把他给杀了？"

农妇说："当然，还能怎的？"

渡边和伊藤倒抽一口气，这时，渡边看看天空，夕阳西下，他再看看前山的工地，工地上仍是一片忙碌的人影。农妇婆婆妈妈说个没完，实在太烦，而伊藤不知什么时候已经走到了农妇的身后，他拔出手枪，准备给农妇致命一击，渡边大惊，示意他不要动手，因为他听见树林里有响动，果然，响声过后，从树林

故事会2012年2月上半月刊·红版 **29**

里走出几个挑柴的樵夫。

伊藤迅速收了枪，渡边向伊藤递了一个眼色，两人要回了地图，告别农妇下山，迅速消失在山下的密林里……

那农妇看见樵夫们，这才放下心来，说："你们这么晚才下山呀，老娘等得小命差点没了！"

一个樵夫放下柴禾，问："出了啥事？"

农妇说："发现两个日本特务。"樵夫望着山下两个远去的背影，说："怎么可能？"

农妇说："怎么不可能？他们在这里画公路图。"

樵夫们一听，抄了扁担要追上去，被农妇拦住了，说："不用追，前面有盟军关卡，他们慌不择路，走不了多远的。"

果然，渡边和伊藤没走多远，便被守卡的士兵拦住了，一阵盘问，露出破绽，又从身上查获了地图，于是被抓住了……

抗战胜利后，渡边和伊藤被遣返日本。这天，在安岳县城，他们两人被集中起来，等待上路。渡边无意中看见了一个赶集的妇女，细细一瞧，正是上次在画地图时遇见的那个农妇，他追上去，问："大嫂，那条新修的公路到底通向哪里？"

农妇认出了他，说："你真想知道？"

渡边点一下头，农妇说："你知道了有啥用？战争已经结束了。"

渡边说："我没有完成我的任务。"

农妇想了想，说："告诉你也无妨，那是我们修建的第二条战备公路。你炸我们一条，我们就会修建第二条、第三条……所有的物资输送一直是畅通的，所以你白忙活了。"

渡边好像明白又好像没明白，他说："谢谢大嫂告诉我这么多，我要告诉大嫂的是——被你们处决的飞行员，是我哥哥，现在我是渡边家族唯一活下来的儿子。谢谢你们，没有杀我。"

农妇"哈哈"笑了，说："我们中国人没有那么坏，如果飞机上掉下来的那人真是你哥哥，我要告诉你的是，你哥哥没死，他被提前遣送回国了。"

（题图、插图：谭海彦）

说出你的身份来

□ 周锦

向阳县是有名的革命老区，当地政府为了让后人铭记先烈的事迹，特地在烈士陵园后面修建了一个纪念馆，对参观者免费开放。

这天下午两点，纪念馆门外来了一位六十岁上下的老人，要求参观。门卫室的几个人正在聊天说笑，见有参观者，不得不停止了嬉闹，其中一个四十来岁、脸上长着一撮黑毛的男人皱着眉头问："身份证带了没有？"老人说"带着"，随即便在口袋里摸索了好一会儿，终于掏出了身份证和两张火车票，他有点拘谨地将身份证递进门卫室的窗户，问："同志，现在我可以进去了吗？"

"一撮毛"瞄了一眼火车票，知道老人是远道而来，脸上的黑毛立刻一跳一跳起来，他没好气地叫了一声"小李登记"，然后拢着手抱怨道"又不是清明节，大老远的跑来看这些个破枪破照片，学先进给谁看呢？我说你得快些，我们呆会儿要打牌呢，谁有工夫侍候你！"

老人很不高兴，可又不想和他争论，只得"嗯"了一声，接过身份证，往馆内的展厅走去。"一撮毛""哼"了一声，让小李跟过去开灯，他生怕老人听不见，特意大着嗓门嚷嚷着："别开大灯，耗电！奶奶的，门票都不要钱了，为你一个人浪费资源，你当你是我爹呀！"

小李觉得"一撮毛"说的话有点重了,看了看老人,见他气得胡子直打颤,便劝了一句:"霍主任那人嘴碎,您别介意,您看吧,差不多了您就出来,省得有外人在他不好打牌,心里不痛快。"说着,小李就回门卫室去了。

老人气呼呼的,他没吭声,只是对着门卫室的方向唾了一口,然后眯着双眼,借着不太明亮的灯光参观起来。那老人看得很专注,当看到展厅最后的"向阳县革命烈士生平介绍墙"时,他的眼睛一亮,恨不得把眼睛贴上去看个仔细,可就在这时,四处那几盏小灯突然灭了,咦,这么快就到闭馆的时候了?

老人揉着酸痛的眼睛走出展厅,发现外面的阳光依然很灿烂,他疑惑地看了看手腕上的老式手表,才三点多一些,这帮家伙在搞什么名堂?他不满地向不远处的工作人员嚷了几句:"怎么就把灯关了?我还没看完呢!"

两个姑娘正坐在树阴下自顾自地聊天,像是没听见老人的话。就在这时,"一撮毛"走了出来,冷笑着对老人说:"你还有脸问?知道现在是几点不?你已经在我们馆里滞留一个多小时了,有点自觉性行不?"

老人气得直打哆嗦,大声质问:"就算是我在你们馆里参观了一个多小时,怎么就成滞留人员了?"

"一撮毛"没想到老人敢反驳他,立即恶声恶气地说:"我霍一毛说的话就是规矩,不服气去告我呀!"说完,他不屑地瞟了老人一眼,转身去逗弄挂在屋檐下的竹笼里的画眉鸟。老人见状气得不轻,嚷嚷着要去找馆长评理,还是小李心眼好,生怕老人气出什么好歹来,便把他拉到一边坐下,让他消消气,还和颜悦色地劝道:"老伯,不是我说你,你进也进了,看也看了,早些回去休息不好吗?何必跟我们霍主任生气呢?告诉你吧,别说今天我们馆长不在,就算他在,也不会把霍主任怎么样的。"

"哦?"老人气得苦笑了一声,"敢情你们霍主任和馆长是拜把兄弟呀?"

小李说虽然他们俩不是拜把兄弟,可也差不多。原来,霍一毛的爷爷霍星云是革命英雄,在起义军撤往江西时挺身而出掩护主力撤退,自己却牺牲了。他有不少同乡、战友解放后回老家向阳县当了干部,他们感念霍星云舍己为人的英雄气概,对他的后人格外照顾,如今纪念馆的馆长就是霍星云战友的孙子,从小和霍一毛兄弟相称,他怎么会为一个外地来的陌生老头去惩罚霍一毛呢?

小李以为把话说到这份上,老人怎么也该息事宁人了,谁知老人听他这么一说,反而更激动了,揪着小李的衣服大声嚷嚷:"不可能,绝对不可能！你再说一遍，他是谁的孙子？”

这当儿，"一撮毛"就站在一旁，见老人发问，顿时把腰杆子挺直了几分，嚷道："霍星云，怎么样？"

老人放了手，冲"一撮毛"大吼："霍星云那时才十五岁，哪会留下儿孙？"说完，老人狠狠地盯着"一撮毛"，好像在看一个不共戴天的仇人似的。小李怕两人又要闹起来，连忙解释："老人家，他真是霍英雄的孙子，霍星云虽然年仅十五岁就牺牲了，连尸骨都没有找到，可乡亲们没有忘记他，在解放后不但给他立了衣冠冢，还给他过继了一个孩子为他继承香火，那个孩子就是霍主任的父亲！"

"一撮毛"得意洋洋地说："听到没有？我可是烈士后代，在向阳县这个英雄乡，谁不高看我们霍家一眼？你这个外地来的糟老头能把我怎么着？"

"怎么着？不怎么！"老人干笑了两声，突然走上前去，扬起手来，对准"一撮毛"狠狠地一巴掌抽过去。由于太突然了，"一撮毛"躲闪不及，竟被打得两眼直冒金星。在几个下属面前吃这么大个亏，"一撮毛"气得暴跳如雷，脸上那撮毛都一根根竖起来啦，他站起身来擦了擦嘴角的血，疯狂地扑向老人……

几个工作人员怕"一撮毛"一怒之下闯祸，连忙把他拦住，一个胆小

的女员工还掏出手机来报警。

老人一点也不紧张，他咧嘴一笑："报警？哼，叫天皇老子来也没用，老子打儿子，天经地义！"

什么？这老头子也太过分了，有这么占便宜的吗？趁着大伙儿都在发愣，"一撮毛"冲到老人面前举拳要打，就在这紧急关头，老人大喝一声："霍一毛，你知道我是谁吗？"

"一撮毛"被老人的气势唬了一跳，随即嘲弄地反问："你是谁？看你这穷酸样还能是我爹不成？"老人盯着他，从兜里掏出身份证，一字一句地说："你说得一点也没错，我叫霍明

义，按你现在的身份，你得叫我一声'爹'，因为我爹是霍——星——云！"

在场的人都吓了一大跳，"一撮毛"更是一万个不相信，那霍星云不是早就牺牲了吗？哪能蹦出个儿子来？

面对众人的质疑，霍明义苦笑了一下，他把手伸进衣内，掏出一个层层裹着的布包，郑重地打开。众人一见，眼睛立刻直了，包里竟是二十多块榕树娘娘护身符！什么是榕树娘娘护身符？解放前向阳县有个习俗，孩子满月的时候，家人要去榕神庙里求一个榕木牌子，上面刻有孩子的名字和生辰八字，希望孩子像榕树一样易活长寿。这"护身符"如同人的命根子一般片刻不能离身，去世之后则和牌位放在一起，受后人的香火供奉。

小李小心翼翼地拿过几块，辨认着上面的名字："秦阿狗、朱三弟、陈汉七……咦，都是烈士的名字呀，这些仿得还真像，和我们馆收藏的一模一样。"

霍明义冷冷地说："那上面还浸着烈士的血呢，怎么会是'仿'的？这是我爹亲手从战友的尸体上摘下来的，放在我家供奉了六十多年，你们可以找专家来鉴定！"

听老人说得这么斩钉截铁，大家不由信了八九分，可是，这些"护身符"和霍星云的生死又有什么关系呢？

就在这时，霍明义长长地叹了一口气，缓缓地说出了一段尘封的历史：原来，霍星云十四岁就参加了起义军，那一年，起义军处于劣势，不得不向江西撤退，霍星云便主动请缨作为阻击队员留下来拖住敌人。后来，敌人很快追了上来，霍星云年纪小，没有实战经验，战斗一开始就中枪昏迷，醒来时已是深夜，他身边一个人也没有，周围全是一具具血肉模糊的尸体。他吓得哭都哭不出来，哆嗦着摘下战友们的护身符之后便落荒而逃。

霍星云身上的伤不算重，可当时他年仅十五岁，他被血淋淋的战场惨景吓破了胆子，伤好之后，他没有去追寻部队，反而一路流亡，最后在千里之外的一个小城市安顿下来，在一个好心的剃头匠那里学手艺，结婚生子，过着平静、清贫的日子。

解放后，霍星云曾偷偷地回过一次向阳县，他觉得没脸面对父老乡亲，便先去祭拜战友，不料却意外发现烈士纪念碑上有自己的名字和事迹，原来战友们都以为他阵亡了，便把他当成一个英雄来表彰。霍星云失魂落魄地离开了向阳县，从此再没回去过。在临终前，他拉着儿子霍明义的手，流着泪，要霍明义在他走后替他回乡，给当初的战友们烧香赔情，

编读聊天室：众手浇开故事花

编辑部：《故事会》500期已经发行整整两个月了。这段时间里，我们在"故事中国网"上看到了很多读者情深意浓的感言。这次，就为大家选出一些，让我们共同感受读者的深情和期许。

黄国垒： 众人齐贺五百期，百家畅言谈故事。小小天地众生相，写家看家都给力。

花剑： 500期，我们的国家、我们的社会有多少变化？我们的《故事会》怎样走过这500期的风风雨雨？全都体现在一个个故事里了，这顿盛宴能让我们享用和回味很久很久！

动静皆风云： 500期是一个新历史的开始。《故事会》的办刊理念深植大众之中，难得。

xqrsdy： 这样有生命力的《故事会》让我惊讶，可是想来，只有植根人民的沃土，我们的杂志才会有这样的生命。

ljz4607：《故事会》的故事是时代变更的见证品，真想把《故事会》从创刊到现在所有的故事都给看完。

留影灯：《故事会》曾经伴我长大，现在又伴我孩子成长。500期，值得祝贺。

詹泽恒： 不知不觉已经500期了，真应该祝贺诸位编辑和广大读者，能荣幸地看到一种刊物出刊到500期，经久不衰，继续发扬光大，真不简单！

晓荷：《故事会》，时代的印证，印证着时代。沧桑巨变，风云俱往，今日的故事也将成为历史的一页，吾辈当珍惜珍重。

再去找民政局说出真相，将他的名字从纪念碑上抹去……霍明义为了实现老爷子的遗愿，一办好丧事便坐车来到向阳县，准备先参观完烈士陵园和纪念馆，第二天再去民政局，没想到这一参观，竟然让他和老爹在家乡的"孙子"意外相会了！

霍明义瞪着"一撮毛"，愤怒地说："我们家兄弟姊妹多，我爹只会剃头不会种地，家里就靠我娘撑着，小时候日子过得多苦！我娘劝我爹，说是好歹干过革命，按政策可以去民政局领补助，可他就是不肯。爹说他没做过什么贡献，后来扔下部队跑了，反被家乡人当成英雄看待，不出来认错已经是亏了良心，怎么还有脸要国家照顾？要是让他老人家知道在向阳县，居然有人借他的名义轻轻松松地成了烈士遗孤享尽照顾不说，还理直气壮地在上班时间聊天打牌，对我们这些来参观的人处处刁难，不知道会不会气得吐血！"

听着老人的话，"一撮毛"支吾了半天，却说不出一个字来，脸上那撮黑毛像投降似的全软倒了……

（题图、插图：佐　夫）

卖水果

□ 王兴菜

刘霞是一家书店的老板，住在县城西北的一个胡同里，这条长长的大胡同里住着好几百户人家，平日里总有一些乡下人拿着些瓜果蔬菜来卖。

这天下午，下了场大雷雨，雨一停，刘霞就连忙出门去附近办事。走到巷子口，刘霞碰到了一个十来岁的男孩，浑身湿漉漉的，还背着一个跟他个头不相称的大竹筐。

见到刘霞在看他，男孩怯生生地问："阿姨，您买山梨吗？刚摘下来的，可好吃了。"

刘霞本来不太喜欢山梨的那酸味儿，刚想说不买，可看到男孩眼中满含着期望，还有那湿漉漉的头发、湿透了的衣服，心一软，就多问了一句："这筐梨是你自己背过来的？"

男孩立刻兴奋地点点头："嗯，我是从山南镇过来的，三十多里呢，路上还遇到大雨了，浑身都淋湿了。"

刘霞这才仔细看了看那筐山梨，少说也有二十斤，再看看这孩子，大老远地背这么大一筐梨实在是不容易，刘霞便问道："你的梨怎么卖的？"

见刘霞问价格，男孩更高兴了："阿姨，您要买就两块钱一斤好了，这是我们家树上结的，不贵又好吃。"

刘霞一听这话，跟着笑了起来："你还挺会说话的，如果阿姨把你的梨都买下来，你要多少钱？"

男孩一听，惊喜地问："阿姨，您说的是真的吗？阿姨，我在家里称过了，一共二十二斤，您都买的话，零头就不要了，给我四十就行了。"

小男孩连声的"阿姨"，让刘霞觉得心里暖暖的。刘霞的日子过得很殷实，也不在乎这四十块钱，当即掏四十块钱递给男孩，男孩利索地从筐底翻出个编织袋，把梨一股脑儿地倒了进去，递给了刘霞。

刘霞接过梨，问："你怎么就卖梨啊，其他水果不卖？"

男孩咧着嘴笑嘻嘻地说："阿姨，我们家就一棵梨树，今年结的山梨也不多，我爸妈都出去打工了，爷爷奶奶在家，他们说这棵梨树归我管，我就摘了一筐来卖，卖的钱都归我花，留下一点梨给爷爷奶奶吃。"说完，男孩背着空竹筐，开开心心地走了。

刘霞看着手中的一袋梨，心想，看来只能先回趟家，把梨放回去了。

十几分钟后，刘霞从家里出来，到了巷子口，就在这时，她意外地看到了眼前的一幕情景：刚才那个卖梨给她的小男孩，此刻又背着一筐水果出现了，一个中年男子站在男孩的旁边，看来正准备买他的水果。

刘霞顿时意识到自己被骗了，她早就听说现在许多水果贩子，从外地贩来水果，然后找些当地的农民背着走街串巷，弄成自家长的、结的、种的样子，好让老百姓放心地买，想到这里，刘霞快步走上前去，冷冷问道："你这次又卖的是什么水果？"

小男孩冷不丁地看到刘霞，不由一愣，脸立刻红了，结结巴巴地说："阿姨，是葡萄……"

刘霞板着脸，追问道："你不是说你们家只有一棵梨树吗？这梨树也能结出葡萄来？"

小男孩低下头，小声说："这葡萄……我是替别人卖的。"

刚才准备掏钱买葡萄的中年男子一听这话，不高兴了，说："你不是说这葡萄是自家种的吗？小小年纪就编谎话，不像话！"说完，他气呼呼地扭头走了。

接着，刘霞也数落了小男孩一通，这才去办自己的事，走了老远，刘霞忍不住回头看了看，只见男孩正坐在路边的一块石头上，伤心地抹着眼泪。刘霞心头一酸，心想："看来自己刚才话说得有点重了。"转念又想道，"现在的人也真是，为了几个钱，让小孩子来卖水果，遭这份罪，以后得号召巷子里的人一起抵制这种行为。"

等刘霞把事情办完，已经下午五点多了，在回家的路上，她意外地再次遇到了那个小男孩，看来他的生意不太行，那筐葡萄还是满满的，他的神情也是十分沮丧，远远看见刘霞走过来，男孩就悄悄站到墙边，低着头，一副不敢见刘霞的样子。

瞧着小男孩这副表情，刘霞心里难过极了。按照往常她的性格，早掏出点钱，把小男孩的葡萄给买了，可今天不行，刘霞想好了，她不能助长这种风气，如果小男孩的葡萄卖出去了，明天他就有可能背着橘子、苹果、香蕉来卖了。

回到家，做好饭，刘霞洗了两件

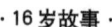

衣服，然后来到阳台准备晒衣服，就在这时，她不经意地往楼下一看，居然看到刚才那个小男孩正背着一筐葡萄，鬼鬼祟祟地往刘霞家那栋楼的后面走去，那是一小片未开发的地，十分偏僻，长满了半人高的荒草。

他要干什么？刘霞赶紧放下衣服，目不转睛地往下看着，只见那小男孩来到那片荒草中，四下看了看，见没人，这才蹲下来，小心翼翼地把葡萄从筐里取出来，放在了草丛中，直到只剩下半筐的样子，男孩才站起来。紧接着，他从口袋里掏出刚才卖梨的四十块钱，仔细地数了数，一共是四张十块的，男孩似乎是下了很大的决心，拿出了其中两张，卷成卷，捏在手心里，然后又不时地回头看看放在草丛中的葡萄，一副恋恋不舍的样

子。最后，他背着那剩下的半筐葡萄，走出荒草丛，穿过狭窄的巷子，向外走去……

刘霞被眼前这一幕弄懵了，这孩子演的是哪一出啊，他干吗要藏半筐葡萄到荒草里啊？这事实在太蹊跷了，让刘霞好奇心顿起，她顾不得晾衣服，连忙追了出去，她要看看这孩子葫芦里究竟卖的是啥药。

出了楼门，刘霞看到小男孩正朝巷子外头走去，她远远地跟在后面，一直跟到西郊公园边上。这时，刘霞看到石凳上坐着一个女孩，也是十来岁的样子，她面前放着一个空筐，左顾右盼的，似乎在等谁。女孩见到小男孩回来了，高兴地站了起来。

恰好石凳后面是一堵墙，刘霞快步走去，侧身走到墙后，正听到小男孩说："徐丽，对不起，葡萄我只卖掉了半筐，两块钱一斤，一共二十块钱，这是卖葡萄的钱，给你。"

那个叫徐丽的小姑娘开心地说："李龙，谢谢你了，你要不帮我卖，半筐也卖不出去呢，谁想到我会把脚崴了呢。"

小男孩有点伤心，说"其实刚开始有个大叔想把整筐都买下来呢，可后来误会我了，就没买，结果就不好卖了……"

小姑娘说："干吗误会你呢？"

小男孩说"有个好心的阿姨，先是买了我的梨子，后来又看见我在卖

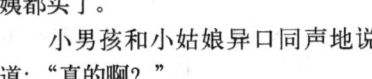

葡萄，以为我是卖水果的贩子，骗了她，她一说，别人就都不买了。"

听到这里，刘霞心一紧，看来自己还真的是误会这孩子了，想到这里，她赶紧从墙后走了出来，小男孩冷不丁地看到刘霞，嘴巴大张着，一句话也说不出来。

刘霞绷着脸，说："你们要跟我好好说说，这到底是怎么一回事？说不清，刚才买的那袋梨我要退给你。"

小男孩一听，脸紧张得红透了，他支支吾吾地说不清楚，倒是那个小姑娘伶牙俐齿的，说道："您就是那个买梨的好心阿姨吧？阿姨，是这样的，我们俩是邻居，他们家有一棵梨树，我们家有两棵葡萄树，正好都熟了，我们就想一起到城里卖水果，然后他买一本《成语词典》，我买一本《现代汉语词典》。我们马上要上初中了，老师说，这些工具书都是必须要有的。来的路上，谁知道下了场大雨，在泥泞中我就把脚扭了，我要回去，李龙不同意，他就背一段水果——一筐葡萄一筐梨，然后再返身回来扶我走一段，总算走到了这里，他让我在这里休息，然后自己去卖……"

听到这里，刘霞的心似乎被人用刀狠狠地戳了一下，她心里自责道："亏自己活了几十年了，眼前这个男孩子，一看就知道是个好孩子，可自己把他想成什么了啊？"想到这里，刘霞微笑着对小男孩说："你刚才干

吗不跟我说清楚啊，让阿姨错怪你了，这剩下的葡萄，阿姨都买了。"

小男孩和小姑娘异口同声地说道："真的啊？"

刘霞点点头。

小姑娘心直口快"阿姨，这筐葡萄原来有二十多斤，卖掉一半了，这剩下的您给二十行了。"

刘霞从口袋里拿出四十块钱，递给小姑娘二十，又转身递给站在一边的男孩二十，男孩诧异地看着刘霞："阿姨，您给多了，二十就行了。"

刘霞笑着说："有没有多给，阿姨清楚，不过买你们的葡萄，我有个条件，那就是你们得跟我回去一趟。"

小姑娘不解地问："为什么啊？"

刘霞说："有两件事，第一件事，阿姨是个卖书的，你们跟我回去，《成语词典》和《现代汉语词典》阿姨都可以送给你们；第二件事嘛，我得带你们回去批评一个浪费的孩子……"

小姑娘更加不解了："浪费的孩子？"

刘霞看了看男孩，说："对，一个浪费的孩子，他把别人好端端的半筐葡萄倒到了草堆里，你说他浪费不浪费？我们得帮他把葡萄捡回来啊！"

小男孩一听这话，顿时明白过来了，连忙低下头，这小脸在漫天晚霞的映衬下，也又一次地红透了……

（题图、插图：佐　夫）

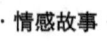

曾经，人们骑自行车去登记，戴大红花回家，然后就风风雨雨一辈子。可现在，你要爱人还是要房子？一枚草戒指，就能试出你爱情的含金量！

如果草儿会说话

□ 许永礼

谎言与誓言的区别在于：一个是听的人当真了，一个是说的人当真了。男女之间，到底什么是谎言，什么是誓言，跳跳在经历了这么一件事后，才算真正明白了。

跳跳的老公叫斌子，跳跳要过生日了，斌子说，要送她一件既省钱又浪漫的礼物。跳跳心想：斌子是个小气鬼，他会送什么礼物呢？

这天，跳跳下班回家，一进门就见屋里满满当当地点起了红烛，摇曳的烛光托起一片温暖，烛火丛中的餐桌上，摆放着一只生日蛋糕。

跳跳撅起小嘴，佯装生气地说："小样儿，搞搞情调就想蒙混过关了？生日礼物呢？"斌子笑吟吟地切出一块蛋糕来，说："心意黄金难买，深情

白银不换，即便我失去全世界，拥有你也就足够啦！生日快乐，老婆！"

"妈呀，酸溜溜的，冷！"跳跳假装一哆嗦，而后就开始吃蛋糕。突然，她吃出了一只"心"形的小盒来，打开一看，"呀，斌子，你在蛋糕里藏着戒指呢！"也就在这一刻，跳跳满心的欢喜顿时化作了愤怒，原来，盒里装着的竟是一枚草戒指！没等跳跳发作，斌子又酸上了："在这金银首饰泛滥的城市里，一枚质朴的草戒指就愈加珍贵啦，这可是我亲手为你做的，是我的一片心呀，老婆……"

这枚戒指，虽是用草编制的，但外形清新淡雅，做工精细，但跳跳的脸色越来越难看了，她一把拽过斌子的耳朵，说："你给我说实话，这戒指

真是你做的？"

斌子发誓赌咒，说他打小就喜欢捣鼓这些小玩意儿，只是他一直深藏不露罢了。跳跳鼻子里"哼"了一声，说："那行，我带你去见一个人。"

跳跳带斌子去见的那个人叫小翠，她是跳跳的闺中密友。到了小翠的家，小翠望着那枚草戒指，眼睛都直了！她翻箱倒柜，倒腾出一只木头匣子，里面静静地放着一枚草戒指，竟和跳跳他们带来的那枚完全一样。小翠泪水涟涟地问："他在哪？快告诉我他在哪里……"

原来，小翠一直珍藏着一枚草戒指，这件事跳跳最清楚了，因为这戒指真正的主人叫冬子，他是跳跳的同乡，也是小翠的初恋情人。三年前，冬子和小翠双双来城里闯天下，当时，就是跳跳为他俩找的出租房。经过一番努力，冬子在一家快递公司谋了个职，而小翠找了份家政活儿。日子虽然清苦，但他们对未来充满了憧憬。

小翠生日那天，冬子取出一枚草戒指，深情地为她戴上："翠儿，这一枚戒指是用咱们家乡的月亮草编成的，它就像天上的月亮一样，代表着我的心。等咱有钱了，咱买钻戒……"

可生活并不像月亮一样明净，小翠怀孕了，冬子一心想着跳槽，执意让小翠去做人流。从医院出来的时候，小翠哭了，她的心有点冷：一个连自己的孩子都不敢接纳的男人，真

能兑现一枚草戒指的承诺吗？那天夜里，小翠一个人跑去喝闷酒，一直喝得踉踉跄跄，泪眼婆娑，忽然，一只男人的手搭在小翠肩头，那个人叫阿发，小翠曾经在他家里做过家政。

"你怎么喝成这个样子？"阿发看到了小翠手上的戒指，"你戴个草戒指干吗？走，我给你买钻戒！"

那天夜里，小翠酒意朦胧，迷迷糊糊地跟着阿发，走进了酒店客房……次日早上醒来，小翠望着身边鼾声如雷的阿发，她又恼又悔，猛力推醒了那男人，把钻石戒指扔还给他，说："你是想让我做你的小三，对吧？你不是有老婆吗？"阿发嬉皮笑脸地说："我老婆去年生肺癌死了，我立马就可以跟你结婚的呀！"

一个月后，小翠跟冬子摊牌了，并火速和阿发结了婚。冬子万念俱灰，不再流连于这个城市，不久便回家种田去了。从此，小翠就再也没见过冬子，而阿发是个做药材生意的，可他所经营的药材全都是假货，不到半年，阿发就因假药事件闹出了人命，被判了个无期。绝望之下，小翠向法院提起了离婚诉讼……

听着小翠的诉说，斌子怔住了，他没想到一枚草戒指竟引出这么一段辛酸的故事，他望着跳跳，不知所措了，看着他这样子，跳跳诚恳地说："老公，戒指可以用草来编，人心可不

能作假呀，这种月亮草就只有我们乡下才有，你就不要再骗我了！"斌子猛地一拍大腿，说："好，小翠妹子，我这就带你去找冬子！"

其实，斌子不认识冬子，他是在一家饰品店里买的这枚戒指，他说那里满满当当地还有一柜台呢，那个浓眉大眼的店主，一准就是冬子。

可店老板并不是冬子，他见有人来打听草戒指的事情，一脸得意："看吧，我就知道这草戒指大家喜欢！浪漫不一定要奢侈，有钱也未必能买到真爱。这眼下，没车没房的裸婚族，既快乐又幸福的大有人在！我这草戒指面向大众，有创意也有市场……"

斌子打断老板问："这些戒指都

是你自己做的？"

老板摇摇头，说："我哪有那本事，是个民间艺人送货上门的，喏，我这里还有他的一张名片呢。"几个人正在那里说着，突然，打街上跑进一个人来："老板，我又来送货了……"

"冬子？"

"翠儿？"

来人正是冬子，小翠一时间喜极而泣，两个人、四只手情不自禁地攥到了一块儿！

原来，冬子来城里都快一年了，就是想通过出售草戒指的方式，重新找到小翠。眼下，冬子紧紧地握着小翠的手，说"我当初不该舍弃我俩的孩子，更不该这么轻易地放弃你。小翠，你再给我一次机会，我一定会好好珍惜你！"小翠泪眼婆娑，她羞愧地说："也怪我贪图虚荣，这人哪，就是不该拿不属于自己的东西……"

数月后，冬子和小翠喜结良缘，两人沿街开了一爿草编手工艺品的店铺，生意还挺红火。店里有个特殊的规矩，凡是前来购买草戒指的男士必须自己动手制作，冬子提供材料，还手把手地教他们。冬子说，如果想让草儿开口说话，就得用心把爱编成一只美丽的戒指！

然而，跳跳打那以后却与斌子打起了冷战，她说，如果斌子学不会让草儿开口说话，非休了他不可……

（题图、插图：杨宏富）

□ 韦启智

现在时兴搞"仪式"

天富县举行"资助贫困学生一日捐"活动，每个领工资的干部、职工捐出一天的工资，企业和个体户捐出一天的收入，用来资助当地的贫困学生。

县城里设立了好几个捐款点，其中一处设在县政府大门口。在《爱的奉献》歌声中，县里各级领导带领着大家，把一个个信封塞进捐款箱里，记者们也忙得团团转。

整个仪式不到一个小时就结束了，紧接着，工作人员便开始收拾会场。捐款箱被塞得爆满，工作人员不得不用木棍往箱子里使劲捅，这才把所有信封捅进了捐款箱里，然后，他们又用红纸涂上胶水，把箱口糊住，抬到路边一放，又忙着去搬桌椅。

谁也没有注意到，就在这捐款现场附近，有两个神秘的身影一直在暗中观望，他们是两个飞车大盗。根据主持人同步报出的捐款数额略一统计，估计捐款箱里有数十万的现金！他们看见工作人员疏忽大意，远离捐款箱，顿时喜出望外，立刻用黑头套蒙面，启动摩托车，一人驾驶，一人坐后面，快速冲向捐款箱，也就是瞬息之间，后面的人迅速抱起箱子，驾车的一加油门，车子飞快地离开了现场……

两个飞车大盗的作案过程只十几秒钟，收拾会场的工作人员全然不知道发生了什么，倒是一个过路人十分机敏，他立刻报警。110接警后，马上和正在上路值勤的交巡警、路政和车管所人员联系，共同协助追堵劫匪。

经过两个小时惊心动魄的围追堵截，那辆摩托车放炮熄火，车子跑不动了，两个劫匪被围堵在一座桥上。

走投无路，眼看就要束手就擒，两个劫匪狗急跳墙，死死抱着捐款箱，翻越桥的护栏，跳进了滔滔河水中，企图顺流而下，逃之夭夭。可是，因为桥面离水面较高，劫匪跳水时受到很大的冲击力，可能受了内伤，挣扎几下就游不动了，警察没费多大工夫，就在下游把劫匪捞上了岸。

抓获了劫匪，110中队长甭提有多高兴，急忙用对讲机把整个追捕过程向公安局长汇报，然后等着局长的表扬。等着等着，中队长的神态变得越来越怪异，渐渐的，脸色就不太好看了，他把捐款箱扔到劫匪面前，命令道："我让你们多长点见识，自己打开箱子，好好数数，看你们到底抢了多少钱！"

两个劫匪战战兢兢地打开箱子，拆开一个个信封，一一察看，顿时傻了眼：所有的信封里都没有钱，全是废纸片、餐巾纸、草纸等。其中一个劫匪喃喃自语："真是大白天见鬼，钱都变成纸了，没见他们调包啊，难道他们会耍魔术不成？"另一个劫匪愣了好长一会儿，突然发出歇斯底里的嚎叫："你们这是骗人，这是诱导犯罪，我要控告你们！"

两个劫匪做梦都不会想到，这次捐款活动只是个仪式！

原来，县里把"自愿"捐款的硬性指标层层下达，要各单位从干部、职工当月的工资中扣出捐款部分，并划入专用的银行账户；企业、个体户从银行账户上划转……一句话，要在学校开学前把钱全部发放到贫困学生手里。搞这次捐款活动，政绩是很明显的，得有过硬的记录材料，可那时正值暑假，县城学校的学生都不在校，开捐款大会人数太少，会场气氛不够热烈，镜头里不好看；今天学生回来了，才补搞个仪式，补个镜头而已……

（题图、插图：安玉民　梁　丽）

阿 P 应聘

□ 何小波

话说阿 P 最近一直在城里的大街
小巷东游西荡。晃悠什么？找
工作呀！

这阿 P 找工作也找了个把月啦，
可愣是没发现有什么适合自己的工
作。找工作就像交朋友谈恋爱一样，
爱他的他不爱，他爱的不爱他，伤脑
筋呀！如今连一份像样的工作也没
有，在家吃闲饭，也怪不得小兰最近
都没有给他什么好脸色。现实真的很
严酷，生活真是不容易呀！阿 P 正这
样想着，却发现自己不知不觉走到了
青少年活动中心。活动中心的门口竖
着一块招聘的牌子，说是要招聘懂
"国学"的老师，要求能给国学启蒙班
的孩子们讲《三字经》、《弟子规》、《百
家姓》什么的，或者能教孩子们吟诗
作对。

阿 P 见了，眼睛不由一亮，这些自
己都会一点，应付小孩子应该不成问

题吧？阿 P 越想越高兴，仿佛自己已经
是活动中心国学班的一名教师啦！

突然，阿 P 头上被重重一击，他
捂着头，往旁边一看，是一个小孩在
踢路旁的石子玩，一颗石子恰好击中
了他的头，那小孩子此时正冲他顽皮
地笑呢，这真是太可恶了！

阿 P 想好好教训教训那孩子，他
走上前去，正要开口，没想到小孩倒
先说话了："你是来应聘的吧？"

阿 P 吃惊地望着小孩，小孩说：
"你不用这么看着我，我见你刚才在
仔细地看招聘广告，一副很感兴趣的
样子，就知道你是来应聘的了。"阿 P
心想，现在的小孩真是人精呀，于是
立即冲小孩竖起了大拇指："你真是
太聪明了，那么你知不知道负责招聘
的人在哪里？"

"嘻嘻，算你问对人了。"小孩说
负责招聘工作的是他表哥，大学毕业

后到活动中心工作才一年。阿P听了，暗自庆幸刚才没有冲动，立刻从兜里摸出仅有的10元钱，讨好地说："小兄弟，这是带路费，烦请带一下路，顺便请你在表哥面前美言几句呀！"

小孩接过钱，笑着说："美言可以，但我得先替我表哥考考你到底有没有真才实学，听着——'远看山有色，近听水无声。春去花还在，人来鸟不惊。'你说这首诗写的是什么。"

阿P歪着脑袋想了好一会儿，他记得小时候仿佛学过这首诗，可就是想不起写的是什么了，可想太久又会让小孩觉得自己没水平，于是大声报出答案："这是农家后院。"

小孩显得很吃惊："为什么？"

"第一句：在院子里看远处的山，每座山都绿绿的，就是'远看山有色'；第二句：后院的井水，是一点声音都没有的，就是'近听水无声'；院子里夏天秋天都有花开，那就是'春去花还在'了；还有院子里的鸡，我们走过去它一点都不惊，鸡也是鸟……所以这首诗写的就是农家后院。"

"可我们老师说写的是画呀！"

"你们老师说的没错呀，画的就是农家后院，农家后院被画在了画里，农家后院就成了画，画就成了农家后院……这个是很高深的学问，跟你小孩说了你也不明白。"

小孩似懂非懂地点点头，又问：

"你会背《三字经》吗？"

"你问的是哪个版本的？"

"《三字经》有几个版本吗？"

"那当然，比如网络版的：上网者，曰网虫，最高级，是大虾，不明白，要问他。次一等，是小虾，建主页，有个家。初学者，叫菜鸟……"阿P得意洋洋地背着，这些对他这个网虫来说简直是小菜一碟，却把那小孩绕得更晕了。

小孩说："好了好了，还有什么版本？"

阿P说："还有爱情版，这个儿童不宜，不说也罢。"

"这个我想听，你说。"

"人之初，谈恋爱，总失败，不懂爱，请走开，怕伤害，别过来，受过伤，爬起来，遇到爱，请再来。恋爱时，心放开，小心眼，不自在。路边花，不要采，对感情，要钟爱……"

"不好听！"小孩打断了阿P的话，"我记得《三字经》里有'曰南北，曰西东，此四方，应乎中'，你说'应乎中'是什么意思。"

阿P又歪着脑袋想了起来，他记得在哪里看到过关于这句话的一个有趣的传说，说的是皇帝宝座在太和殿的正中间，是北京城的正中心。袁世凯当皇帝，发觉宝座上方雕着一条巨大的蟠龙，嘴里衔着一颗大球，他生怕这个球掉下来，把自己那个袁大头给砸了，所以叫人把这个宝座往后移了几步，结果成了短命皇帝。于是民间传说袁世凯搬椅子，违反了"应乎中"的规矩，所以当了八十三天皇帝就完蛋了。

阿P把这个传说添油加醋地讲给小孩听，小孩听得津津有味，用一种仰慕的眼光看着阿P，又简单问了几句，说："你就是我表哥要找的人了，我带你去。"

小孩把阿P带进一间办公室，一个年轻人正埋头在一张试卷上写着什么，小孩叫道："表哥，你要我找的人给你带来了。"那个年轻人抬起头，看了阿P一眼，推了推架在鼻梁上的瓶底似的眼镜，说："他这个样子，不像读书人呀，行吗？"小孩冲表哥眨眨眼，说："要是读书人都像你一样就麻烦。人不可貌相，海水不可斗量，这位阿P先生我刚才考过了，很有学问，而且特别会讲故事，这样的人很合适哟！"

年轻人抓起桌上那张试卷塞给阿P，说："既然我表弟如此欣赏你，你把这张试卷做给我看看，要是做得好，就聘你。"

阿P满脸堆笑，接过试卷，一看，就一道题，对对联，上联是："同事同时同节日同快乐"，要求至少对十条下联，对得好的得10分，对得差的得5分，多对多得分。阿P先对了"男人女人男女节男女乐"，觉得不对，划掉后又写道——"讨吃讨穿讨钞票讨发财"，又觉得不太高雅，又划掉……

阿P正在绞尽脑汁，兜里的手机响了，一看，是端午节快到了，移动公司发的祝福短信。他正要把手机塞进兜里，突然眼睛一亮，猛地有了主意，他赶紧用手机群发短信："各位哥们儿，今日偶想到一上联——'同事同时同节日同快乐'，现在诚求下联。"不一会儿，有三人回了，其中一个美食店的哥们儿对的是："爽口爽心爽到底爽安逸"；一个家乡的朋友对的是："故知故地故交情故销魂"；第三个朋友的娃娃今年高考，对的是："拼死拼活拼运气拼高考"……

阿P往试卷上飞快地抄着，这时又陆续收到N条——好山好水好佳人好养眼、红花红酒红火锅红满堂、知

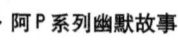

冷知热知人性知快乐、卖青卖黄卖蔬菜卖诚心、护士护死护垂危护太平、挤牛挤奶挤牛奶挤良心、运东运西运南北运天下、巡警巡井巡歹人巡平安、美女美发美容颜美人间……

阿P一看，十条下联已不在话下，正抄得起劲，突然，一只手伸过来，一把将他的手机夺了，另一只手又将试卷抓了。阿P抬头一看，只见面前站着一个中年人，身后是那个小孩和他的表哥。中年人说他是活动中心的主任，小孩是他儿子，年轻人是他大舅哥的儿子。

阿P指着年轻人说："他不是负责招聘的老师吗？"

"他？负责招聘？"主任鼻子里"哼"了一声，"他是个啃老族，待业在家好几年了，成天只知道上网，别的什么事都不做。瞧，把眼睛都'上'成瓶底了。我大舅哥着急呀，听说我这里招国学启蒙班的老师，非要我把他招进来不可。我不同意，他就叫我夫人把这'瓶底'送来了。我是个'妻管严'，只得随手给他写了个上联让他对，对得好让他留下，对不好让他走人，这样也可以堵住老婆和大舅哥的嘴。没想到这小子趁我临时有事走开，和我儿子合谋，自己上网玩游戏，让我儿子放哨，还把你诓到这里来做试卷……"

阿P听了，惊讶得不知说什么好

"啊……"

"不过试卷既然是你做的，成绩应该算你的，但你用手机作弊，所以不能算成绩，要不，我另出几道题你做给我看看，如何？"

阿P说"好啊好啊"，主任说："蚍蜉撼大树，下句——"阿P说这简单，"一动也不动"呗；主任忍住笑，又说"穷则独善其身——"阿P说："穷对富，富则妻妾成群。"主任心里已经笑得不行了，表面上却不露声色，他想看看眼前这家伙到底如何搞笑，于是他一边翻看阿P的手机，一边漫不经心地问："西塞山前白鹭飞，下句——"

"西对东，东村河边爬乌龟……不，东村河边乌龟爬。"

"书到用时方恨少，下句——"

"钱到失业不够花！"

"哈哈哈……"主任再也忍不住了，捧着肚子狂笑起来，笑得阿P手足无措。主任强忍住笑，说："阿P先生，失礼了，失礼了。虽然你一个也没答对，但你真是很幽默，我建议你去拜赵本山为师，说不定有朝一日你能上'春晚'呢！"

阿P难过地说："主任，你就别拿我开涮了，请把手机还给我，我好告辞了。"

主任拦住阿P，把手机递还给他，说："从你手机上回的这些下联来看，我感觉你人缘挺广的，酒鬼、驴

　　《故事会》出版500期，这是一个灿烂的时间节点，也是未来发展的一个新的起点。2011年12月16日下午，由上海出版协会、文汇报社和上海文艺出版集团联合举办"坚持主流价值取向　打造大众文化精品——《故事会》500期出版座谈会"，邀请专家、学者和出版界人士总结《故事会》办刊经验，探究"故事文化与当代中国社会"等话题。

　　这次座谈会是庆祝《故事会》出版500期系列活动之一，其他活动将按预定规划举行。

　　一、继"岳阳杯"幽默故事创作大赛的评比结束后，职场故事、中篇故事的评奖活动将如期启动。"职场故事"评比活动将分设一、二、三等奖，"中篇故事"评比活动将设最佳作品奖、优秀作品奖两个奖项。上述两项评比活动均采用"故事中国网"读者投票与评审委员会评审相结合的方式进行，力图体现公开、公正、公平的评选原则。

　　二、2012年5月，本刊将在南方举办"春华秋实·今年故事更给力"笔会及2011年故事征文获奖作品颁奖仪式。在此，热忱欢迎广大作者踊跃来稿，以优秀的作品、强盛的实力取得参加这次笔会的入场券，与会者有关费用由本刊承担。

　　三、500期的办刊实践告诉我们：刊物的实力取决于作品，作品的质量决定于作者。本刊将认真总结自1996年以来连续举办15届故事创作研讨班的经验，继续在培养作者上增加投入，并于2012年10月在上海举办第16届故事创作研讨班，欢迎广大作者踊跃来稿。有关具体事项本刊将择时通告。

　　四、2012年，本刊编辑将分期在全国各地举办各类小型笔会、改稿会以及其他形式的作者会议，条件成熟的地区可成立一些活动常态化的沙龙，并欢迎热心的作者参与组织工作。

　　春华秋实，明天更好。朋友们，2012年，让我们一起收获！

友、护士、厨师、菜农、奶农等等，三教九流、贩夫走卒、鸡鸣狗盗之辈，你都能结交，你不如去搞销售，说不定哪一天会成为一个成功的推销员呢！我有个朋友的公司正需要你这样有人缘的推销员，如果你愿意，我写封推荐信，你去找他，如何？"

　　阿P连声说："那敢情好，那敢情好！"

　　主任很快写好了信，递给阿P，说："这封推荐信，就当我和两个孩子给你道歉了！"

　　"不用道歉，不用道歉！"阿P接过推荐信，高兴地走出门，忍不住打开推荐信一看，原来主任的同学是"九州公司"的老总。九州公司，这可是无数人梦寐以求的大公司呀，我阿P居然要成为其中的一员啦，一路想着，阿P兴奋得笑个不停……

　　（题图、插图：顾子易）

心脏病人要维权

□ 彭振林

刘小珍到了中年便下岗了，好在她身体健康，对工作也不挑剔，很快就被一家家政公司聘用了。活不太重，收入也有一千多元，刘小珍感到很满足。

刘小珍服务的那户人家，女主人姓李，刘小珍叫她李姐。李姐很热情，她在单位已经内退，平时太闲，就到市区一家保险公司搞业务代理，也就是推销保险。那天，活忙完后，李姐就拉刘小珍坐下，拉起了家常。两人说着说着，李姐就说到保险上的事了，她说："我说小珍妹呀，买份医疗保险吧，很划算的。"

刘小珍笑了笑，说："李姐，你看我这身体好好的，买什么医疗保险？再说，我生活都没有着落，哪里有钱去买保险？"

李姐又说："这医疗保险，平时你没灾没病的，是看不出它的好处，但人哪有吃了五谷杂粮不生病的呢？说句不该说的话，如果真碰上这么一天，你可就为当初没有买它而悔青肠子了哟！"

李姐说着，起身拿来一种叫"健康定期保险"的险种资料，推荐给刘小珍看，她还说，这种医疗保险不贵，一般人也能承受得起。

刘小珍拿着资料反复看了几遍，资料上写得很清楚，就是你每年向保险公司交"健康定期保险"保费1008元，被保险人在签订合同后的半年内如果第一次确诊患重大疾病，保险公司最低要给不少于35000元的重大疾病保险金。

看完资料后，刘小珍还是有些犹豫，毕竟要一千多元钱。李姐又不失时机地不停游说，最后，刘小珍被说动了，答应买一份这样的保险。第二天，李姐领着刘小珍来到保险公司，交了保险费，签了保险合同。在签的《健康终身保险合同》中，还用格式的形式对重大疾病和心脏病作了这样的解释：重大疾病包括心脏病（心肌梗塞）。

一晃就是小半年过去了。

这天早上，刘小珍正准备出门干活去，突然感到自己有些不舒服，丈夫忙将她送到医院去检查。经过医院初步诊断，认为刘小珍的心脏有疾病，需要住院治疗。

刘小珍想到自己买有"健康定期保险"，就问医生这算不算重大疾病，医生说当然算。

刘小珍和丈夫商量后，一边向李姐说明了病情，一边来到保险公司指定的医院住院治疗。

刘小珍患的是风湿性心脏病，在医院住了15天，还动了手术，共花去近36000元。刘小珍出院后，按保险合同上的规定，写了一份赔付申请，拿着相关资料，由李姐带着去找保险公司。

接待她们的是一位姓王的经理，王经理很客气，他收下刘小珍递过来的申请，说："你的情况李姐已经给我们讲了，资料也报来了，我们会认真研究的，你就在家中等消息吧。"听了王经理的话，刘小珍心里非常感动，觉得保险公司就是说话算数。

一个星期后，保险公司给刘小珍回了信。刘小珍万万没有想到，保险公司答复说她患的心脏病不属保险范围，具体理由是保险公司在合同中提供的格式条款明确写明了"心脏病（心肌梗塞）"，就是说心脏病仅指心肌梗塞，而刘小珍得的是风湿性心脏病，那是慢性病，所以保险公司拒绝赔付。

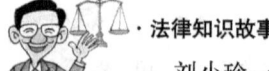

刘小珍一下懵了，当初买保险，就是为了万一得大病能有保障，而且签合同时也说得清清楚楚，怎么一下就变卦了呢？刘小珍窝着一肚子气来到了律师事务所。一位姓张的律师看了材料，又听了她的讲述后，建议她向法院起诉保险公司。

开庭那天，张律师代表刘小珍在法庭上据理力争，但保险公司还是坚持拒赔。

法律毕竟是公正的，最终法院认为，原告刘小珍在向被告保险公司投保后，交付了保费，合同合法有效。刘小珍患病后，要求保险公司赔付保险金，属于双方保险合同约定的保险范围，应该支持。保险公司关于"心脏病仅指心肌梗塞"之说，按法律规定，双方对合同条款产生争议的，应当作出对提供格式条款一方不利的解释。所以，保险公司的抗辩理由不能成立，法院判决保险公司赔给刘小珍健康终身保险金 36000 元。

律师点评：

提供格式条款的一方违反诚实、信用、公平原则，使合同条款产生歧义，虽然注解部分对歧义条款进行了释义，仍应作出不利于提供格式条款一方的解释。对本案中原、被告双方争议的焦点即刘小珍所患心脏病是否属于保险范围这一问题，应作如下评判："心脏病（心肌梗塞）"应理解为心脏病包括心肌梗塞等疾病，而不应理解为"心脏病"仅指"心肌梗塞"，所以，原告刘小珍所患心脏病应属健康定期保险范围。

（题图、插图：谢　颖）

法律知识故事征文

本刊推出的"法律知识故事"，通过发生在我们身边的、短小而具体、在法理上容易混淆的个案，生动、形象地宣传法律知识。这些知识注重现实性、实用性，真正起到解剖一个案例、明白一个道理的作用。

为鼓励作者深入生活，写出高质量的法律知识故事，我刊决定面向全国征文。本次征文也欢迎读者和法律界人士提供相关素材、案例，一经录用，即付稿酬。

来稿方法：1. 从邮局寄发，请在信封上注明"法律知识故事"字样，本刊地址：上海市绍兴路74号《故事会》杂志社，邮编：200020。2. 从网上传递，可寄以下信箱：wulun@vip.sohu.net，请在主题上注明"法律知识故事"字样。凡已和我刊编辑有联系的作者，稿件可继续投给原编辑。

□王春迪

摆谱的故事

清末，在苏北赣榆这么一个小小的县城，巴掌大的地儿，竟有商号二百四十家。无商不富，有钱人多了，自然少不了逞能摆谱、夸强斗富的，当年，两大盐商为比谁更富有，往滔滔大河里你一张我一张地扔金叶子，就是这里的爷儿们吃饱了撑的折腾出来的事儿。

这城里有个叫海爷的，姓王，祖籍山西灵石县，据说是山西王家大院的后裔。海爷是个油商，生意做得很大，有了钱，海爷就盘算着建一个宗祠，以便祭祀、祈福。可这儿的县令立马拍桌子反对，理由是本地的一些大族都还没建宗祠呢，你一外地来的生意人，就敢在这儿建宗祠了？不，就是不给你建！

哪知海爷这还犟上了，四下找人，软硬兼施，硬逼得县令松了口——"建也行，反正城里没地给你，既然你本事大，就在城西的河上建吧！"说完，县令暗中吩咐下去：县内不允许任何人给海爷提供填河的土石！县令暗自冷笑：没有土石，我看你怎么填河！

海爷也在暗笑："谁说填河一定要用土石？"

不久，县城外面一大早来了一长溜的车，好家伙，绵延几里长，全是一人多高的马车，满载货物，整车整车往河里倒。

我的妈呀，海爷竟然从山西老家拉了上千车的煤炭来填河！那时候，民间管煤炭叫"乌金"，金贵着哪，这让县令以及其他豪门大族看得眼都绿了！

海爷这么折腾，城里其他有钱人坐不住了，风头还能让你一人独占了？后来，本地一个钱庄老板，晚上喝多了，路过海爷家的宗祠，就在宗祠前的石狮子下面，无比痛快地拉了一泡屎，于是，当即就被海爷家的家丁逮到了。

两排灯笼开道，海爷的轿子来了。没等海爷开口，钱庄老板说："你这狮子请谁打的，我双倍赔你！"钱庄老板这么说是有缘故的，在这之前，他曾对旁人说过，他要把海爷宗祠前的石狮子搞过来，然后当众砸了它，折折海爷的威风。

钱庄老板说完，脑袋瓜子一个劲地往轿子那边瞅，可海爷连轿子都没出，只在轿子里头轻轻咳了一声，一个下人忙走上前去，把头探到轿帘子边，听海爷嘀咕了几句，随即转过身来，把海爷的话大声传了出来："咱爷说了，要是能用钱解决的事，就不叫个事儿啦！"

原来这石狮子，是海爷托人从山西清凉山行宫请来的，雍正年间打的，世间仅此一对。

钱庄老板没辙了，半天，支吾着说道："那你看怎么办吧。"

轿子里又传来海爷轻轻一声咳，下人又探过头，随即回身喊道："咱爷说了，把内衣脱下来，把屎装走。"

钱庄老板被逼得没了法子，三九的天，寒风萧瑟，他哆哆嗦嗦地脱下白净的内衣，准备将屎弄走时，轿子里的海爷突然拍了拍手，下人立刻将轿子一压，海爷轻轻走了出来，他走上前去，将钱庄老板一扶，笑道："兄弟，开个玩笑，今儿个这事，就这么结了吧。"

于是，打这儿起，所有商号，所有有钱人，再没人敢和海爷叫板。这事在老百姓的嘴里嚼了许多年，直至海爷老了，不大露面了，海爷的儿子无论到哪喊一声"我爹是海爷"，街坊们还要避让几分，比衙门里"肃静、回避"的牌子还要好使。

海爷的儿子，听着他爹这个故事长大，觉得一辈子能像他爹那样摆一回谱，让当地人津津乐道几十年，也不枉在这世上活一场。可他知道，摆谱并不只是花钱的事，要摆得摆出个范儿来！

这一回，海爷儿子的机缘仿佛就这么来了——

那天，城里来了一个过路的汉子，五大三粗，目光炯炯。这汉子到了城里的时候，天已经黑了，刚巧经过海爷家的宗祠，以为是个普通的庙宇，一路上奔波劳顿，就在宗祠屋檐下凑合着睡了一晚。半夜里，被尿憋醒了，汉子摇摇晃晃地起来，眯着眼对着石狮子"哗啦啦"就是一泡骚尿，可没想到天还蒙蒙亮的时候，汉子就被打扫宗祠的家丁逮住了。

两排虎背熊腰的家丁，穿的是统

一的一身黑色短打，吆喝着在前头开道，轿子远远地过来了，当然，轿子里坐的不是海爷，而是他的儿子。

看场面，来者不善，汉子自知昨夜失礼，上前一步，连连作揖，赔着不是，可轿帘子一动不动。

汉子也算是个懂礼数的人，尿了人家的宗祠，的确不是说几句好话就能了结的，他便后退了几步，走到石狮子面前，"扑通"一声跪下了，对着石狮子，连磕了几个响头，头撞地的声音，五步远都听得见。

人越聚越多，汉子看了一眼轿子，还没动静。汉子有点慌，慌忙中，就拿袖子擦拭着石狮子，算是一个认错服罪的姿态。

这时，人群里有人吆喝了一声："用衣服装吧！"汉子觉得有点委屈——那尿都渗到石狮子和泥土里了，怎么装啊？

旁边有人小声告诉汉子，当年，轿子里这位爷的老爹，就是这么折腾人的。汉子听了，就脱了衣服，将石狮子下面的土一点一点抠到了衣服里——这就算是把尿"装"了。

半晌，站在轿子旁边的家丁发话了："干啥啊你！用舌头，把狮子舔干净了！"

汉子愣了片刻，随后"噌"的一声站了起来，咬牙切齿，一脸怒气。

"我们爷没那么多的耐心，别敬酒不吃吃罚酒。"说话的家丁撸了撸袖子，一时间，一群穿黑短打的爷儿们全围了上来。

汉子无奈，单膝跪地，一边舔着石狮子，一边用血红的眼睛死死地盯着轿子，双拳紧握，青筋暴突，他直舔得嘴里流了血，家丁才将轿帘子撩开。汉子一看，顿时气得怒发冲冠、几乎吐血：轿子里头根本没人！

里面的人呢？里面的人，也就是海爷的儿子，他一直躲在人群里，帽檐盖住个脸，一脸兴奋地瞧着热闹呢！

两排家丁觉得这谱摆得差不多了，便抬着个空轿子，一路嬉笑，飘然而去。

回到家，海爷的儿子迫不及待地把这事告诉了海爷，说得眉飞色舞、得意非凡。海爷听得瞪大了眼睛，上去抢了儿子一巴掌，连声骂着"孽障"，海爷的儿子一时间被打懵了。

海爷告诉儿子，当年，那是他私下里和县令、钱庄老板演的一出戏！那贪心的县令，平时吃了海爷多少好处？海爷想要哪块地要不了？可海爷觉得建宗祠是干啥的？说白了就是摆个谱给外人看的，一下子建起来，还有啥意思？于是，就让县令假装不同意他建祠，这才引出拉煤填河的事儿，然后又觉得摆的谱不够大，就又找来钱庄老板，那钱庄老板，私下里欠了海爷不少钱，海爷说，只要你能演好这出戏，欠的债，一笔勾销……

听完这一切，海爷的儿子当即傻了，俩大眼珠子眨巴了半天，没回过神来。

海爷叹了口气，说道："我摆谱，没伤着人，可你那样欺负穷人，会有报应的。"

果不其然，被海爷的儿子侮辱了的那条汉子，后来到了山东，入了匪，投奔了刘黑七，还很受刘黑七的赏识。后来，这家伙带着一拨土匪把赣榆县城给围了，并在城门口大声吆喝："这一趟，只为报仇，不夺不抢，街坊们勿要害怕。"说罢，他便带着人直奔海爷家而去。

当时，海爷已经死了，海爷的儿子让全家人赶快逃出城去，自个儿却不走，家人问他干吗不一块儿走，他说："这是我的报应来了，他们是来找我算账的，我一逃，他们肯定要追，这样谁都跑不了。"

说着，海爷的儿子便让下人赶紧准备一顶八抬大轿——以前大清朝直隶总督坐的那种。底下人这么短的时间去哪找这种轿子啊，没办法，便去关帝庙，把抬关帝爷的那个八抬大轿请了出来。

海爷的儿子坐在轿子里，怀揣一钱箱白花花的钢洋。轿子往宗祠的方向一路抬去，海爷的儿子一边走，一边向路两边撒钱。街坊们一听说有撒钱了，全城出动，全围在路两旁，无论男女老少，无论做啥营生的，全都跪在地上，抢得不亦乐乎，并且，只要大伙儿齐声喊一声"万岁"，海爷的儿子就朝外面撒上一大把钱。那场面，就像当年皇帝出游、百姓迎驾似的。海爷的儿子在轿子里左看右看，上蹦下跳，大呼过瘾。

等土匪冲破人群，找到海爷的儿子，他早已端坐在宗祠里，拖腔拉调地，唱着京剧《空城计》里诸葛亮的"西皮二六"："我正在城楼观山景，耳听得城外乱纷纷……"

宗祠四周，火光冲天，海爷的儿子这谱，摆得也忒大了……

（题图、插图：张恩卫）

玫瑰园的秘密

□ 岩朵朵

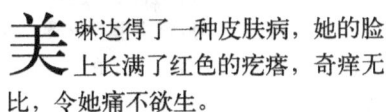

美琳达得了一种皮肤病，她的脸上长满了红色的疙瘩，奇痒无比，令她痛不欲生。

丈夫海蒙寻到了一个偏方，把红、黄、白、粉、蓝五种颜色的玫瑰花瓣放在一起炼制，制出的精油可以治好美琳达的皮肤病。由于这五种颜色的玫瑰很难同时凑齐，海蒙便在自家庄园里建了一个很大的玫瑰园，种植了各种颜色的玫瑰。除了平时的工作，海蒙大部分时间都呆在玫瑰园里。

看到丈夫整日在玫瑰园里忙碌，人又黑又瘦，美琳达很心疼，她劝丈夫不要这么劳累了，有些事情可以交给仆人做。海蒙听了，总是深情地说："只有亲自管理我才放心，这些玫瑰花不仅能治你的病，还能让你看到我

对你的爱。"美琳达得病后情绪很低落，海蒙平时总是尽量安慰她，让她开心。

然而，尽管海蒙为玫瑰园倾注了大量的心血和精力，玫瑰花也渐次开放，红色、白色、黄色、粉色，却惟独没有蓝色。

海蒙很着急，错过了今年的花期，制作精油只能等明年了。他四下托人打听哪里有蓝色玫瑰，却一点消息都没有。

这天，海蒙一大早就匆匆出去了，说是要去办一件重要的事情。说来也巧，海蒙走后不久，美琳达有事去镇上，路过咖啡店时，她看到了一个熟悉的身影：海蒙！更令美琳达惊异的是，坐在海蒙对面的是一个女人，海蒙似乎在恳求女人什么，目光很热切。女人低头喝咖啡，若有所思。一会儿，女人抬起了头，微笑着，那

是一张十分漂亮的脸……

看到这情景，美琳达不禁抚摸着自己脸上疙疙瘩瘩的皮肤，心头一酸，眼泪忍不住落了下来。

美琳达办完事后就回家了，一会儿，海蒙也回来了，美琳达装作不在意地问："今天去了哪里？"

海蒙神色有点疲惫，说："有个生意上的伙伴，一定要请我喝酒。"

"哦，是吗？那你今天一定很开心了。"想到丈夫在撒谎，美琳达心里很难受，可她没有揭穿丈夫的谎言，她是爱丈夫的，不想让他难堪。

下午，美琳达一直想着心事，她回想着那个女人的脸庞，觉得有点熟悉，似乎在哪里见过。她突然想起了什么，便独自去了玫瑰园。

玫瑰园西面有一座旧阁楼，古老、陈旧，里面放的全是一些不用的杂物，平时很少有人上去。美琳达登上了阁楼，从角落里拖出一个旧藤箱，这箱子是海蒙的，里面是他小时候的一些东西。美琳达打开箱子，找出一本相册，翻出了里面的一张照片，照片上是一群朝气蓬勃的年轻人，挨着海蒙的那个女孩，就是咖啡店里的女人！

看到照片，美琳达记起来了，海蒙曾对她说过，这个女孩叫温蒂，是他年轻时的初恋女友。

一瞬间，美琳达的心变得冰凉，海蒙不仅瞒着自己跟初恋女友见面，

还面不改色地撒了谎，他是不是不爱自己了？阁楼不透气，美琳达被灰尘呛得咳嗽起来，她推开窗户，大口呼吸着外面的新鲜空气……

窗外就是玫瑰园，美琳达从来没有站在这么高的地方俯看那片玫瑰，五颜六色，真是漂亮，也就在这一刻，美琳达突然发现那不仅是一大片玫瑰，凝神一看，上面竟然还有图案 白色玫瑰打底，红玫瑰拼成两颗连在一起的心，每颗心上分别有一个用黄玫瑰拼成的字母：隐隐约约的，像是"W"和"H"！

"W"、"H"，这是什么意思呢？H，难道是海蒙？那W是谁呢？她突然想到一个人——温蒂，是的，是温蒂！

美琳达黯然神伤，失魂落魄地走下了阁楼。

海蒙见美琳达闷闷不乐，以为是皮肤病的缘故，他温存地安慰着妻子："亲爱的，打起精神，我很快就能为你制作出玫瑰精油了，开心点，好吗？"

美琳达用力挤出一点笑容，胡乱地点着头。

后来的日子里，美琳达总是彻夜难眠，每当她闭上眼睛，眼前总会浮现出咖啡店里那张微微笑着的、十分漂亮的脸，是的，她简直嫉妒得要死，那么一大片玫瑰，拼出这么清晰的图案，那要费多大的心思啊！可是，嫉

炉有什么用呢？她长着的是一张什么脸呢？每当美琳达站到镜子前，心里就不禁一阵颤抖，镜子里的女人像个丑八怪，不用说丈夫了，自己看着都嫌弃。终于，美琳达做了个决定：蓝色玫瑰，这世上根本就不存在，自己的皮肤病可能永远也治不好了，再过两天就是自己的生日，跟海蒙过完这个生日就离开他，成全他和温蒂的恋情。

两天后，突然有人上门，美琳达出去一看，大吃一惊，来人竟然是温蒂，她还挽着一个男人，男人手里捧着一盆花，含苞欲放，那是蓝色的……

温蒂笑吟吟地说："我的父亲是一位花匠，好多年前曾培育出蓝色玫瑰，只不过在他去世后，那些玫瑰也都枯萎了。那天，海蒙找到我，说他妻子需要蓝色玫瑰治病，他请求我帮忙。他对妻子的爱感动了我，我翻阅了父亲生前的养花笔记，在丈夫的帮助下，终于嫁接出了这盆蓝色玫瑰。"

说到这儿，温蒂与丈夫深情地对视一眼，她从丈夫手中接过那盆蓝色玫瑰，又把花交到美琳达手中，说："夫人，您的丈夫这么爱您，您的病一定会治好的，您会重新美丽起来的。"说完，他们便礼貌地告别了。

美琳达捧着那盆蓝色玫瑰呆站在那儿，不相信眼前发生的一切。一会儿，海蒙回家了，他得知温蒂送来了蓝色玫瑰，高兴地跳了起来，一把抱住美琳达，说："亲爱的，太好了，有了蓝色玫瑰，我就可以为你炼制玫瑰精油啦！"

说着，海蒙又牵起妻子的手，向对面的小山跑去，一边跑，一边说是要给她一个惊喜。美琳达不知道发生了什么事情，不知所措地被丈夫拖着跑。他们爬上了山顶，海蒙让美琳达先闭上眼睛，说："亲爱的，我要送给你一件特别的生日礼物！"说着，他让美琳达侧过身子，睁开眼睛，向前方望去，就在这时，她不禁惊异地捂住了嘴巴……

展现在眼前的，是那片美丽的玫瑰园，只不过像变魔术似的，原先美琳达看到的"W"、"H"，竟然变成了"H"、"M"。其实道理很简单，那阁楼在小山的对面，由于换了角度，字母就颠倒了。此刻，从山顶望去，灿烂的阳光下，玫瑰的颜色愈加艳丽，图案愈加清晰，令人震撼！

海蒙说："今天是你的生日，所有的玫瑰在今天全部为你开放了。这是我用心为你准备的礼物，H是我，M是你，无论发生什么事情，我们的心永远连在一起。"

巨大的惊喜让美琳达激动得说不出话来，她在心里不断地庆幸没有错失丈夫的爱。幸福有时就在不幸的对面，伤心难过时，转个身，换个角度看，一切都可能会有所不同……

（题图：佐 夫）

我们常认为，人性追求美好善良，兽性只是填充欲望。可这次，"兽的人性"遭遇"人的兽性"，演绎了一场扣人心弦的争斗，诞生了一个拷问灵魂的故事。

与狼共舞

□ 王相军

1.午夜惊魂

周正是一家公司的老板，那天，他的那辆Q7刚开出公司，就被躲在一旁的一辆吉普盯上了。吉普上坐的是两个全国通缉的重大抢劫犯，他们一来到宁海市，就打听到在宁海这个地方，周正的资产如果说第二，就没人敢说第一的，于是，两个歹徒就锁定了目标；并且，周正在郊外还有一套别墅，如果没有特殊原因，每天无论早晚，他都要开车回去。今天，周正离开公司的时间已接近午夜，两个歹徒不禁暗自庆幸：一到偏僻处就立刻对他下手，绝不犹豫！

周正的Q7配置极好，还没驶出市区时，他就从后视镜里发现了那辆鬼鬼祟祟的吉普。如果他稍微一提速，甩掉后面的车根本不成问题，可周正似乎丝毫也不在意，他好像根本没有考虑过什么安全问题，只是一副悠闲自得、气定神闲的样子。

车子很快驶出市区，进入山间。山路经过多次修葺，很是平坦，但路两旁全是郁郁葱葱的树木，阴森森的，让人觉得好不恐怖。这时，周正猛地加大了油门，车子立刻狂奔起来，后面的吉普见状也立刻提速，发了疯似的追赶，但顷刻之间，Q7已消失得无影无踪了。两个歹徒倒也并不慌张，大概是他们觉得这山路也没有别的出口，只要往前走就一定可以追上。果不其然，吉普接连转了几个弯后，那辆Q7就赫然出现在路上：车是停着的，车尾灯一明一灭地闪烁着……两个歹徒弄不清情况，只好停了车，打开大灯，试探着从车上下来，就在这一刻，眼前出现了惊人的一幕：灯光如昼，Q7车旁，赫然出现了周正的身影，他正慢慢地走过来，可他的身旁，分明跟随着一头……

那绝对不是狗，而是一头狼！那狼浑身黝黑，有牛犊子一般大小，两眼幽幽泛光，而此刻周正一只手亲昵地抚着那头狼，另一只手挥动着，像是欢迎客人般地向两个歹徒示意……这样的夜里，这样的林间，这样的情景，那狼和周正身上都散发着一种极端诡秘和恐怖的气息！两个歹徒惊呆了，紧接着便下意识地同时蹿上车，调转车头，加足油门，仓惶逃离……

周正看着那吉普狼狈逃窜的样子，微笑着抚了抚那头狼，说了声："黑山，我们回。"那被称作"黑山"的狼亲昵地用头蹭了蹭他的手，不摇头也不摆尾，等周正将车子启动后，威风凛凛地跟在车后小跑离去。

对于身价过亿的周正，遭遇这样的惊险，连他自己都搞不清到底有多少次了，每次几乎都是同样的过程，

同样的结尾，因为每天这头被叫做"黑山"的狼，都在同一个地方等着周正回家……在这个城市里，已经有很长一段时间没有这样的蠢贼了，他们都清楚和一个养着狼的富人过招，是讨不到什么甜头的，所以不用想周正也知道，这两个歹徒肯定是外地来的流窜犯。

说起这"黑山"，还有着一段鲜为人知的辛酸往事……

2. 与狼有缘

周正家中兄弟二人，老大周浩，人高马大，相貌堂堂，而周正却是又矮又瘦，这情形就如同《水浒》里的武大、武二一般。周正的父亲是煤矿工人，周正刚出生那年，父亲就在井下遇了难。母亲含辛茹苦地把这哥俩拉扯大，知道凭自己的能力，再无本事可以给这哥俩说亲成家，于是在周

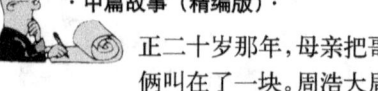

正二十岁那年，母亲把哥俩叫在了一块。周浩大周正两岁，在农村，两人都已到了该谈婚成家的年纪，母亲深情地看了看哥俩，心头苦涩地说："你们哥俩在家呆着是娶不上媳妇的，你们也别怪妈，妈只有这点能耐。你哥俩就出去打两年工吧，挣钱多少都无所谓，要紧的是看能不能领个媳妇回来。"于是，这哥俩就一同去了南方。

两年后，哥俩又从不同的两个城市相约着一块回到了家，周正身后跟着一个又高又白净的四川女子，而老大周浩却是孑然一人，一脸的沮丧……那年夏天，周正一家和那四川女子都住在那三间破瓦房里。

周正看着哥每天垂头丧气的，就劝自己的女朋友多和哥说说话，开导开导他，而自己每天一早就去镇上打些零工，贴补家用。周正每天都很晚回家，回来时总不忘买些好吃好喝的带着。渐渐的，周正发现哥变得有说有笑了，他心里也特别高兴，就想着明年回四川无论如何也要让自己的女朋友给哥介绍一个对象。

这一天，周正和往常一样很晚才回，家里停了电，屋里点着蜡烛，周浩和母亲以及周正的女朋友都在那里默默地坐着，似乎有什么事。周正看不清他们脸上的表情，过了半晌，周浩才说了话"兄弟，你把娟子……让给哥吧！"

"你说什么？"周正几乎不敢相信自己的耳朵，就去看娟子。娟子，就是周正从外面带回来的那个四川女人，谁知那女人低着头，一句话也不说，这无疑就是默认了，用不着说什么，这中间一定是发生了什么！周正急了眼，又去看母亲，母亲这才说了话："正儿，你比你哥能说会道，你就再找一个吧，他们都好上了……"

周正无论如何也不会相信自己的母亲会说出这样的话来，这叫什么？这都是些什么样的人啊？周正一怒之下连夜离开了，他发誓：再也不回这个家了，永远也不要见到这些所谓的"亲人"了！

周正一气之下来到了东北，刚到时他吃了不少苦，慢慢地也就找到了发财的门道。长白山里，山高林密，有数不尽的山货奇珍，但因为交通不便，货不集中，大都卖不上好价钱。周正心里憋屈，觉得活着无味，就不把生死看得那么重了，所以，别人不敢去的地方他敢去，别人不敢干的事他敢干，就这样，他很快发了财。那几年，他到底挣了多少钱，连他自己都搞不清楚，没有亲人、没有念想的日子，金钱对于他来说只不过是个数目而已。

第六年的那个冬天，雪下得特别大，外面鸟兽绝迹。周正从镇上买了几只烧鸡去林子里的一个老猎户家，走到半途，远远看见一只瘦骨伶仃的小黑狗在路旁蹲着。那狗儿看上去也就三四个月的样子，两只小眼睛看着周正，滴溜溜地乱转，并且浑身瑟瑟发抖，嘴里不停地呜咽着，想必一定是好多天没有进食了。周正看着不免动了恻隐之心，心想这大小也是条生命，就随手扯了一只鸡腿扔了过去……谁知那狗儿接了却并不吃，竟衔在嘴里掉头离去。周正跟随着走了很远，到了一个遮风的土坡下，赫然看见那里躺着一只僵死的母狼！那狼似乎死去多时，积雪已覆盖了大半个身子。到了这时，周正才明白，带自己到这里来的那小家伙，其实不是"狗儿"，而是狼崽子！那狼崽子把鸡腿放在母狼的嘴边，伸出舌头去舔它的眼睛、嘴……见动也未动，狼崽子就围着母狼的尸体，发了疯似的狂奔、打转，嘴里发出凄厉的嗥叫声……

就在那一刻，周正的内心大为震动，他想起了六年不曾联系过的老娘。眼下这小东西尽管只是一头狼，可它的心性却比那些懂得礼义忠孝的人不知要强多少！于是没过几日，周正就抱着小东西"黑山"回到了河北老家，可令周正万万想不到的是：迎接他的竟是半山腰上的两座土坟！

原来，周正从外地带回来的那个四川女子，从前是个发廊妹，好逸恶劳。当年见周浩生得英武、俊秀，就不由动了勾引之心。自从周正离开家后，家里的情况越来越糟，不到一年，那女人就卷了老娘卖猪的几千元钱，逃之夭夭了。老人气不过，一病不起，周浩到处筹钱给娘看病，却没人肯帮。一天夜里，下起了大雨，老娘突然呼吸不畅，脸色铁青，周浩当即背着娘去医院，途中，被一辆迎面而来的车撞到了山崖下……

周正从乡邻那里打听到了家里的变故后，只觉得眼前一阵发黑，几乎一头栽倒。悲伤过后，觉着再也不能离开母亲了，他就在山下建了房子，和他的黑山住了下来，并且顺风顺水地在宁海做起了房地产生意。这几年

生意越做越大，但周正就是对女人打不起精神，每天回来，只有黑山在那条路上徘徊、等待……

3.再度惊魂

自从那天晚上黑山吓跑那两个歹徒后，周正就再也没把这事放在心上，他心地善良，凡事总往好的方面想：像这类人，给点教训就应该知道悔改的。

离上一次遇险大概有六七天了，那一天，周正又一次很晚开车回去。他身体有点不舒服，回来时开着车，头就觉得有些晕。车子刚开上小路没

多远，就看见路当中横七竖八地放着一堆树枝，周正想着这是怎么回事，不由得便减缓了车速，与此同时，两个五大三粗的男人就从树林里蹿了出来，一人手里操着一把大铁锤，另一人手里端着一把锃亮的双管猎枪，周正心想，这下完了，倒车逃跑，或是报警，都不能避免子弹的威胁……他把车门一锁，似乎只有等死的份了！

操着铁锤的那歹徒见周正不开车门，抡起锤子就要砸车前的挡风玻璃，周正睛睛一闭，心想：这次小命休矣！但再次睁开眼时，却又见车玻璃好好的，再看外面，不知什么时候黑山一下子冒了出来，把那抡锤的汉子扑倒在地，而另一个拿枪的歹徒正调转枪口瞄准了黑山……

周正惊得一头冷汗，险些一下冲出车去，可没等那歹徒扣动扳机，黑山的利齿已经咬到了他的咽喉处……那人大叫一声，拽起地上的伙伴，丢枪狂奔。黑山在后面紧追不舍，不远处紧接着就传来汽车启动的声音，显然，这两个歹徒一定有同伴接应。周正怕黑山吃亏，就大声吆喝着叫它停住，可这时黑山早已追出了好远……过了大约一支烟的工夫，黑山才小跑着回来，浑身湿透，像是刚跳进河里洗了澡一般，想必它一定是一路追车，跑了很远。周正一遍遍地摩挲着黑山的皮毛，细细地检查了几遍，确定没有伤口后，这才放下心来。回去

的途中，周正心想：对付这些穷凶极恶之人，以后绝不可再心慈手软了……

4.美丽爱情

时间过得真快，转眼间又到了清明。风和日丽，山间凡是温暖的地方，都零星地开了野花。周正形单影只，独自一人带着母亲生前喜欢吃的水果和糕点来坟前祭拜。

还没到达目的地，周正远远地就看见了飘起的青烟。在这片山上，没有埋过别的人家啊，再说在这个城市，除了故去的娘和哥，自己再也没有任何的亲人了！这样想着，周正就加快了脚步。到了墓地，坟前余烬未了，鲜花、果品很鲜亮地在那摆放着，会是谁来祭奠娘和哥呢？周正心想：通往山下应该还有一条小路，于是，他就顺着小路追下山去。一会儿，远远看见一个身材窈窕的女子走进了一辆面包车里，车里没有其他人，车子启动后，那女子坐在主驾的位子上，还探出头来对周正轻轻一笑，接着就离开了。

这是谁呢？周正实在想不起来会在哪里认识这么一个女子，但车子临开走时，周正却看清了车上印着的那些字，这是市里一家有名的奶业公司的宣传标语，周正每天一上班，都要喝他们公司的牛奶。

周正很快在这家奶业公司里找到了这个女子，她叫韩丽，在这家公司里，只有这么一个女司机，并且还是新来的。韩丽对周正的突然造访，多少显得有些吃惊和拘谨，在周正的一再追问下，她才慢慢说了事情的原委。

韩丽打小父母双亡，一直跟着奶奶过日子。六年前，村里忽然来了个又老又疯的女人，一见人就套近乎，几句话没说完，就要别人给自己的儿子说媒，人人都说这老女人疯了，哪有素不相识的就求人保媒？后来，村里就有闲人出来故意捉弄，骗她说可以给她儿子说多好多好的姑娘，这老女人就从家里拿出省吃俭用余下来的钱给人买烟、送礼……末了，临到要见面相亲时，这老女人却突然改口说，她儿子去了远方，要到一两年后才能回来，求人家无论如何要等她儿子一两年，众人听了全笑得前仰后合。韩丽看了不忍心，就偷偷地说了她几次，可没想到这女人从此后竟缠上了她，天天往她家跑，说什么也要让她嫁给自己的儿子。那时韩丽的奶奶病重，那老女人自己身体也很不好，可奶奶每日里的吃喝拉撒，都是这女人在侍候着，韩丽很感动，后来就告诉她：自己可以嫁给她的儿子，无论穷富美丑，但说啥也要亲自见上一面啊……后来奶奶去世了，韩丽要去外地打工，这老女人竟一下跪在地上，说自己是如何糊涂，如何对不起

自己的儿子，无论如何要韩丽留下等她的儿子回来，但韩丽最终还是拒绝了她。几年后，韩丽又回到这里，才知道这老女人死了，才知道她当年所说的话都是真的，可时过境迁，那老女人的儿子现在却已是这城市里的亿万富翁……

说到这里，韩丽早已哭得泣不成声，此刻的周正，也仿佛看见了母亲当年疯疯傻傻的样子，而现在眼前这位一直刻意躲避自己的女子，就是母亲当年眼中的儿媳啊！周正慢慢走近，伸出手来，搂住了这个和他一样充满愧疚的女人……

5. 情意深深

和韩丽相处的这段日子，应该说是周正生命里最美好的时光了，这美好让他觉得所有的一切一刻也不能停住：他再也不能只有黑山，那空荡荡的宅院再也不能继续空荡，于是，他选了一个好日子，带着韩丽，一起回了家。

周正一下车，黑山就欢跳着迎了上来，热情示意。这边，韩丽刚开了车门要下来，黑山却一下冲出来，直扑过去，幸亏韩丽及时关了车门，才没被咬伤，但不知怎的，这黑山却是兽性大发，完全不理会周正的大吼大叫，围着车上蹿下跳，咬牙切齿。

韩丽在车里吓得瑟瑟发抖，一边哭一边在车里给周正打电话："周哥，我们走吧，我不在这住了，你养的这狼迟早会把我吃了的！"周正气愤至极，回到屋里，拿出一根长长的鞭子，奋力地抽打黑山。黑山呜咽着缩在地上，每一鞭打下去，再扬起来时都扯起一缕缕黑色的毛。过了一会儿，周正打累了，累得再也扬不起鞭子了，这才停了下来。韩丽小心地从车上下来，才发现不知何时周正已是泪流满面。

周正把韩丽拽到遍体鳞伤的黑山面前，大声嚷道："知道吗，黑山，从今以后她和我一样都是你的亲人！即使她打死你，吃了你，你都不能咬她，你——记住喽！"周正歇斯底里地呐喊着，黑山看看他，又看看韩丽，眼里湿漉漉的，全是泪，没吭声。

接连几天，黑山见了韩丽不再撕咬，韩丽伸手爱抚地摩挲它，它也竭力躲闪着。周正因为公司突然有事，要立即赶往香港，临行时给韩丽打了电话，说："丽，回来我们就结婚，把黑山照顾好！"

回来时已是第三天了，周正老觉着心里不舒服，没回公司，就直接回了家。家里门户大开，一片狼藉，周正大喊着："韩丽，黑山……"却没任何回应的声响。

周正不知道发生了什么，疯了似的寻找，在后院里终于看见了黑山，只见黑山正翘着屁股，把嘴拱进一堆浮起的土里……周正走近一看，这才发现黑山的嘴在流血，露在土外的部分还裂着一条长长的口子，血一直在流。可怜的黑山不知遭了什么罪，它显然是扒起一堆浮土，把嘴拱进去止血，如果再不及时止血，它可能马上会死！

周正慌乱地找来缝衣服的针线和止血的药粉，他把黑山的嘴掀起来，不断地说"黑山听话，兄弟忍着！"这个平时连衣服也没缝过的汉子，一只手握着黑山的嘴，一只手捏着针线，在没有任何麻醉的情况下给一头狼缝合伤口，每一次钢针穿过黑山的皮肉，它的身躯都不停地哆嗦，而周正的心里也是在不住地流血。终于缝完最后一针了，周正长长地松了口气，虚脱般地坐在地上……

家里一分钱的东西都没少，只是韩丽却如空气般地消失了，她在哪里？这天夜里下起了暴雨，周正接二连三地做起了噩梦：一会儿梦见韩丽血淋淋地倒在地上，一会儿又梦见黑山那闪着荧光的眼睛一眨一眨……被噩梦惊醒后，周正翻身起来，却又不见了黑山，他一个激灵：莫非韩丽真的被黑山……

周正拿起那杆歹徒丢弃后被他捡回来的双管猎枪，走出了门。他知道狼有个习性，习惯把未吃完的食物掩藏好。周正警觉地搜索着，雨下得特别大，到处可见山体滑坡落下的石块、

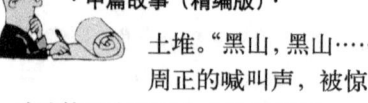

土堆。"黑山，黑山……"周正的喊叫声，被惊天动地的雷声完完全全地吞没了。

蓦地，在一个大土堆旁，周正发现了黑山！它正从土堆里努力地往外扒拉着什么，周正一看，他的头一下懵了：一道霹雳闪过，只见黑山的嘴上满是鲜血；又是一道霹雳，周正清楚地看到了露在土堆外的女人的头发……所有不该发生的都发生了，狼毕竟是狼啊！

周正无力地举起了猎枪，心中默默地念叨着："黑山啊，黑山，你即使是我的兄弟，我也不能留你啦！"接着，他扣动了扳机，"砰"……

雨再大，也有天晴的时候。第二天，警车来了，警察们下车后看见了这样一个场景：一个目光呆滞的男人，怀里抱着一头死去的黑狼，哭得死去活来；一旁是一个山体滑坡后形成的大土丘，一个女人正疯了一般地在一旁徒手扒拉着，她不知扒拉了多久，两手鲜血，喉咙嘶哑："救人，快救人……"

那女人就是韩丽，警察从土堆里扒出了一辆车和两具尸体，事情很快就水落石出了：韩丽是两名歹徒中其中一人的老婆，也是两次抢劫时始终未露面的女司机。第二次，黑山追车时发现了她，这也就是周正第一次把韩丽领回家时黑山狂吠不已的原因。因为黑山的存在，明抢不得，只得改为暗盗：韩丽乔装一番，并从附近的乡邻们那里了解了当年周正一家的生活，编了一段凄婉动人的故事，走进了周正的生活。周正去了香港，歹徒们便动手了，可他们小看了这头狼，就在两个歹徒试图把保险箱搬走时，黑山却像一个战士一样誓死守卫着，没办法，韩丽只得和两个歹徒一起暂时撤离了。这天雨夜，他们在车上商议，决定让韩丽出面，趁其不备，结果了这头不知死活的狼，可韩丽刚走出车子，就发生了泥石流，奔腾而下的泥石流瞬间掩埋了韩丽和两个歹徒，还有那辆车子。可怜的黑山，它永远记住了周正的鞭子——"从今以后她和我一样都是你的亲人"，那天，黑山在保卫保险箱时，被韩丽砍伤了嘴，可它没对她攻击；现在，发现她被泥石流掩埋时，它拼死也要把她救出来，这一幕恰巧被周正看见了，可惜的是周正误会了——黑山嘴上的血并非是吞噬韩丽所致，而是刚刚缝合过的伤疤磕破了，于是，周正举起了枪……

（题图、插图：张恩卫）

稿约："中篇故事"是本刊的重要栏目，我们热诚欢迎广大作者来稿。来稿要求：1.题材需有新鲜感、时代感；2.情节性强，并且能把新鲜、奇巧的情节的演绎和人物的塑造较好地结合起来；3.篇幅：12000字左右，本刊也欢迎短小精悍的小中篇作品（7000字左右）。本期责任编辑E-mail地址：ssasha@163.com。

世间没有胜于"智"的财富，它不仅可以生出精深的思想、绝妙的语言和高尚的行动，还可以让人在平凡中创造奇迹。

大盗一阵风

□ 岳 勇

1. 新局长碰上老江湖

民国年间，绣林城里出了一位飞天大盗，那贼作案时来无影去无踪，被盗者只觉得突然一阵怪风刮过，身边贵重之物就不翼而飞了，所以就给这个大盗送了个外号——"一阵风"。

"一阵风"除了自己四处作案外，还广收门徒，凡遇流浪弃儿、孤儿乞丐，都收在门下，悉心传授偷盗技艺，但是盗亦有道，"一阵风"和他的徒弟们专盗那些为富不仁者，从不向穷苦百姓下手。每回偷盗所得，一部分留下自用，另一部分用来接济四方穷人，坊间百姓都称之为"侠盗"，那些有钱的富人却将"一阵风"视为眼中

钉，因为捕盗不力，短短数年间，绣林城里就换了四五个警察局长。

民国二十四年，城里新来了一个警察局长，名字叫胡一统。这位胡局长是行伍出身，打过大仗，见过世面，上任伊始，听说"一阵风"偷盗成患，便下定决心，要拿他开刀。

胡一统上任第一天，就在城中广场召开万人大会，架起扩音喇叭，踌躇满志地发表施政演讲。胡一统表示，上任后的首要工作，就是要在一个月之内，将民怨极大的"一阵风"缉捕归案，上正法纪，下安民心。胡一统正说到激昂处，突然间，四周树叶"沙沙"作响，一阵怪风吹来，几乎让人睁不开眼睛。

胡一统停顿一下，待大风吹过之后，正准备继续慷慨陈词，不料台下观众却一阵骚动，有人按捺不住，竟嘻嘻哈哈地哄笑起来。胡一统正在恼火，发现台下众人都盯着自己胸前看，他下意识地低头一瞧，却见自己胸前的那枚钻石别针不见了，正在疑惑，扩音喇叭里忽然传来一个怪里怪气的声音："胡局长，上任伊始，就送我一个如此贵重的钻石别针做见面礼，俺一阵风谢啦！"胡一统顿时气得脸色煞白，一句话都说不出来。

草草结束演讲，胡一统气呼呼地回到警察局，把自己的副手老庚叫来，拍着桌子命令道："立即集中所有警力，全城搜捕大盗一阵风，务必要在一个礼拜之内，将其捉拿归案。若不亲手毙了他，难消我心头之恨！"老庚领命而去，带着一群荷枪实弹的警察，开始了全城大搜捕，鸡飞狗跳

地忙了一个礼拜，不要说抓人，就连"一阵风"的影子也没摸到。

胡一统一肚子气没处撒，掏出腰间的十响驳壳枪，抵着老庚的脑袋，骂他办事不力，要当场毙了他，老庚吓得差点尿裤子，他忙给胡一统出主意，说："局长，咱们想抓一阵风，其实也并非完全没有法子。"

胡一统收了枪，问："有什么法子？"

老庚说："咱们抓不到大的，可以抓小的；抓不到贼头，可以抓贼崽。一阵风手下不是有一大批虾兵蟹将吗？咱们只要将他那些小偷小摸的小徒弟全都抓起来，还愁一阵风不会现身吗？"

胡一统拍拍老庚的肩膀，说："这个主意不错，你赶紧去办。抓到一阵风，老子给你升官。"

2.怪风怪盗怪事

别看这些狐假虎威的警察对付不了"一阵风"，但要抓街上那些扒手小偷，还是蛮在行的。只两天工夫，街头巷尾那些小偷小摸的毛孩子，就被他们捉了个精光。

胡一统当即在《绣林日报》上登出消息，限盗匪"一阵风"三日之内交回那枚钻石别针，否则他

那些徒子徒孙将会全部送进江北大狱，永无出头之日。没想到当天下午，《绣林晚报》就登出了署名"大盗一阵风"的告示："本人一阵风，将于三日之内归还胡局长的钻石别针，望胡局长不要食言，拿回钻石别针即刻放人。"

胡一统立刻派老庚去晚报编辑部调查，据编辑回复，他们只是收到"一阵风"寄来的告示和版面费，并不曾接触"一阵风"。胡一统得知情况后沉吟片刻，当即把全警察局的警力都调动起来，在自己周围设置了明三道暗三道，一共六道警戒线，无论是在警局办公还是回家睡觉，都有几十名警察明里暗里围着他转，只要"一阵风"敢来送还钻石别针，管保他有来无回。可三天时间很快就要过去了，"一阵风"却并未现身。

老庚不禁犯起嘀咕："难道一阵风不敢来了？"

胡一统胸有成竹地说："不会的。如果我没有猜错的话，他今晚十二点之前——也就是三天期限之内，他一定会出现。你叫大家伙打起精神，千万别让那贼从咱们眼皮子底下跑了。"

很快便日落西山，胡一统下班回到家，草草吃罢晚饭，就坐在灯下，一边玩着自己的驳壳枪，一边等着"一阵风"。驳壳枪里已经压满十发子弹，假如"一阵风"胆敢拒捕，他便要将这盗匪当场击毙，绝不留情。

等到深夜十点多，仍然没有半点动静。浓茶喝了好几壶，胡一统还是呵欠连连，眼皮不住地打起架来，他便和衣倒在床上，想闭上眼睛眯一会儿，没想到眼睛一闭，竟然睡着了。不知睡了多久，他忽然感觉腹中一阵剧痛，内急得厉害，急忙翻身起床，往旁边一间屋里跑去。胡一统家的茅厕在宅子最东边的角落里，他怕那里不安全，早已在隔壁屋里放置了一个大马桶，足不出户，就可以解决问题。

胡一统坐在马桶上，憋足气拉了一通，回到屋里还想接着睡，一看表，正好到了十二点钟。窗外一阵怪风刮来，他禁不住打了个冷战，急忙把守在门口的老庚叫进来，问"一阵风"出现了没有。老庚搔搔后脑勺，说怪风倒是刮了几阵，就是没见"一阵风"的影子。胡一统不由叹了口气，看来"一阵风"真是不敢来了。

正在失望的时候，屋里的电话忽然响了，胡一统拿起话筒，电话里传来一个怪里怪气的声音，正是"一阵风"，"一阵风"说："胡局长，那枚钻石别针我已原物奉还，不知局长大人收到否？"

胡一统一惊，急忙一摸身上，并未发现钻石别针，就说："一阵风，你别骗我，你小子根本就没有把钻石别针还给我。"

"一阵风"在电话那头说："不对

呀，我明明把钻石别针还给你了，不过不是放在你口袋里，而是塞进了你的肚子里，你再好好找找。"

胡一统一愣，忽然想起刚才腹中剧痛，难道……他跑到隔壁房间，拿起鸡毛掸子，打开马桶盖，伸手一扒拉，乖乖，自己被盗的那枚钻石别针，可不就在那马桶里？看来真是被自己吃进肚去拉出来的，怪不得刚才肚子痛得厉害呢。

老庚跟在后面，小心翼翼地问："局长，现在怎么办？一阵风已经依照约定归还钻石别针，咱们是不是真的将抓到的那些贼崽子放了？"

胡一统看着马桶里的钻石别针，恼羞成怒地喝道："放个屁，明天一早，你给老子把那些贼崽子全部赶出去游街示众，老子倒要看看那个一阵风到底有多大的能耐！"

3.他到底想偷啥

第二天上午，老庚领着一队警察，押着抓到的那三十多个孩子，敲锣打鼓地游街示众。

夏日的太阳，像个火球似的挂在天空，可怜那群孩子们，胸口挂着重达十余斤的牌子，上面写着"我是小偷"。牌子挂着，太阳晒着，孩子们眼冒金星，步履踉跄，落后一步，背上就要挨一枪托。在游街队伍的最后面，两个孩子托着一块木头做的大牌子，上面贴着一张大字告示"限贼首一阵风三日之内投案自首，否则所有小贼将被移送大狱，以儆效尤。"

当天下午，"一阵风"就在晚报刊登声明："胡一统，你言而无信，小人也！三日之内，本人必取你最贵重之物，以示惩戒。"

胡一统看到报纸，暗暗盘算起来 自己的最贵重之物，无外乎三件：

一是印把子，警察局的官印牢牢掌握在自己手里，丢印就等于丢官；二是枪把子，自己身上这把十响驳壳枪是上峰配发的，枪在人在；这第三样嘛，就是自己这条命了，但据他了解，"一阵风"取钱取物，从不取人性命，所以对方的目标，极有可能是自己的官印和佩枪。

胡一统不由警惕起

来，他把官印和佩枪都拴在腰间，再次调集全局警力为自己保驾，让几十名警察保护着。两天时间过去，拴在腰里的印把子和枪把子都安然无恙，胡一统稍稍安下心来。

第三天是个礼拜天，也就是"一阵风"所说"三日之内"的最后一天。中午时分，胡一统的老婆吵着要去斯诺特西餐厅吃西餐。这位局长夫人名叫汤丽，结婚二十多年了，也没为他生下一男半女。俗话说不孝有三，无后为大，胡一统做梦都想要个儿子传宗接代，眼见老婆这边没有希望了，一年多前，他就讨了房小妾。谁知纳妾没多久，老婆汤丽的肚子却有了动静，怀上了身孕，到现在已经有三四个月了，肚子隆起已十分明显。于是，胡一统又把个水嫩嫩的小妾丢在一边，回过头来将老婆当佛祖一样供着。这段日子里汤丽害喜害得厉害，吃什么吐什么，现在突然心血来潮想吃西餐，胡一统自然满口答应。

胡一统带着夫人，在一群荷枪实弹的警察的护卫下，浩浩荡荡来到斯诺特西餐厅。老庚早已将西餐厅的其他客人轰走，又将警察分作两队，一队在餐厅里守卫，一队在餐厅大楼外警戒。汤丽挑了个靠窗的位子坐下，胡一统像伺候老佛爷似的，站在一旁听从老婆使唤。

汤丽叫了一份牛扒，正吃得津津有味，忽听窗外传来一阵吵闹之声，

她站起身来，倚靠着窗子一看，却见楼下的街道上，有几个脏兮兮的小屁孩正在打架。一个孩子打不过同伴，就掏出小鸡鸡，用尿柱对着几个欺侮他的孩子一阵猛射，这一下几个孩子可慌了，顿时满地乱跑。汤丽看得忍俊不禁，"哈哈"大笑起来。

忽然间，一阵怪风自窗外吹进来，胡一统不由打了个冷战，他忙脱下外套，披在老婆身上，就在这时，餐厅的电话响了，一个女招待过来告诉胡一统，有人打电话到服务台找他。

胡一统暗自觉得奇怪，跑过去抄起电话，话筒中传来的却是"一阵风"那怪里怪气的声音："胡局长，有没有发现自己的宝贝不见了呀？"

胡一统大吃一惊，忙一摸腰间，印把子和枪把子都在，这才松口气，"嘿嘿"一阵冷笑，说："老子上次是太大意了，才会着了你的道儿，这一回，你想偷老子的东西，先拿命来吧！"

"一阵风"说："胡局长，别得意太早，你还是先去看看尊夫人身上，是否少了什么东西吧。"

胡一统心里一沉，急忙丢下电话跑回夫人身边，问："你丢了什么东西没有？"

汤丽有些莫名其妙，摸摸口袋，又翻翻手提包，说："没丢什么啊！"

胡一统这才长长地舒了口气，心中暗想：原来这小子是在诈我！一口大气尚未吐出，目光立刻落到夫人的肚子上，突然脸色大变，跳了起来："你、你的肚子……怎么没了？"

汤丽一怔，一摸肚子，不由"呀"的一声惊叫，本来隆起的大肚子，不知何时竟然瘪了下去，她坐在地上号啕大哭起来："我的孩子呀……"

胡一统如同被五雷击顶，他心中说不尽的后悔：我怎么就没有想到自己最贵重的东西，其实根本不是印把子和枪把子，而是老婆肚子里的孩

子？只是让他万分不解的是——老婆的肚子一没流血，二没感觉到痛，这"一阵风"又是怎么把她肚子里的孩子盗走的呢？难不成他真是有盖世绝技的神偷不成？

呆了半晌，胡一统忽然想起刚才的电话还没挂断，急忙跑回服务台，拿起电话，还好，"一阵风"果然还在电话那头等着他。胡一统早已没了先前的威风，他心虚气短地问："一阵风，你、你到底想怎么样？"

"一阵风"说："我的目的很简单，你放了那些孩子，我就把偷走的东西还给你，从此你当你的局长，我做我的贼，咱们井水不犯河水。"

胡一统差点没气晕过去："肚子里的孩子，被偷了还能还回来吗？"

"一阵风"语气悠闲地说："我能偷，自然就能还。"

4.一举三得

到了这个地步，胡一统只能是宁可信其有，不可信其无了。他放下电话，立即命令老庚把抓到的那三十几个孩子通通放掉，并喝令以后再也不准为难他们了。

于是，老庚赶紧跑下楼去，不大一会，就回来复命，说那群孩子都放了。

胡一统点点头，一看老婆的肚子，仍然瘪着，孩子并没"还"回来，再想想，自己也太傻了，老婆肚子里

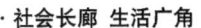

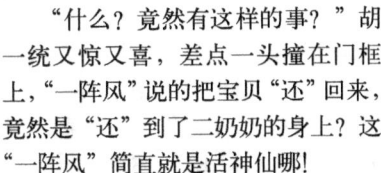

的孩子，既然没了，怎么还会重新回到肚子里呢？自己这不是昏了头吗？

头脑冷静后，胡一统越来越觉得不对劲了：老婆肚子里的孩子，怎么说没就没了呢？胡一统满腹狐疑，走到汤丽面前，冷冷地开了口："说吧，到底怎么回事？"

汤丽先是支支吾吾、吞吞吐吐，接着便满脸通红、装腔作势地哭了起来。其实啊，这汤丽原本就是个泼妇，也是个醋坛子，虽说是胡一统的原配，可患有不孕不育症，生不出孩子，可又不愿眼睁睁地看着别的女人为丈夫生孩子夺宠，情急之下，先将一个绣花枕头塞进衣服里假装怀孕……

胡一统明白了真相，气得直瞪眼，半晌说不出话来。他垂头丧气地回到家，却见小妾屋里一个丫头急匆匆跑来向他禀报："老爷，刚才屋里忽然刮来一阵怪风，二奶奶感觉身体有

些不适，请来大夫一瞧，大夫说二奶奶已经有了身孕……"

"什么？竟然有这样的事？"胡一统又惊又喜，差点一头撞在门框上，"一阵风"说的把宝贝"还"回来，竟然是"还"到了二奶奶的身上？这"一阵风"简直就是活神仙哪！

说句实话，"一阵风"也不是什么活神仙，小妾怀孕的事只是胡一统不知道，汤丽也是暗中打探到的，所以她才会假装怀孕，只想等小妾临盆时来个"狸猫换太子"。凑巧的是，胡一统讨的那房小妾是"一阵风"一个朋友的女儿，"一阵风"听说了朋友女儿面临的险境后，便设下巧计，既救出了被胡一统监禁的三十多个徒弟，又打击了胡一统的嚣张气焰，更帮老友的女儿出了一口恶气，可谓一举三得。

"一阵风"和胡一统的较量，全在一个"智"上，"一阵风"也不可能真的让胡一统把一枚钻石别针吃进肚子，然后再坐在马桶上拉出来。那枚钻石别针，是"一阵风"在胡一统下班前，趁他家里还没警察戒备时，溜进屋里，事先放到了马桶里，并偷偷在胡一统的茶壶里放入了泻药……

（题图、插图：杨宏富）

故事会 ■ 新浪 微故事大赛

12月优秀作品选登 （主题：年）

@jlsclxlhw 第一年："妈，我不回家过年了，春节加班发双薪，寄一千元，您注意查收"；第二年："妈，我不回家过年了，刚提主任，寄两千元，您注意查收"；第三年："大妈，我们经理不回家过年了，让我寄三千元，您注意查收……"第五年："妈，我回家过年了，这是五十亿，您在那边注意查收……"

@yutourr 大灰狼吃掉奶奶，躺在床上装睡，等小红帽回来。一会儿听到响声，大灰狼偷偷睁开眼睛，模模糊糊看到一个小红帽在眼前晃来晃去。大灰狼大喜，扑上去一口吞下。故事发生在12月24日晚，当天全世界的小朋友都失望极了。

@勤奋悟语 鞭炮声此起彼伏，空气中到处弥漫着年的味道，此时，一个稚气未脱的少年却在寒冷的街口徘徊。一辆执勤的警车路过，有个警察探出头来问道："怎么还不回家过年？爸爸妈妈该生气了！"少年哆哆嗦嗦地哈着热气回答："我也怕他们生气，所以才不知道到底应该去他们谁家过年。"

@河北张静娟 通过对年货市场"乱摆摊"现象的有效治理，城管大队长家的年货总算办齐了。

@魏柏林的博客 半夜里，妹醒来悄悄告诉我：姐，我梦见咱家杀了年猪，炖了一锅红烧肉，好好吃啊！我刮了一下妹的鼻子：小馋猫，又惦记那头猪了不是，那可是爹妈留给咱哥结婚的宝贝！妹嘟哝着：我知道！刚说完，屋后猪栏里传来一声铳响……是哥宰了那头猪。我记得那是1976年腊月二十九，此后，哥又当了五年光棍。

@月魔100 春运火车上很挤，一青年坐着，还用包占了三个座。人们叫他拿开包，他拍出四张座票，不肯拿开。一大汉不管，拿起包要扔。青年抽出刀吼着：谁动捅死谁！大汉忙放下包，一个骨灰盒掉在地上。人们惊住了，青年捡起骨灰盒哽咽道：我们兄弟四人出去挖煤，买的站票，累啊，都说回家要买座票的……

@苏大英雄 今天我碰到一个奇怪的家伙，他说他是从未来的地球，专门回到我们这来过龙年的。"其实十二生肖都是真实的动物，包括龙，只是龙最先灭绝！"他用手比划着，"后来，人们把灭绝的动物剔出了十二生肖的行列！"我问："所以你们那个时代就没有龙年了，是吧？""不！"他颓然道，"我们那里只有鼠年！"

（大赛启事请见P26）

王八上岸

□ 夏克军

太阳毒得喷火，大地干得裂纹，庄稼晒得冒烟，白川县遭遇了一场百年不遇的大旱。上级拨了平价柴油，发了补助款，可王家屯的村民却分文未见，大家只好借钱买高价柴油抽水抗旱，不到一个月，五龙河就被抽了个底朝天。

一天中午，村里几个学生正放暑假，在家闲来无事，就约着到河堤上闲逛。他们走到河堤上一看，哟，河床几乎干枯了，只有寥寥几处还残留着几摊浑水，很浅，刚没脚踝。大家伙儿就下到河床里，百无聊赖地走着，正在这时，有人突然喊道："你们快看，水里有个皮球！"

众人一看，浅浅的水里果然有个圆圆的东西，有个孩子挺顽皮的，而且酷爱足球，他走上前去，猛踢一脚，圆球"呼"地一下飞了出去……

其实这哪里是球呀，它是一只硕大的王八，刚才正趴在一块石头上晒太阳。看明白后，大家顿时来了精神，立刻奔过去捉王八。

俗话说，贼咬一口，入木三分；鳖咬一口，伤骨断筋。大家都不敢轻易动手去捉，只好你一脚我一脚地乱踢，始终无法逮住王八。

吵闹声惊动了在河边浇菜的一个农民，他叫老刘。老刘拿着水桶冲进河里，用桶作"网"，三下五除二就把王八逮住了，这王八趴在桶底，满满当当的，足足六七斤。大家从小在河边长大，捞鱼网虾，摸鳖逮蟹，可从没见过这么大的王八！

一群孩子跟着老刘，带着擒获的王八，吵吵嚷嚷地回到村里。老刘把

王八放在院子里，让街坊邻居过眼瘾。这时候，那王八一动不动地趴在地上，老刘蹲下身，用手指戳着王八说"瞧你刚才那欢腾劲儿，跟孙猴子似的，你本事再大，还能逃出我的手心？"这番话逗得周围一群人一阵笑，有人打趣道："那老刘你不成了如来佛了？快显点儿神通给我们来场雨吧！"

就在这时，王八猛地一口咬住了老刘的手指，老刘痛得一声惨叫，跳起三尺高，使出浑身吃奶的劲用力一甩，王八腾空而起，"嗖"的一下飞过了院墙……

墙的那一边是村主任家，这个时候，村主任喝得醉醺醺的，正拿着个大蒲扇，躺在院里的梧桐树下纳凉，身边的收音机里播放着他最爱听的评书：《地雷战》。村主任听得入迷，猛地，"啪"的一声，从天上掉下一个黑乎乎、圆溜溜的东西，村主任正在听《地雷战》呢，一下反应不过来，顿时吓了一跳，惊呼一声"地雷"，迅疾抓起王八，扔出院子，也就在这个时候，只见一道电光划过天空，"轰"的一声巨响，天地为之变色，瞬间乌云密布，豆大的雨点"噼里啪啦"地砸了下来，下雨了，久旱的大地迎来了难得的一场好雨……

听到村主任的惊叫，大家闯进村主任家，只见他满脸惶恐，吓得呆若木鸡，老刘捏着被王八咬得滴血的手，问："村主任，你没事吧？"村主任结结巴巴地说："你被地雷炸伤了吗？吓死我了，刚才从天上掉下一个地雷，幸亏我反应快，否则非报销了不可。"

大家哄笑起来，老刘说："你可别自己吓自己了，哪有什么地雷，就是个王八。"

接着，老刘绘声绘色地把事情的来龙去脉讲了一番，笑着说"你扔的是王八，看到的是闪电，听到的是雷声，没见天上下雨了吗？你这是酒喝得多，听收音机太投入，没注意天气变化，又把王八和地雷联系到了一

又一个村民乐呵呵地接过了话头："别难为它了，这不是下雨了吗？知错就改，饶了它吧。"

老刘甩甩受伤的手，突然问道："村主任，我代表咱村里人打听个事儿。咱们县遭遇百年罕见的大旱，听说国家有平价柴油和抗旱补助款，村民怎么没有领到？有人让我领头上访，我看还是先问问你吧，免得冤枉了好人。"

其实，村主任把平价柴油高价卖了，用补助款在城里给儿子买了楼房，他听出老刘话里有话，老刘又是个告状王，沉吟片刻，村主任以少有的讨好口气解释说："平价柴油下来了，补助款也下来了，现在雨也下来了，村委决定统一折算，马上发钱。"

大家齐声欢呼起来，为了这场及时雨，也为了那只幸运的王八。没过几天，村民们就领到了平价柴油和补助款，随之一首顺口溜也在村里流传开了：

王八水里游，像个大皮球，你踩我踢不上岸，大家干瞪眼。

王八地上爬，像个癞蛤蟆，东躲西藏不停留，大家干挠头。

王八天上飞，像个大地雷，又甩又扔又爆炸，大家乐哈哈。

王八急了眼，像个活神仙，下雨下油又下钱，大家笑开颜。

（题图、插图：安玉民　梁　丽）

起……那王八呢，你扔哪里去了？"

村主任惊魂未定，说"原来是这样，我也不知道它跑哪里去了。你们不要找了，这王八是有神灵的，它是河神，自古和龙王掌管水族，刚才被你们逼急了，这才招来雷公电母，下雨救驾。"

一个村民说："那更要找到它，好好整治整治它，既是河神，又和龙王掌管水族，天都干成这样了也不下雨，占着茅坑不拉屎，还敢张嘴咬人，逮住它杀了算啦，让老天爷重新换个办正事的。"

那村民说这番话时气咻咻的，不知怎的，村主任瞟了他一眼，脸色微微一变，神情似乎有点恍惚。正说着，

根据美国作家乔伊·斯特里特的小说改编。

我是
一名牙医

□ 方陵生 编译

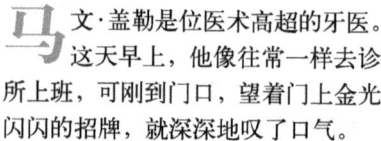

马文·盖勒是位医术高超的牙医。这天早上，他像往常一样去诊所上班，可刚到门口，望着门上金光闪闪的招牌，就深深地叹了口气。

要说盖勒，平时可一直是以自己的职业为骄傲的，可就在昨天，他新认识了一些朋友。那些探险家、演员和海军军士，他们丰富多彩而又激动人心的人生故事，着实让盖勒觉得牙医生涯太索然无味了。

盖勒默默走进诊所，看着亮闪闪的牙科设备和整整齐齐的病历档案，可这仍然不能振奋他低沉的心情。正好，他的助手福布斯护士来上班了，盖勒冲她挤出了一丝勉强的笑容。

按照惯例，福布斯小姐来向盖勒汇报今天预约来访的病人情况。末了，护士补充道："有位史密斯先生要来就诊，我告诉他要先预约，但他坚持今天来。"这时，盖勒的心思已经完全被病人吸引了，心情也好了些。

下午一点，史密斯先生来了。

史密斯五短身材，面容憔悴，笑的时候表情有些僵硬，盖勒一眼就看出这是牙齿有问题导致的。

盖勒安慰他："放松点。牙现在疼吗？还是先检查一下？"

史密斯用一根指头指着自己的嘴里说："是的，牙有点疼，就在这儿。"盖勒探了探他的牙齿，很快就找到了坏掉的龋齿："你的牙已经有洞了，需要做补牙手术，不过放心，手术过程不会疼的。"但是史密斯紧闭着嘴，拒绝做手术。

他说："我不做手术，什么无痛手术之类的废话，我听得多了。再说了，我来也不是为了补牙的。"盖勒惊讶地看着这个奇怪的病人，他那满不在乎的样子，确实不像是来求医的。

史密斯继续说道："我来，是为了和你做一笔小小的交易。"他指着橱柜上那一叠病历档案，"我有一位朋友，准备开个小牙科诊所，我想从你这里买下这些病历档案。"

盖勒惊讶地张大了嘴："可这些都是我的个人档案，不卖的。"

史密斯因为牙痛，咧了咧嘴，继续说道："但你也可以破一次例的嘛，给你一千块钱怎么样？"

盖勒使劲摇了摇头："你疯了吗？那些档案只是记录了我的病人以前和现在的牙齿状况，对任何人都没有用的！我肯定不会卖的！"

史密斯大笑起来："好吧，我是个讲理的人，但我的朋友可不那么好说话。"盖勒不容他再说什么，叫道"福布斯小姐——"

史密斯只好悻悻然离去，边走边说，他明天还会再来的。

奇怪的病人走了，福布斯小姐看着盖勒气得颤抖的双手，问："发生什么事了？"盖勒没好气地说："没什么，一个疯子而已。"

第二天早上十点左右，电话响了，又是那个史密斯先生："你好啊，我昨天那个建议，你想好了没有？"

"没想，那些资料我是绝对不会卖的。"

"那你仔细听好了，三千块钱！这是我的底线！下午五点半，我带着现金来找你。"

"做梦！"盖勒大怒，"你来也是白搭，除非你是来找我补牙的！"

"好吧，医生，那我就去请你给我补下牙吧。"

这一天，盖勒一直没办法让自己不去想这件事。下午五点半，史密斯果然准时出现在了诊所里。这时，护士已经下班回家了。

"想得怎么样了啊,医生?"

"我还是先给你治牙吧。"

"好吧,反正也要不了多久。"

盖勒开始专心补牙。在工作时,盖勒对所有病人都一视同仁,就是叫他们张开嘴巴,由他处理牙齿上的任何问题。

"好了,"盖勒放下工具,"我说得没错吧,一点儿都不疼。"

史密斯满意地点点头:"还不错,为了表示我的感谢,我也不会让你疼的。"说着,他拿出一个信封,"这里面是三千块钱,现在都是你的了。"

盖勒连连摇头,史密斯立刻收起了笑容"我不希望让你疼,但现在看

来,我做不到了。"他伸手向衣服里掏去,这次拿出来的却是一把手枪!

"告诉你,这是抢劫! 不要反抗,把病历档案全部给我,一份都不能拉下,我可不是在跟你开玩笑!"

面对黑洞洞的枪口,盖勒无法反抗,只能照做。

等史密斯离开诊所后,盖勒立刻把电话打到了警局凶案组。"我是牙医马文·盖勒,刚才有人劫持了我,抢走了我所有的病历档案……"

"先生,您打错电话了,这事不该找我们凶案组。"

"不,等等! 最近有没有发生谋杀案? 有没有无法辨认身份的尸体?"

"什么意思?"

"那个家伙,先是强行要买我的病人档案,我拒绝后,他才用枪逼着我,夺走了那些资料。如果最近有无名尸体,我猜想,也许是他想阻止你们从死者牙齿入手辨认……"

"请别走开,我们马上就过来。"

不一会儿,一位身材魁伟的警官步履匆匆地来到了诊所,他四周扫视了一圈,又上下打量了盖勒一番,问道:"你怎么会联想到谋杀案的?"

"这种事情不是经常发生吗?尸体被毁或被烧,无法确认,但通常可以通过牙齿来确定他们是谁。我想,我的病人里面肯定有人被他谋害了,

高龄学生 （崔东豪　编绘）　　　（《故事会》漫画版精品选登）

小孙子，看到你上学，奶奶也想上学呢！

那以后我们可以一起上学了？

呵呵，奶奶上的是老人大学。

您的想法不错，但是有件事情挺难的。

什么事？

万一老师要请家长来，您让谁去呢？

！

如果被害人的身份无法确定，那就很难展开调查……最近你们警局有没有发现无名尸体？"

"还真有，三天前，在树丛里发现的，是一具被焚毁的男性尸体。"

"那可能就是我的病人了，你们只要在我的病人里排查失踪者，应该就知道被害人是谁了……"

警官说："可是那家伙已经拿到了病史档案，不会再出现了，你能描述一下这人的相貌吗？"

"当然，我连他的牙齿都了解得一清二楚。"盖勒医生的脸因兴奋而神采奕奕，"你们要想找到他，不会太麻烦的，因为我是一名牙医，我有自己的办法——刚才，我给他补牙时动了点手脚，手术钻头一直钻到了他的牙神经，给他弄的补牙材料只能维持十分钟不疼，过了时间，那颗牙将会带给他从未有过的痛苦，他很快就得去找一家牙科诊所了。"

警官会心地笑了起来，盖勒也很高兴，这个奇怪的病人，给他平淡无奇的牙医生涯带来了不同寻常的经历……

（题图、插图：安玉民　梁　丽）

这里风俗真奇妙

□ 王英彪

有个畜牧水产局的局长，外号"胖局长"。胖局长在位时高高在上、神气活现，退休后倒也清闲，有时无聊，就开着个车出去散心。

这天，胖局长刚开车出城，远远看见几个村民扛着棍棒，提着绳索，吆五喝六地向村口走去。

这些人要干吗？不会是打架吧？胖局长一下来了兴趣，反正闲着没事，跟了过去。

他一直跟到一户人家院子里，只见那些人站在一堵墙边指指点点，原来这是猪圈，圈里有一群猪仔，活蹦乱跳着。胖局长觉得猪仔十分可爱，不由"扑哧"笑了。他这一笑，立刻引起了大家的注意。一会儿，有人走到胖局长面前，说："这位老哥，今天我们买猪仔，你逮一只试试手气咋样？"

胖局长有点不解，问道："逮猪仔和手气有啥关系？"

旁边有人说，手气好，运气好，逮的猪仔就大。胖局长一听，心想，最近搓麻将老是输，是不是手气不好？今天不妨试试。他一时兴起，撸起袖子，走到圈里。这当口，一只小猪刚好跑来，胖局长看准时机，猛地出手，那小猪便被他逮住了。

几个人一起吆喝"好身手"，抢着要买，胖局长就又逮了一只……最后数了数，他前后一共逮了八只。

一伙人抱着猪仔，欢天喜地地走了。那家主人说："他们运气真好，遇上了你，瞧你，少说也有180斤吧……"胖局长越听越糊涂了，买猪仔和自己的体重有啥关系？后来他一打听才知道，当地有个风俗：买猪仔时看现场谁最胖，谁胖就让谁逮，据说这样买回的猪养着准能发家……

· 幽默世界 ·

涨价标杆

□ 李愁白

大海开了一家快餐店，顾客大多是开出租车的司机。最近物价上涨，大海也上调了菜价，不料却引来一片抱怨。那天，来了一位熟客，叫二龙，大海便对他发起了牢骚。

二龙"嘿嘿"一笑，口气显得十分神秘："涨价也要看时机，我叫你涨你再涨，准没错。"大海将信将疑，只得静等二龙的消息。

这天，二龙打来了电话："涨价吧，所有菜价都要涨。"大海忙着把菜单上所有的菜价都略微涨了一点儿，果然如二龙所说，顾客们没什么意见。

第二天，大海请二龙大吃了一顿，席上，他向二龙打听："你怎么就知道什么时候该涨价呢？"二龙得意地笑着说："我手上掌握着'涨价标杆'呀，有了这标杆，别说涨这点钱，就是再多涨一些，也绝对没人不满意。"

大海忙向二龙请教什么是"涨价标杆"，二龙一笑："兄弟，这可是机密，就一顿饭……"话没说下去，意思是明白的，大海只得暂时作罢。

没过多久，二龙又给大海打电话："兄弟，涨价吧，这回多涨点，送外卖的价格要翻倍！"大海依言照办，生意果然照样红火，也没有顾客说个"不"字。这回大海算是领教这"涨价标杆"的神奇力量了，他死缠烂打，非要二龙给他说个明白不可，说是只要二龙把这秘密说出来，就让二龙在他的店里白吃一个月。

二龙答应得倒也痛快，不过他说得先白吃，吃足了一个月，再说。

一转眼，二龙已经在大海店里白吃了二十多天，眼看就要够一个月了，不料二龙突然不来吃饭了。大海心里挺纳闷，只好打电话问他怎么回事。二龙在电话里气呼呼地说："告诉你，我说的'标杆'就是油价，你看，这油价只涨不跌，涨得我都开不起车了，还怎么过来吃饭？"

球迷伤不起

□ 侯智勇

老张是个球迷，这天晚上九点，有一场篮球比赛的电视转播，是中国队挑战美国队，可就在这个节骨眼上，家里的电视机却突然坏了。

老张急得直跺脚，忽然，他灵机一动，上网发了个帖子："马上就要电视直播了，我家的电视机却坏了，谁

能满足一个热心球迷的愿望？让我去你家看一场直播，谢啦……"最后，老张留下了自己的住址，希望距离最近的网民能满足他。

还别说，不到两分钟就有人跟帖了，对方自称"小张"，就住在附近，欢迎老张上门。老张大喜，马上骑上自行车，风风火火赶了过去。

老张敲门，小张开门，客套了几句，老张催促道："我们快看直播吧，已经开始啦！"小张慢条斯理地说："嗨，急什么，九点半才开始呢。"

老张大吃一惊："啥？不是九点吗，啥时候改了？"小张一撇嘴，没有回答，老张只好等着。

好容易等到九点二十八分，小张才打开电视机，拿出几张纸片，虔诚地闭上眼，双手合十，嘴里念念有词"老天爷，您赐我一个奇迹吧！"

老张被感动了，想不到这个小老弟还是个爱国球迷呢。片刻后，终于到了九点半，电视里却出现了一个姑娘，然后是一台机器，里面是一堆乒乓球。老张一看，急得直摆手："不是这个节目呀，咱要看的是篮球！"

小张不紧不慢地说："没错，有蓝球，还有红球呢。"说到这里，小张打了个激灵："咦，你的彩票呢？你不是要看'双色球'开奖直播吗？"

老张听了，那叫一个万念俱灰啊，他一屁股坐到地上："球迷，原来你迷的是这些个球啊……"

这书是你买的吗

□ 李大勇

周大款经过数十年的商场打拼，现在已经成了身价过千万的富人。为了一改大老粗的形象，他新买了一个红木书柜，然后安排人从网上、旧货市场、地摊倒腾了满满一柜子的旧书，摆放在里面。

这天，周大款请三个朋友来家小聚。赵董来到书房，从书柜里抽出一本《七侠五义》，翻了两下问："周大款，这是二手书吧？"

周大款不愿承认，看这书挺旧，便说："这是我父亲买了留下来的。"

赵董笑了笑，去客厅喝茶了。

周大款急忙拿起那本《七侠五义》，只见封面上盖了个老旧的红印章："市图书馆藏"，周大款忙把那本书扔到了下面的抽屉里。

这时，钱总过来了，寒暄几句后，钱总抽出一本巴金的《家》，他看了看，问："周大款，这是二手书吧？"

周大款非常纳闷，但他假装若无其事地说："这是我自己买的。"钱总听后笑了笑，去客厅看电视了。

周大款迫不及待地拿起那本《家》，翻到扉页，见上面写着几个字："1986年购于美国洛杉矶华人街"。周大款这辈子没出过国，自然也不会在洛杉矶华人街买书，他赶紧把这本书锁进了抽屉里。

周大款刚把书锁好，孙老板进来了，开了几句玩笑，孙老板抽出一本路遥的《人生》，才翻了一页，就问："周大款，这是二手书吧？"

周大款心里一惊，想起刚才的情况，掩饰道："这书是朋友送的。"

孙老板不怀好意地笑了笑，就去客厅看报纸了。

周大款惊诧地拿起那本《人生》，翻到第二页，上面这样写着："愿你洗心革面，改过自新，做个对国家和社会有用的人。离别留念，马二楞，1993年6月于马窑坡监狱。"

创新运动会

□ 李雪涛

近日，全县不少学校都要开运动会，教育局秦局长听说县二中的运动会很有创新，那天，他特意到二中去看看。

到了那里，二中的徐校长热情接待，并陪秦局长来到了比赛现场。徐校长说，他们学校的创新主要体现在1500米、3000米这两项长跑上，具体怎么个创新法，等这两个项目开始时他再汇报。

短跑比赛完了，接下来就轮到1500米了，秦局长发现，这项目的比赛果然不同寻常，你瞧，参赛的八个学生在跑道上跑得一点也不快，一个个还耷拉着头，像有什么心事似的。秦局长纳闷地问："徐校长，这就是你们的创新？"

"局长说得对！"徐校长连连点头，"我将1500米分成三段，一段为500米，每段开跑时，把同一道'脑筋急转弯'的题目给每个参赛选手，让

他们边跑边思考答案。到了第一段的终点，选手们要把答案写好后交给裁判员，然后再带着第二道'脑筋急转弯'题目跑第二段，依此类推，直到跑完1500米；3000米比赛同样如此，创新的表现就在于竞技与智力的有效结合……"

秦局长一听，禁不住啼笑皆非："简直是不伦不类，这也叫创新？等比赛完了我再来驳斥你的'创新'谬论吧！"

徐校长笑笑，一点也不介意。等八个选手开始跑最后一段500米时，徐校长说："局长，这一段的'脑筋急转弯'是我亲自编的，难度比前两段要大得多。"

秦局长来了兴趣，说道"你说出来听听。"

徐校长说："就四个字——'甲、鱼、受、贿'——"

"甲鱼受贿？"秦局长觉得挺新奇，便动脑筋猜了起来，就在这时，他的手机突然响了，秦局长接完电话，叹了口气，说："刚得到消息，三中、八中，还有九中，有好几个学生在长跑时体力不支休克了，还有学生扭伤了脚踝。唉，哪年开运动会都会出事，真叫我头疼！"

徐校长笑了："局长，不瞒您说，我的创意，其实就是为了防止这种情况的发生呀！"

秦局长一听愣住了，徐校长接着说道："局长，现在的孩子呀，光顾着学习，缺乏锻炼；还有啊，吃的东西也不行，不是含激素就是添加剂，弄得骨头软着呢，身体素质差着呢。短跑我还不担心，长跑可就悬了，真要是发生什么意外，家长找上门来闹事，咋办？运动会要开，保障学生的安全更重要，于是我就有了这样的创新。局长您想，长跑时，学生的脑袋想着'脑筋急转弯'，就不可能跑得快；分成三段跑，也就有了充裕的休息时间。总之，我的创意就是——'限制速度，减少强度，避免事故'！"

秦局长惊得目瞪口呆，突然大声说道："你这么一说我猜出来了，'甲鱼受贿'——'鳖出事了'，是吧？"

徐校长"哈哈"大笑："局长真聪明！我老徐就要退休了，现在最大的愿望就是'甲鱼受贿——别（鳖）出事了'！"

（**本栏题图、插图**：顾子易　包丰一）

月色温柔的时候
将我的秘密挂在高高的枝头
从此，心中多了一份牵挂
常来树下坐坐
和自己的秘密说会儿话

（图、文/庞　彦）

"和气致祥杯"新编孝德故事大赛征稿启事

为继承和发扬中国优秀民俗文化——孝德文化、繁荣故事文学创作,《故事会》将与恒源祥家纺联合推出"和气致祥杯"新编孝德故事大赛活动。本次活动将积极推动全民参与,鼓励大众用真实、感人的现代版孝德故事来倡导社会对孝德文化的弘扬,为构建和谐社会再展风采。

本次故事大赛分设两个组别:文学故事、纪实故事。

【评选标准】

A．文学故事

1．故事感人,具有代表性、故事性,在思想上、艺术上能够反映当代优秀孝德品行和文化,能够代表当前故事创作的较高水平。

2．凡与孝德文化相关的原创故事作品均可参加,篇幅1500字左右。

B．纪实故事

1．故事必须为真人真事,具有代表性;能够反映当代优秀孝德品行和文化,所投作品需经有关部门核实,保证故事来源真实可靠。

2．凡与孝德文化相关的原创纪实故事均可参加,形式、风格不限,篇幅不限。

【参加方法】

1．作品征集时间:2012年2月1日—2012年7月31日。

2．作品报送方式:

所有参赛作品需注明参赛组别,并在稿件内注明参赛者姓名、地址及有效联系方式。

(1) 电子邮箱:xianghegushi@163.com (邮件主题请注明"孝德故事投稿")。

(2) 网上投稿:通过故事中国网www.storychina.cn提交作品 (具体办法详见故事中国网站)。

(3) 信件投稿 上海市金陵东路358号四楼恒源祥家纺品牌部 (200021,请注明"孝德故事投稿")

3．本次大赛严禁抄袭,一经发现,将取消参赛资格。

【评选流程】

1．本次大赛经海选,选出30件入围作品进入总决选,组委会将邀请由资深故事编辑、专家、学者组成的评审组进行投票,选出各类奖项。

2．2012年11月下旬将在第五届祥和文化论坛上揭晓评选结果,并邀请部分获奖选手参加论坛。

3．奖项设置:

每个组别各设奖项如下:

金奖1名:奖人民币3000元

银奖2名:各奖人民币1500元

铜奖3名:各奖人民币1000元

优秀奖12名:恒源祥家纺提供礼品1份

另将选出十个真实孝德故事进行追踪报道,并组织全国巡讲。

4．部分优秀作品将陆续在《故事会》上刊登,并集结出版。

5．参赛作品版权归大赛组委会所有,请作者自留底稿,参赛作品恕不退稿。

6．本次活动的解释权归"和气致祥杯"新编孝德故事大赛组委会所有。

505

2012
SEMIMONTHLY
下半月刊
2月
STORIES

欢迎登录本刊主办的"故事中国网"（www.storychina.cn）

故事会
—STORIES—

2012 年 2 月
下半月刊·绿版

何承伟：社 长、主编
夏一鸣：副社长
吴 伦：常务副主编（兼绿版负责人）
姚自豪：副主编（兼红版负责人）

本期责任编辑：黄美舟
电子邮箱：piggybank81@sohu.com

绿版发稿编辑：
朱 虹 刘迎曦 颜轶超
美术编辑：李宝强
电脑制作：郭瑾玮

本社办公室电话：021-64375030
上半月刊编辑部电话：021-64332325
下半月刊编辑部电话：021-64336469
（上海市绍兴路 74 号 邮编：200020）
主管、主办：上海文艺出版（集团）有限公司
出版单位：《故事会》编辑部
发行范围：公开

────────────────

出版、发行总监：张 凯
电话：021-64313938
广告业务：上海故事会文化传媒有限公司
广告总监：张 淮
广告业务：021-34010383
广告投诉：021-64333738
广告经营许可证
沪工商广字 3100320080016 号
发行：中国图书进出口上海公司

特别提示： 凡本刊录用的作品，即视为本刊已获得该作品与《故事会》相关的网上传播、汇编出版、电子和录音录像制品等权利。本刊向作者支付的稿酬，已包含了上述各项权利的报酬，如有特殊要求，请提前说明。

模仿

大学运动会进行集体舞彩排，法政学院别出心裁，学生高举纸板，组成了"法政人"三个字。

其他学院都觉得这个创意不错。于是，正式演出时，各个学院纷纷效仿，唯有植物研究学院无动于衷。一个植物研究学院的同学觉得奇怪，忙问辅导员是什么原因。

辅导员说"你也不想想，咱们是植物研究学院，如果按照他们那样来，不就成'植物人'了吗？"

（张　洋）

（本栏插图：包丰一）

不一样

夏日的一天，一名学生到学校餐厅打饭，见餐厅门窗紧闭，便问："师傅，这么热的天，你又不开空调，为什么不把门窗打开通通风？"

服务员说："你没看见餐厅外面有苍蝇吗？"

学生一挥手赶走了落在菜上的两只苍蝇，说："餐厅里面不也有吗？"

服务员说："这些和外面的不一样，里面的已经吃饱了，外面的还饿着。"

（余长生）

赶渡轮

一个职员下班晚了，匆忙去赶最后一班渡轮。刚到码头，他发现船离岸约一米了。为了不错过渡轮，他一个箭步跨上去，不料狼狈地摔倒在甲板上。

一位船员跑过来扶起他，这个职员忙对船员说："我赶上了，真幸运。"船员奇怪地问道："但你为什么不等一等呢？船正在靠岸。"

（杜　文）

避免偷吃

一个警察租住在一套老式公寓里，他要与楼内其他人合用一个冰箱，他放在公用冰箱里的食物常常不翼而飞。

有一次，别人送他两只烧鸡，他放在冰箱里。为防止食物再次被偷，他把烧鸡装进黑色塑料袋，放进冰箱时还附上一张纸条，上书："谋杀案证物，请勿触摸！"　　（曹合生）

猎人与和尚

一个猎人在山上打死了一头野猪，被一个和尚看到了。

和尚跑过去对猎人说道："善恶有报，万物轮回啊！你现在杀死了一头野猪，下辈子就要变成一头野猪。"

猎人眼珠一转，把枪口对准了和尚。和尚大惊说道："你要干什么？"

猎人道："我宁愿做和尚，也不做野猪。"　　（付　敏）

想　念

有个中年人去找心理医生，焦虑地说："大夫，我最好的朋友跟我的太太一起跑了，我好难过啊！"

心理医生安慰道："你和你太太也许是没有缘分，天涯何处无芳草，让她去吧！"

中年人依旧愁容满面地说："可我非常想念我的朋友啊。"（陈　成）

儿子的失望

儿子找妈妈哭诉，因为自己养的小海龟好像死了。妈妈安慰儿子："别太难过了，妈妈带你去吃冰淇淋，然后给你买你最想要的那辆赛车，再给你买那只你最喜欢的宠物狗。"

儿子不哭了，渐渐露出笑脸。这时，妈妈发现海龟动了一下，激动地对儿子说："儿子，海龟没有死！"

儿子失望地说："我可以把它杀了吗？"

（黄　飞）

吃饭的规矩

一个小资女平时喜欢看穿越小说。这天，她自己真的穿越到了古代，成了一个官宦之家的小姐。府上有很多大厨，小资女却每天食不下咽，以致得了厌食症。

一个丫鬟问她："小姐是不是有心事？怎么一口饭菜都不吃？"

小资女长叹道："为什么你们这里没有可以拍照的手机？这菜还没有拍照片上传到网上，怎么可以开吃呢？"

（黄蓓蕾）

争　气

年初，李婶一双儿女进城打工。年底，女儿挺着个大肚子回家。李婶很不高兴，整日哀叹女儿丢了她的脸，女儿羞愧难当，没等过年就匆匆离家回城。

女儿刚走，李婶的儿子带着个女人回了家，李婶一见那女人抱着个孩子，顿时像换了个人一样，逢人就说"看我儿子多争气——不光带回来媳妇，连孙子都让我抱上了！"

（鹰翔狼啸）

老婆在家

老王是个爱喝酒的人，这天晚上，他和一个朋友一起喝醉了。老王摇摇晃晃地走到了路灯杆下，一只手抱住路灯杆子，另一只手不停地敲打着杆子喊道："开门，快开门！"

朋友看到了这一幕，问："老王，你抱着路灯杆子干什么？"

老王迷迷糊糊地说："我老婆不给我开门。"

朋友笑了笑，说："你慢慢敲吧，你老婆肯定在家。"

老王听了问朋友："你怎么知道我老婆在家？"

朋友说："你抬头看看，你家的灯不是亮着吗？"

（汪小弟）

减肥"妙招"

妈妈整天嚷嚷着减肥，可是体重不但没减，反而上升了，这让她很郁闷。

晚上吃饭，妈妈一边摸着小肚子，一边感叹："这赘肉用什么办法才能减下去呢？"

这时，上小学的儿子走过来说："妈妈，我知道。你再生一个孩子呀！"

"为什么？"妈妈疑惑地问。

儿子得意地说："你不是经常说孩子是妈妈身上掉下来的肉吗？再生一个孩子，你就减肥了。"

（太阳树）

还有美女

阿强的工作调动了，新工作每天都要接待很多年轻美女。阿强让一个好友空闲时去他那溜达，顺便给好友介绍一个女朋友。

好友很激动地问阿强的新工作是干啥的，阿强说："民政局婚姻登记处。"

好友十分失望，美女都结婚了，阿强这不是要自己嘛。

阿强看出了好友的心思，慢悠悠地说："别急，还有离婚的……"

（陈　新）

好头衔

一家电脑公司最近下发了一个新通知，为规范公司形象，员工上班都必须戴工作牌。

清洁工大姐找到经理说："经理，你看我上班不戴工作牌行吗？你们的头衔不是经理就是工程师，而我只是一个打扫卫生的，我看就没有必要戴了吧。"

经理想了一下说："你负责大楼的美化卫生工作，得弄个好听点的头衔。我看就叫'环境CEO'吧。"（周　华）

（本栏目欢迎原创作品、翻译作品，来稿可从邮局寄发，也可从网上传递。如为电子邮件，请发以下信箱piggybank81@sohu.com）

你我都是经纪人

□紫　墨

大刘做东，在酒楼里搞了一个同学会。可几乎所有的人都到了，单单就差张经纪没有来。

要说这张经纪可不是一般的人，脑袋灵活，当了好几个大明星的经纪人，火着呢。经纪人靠明星给业务，得求着明星，但是活儿做到张经纪这份上，就不同了，他能凭借自己的脑袋瓜和人脉打理好明星的生活和星途，不少新星都求着他做自己的经纪人呢。而大刘之所以张罗这次同学会，其目的也是为了他张经纪。

原来，前些日子，新星小红找到大刘，说她想请张经纪做自己的经纪人，可是却搭不上话。她打探了好久，得知大刘和张经纪是高中同桌，也算是当时的铁哥们儿，所以就找到他。小红承诺，如果大刘把事情搞定，她会给他好处费一万块。大刘二话没说，立刻就接下了这活儿。于是，大

刘就在周六搞了这次同学会，来个守株待兔。

等了好久，张经纪才风尘仆仆地跑了进来，一进门就抱拳作揖，向各位道歉："忙啊，忙啊。"

大刘满上三杯酒："是自罚三杯还是我们掐脖子灌呀？"

张经纪急忙摆手："以茶代酒吧，我得开车呢！"

"我们派人送你，或者给你打个车。咱们这些同学平时基本上不联系，连谁生了孩子，谁找了小三儿都不知道，好不容易聚一回，你这酒杯还不端上？"

张经纪面露难色："不是我摆架子，是我得亲自开车接送丁丁，不敢喝酒哇！"

丁丁！大家全明白了，这肯定又是张经纪新跟的一个大腕儿。大家也不为难他，就招呼张经纪吃菜。

吃着吃着，张经纪的手机响了，他条件反射般地抓起手机，扫了一眼上面的号码，脸上立即浮现出了恭敬的笑容："张老师您好，对，丁丁是报名参加舞蹈大赛了，怎么……报名费要补交五百块？成，没问题，现在就交吗？三天内就可以呀？那好哩，谢谢张老师，再见！"

张经纪放下电话，一个同学问道："明星参加比赛啥的还得交费啊？"

张经纪点点头："当然了，一个子儿都不能少呀！"

大刘问道："不是有潜规则吗？怎么一个子儿都不能少呀？"

张经纪耐心地解释："规矩是摆在台面上的，潜规则是在桌下运行的。擅长潜规则的肯定不坏规矩，而坏了规矩的肯定不懂潜规则。"

众人恍然大悟，在笑声中共同举起了颜色各异的杯子。

大刘放下杯子，刚要说话，张经纪的手机又响了。他不好意思地朝众人笑了笑，拿起手机，不禁一声惊呼："我的天，幸亏有备忘提示，要不然真给忘了。"说着，按下了一串手机号码。

很快，电话通了，张经纪脸上又堆满了恭敬的笑容："于老师您好，音

乐学院的郑院长来了，下午要搞个活动，丁丁觉得机会难得，想参与一下，所以跟您请个假，今天下午就不去您那儿了。谢谢于老师！"

大刘看了看大家，用手一指"看到没有？这就是经纪人！"

大家一阵叹息："是呀，这一天多少个事儿呀，还真不是一般人能承受得了的！"

张经纪刚要接话，手机又响了，他接起来"是丁丁呀，结束了？我这就过去接你。"

大刘笑着看了看张经纪："别不好意思了，各位老同学谁不理解谁呀。赶紧去接丁丁吧，不过得马上回

来！"

张经纪答应一声，抱了抱拳，转身离去。

张经纪一离开，大家议论成了一团。可是大刘却陷入了沉思，他原本还打算通过这次同学会，私下里和张经纪谈谈小红的事儿。看来这张经纪的确太忙了，他要是不抢时间跟他摊牌，估计连说事儿的机会都没有。于是大刘打定主意，只要张经纪一回来，他就开门见山。

大约过了一个多小时，张经纪气喘吁吁地返回来了。一个同学开了口："哟，你还回来了？我以为你得陪着丁丁呢！丁丁呢？"

"去形体锻炼中心了。"

张经纪说着举起杯，"我敬各位老同学一杯！"

一阵欢笑，大刘趁机开了口，说出了小红的想法。谁知张经纪摇了摇头："大刘，你告诉她，我不做。"

"你再好好考虑考虑，她说薪金比任何人都高。最起码你跟小红见见面，认真谈一谈，也算我对人家有个交代呀。"

"不谈，我现在真没精力再接新活儿了！"

大刘不高兴了，冷冷一笑，说："哥们儿，这话你跟小红说成，跟各位老同学说，这不明显地当我们是傻子吗？不接新活儿？丁丁也不是什么特出名的明星，大家都不知道她，这不明摆着是你新接的活儿吗？"

"丁丁？"张经纪一愣，"她不是明星，她是我女儿，才十岁！"

"你女儿？"众人全愣了，"那刚才……"

"刚才？刚才我联系的都是丁丁参加的各种学习班、辅导班呀。"张经纪叹了口气，"当爹妈的，简直就成了孩子的经纪人。可怜孩子了，一个班接一个班地学习，真比那些明星赶场子还累！可是没办法，为了让孩子不输给别人，他们就得学呀！"

桌上顿时鸦雀无声，大家心里都在想着一件事儿，的确，你我都已经成了经纪人！

（题图、插图：安玉民 梁 丽）

白色的回忆

□〔日〕加藤康男

秋　石 编译

芝子结婚三年了，最近她对丈夫越来越失望。于是，这天晚上，她独自离开了家，去了一家旅馆，她想一个人静静，决定一些事情！

芝子想了好久，最终决定向丈夫提出离婚！她用房间的传真机，打了一份"离婚协议书"，签上自己的名字，随后深深地吸了一口气，好像怕自己会后悔一样，迅速按下了发送键。那张薄薄的"离婚协议书"开始缓缓移动，很快传真机的屏幕上就显示发送成功。

做完这一切，芝子回到床上，但这一夜她反而辗转反侧，难以入睡。结婚以来的一幕又一幕不断地浮现在她的脑海里。她想起自己和丈夫的热恋，想起新婚后的那段甜蜜生活，想起结婚那天，丈夫亲手采来一束百合送到自己的手中。当时，自己问丈夫："你知道我为什么穿白色的婚纱吗？"

丈夫想了想，傻傻地答道"亲爱的，这是表示你像白色一样纯洁无瑕呀。"

芝子笑了："傻瓜，白色表示新生，一切将重新开始。从今天开始，以前的我完全消失了，我将作为你的妻子开始新生。"

芝子回忆到这里，内心开始有些后悔了。她想：我真的将离他而去吗？不，我还是爱他的。虽然他没有稳定的工作，可他没有放弃过努力

啊。芝子越想越不安，她心里开始祈祷：这么晚了，那份传真他一定还没看到。明天一大早，我就回家，回到他身边……

芝子这样想着，感觉踏实多了，接着就沉沉地睡着了。

第二天一早，芝子听到了急促的敲门声，开门一看，丈夫出现在她面前。一见面，丈夫就说："我看了你发的传真。"

芝子心里大惊，糟了，他还是看到了，而且肯定已经在"离婚协议书"上签了字。天哪，一切都晚了。

丈夫急促地说道："我有话要对你说。我昨天收到你的传真后，认真地考虑了一夜。"

芝子紧张地说："我也是。"

"你的传真让我想起了我们结婚的那一天。"

"我也是。"

丈夫微笑着说："我明白了你的意思，我答应你！"

完了，一切都已经晚了，芝子眼前发黑，喃喃地说："不，其实我已经……"

不等芝子把话说完，丈夫就激动地说："我想起我们婚礼上你说的话，白色代表着新生，我们将重新开始，对吗？"

芝子不解地看着丈夫，只见他拿出一张白纸，继续说道"刚开始看你发来的这张白纸，我百思不得其解。想了一夜，我才明白，婚礼上你说过，'白色就表示一切将重新开始，我们将拥有美好的明天。'"

芝子一看，居然真是一张干净的白纸，上面没有任何笔迹。芝子很困惑，昨晚明明发送的是"离婚协议书"啊，难道是上天的安排，我们注定不能分开？

丈夫和芝子激动地拥抱在一起。

一阵清风吹过，吹落了桌子上的"宾馆设施使用说明"，其中一条是：在发送传真时，请务必将带文字的一面朝下。

（题图、插图：安玉民　梁　丽）

火车上的
城管

□ 糖微粒

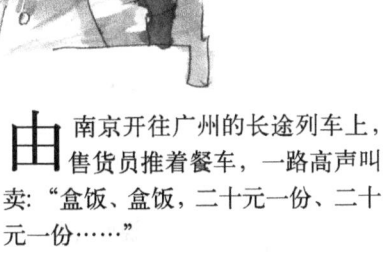

由南京开往广州的长途列车上，售货员推着餐车，一路高声叫卖："盒饭、盒饭，二十元一份、二十元一份……"

就在这时，一个醉醺醺的声音吼了起来："是谁在那儿卖盒饭？交摊位费了吗？"

众人循声望去，在车厢过道边的座位上，坐着一个中年男子，他手里拎着半瓶二锅头，桌上还放着半包花生米，看样子已喝得半醉。见售货员没理自己，继续推着车叫卖，那中年男子火了，一脸凶相地喝道："嘿！说你呢！你交摊位费了吗？"

"我在火车上卖盒饭交什么摊位费啊！"售货员觉得莫名其妙。

"你敢顶撞老子！不想混了是吧？"那中年男子说着就站起来，一把抓住餐车，再一发力，喊叫着"都给我闪一边去！"把餐车掀翻在地。几十份盒饭全倒在了过道里！

众人不禁目瞪口呆！都说有耍横的，但在列车上如此明目张胆耍横，胆也太大了吧。果然，售货员很快叫来乘警。乘警一把揪住中年男子，厉声喝道："你是干什么的？为什么掀翻餐车？"

那中年男子已醉得站不住了，他靠在椅子上，从口袋里掏出张工作证，威严地说："你管得着我！老子是城管执法大队的副队长李草标，这老娘们占道卖盒饭，不交摊位费！"

原来，这李草标确实是城管大队的副队长。最近，他打击小贩有功劳，领导特地给他放了半个月的假，他就

回老家探亲。刚才，他醉意蒙胧中，听到有人叫卖盒饭，高度的"职业敏感性"，使他马上有了"工作激情"。

李草标指手画脚地说着，不想一脚踩在盒饭汤水上，一个趔趄摔倒在地。头正好重重地磕在餐车上，这一下，他酒醒了大半。李草标摇摇晃晃地爬起来，一只手使劲地揉揉眼睛，想搞清楚到底发生了什么事。

这时，乘警发话了："你无缘无故掀翻了售货员的餐车，这损失你要照价赔偿！"见李草标不愿意，乘警又加重了语气，"怎么，你还想让我治你个扰乱社会治安罪？"

李草标酒被吓醒了，这可是在人家铁老大的地盘上。好汉不吃眼前亏，他连忙说："好、好，我赔。"

售货员数了数地上的饭盒，然后说"你洒了我二十五盒饭，每盒二十块，你一共要赔我五百块钱！"

旅客见城管碰到了铁老大，顿时多了好奇心，大家七嘴八舌，要看两家的热闹。

李草标脸憋得通红，以前在小摊贩面前，呼风唤雨，说一不二，这下可是惹了一身毛。

事已至此，不赔偿也不行。李草标带着商量的口气对售货员说："大姐，五百块，太多了吧！我能不能按成本价赔偿……"

售货员打断他说："这哪行！这些盒饭本来就可以卖五百块的！"

李草标无奈，只好伸手掏钱包，可是掏了半天也没掏到。咦！钱包呢？李草标急出了一身汗，翻遍里外衣兜，寻遍座位上下，就是找不到钱包。身上只掏出三百块，他赔着笑脸说："大姐，我的钱包不知是丢了还是被偷了？身上就这三百块了……"

售货员一把扯过钱，说："别装了！你这点小伎俩，骗谁呢？"

李草标哭丧着脸说"大姐，我没骗你！钱包真的不见了……"

售货员不依不饶："我不管你真假，你必须再拿两百块钱！我就在这等着。你什么时候拿够钱，我就什么时候收拾这堆东西！"

李草标真快哭了！从来都是自己为难小摊贩，自己什么时候被人为难过？

见局面就这样僵持着，乘警带着嘲讽的口气发话了："我说城管，快掏钱吧。那么多人看着，你不觉得丢脸啊。"

"喔，喔，掏钱！"旅客们七嘴八舌地鼓噪着。

正在这时，旁边忽然传来一阵喧嚷声："抓小偷，抓小偷！"只见有人紧紧抓住一个长头发小伙的手，在他们的脚下出现了一只钱包。

乘警马上挤过去把小偷制服。旅客们围上来，李草标也挤过来。他一眼看到了地上的那只钱包，如同抓住了救命稻草，高声喊起来："这是我的，这是我的！"

"这可恶的小偷，可害人了！"旅客们纷纷指责起小偷来。小偷脸色一阵红，一阵白。

李草标真想给这小偷一巴掌。这小子，趁自己喝晕竟然把钱包偷走，搞得自己没钱赔偿出尽洋相！李草标手伸到半空，就晾在那了！他发现小偷死死地盯着自己，那眼神似曾相识，让他心里发悚。

就在乘警要带走小偷的时候，小偷突然歇斯底里地喊起来："等一下，我想说句话！城管，你不认得我了吗？我以前不过是个在大街上摆摊的小贩，我卖书、卖菜、卖衣服都被你们没收，被你们追打！要不是你三番五次地逼得我没活路，我今天也不会偷你钱包！"

喧嚷的人群突然沉默了。李草标心里一惊，一时间，他不知该说什么好。

小偷被乘警带走了，旅客们也渐渐散去。见李草标还在发愣，售货员伸过手来："这下你有钱了吧？"

李草标反应过来，连忙又掏出两百元钱，递给售货员，说："对不起，真是对不起！"李草标也记不清自己多长时间没给人说过"对不起"了。

售货员收起钱，就忙着去收拾餐车了。车厢里渐渐又恢复了常态，李草标突然觉得自己应该去对那个小伙子说一声"谢谢"，要不是他抓住小偷，自己今天洋相出大了！

李草标走到那个小伙子的座位旁，与小伙子四目相对的时候，他不禁又呆住了。这不是那个卖烤红薯的小贩吗？几天前，李草标带着几个城管突袭东方红大街，扫荡了一批小摊贩。其他人很配合地交了罚款，就这卖烤红薯的小伙子说自己刚开张，身上没带几个钱。双方争执了一通，最后李草标一伙人发起火来，把小伙子的摩托三轮和烤炉全搬上卡车，没收

真像一家人

□ 张啸天

张老头人送外号张算计。张算计挺有意思，干什么事都要精打细算，他常挂在嘴边的一句话就是："吃不穷，喝不穷，算计不精就受穷。"

最近张算计的女儿带回家一个男友，小伙子姓王，长得挺精神，嘴也甜。张算计刚开始却不大热情，原来他想：长得好看有什么用？关键得看

了。任凭小伙子怎么哀求，李草标就是不理……

李草标这下真是彻底地蒙在那里了。他吐出已经很久不说的"谢谢"两个字，然后又像喝醉了酒一样摇摇晃晃地回到自己的座位上。

过了许久，李草标似乎下了一个决心，他找出一张白纸，写下几个字：过些日子到城管队来领你的摩托三轮和烤炉——李草标。接着，他悄悄地将纸条传给了小伙子。

做完这一切，李草标觉得松了一口气，酒劲又上来了，趴在餐车上渐

渐睡着了。

不知什么时候，李草标醒来了，他发现桌上有一张纸。他拿起一看，竟是自己写给小伙子的纸条，只是上面多了几行字：

李队长：

你知道小摊贩们的生活真的都挺不容易，人如果被逼到绝路上，都会做傻事的（今天你也看到了），恳请李队长以后对小贩们好一些！

李草标看完后，揉揉眼睛，感觉像做梦一样。

（题图、插图：谭海彦）

会不会算计。于是张算计眼珠一转，开了腔："小王啊，我这儿有十二块钱，你去超市帮我买三斤鸡蛋回来。记住！只能花十二块钱，而且三斤鸡蛋不能多也不能少。超市的收款单是凭证。"小王对女友老爹的事迹早有耳闻，知道这是在考验自己，所以二话不说，接过钱直奔菜市场。

这一去就是三个小时，眼看都快到晌午了，小王还没回来。女儿不由得抱怨：这是跑哪儿买鸡蛋去了？不会是到鸡窝里等着鸡现下蛋吧？张算计心里暗笑：就算小王再会讲价，三斤鸡蛋怎么着也超过十二块钱。不用问，这小子肯定是被难倒了，看来，要当我张算计的女婿还差点火候！

又等了一会儿，小王终于满头大汗地拎着鸡蛋回来了，张算计接过来一看，鸡蛋有大有小，看得出是精心挑出来的，一过秤，不多不少，整三斤。小王不慌不忙地掏出一张超市收款单，只见上面清清楚楚地写着三斤鸡蛋十二块钱。张算计乐了，原来他早就知道有家超市最近一直在搞鸡蛋促销，还知道每个人每次买的鸡蛋不准超过三斤，他昨天还和一帮老头老太太在那儿争着排队呢！可这家超市离这儿挺远，于是问："难

道你坐公交车去的？"

小王抹了一把汗说："坐公交车不就亏了吗？我是走着去的，来回走了个把小时呢。"张算计满意地点点头，看来小伙子挺能算计。

从这以后，张算计就认可了这个未来女婿，小王也经常来看望他这位准岳父。可时间一长，张算计不乐意了，为啥？因为这个小子每次来都空着手，可自己每次都得好酒好菜伺候着，这样算起来，不是亏大了吗？

张算计心里头有气，有一天，趁小王又到家里吃饭的时候，张算计就问他："小王啊，你和我女儿认识的时间也不短了，打算啥时候结婚？"小王听了心中暗喜，看来老家伙有点吃不消了！他马上就说："只要您老人家答应，我们下个月就结婚。如今物

价上涨很快，早点结婚能多省点钱，如果孩子赶在明年九月一号前出生，这样还能提前一年上学呐。"

张算计吓了一跳：好小子，都说不是一家人，不进一家门，果然挺会算计。可惜你光替你自己算计了，就没替我想想？于是张算计没好气地说"你的打算是挺好，可我操心费力地养大个女儿，你啥彩礼也不给就想娶回家？想得也太美了吧！这样，我也不多要，你给我二十万块钱当彩礼。"一听这话，小王差点一头栽到地上，二十万！我的妈呀！这哪是嫁女儿？这分明是要卖女儿嘛！

一个星期过去了，小王竟然再没露面。张算计心里打开了鼓，可别把这个小子给吓跑了！像这么能算计的姑爷，打着灯笼也难找啊！正在他有点后悔的时候，小王终于又上门了。小王也不多说话，直接掏出两沓钱放到桌上，又掏出来一张广告纸。

张算计只看了一眼，就差点被气得晕过去。原来桌上的钱只有两万块，而那张广告纸竟然是一张公墓的价格表。小王一看张算计气得不轻，赶紧跟他解释："现在大城市墓地比房子都贵，很多人都是趁着价格低先买了占着，要不然等到你去世后说不定连块墓地也买不起。"为了证明自己不是胡说，小王还拿出了几张报纸让张算计看。

张算计看了一下，上面写着墓地越来越升值，很多人现在已经不再炒房，都转行专职去炒墓地了。

看到张算计气消了不少，小王赶紧趁热打铁说："我们这儿的墓地目前还挺便宜，现在花两万块钱买一块墓地，到时候别说涨到二十万，说不定还能涨到五六十万呢！"张老头听了转怒为喜，忍不住频频点头"我果然没看错人，你确实挺会算计。好吧！只要能增值，老汉我没意见，买了墓地就可以让你俩结婚。"

事不宜迟，两人赶紧来到了公墓管理处。工作人员问："想买块墓地？""嗯。"工作人员把手一伸："请出示死亡证明。"什么？买墓地还要死亡证明？工作人员解释说："以前不需要，可是因为现在炒墓地的人太多，使墓地价格跟疯了似的往上涨，所以上面出了个新规定，新买墓地一律要出示死亡证明！"

听说刚出了新规定，可把小王给急坏了，他好不容易想出这么个好办法，没想到却卡在一张死亡证明上，这下让他去哪儿弄这二十万块钱彩礼？人一急就容易犯糊涂，小王也没顾得多想，竟然冲着张算计脱口而出："这可怎么办？要不然你快点去死吧！"你想想，张算计听了这话后能有什么反应？他两眼一翻，差点真的被气死过去！

（题图、插图：张恩卫）

一场血战，临时要官，理想不再有？两军对垒，不计生死，只是为功名？硬汉的内心也藏着许多故事……

我是团长

□刘洪林

1941年春，活动在皖南的新四军某部，在一次反"扫荡"战斗中损失惨重。六团团长王猛身负重伤，藏在当地一个老中医家中。数月后，王猛带着当地百十号青年找到了队伍。

当时，部队并未脱离险境，敌人的追兵只有短短一天路程。政委见王猛不仅枪伤好了，还带来百十个精壮的小伙，十分高兴。军情紧急，他直接向王猛下达了命令，命令他为一营营长，立刻率部攻打"老虎口"。

"什么，我当营长？"王猛疑惑地问。

"是这样，"政委解释道，"这几个月部队减员较大，每个团都进行了缩编，现在的一营，就是你们老六团幸存下来的战士。"

"可我……"王猛欲言又止，嘴张了好半天，才憋出一句话，"我是团长啊！"

政委点点头，他理解王猛，这个农家子弟十九岁当兵，作战勇猛，指挥沉着，硬是从普普通通的士兵，成长为一名优秀的指挥员。政委摊开地图，介绍了当前敌情后，说："你们团现在归队的，加起来还不足四百人，能给一个主力营的编制，已经不错了。"

"可我是团长啊，我想不通！"出人意料，王猛竟一点也不体谅政委的苦心，他一把扯下帽子，赌气地蹲在

·新传说·

地上。

"知道你是团长！"政委也急了，大声说，"你怎么这么死脑筋啊，等'扫荡'结束，队伍发展起来了，你还可以当你的团长嘛！"说完这话，政委又转念一想：不对呀，王猛是他看着成长的，这家伙虽然性子倔，但不至于不讲道理呀？他追问道："老实说，你非要当团长，是不是有别的原因？"

"没别的原因，我本来就是团长嘛！"王猛指着屋外百十号人，说，"村里谁都知道这事，你让我……我没脸对人说！"

原来是为了这个。政委松了口气"这好办，我会亲自向大家解释清楚，这你不用担心。"

王猛恳求道："你就让我当团长吧，哪怕、哪怕不打仗，去后备团都行啊。"

政委终于发火了，拍着桌子说："你混账！王猛呀王猛，你怎么变成这副样子了！不想上前线，是让敌人打怕了，对不对？告诉你，我们新四军的后备团，照样都是不怕死的英雄好汉，就你这熊样，你连营长也不配当！"

政委话音刚落，就有侦察员进来报告，说敌人正连夜追来，先头部队已经不足百里了！政委瞪着王猛说："你不是想当团长吗，行！现在是晚上九点，天亮之前给我拿下'老虎口'，立了功再说！"

王猛走后，政委一阵心痛，王猛才离开部队几个月，一回来就伸手要官，他这是怎么了？政委知道"老虎口"这一仗，王猛已经不是为了革命理想，而只是想官复原职而已。

老虎口，是部队前行必经的一个关口，笔直挺立的两山中，只有一条羊肠小道可以通过。而此时，已有敌军的一个团把守道口，真有"一夫当关，万夫莫开"的架势。王猛率部摸到山下一看，不由倒吸一口凉气，只见山上两侧全是峭壁，中间唯一的石道，早已被敌人机枪封锁，若要硬攻，只怕拼光了手里这几百人，也无法拿下关口。

时间一分一秒地过去，王猛反复查看地形后，终于拿出了作战方案。他命令两个连从正面佯攻，吸引半山腰的敌人火力。而他亲率一个连，从悬崖下冒险登山，悄悄上到山顶，争取上下合攻，一举拿下关口。

王猛敢这样做，是因为他带来的这批人中，有一对以采药为生的兄弟，攀爬峭壁，引导大家，这对他们来说不算难事。准备停当后，正面佯攻率先打响，一时间枪声大作，喊声震天。敌人最怕夜战，慌乱中，马上调集所有轻重机枪封住山口，打得两边岩石火花四溅。

这边，采药兄弟俩一身黑衣，借着火光和月色，艰难地爬上了山顶。

他们放下绳子后，王猛头一个攀着绳结上了山。来到山顶悬崖边，王猛四处一看，心头暗喜，只见山顶的敌人不多，他盘算着，等自己的连队全部上来后，先突然袭击山顶的守军，再往下夹击山腰之敌。

战士们趁着夜色奋力攀爬，可是，刚刚爬上来二十几个人时，一个新兵因为紧张，竟然误开了一枪。这声枪响，顿时把敌人引了过来。敌人惊恐万分，数挺机枪喷着火舌，子弹像雨点一样扫了过来，王猛被压得抬不起头来，悬崖边上的二十几个战士，在火光中几乎无处藏身！

"手榴弹！把手榴弹扔出去！"王猛大声喊道。士兵们听到命令后，几十颗手榴弹一起扔向了敌军，巨响过后硝烟弥漫，烟雾中，王猛跳起来大吼："全体上刺刀，跟我冲啊！"

这是一次没有号声的冲锋，敌人还没回过神来，王猛就已经杀到了他们面前。近身肉搏中，敌人的机枪发挥不了作用，眨眼间，王猛就捅翻了几个敌人，后面跟上的战士精神大振，无不以一当十，杀得敌人胆战心惊！

山顶很快被控制，王猛乘胜追击，一口气把敌人赶到了山腰。而这时，山下的战士见时机已到，也集中火力开始强攻。敌人在山腰遭到夹击，乱成一团，无心恋战，很快就举手投降了。

战报传来，政委高兴地出来迎接，但他看到的，却是躺在担架上血淋淋的王猛。抬担架的战士告诉他，王营长与敌人肉搏时，身中五刀仍然奋勇杀敌，直到战斗结束才倒下。

政委叫来卫生员，但卫生员却非常为难，因为王猛伤势很重，而部队里现在连最普通的消炎药也没有了！政委一听心急如焚，他的吼声终于惊醒了王猛。王猛抬起头，吃力地说："政委，我们立功了。"

政委点点头，指着一旁说"立功了，你们立了大功！看到没有，光重

机枪就缴了三挺啊！"

王猛转头看了看，又问："那我，可以当团长了？"

政委忍住心疼，突然站起来大声宣布："从现在起，我任命王猛为新一团团长，大家听到没有？"

"听到了！"战士们噙着眼泪回答。

王猛笑了，他惨白的脸上，忽然闪出一丝红晕。他吃力地抬起手，从口袋里掏出一张纸递给政委。这是一张被鲜血染红的纸，政委看了，顿时浑身一震，这竟是一张"结婚申请书"！刹那间，他全都明白了，王猛为什么一定要当团长。因为部队有规定，战争期间只有团级以上的人，才可以申请结婚。

又一个战士告诉政委，王团长上次突围后，藏在一个老中医家养伤，老人为他采药时不慎跌落深山崖。临终前，老人把女儿秀姑许配给了王猛……政委恍然大悟，他高声叫人，让他们马上去接老人的女儿，越快越好！

"不用接了。"这时，一直守在王猛身边的战士突然解下头巾，露出满头长发来。原来，她就是老中医的女儿秀姑！

秀姑显然也刚从战场下来。原来王猛和秀姑情投意合，感情颇深，王猛伤好后，秀姑便追随他来到部队。谁知王猛还没来得及向首长介绍秀

姑，就直接变成了营长。秀姑不听王猛的劝，执意化装成战士，要陪伴王猛一起枪林弹雨，就算一起死在战场上，也很幸福。

秀姑没有山里姑娘的羞涩，冲政委鞠了个躬，请求他批准这门亲事。政委自责地说："你们俩这是抱着必死的心上战场啊！这事怨我！我怎么就没刨根问底呢。要不，等王团长伤好后，你们再……"

"不，我现在就嫁给他！"秀姑接过申请书，沾着纸上的鲜血，二话不说摁了个指印。摁完后，秀姑回头见王猛昏睡着，就俯下身子轻声叫他。但王猛似乎是太累了，他眼睛动了动，却没有睁开。

政委再也无法控制自己，他抹一把眼泪，哽咽着说："我同意了！在场的同志们都可以作证，从今天起，秀姑和王猛正式成为夫妻！"

就在大家沉浸在悲痛中时，远处突然跑来两个人，将一大把草药递到秀姑手里。原来，他们就是采药的兄弟俩！原来战斗结束后，他们顾不得休息，又冒死入山采来了救命的刀伤药！

老虎口一战让王猛名声大震！两个月后他伤愈出院，很快，新一团就扩充到两千人，成了一支令敌人闻风丧胆的"猛虎团"，而秀姑则成了"猛虎团"的卫生员。

（题图、插图：谢　颖）

22

换一个角度

□ 陈　正

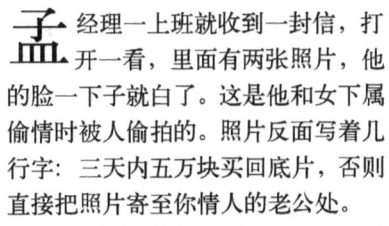

孟经理一上班就收到一封信，打开一看，里面有两张照片，他的脸一下子就白了。这是他和女下属偷情时被人偷拍的。照片反面写着几行字：三天内五万块买回底片，否则直接把照片寄至你情人的老公处。

好半天孟经理才回过神来，不对呀！情人不是早就离婚了吗？哪来的老公？为了弄个明白，他赶紧把情人叫来。情人一见照片，吓得两腿一软，差点瘫在地上，一个劲地哀求孟经理快点花钱买回底片。孟经理两手一摊，带着哭腔说："我的情况你又不是不知道，是靠着老丈人才当上的这个经理，家里的经济大权都由那个母夜叉掌管，别说掏五万了，就是掏五千也很困难啊！再说你不是早就离婚了

吗？怕什么老公啊？"

情人的脸变得更白，原来她并没有离婚，她老公因为寻衅滋事捅伤了人，一直在坐牢，前几天刚刚刑满释放。孟经理听后脑袋"嗡"的一声就大了，开什么国际玩笑！这么重要的情况，你当初怎么不如实汇报？天啊！情人的老公竟然是一个亡命之徒，如果让他知道了这件事，会不会……他越想越害怕，当初偷情的时候色胆包天，全然没想到会有这么严重的后果，现在该怎么办呢？

事已至此，只能硬着头皮想办法解决，孟经理定了定神，又仔细地看了看那两张照片：只见第一张照片，两个人紧紧地抱在一起，情人笑得一脸灿烂，而自己只是背对相机，只看到一个秃头；再看第二张照片，这张照片是从侧面照的，但很要命，不但

看清了自己的脸，而且自己的手放在情人的胸前。看着看着，孟经理突然眼睛一亮，想到了一个办法。

孟经理决定提前召开优秀员工表彰酒会，优秀员工中自然包括了情人。按惯例优秀员工的家属也被邀请参加。

这天，酒会上孟经理见到了情人的老公，这家伙一看就非善类，顶着个大光头，胳膊上刺龙画虎，一双阴冷的小眼睛时不时地露出凶光。孟经理打起精神，根据事先的安排，表彰会上，孟经理先把装有一千元奖金的红包发给情人，然后又亲手把优秀员

工的小牌挂在情人的胸前，还很自然地和她来了个亲密拥抱。四周响起了热烈的掌声，情人的老公也使劲鼓掌，他没想到自己老婆这么能干，得了奖金不说，还能带他来吃白喝。

根据孟经理的安排，有人专门从不同角度拍下整个过程。没等酒会结束，照片已经被加急冲印出来，孟经理亲热地拉着情人的老公一起看照片。看着看着，孟经理不好意思地笑了，指着两张照片说"这两张照片的拍摄角度有问题，不知道真相的人看了肯定要误会嘛！"

情人的老公一看，只见一张照片上两个人紧紧抱在一起，孟经理只露了个秃顶脑袋，而他老婆笑得一脸灿烂；而另一张照片是从侧面照的，从这个角度看，孟经理的手好像正好放在他老婆的胸前。情人老公的脸上有些挂不住了，但也不好发作，只能很尴尬地说："这个拍摄角度是有点问题，换个角度就好了。"孟经理看了看他，很严肃地说："今天幸亏你在场，要不然日后别有用心的人寄给你这两张照片，我就是跳到黄河也洗不清了。"情人的老公觉得很别扭，却只能假装大度地说："不会，不会……"

转眼三天的期限到了，孟经理接到了敲诈电话，对方问他钱准备好了没有。孟经理毫不在乎地冷笑道"你脑子是不是坏掉了？我凭什么要给你五万块钱？就凭这两张破照片？做梦

去吧！告诉你，再敢打电话来，我马上报警！"这番话把对方镇得一愣一愣的，最后咬牙切齿地骂道："姓孟的，你少在这儿装大尾巴狼，好！你给我等着……"孟经理不急不恼地呵呵一笑，说："随便。"

过了两天，孟经理正在办公室里悠闲地喝着茶水，办公室的门突然被"砰"的一声踢开了，他抬头一看，我的妈呀！家里那个膀大腰圆的母夜叉气势汹汹地闯进来，进门二话不说，先"啪"地赏给他一个大嘴巴子，打得他眼冒金星，眼镜都不知道飞到哪儿去了。孟经理摇晃了半天才扶着桌子站稳，强作镇定地质问老婆为什么打他。他老婆也不多废话，直接拿出两张照片狠狠地摔到他脸上。孟经理拿起来眯着眼一看，不由得暗暗叫苦，这个挨千刀的，不是说要把照片寄给情人的老公吗？怎么能中途变卦，寄给母夜叉了呢？这不是要人命嘛！

还好，孟经理的心理素质过硬，很快便稳住了阵脚，他一脸委屈地告诉老婆："亲爱的，你误会我了！这只是拍摄角度问题，你看看这些照片就明白了。"说着从抽屉里摸索着拿出

表彰会时拍的照片，一一指给老婆看："你看，换一个角度，是不是就能说明一切问题。"老婆的脸色缓和了不少，仔仔细细地看这些照片，孟经理趁机在一旁眼泪汪汪地装可怜："老婆，以后可不要这么冲动，遇到事情要冷静，假如不是有别的照片可以作证，那我岂不是比窦娥还冤吗？"

话音刚落，就见他老婆忽然怒目圆睁，猛地一拳打在他的左眼上，只听"哇"的一声惨叫，孟经理的左眼顿时变成了乌眼青。他急了："老婆，你怎么还打啊！你是不是没看明白？我这是在给她戴优秀员工牌啊！"没想到他老婆冷冷一笑："想用这套鬼把戏来骗老娘？瞎了你的狗眼！睁开你的狗眼给我仔细瞧瞧，不管从哪个角度拍，这些照片的日期总不会变吧？"

孟经理听完顿时觉得眼前一黑，天啊！百密一疏，那两张带着日期的照片暴露了一切！自己怎么会把这么重要的细节给忘啦！现在说什么也晚了，屋里响起孟经理那杀猪般的惨叫声……

（题图、插图：佐　夫）

面子人人要

□ 戚东山

古今中外，上到君王，下至黎民，谁不爱面子？面子不仅仅是内心的荣耀感，有时甚至还和爱情有着千丝万缕的联系。

为了面子

俗话说：人活一张脸，树活一张皮。有一些人，把面子看得比天都大，想方设法都要让别人高看自己一眼。

刘大海就是这样一个人。他在上海一家小餐馆当厨师，凭借着一手绝活儿，成了餐馆不可或缺的掌勺大厨，连老板都对他尊重有加。因此，刘大海一得意，回到老家就到处吹牛，说自己在上海开了一家餐馆。反正吹牛又不上税，难不成有人会千里迢迢跑到上海调查？

你别说，这牛一吹还真来了好事，刘大海不但在乡亲们面前有了面子，连婚姻大事也取得重大突破，村长本来坚决不同意女儿小琴和他交往，听说他长出息当了老板，口一松，居然同意了这门亲事。这自然令刘大海喜出望外：这牛吹得太值了。

不过，他高兴得也太早了，因为还有一句俗话，叫做：死要面子活受罪。

话说刘大海回到上海以后，努力工作，准备尽早攒够钱回去跟小琴结婚。谁想刚过清明节，他突然接到小琴的一个电话，说要到上海来看他，人现在已经上火车了，明天晚上就到。

刘大海一下子就蒙了，小琴一来，牛皮不就吹破了吗？她要是知道自己不过是个掂大勺的，亲事搞不好就要黄。所以，自接到小琴的电话，刘大海就心事重重，干起活来心不在焉，炒的菜不是咸了就是淡了，有一桌客人因此还拒绝买单，气得老板王军跑到后厨问他，到底怎么啦？

刘大海就把小琴要来上海的事说了。王军听了，说这是好事啊，小琴来了，吃住都在我们餐馆解决就行了，你怕什么呀？

刘大海只好红着脸，吞吞吐吐地把自己在老家吹牛当老板的事情说了一遍。

王军又好气又好笑，责怪道"你当厨师挣钱也不少啊，旱涝保收，现在生意不好，我都想跟你换换呢。你何必撒这个谎呢？"

刘大海苦着脸说："这不是为了面子嘛，王哥，要是被小琴发现，我……你说现在我该怎么办啊？"

王军心想：这关系着终身大事呢，还真不能马虎。他想了想，问小琴来住几天。大海说估计也就两三天吧，她在幼儿园当老师，还要回去上班的。

王军有了主意，说"那就没问题了，反正就几天，我们掩护你一下，糊弄过去就行。"见刘大海还不明白，就笑笑说："等小琴来了，咱们俩换一下身份，你是老板，我是厨师，再跟店里其他人说说，到时候别出岔子就成。"

刘大海喜出望外，连连道谢，但随即又是愁眉不展，小琴来了住哪儿？自己回家时吹牛说租了个两居室的房子。王军问清情况，很大方地说："我帮人帮到底，你到我家，我和你嫂子住店里宿舍。"

刘大海大喜："王哥，你对我太好了，对了，还有一件事……王哥，你送佛送到西吧，把车也借我几天，我还吹牛说买了车。"

王军真是哭笑不得，忍不住埋怨道"你还真是什么话都敢说，你连车都不会开，要车有个屁用？"

刘大海红着脸说："王哥，等小琴来了，你给我当司机好不好？反正就两三天。王哥，等小琴走了，我好好请大家一顿还不行吗？"

到这个时候，王军还能说什么："得得得，就一买菜的破夏利，还配上专职司机了。好了，你现在给我专心炒菜，其他事晚上再商量，要是再有客人提意见，别怪我翻脸。"

刘大海没了后顾之忧，高兴得连连称是。

当晚，等客人都走了，王军把大伙召集在一起，说了大海因为未婚妻小琴要来需要冒充老板的事情。大伙

很讲义气，纷纷表示到时候一定要把戏演好，让刘大海把面子赚足。

王军还给这次行动起了名字，叫做"面子工程"。

真给面子

转眼到了第二天晚上。

"司机"王军开车拉着刘大海去火车站接了小琴，直接送到他家里。

王军见小琴眼神里都透着精明，临走时担心地把刘大海拉到门外，叮嘱他尽量不要带小琴去餐馆，省得让她看出破绽。他让刘大海这两天不要上班，带着小琴转转名胜古迹，然后赶快打发走。

刘大海连连点头。小琴听他俩在门口嘀嘀咕咕，出来问："大海，你们说什么呀？"

刘大海忙说："我叮嘱王……王师傅几句，让他去餐馆盯紧，这两天我不在，让他临时负责。"

王军怕话多有失，赶紧告辞"刘老板，那我回餐馆了，你和嫂子早早休息吧。"

不料，转天一早，王军还没起床呢，就听到前面有人"咣咣"拍餐馆的门。他披着衣服到前面打开门一看，却是刘大海和小琴。

王军赶紧入戏，点头哈腰地招呼："刘老板、嫂子，你们来了。"

小琴走进餐馆，四下打量一圈，皱着眉头问王军："王师傅，这都几点了？你们怎么还不起床？快把大伙都叫起来。"

刘大海怕王军发作，赶紧解释："小琴，因为晚上要营业到半夜，早晨大家都不必早起。王师傅，你去多睡会儿吧。"

王军说："老板娘来了，我们怎么能睡觉呢？我这就把人都叫出来。"当即到后面，把服务员、杂工都叫起

来，包括他的老婆牛丽。

牛丽睡得迷迷糊糊，揉着眼睛出来后看到刘大海，随口问："大刘，早饭做好了没有？"

刘大海下意识地刚要开口，王军忙抢着回答："我还没做呢，老板娘来了，叫你们出来认识一下，你们快问好。"

大伙是真给面子，纷纷躬身招呼："老板娘好。"

牛丽笑嘻嘻地上下打量一番小琴，恭维道："老板娘，你长得挺俊呀。"

小琴见牛丽有几分妖里妖气，立刻警惕起来，问刘大海："这位是？"

刘大海说："她是收银员，叫牛丽，跟王师傅是两口子。"

小琴放下了心，听刘大海介绍完众人，她饶有兴趣地走进收款台，东瞧瞧西瞅瞅，目光突然落在墙上挂着的营业执照上。刘大海心里不由叫一声苦：怎么忘了把营业执照藏起来呢？慌忙过去一拉小琴，说"没什么看的，咱们出去逛逛吧。"

但小琴已经发现了问题，狐疑地问："大海，怎么执照上不是你的名字？负责人叫王军啊。"

刘大海张口结舌，心想完了，还是坦白吧，正要交代，还是王军机灵，抢着说："嫂子，是这样的，这个店以前是我开的，可生意不好做，赔了，后来就盘给了刘老板，刘老板嫌换证麻烦，就一直没有办手续。再说了，去换证还要花钱，没必要换。"

小琴竟然相信了，对刘大海说："大海，过几天去把证换了吧，不知道的，还以为老板还是王军呢。"

刘大海连连点头："行，我听你的，过几天就换。"

小琴从柜台下拿出账本，翻了翻，问现在生意怎么样。

刘大海心念急转，心想若是说好，小琴肯定会认为自己挣了不少钱，自己到时候拿不出来那可就麻烦了，因此就说："还是不太好，现在物价又高，房租也贵，工人工资还一个劲地上涨，能勉强维持就不错了。你看，为了省钱，我只雇了王军一个厨师，一会儿客人多了，我还要亲自上灶炒菜呢。"这话其实是为自己去抢大勺埋下伏笔。

小琴点头赞同，说："就得这样，我们这么年轻，怎么能当甩手掌柜呢？自己能干的事情还是自己干。大海，我这次来，就不打算回去了，给你当帮手，以后咱们开夫妻店，一起打拼！"

此话一出，不亚于晴天响了一声雷，不光刘大海，连旁边的王军等人都给炸愣了，一时全都不知说什么好了。

刘大海回过神来，把头摇成了拨浪鼓："这工作太苦，再说，你会干什

么呀？"

小琴说："我当收银员，管账。大海，钱这东西可不能随随便便交给外人管，容易出问题的。"说着，还看贼似的瞅了牛丽一眼。

牛丽不乐意了，忍不住插话说："凭什么你管啊？你当收银员，那我干什么？"

小琴说"你当服务员，收钱的事

都是老板娘干的，我来了，哪里还轮得到你？"

牛丽实在是看不惯小琴那猖狂的样子，一生气，就不理睬刘大海那哀求的目光，冷笑道："笑话，你还真以为你是……"

王军见势不妙，赶紧一伸手，捂住了牛丽的嘴巴，把"老板娘"三个字堵在她的喉咙里，随即呵斥说："你是不是不想干了？不许和老板娘顶嘴！"

牛丽还要再说，王军急忙在她耳边低语："姑奶奶，为了大海的面子，你就忍一忍吧。"牛丽这才作罢。

见牛丽不吭声了，小琴转过头对刘大海说："苦点累点怕什么，重要的是我们两人可以天天在一起，大海，难道你不想和我在一起吗？"

看着小琴殷切的目光，刘大海一时不知说什么好。

面子还得要

刘大海实在想不出好办法，他就准备彻底坦白，省得老是提心吊胆的，他鼓足勇气说："小琴，跟你说实话吧，其实……我……"就在这时候，牛丽却突然高声说："刘老板，老板娘既然不想走，就让她干几天试试，如果干不了，再回去也不迟啊。"

这又是想不到，刘大海、王军都愣住了，诧异地看着牛丽，不知她是什么意思。牛丽冲他俩眨眨眼，表示胸有成竹，然后对小琴说："老板娘，你稍等一会儿，我把账目整理一下，全部移交给你。"

刘大海和王军见状，也不好阻止。过了一会儿，他俩趁小琴去后厨的工夫，忙问牛丽是什么意思。

牛丽得意地说："她还以为老板娘那么容易当呢。我已经在账本上做了手脚，只留下流动资金，大海，别的钱你就说刚交了房租。反正现在也是淡季，她算不出餐馆的实际收入的。"

王军问："接下来呢？"

牛丽说："接下来我们就说该发工资了，要求发工资，看她有没有办法解决。要是解决不了，那大海就提出只能转让餐馆解决危机，到时候我俩再把餐馆接手过来，这个谎不就圆过来了吗？"

王军听完，竖起大拇指，夸奖说好计策。刘大海却忧心忡忡，他担心自己不是老板了，小琴就会看不上自己。

牛丽气哼哼地说："看你那点出息，小琴要是因为你是老板才跟你，那即便结了婚，以后她也会离开你的。这次，你正好借这个机会考验一下她，要是她只为了钱，你们还是趁早拉倒吧。"

中午开门营业，如他们所料，客人并不太多，刘大海趁机连连抱怨，说今天又赔了，这生意做不下去了，

还不如把店盘出去，去打工呢。倒是小琴安慰他，让他别着急。

下午，等客人走尽，大伙就围着大海和小琴讨工资了。牛丽打头，说"已经两个月没开工资了，既然老板娘来了，就把工资都结了吧。"

刘大海自然把戏演足，粗声粗气地说："要钱没有，要命一条，你们愿意干就继续干，等生意好了以后补上工资，不愿意干的我也不留。"

王军跳起来一拍桌子："你这不是耍无赖吗？刘老板，今天你要是不发工资，我们就一起到法院告你，法院要是不管，我就找道上的朋友帮忙！"

小琴一听脸都吓白了，央求说："你们别着急呀，我们再好好商量商量。"

刘大海也装得挺像了，苦着脸说："这店没法开了，我是真的没钱，要不这样，你们商量一下，谁有本事就把餐馆盘过去，我用转让的钱给你们发工资。"然后又征询小琴的意见，"小琴，你说这样行不行？"这时，小琴自然只有点头的份儿。

王军装作为难的样子，跟大伙商量了一下后，说也只能这样了，干脆我再把餐馆接过来，反正执照上也是我的名字，物归原主。他还愤愤地说"老子再拼一次！我还就不信了，别

的餐馆能挣钱，我就挣不了？"

等交接完毕，刘大海拿着自己存钱的银行卡向小琴汇报，说店也转了，车也卖了，房也退了，账目也全部结清了，自己当了这两年老板，如今就剩下五万多块钱了，算起来，跟打工差不多。

小琴舒了一口气，庆幸地说："我还以为你破产了呢。照我说，别看当老板有面子，可有时候还不如打工呢。"

刘大海鼓足勇气，说："小琴，现在我不是老板了，你要是不嫌弃我，我再攒两年钱，就回去跟你结婚……你要是嫌弃，我也不强求，我明天就送你回去。"

小琴不高兴地说："你说什么呢？你以为我是我爹呀？告诉你，我可不管你是老板还是打工的，我出来了，就是为了跟你在一起，绝不会一个人回去的。"

刘大海喜出望外，一把抱住小琴，得意忘形地说："早知这样，我还费这劲搞这面子工程干啥呀，这不是白折腾吗？"

小琴一怔，挣脱开来，怒道："什么面子工程？好啊，我明白了，你本来就不是老板吧？"

刘大海心想糟了，刚要解释，这时，小琴的手机响了。

原来是小琴的爸爸打来的。只听小琴大声说："爸，你放心，我在这边跟大海在一起，等过年再回去……嗯，当然是老板娘了，别的不干，就管钱……餐馆还行，挺大的……啊？不，你可千万别来，我们生意太忙了，可没空接待你……"

刘大海听了，偷偷笑开了：嘿，看来这面子，还不光自己要啊。

（题图、插图：谭海彦）

（本栏目欢迎来稿。来稿可从邮局寄发，也可从网上传递。如为电子邮件，请发以下信箱：piggybank81@sohu.com）

裸奔之战

□吴　滨

殖民地的新任总督莫瑞贪婪好色，他瞄上了当地最漂亮的女孩多娜，整天缠着多娜，对她动手动脚。多娜对这种轻佻的人痛恨至极，让莫瑞吃够了"软钉子"。

恼羞成怒的莫瑞由爱生恨，琢磨着如何收拾多娜。这天，莫瑞听见外面吵吵嚷嚷，手下说一个乞丐今天和财主的女儿结婚了。莫瑞纳闷，财主为啥找个又脏又丑的穷鬼做女婿？手下解释说，此地有个怪风俗，如果本地姑娘的裸体让外地人看到了，为维护其清白，姑娘必须嫁给他。这个外来的乞丐去取水喝，在河边林子里撞

见正换衣服的财主女儿，财主即使一万个不乐意，也只好认了。

还有这事？莫瑞肚子里的坏水冒上来了。他马上召集当地士绅和百姓，然后对他们说："诸位想必都对国王陛下十分忠诚吧？目前国王正为战争资金匮乏发愁，既然诸位有忠心，我决定把税收提高五成，反对的就是叛国！"此言一出仿佛往热油锅泼了碗水，大家怨声载道，莫瑞却趾高气扬地看着人群里的多娜。

多娜明白这事端完全因自己而起，为了当地百姓，她挺身而出，指出莫瑞应了解民间疾苦，百姓负担很重，要做的不是提高税收，而是削减政府开销。

莫瑞就盼着多娜出头，他慢条斯理地问道："多娜小姐，你说得头头是道，但你愿为老百姓作牺牲吗？"多娜坚定地点点头，莫瑞狂喜："好，可以不提高税收，不过有个条件。"说到

这儿，他不怀好意地盯着多娜，"请小姐在皇后街裸奔一次！"

大家顿时瞠目结舌，让少女做这事，完完全全在故意羞辱人。

莫瑞的算盘打得挺精：如果多娜同意，裸奔时自己就到现场，自己是外地人，按风俗多娜归自己了；不同意，增加税收不仅能让自己捞一把，还能灭多娜的傲气。见多娜气得满脸通红，莫瑞自鸣得意地说："这点勇气都没有，就别唱高调。"说完他作势要走。"慢！"多娜喊一声，"我同意，就在明天，请妇女会长露卡作证，也请总督大人信守诺言！"

好嘛，多娜终于中计了，莫瑞一

阵狂喜，第二天早早到了皇后街等着看"好戏"。可他在太阳下晒了一天，直到黄昏多娜才姗姗来迟。莫瑞蹿过去说："尊敬的小姐，虽然让我好等，可现在开始还不晚！"

多娜一笑："裸奔已经结束了！"莫瑞一愣，怎么会？旁边的露卡过来说："总督，她没说谎，裸奔是在夜里完成的。"

莫瑞一听火冒三丈："夜里？明明约定的是今天！"多娜不慌不忙地说："凌晨三点也算今天！"莫瑞气坏了，对方要自己，所以挑个街上空无一人的时间，绝不能这么算了。他冷笑一声："您纯属偷换概念，正常人理解的今天是指白天，这次不算！"多娜很生气，可莫瑞咬死口，否则绝不减税。为了百姓多娜决定再干一次，讲明了在白天。

这次，莫瑞怕又被多娜钻空子，所以天黑就开始等。天亮时，过来个牵马的小伙子，马受了惊把一个水果摊撞翻了，摆摊的老妇揪住小伙子，两边吵得不可开交，便找总督评理。

等莫瑞把事态平息将近中午了，他纳闷多娜怎么还不来，别又使什么花招？果然，正琢磨着，多娜和露卡出现了，说裸奔已经结束了。原来皇后街两边都是密密麻麻的商铺，屋顶间距离很近，房前房后还有茂密的大树遮挡，多娜巧妙利用这些完成了诺言。别说莫瑞忙着调解没注意，就是其他人也没看到。

莫瑞感觉又被耍了，自然还不会善罢甘休。他脑袋一晃："不对，我说的是在皇后街正中，不是皇后街房子和树的后面，这次还不算！"莫瑞又反悔了，在场百姓对他更加不满了，多娜力排众议，决定再做次牺牲。她让莫瑞还有什么条件尽管说，免得做到再不算！莫瑞眼珠转了转，说"时间必须在中午11点到12点之间，地点在大街中间，最重要的一点，裸奔时上下左右前后都不许有任何遮挡，达到这些，减税的承诺绝不反悔。"

有了两次落败的经验，莫瑞为防万一，他急招来本地的炮兵侦察队长。

第二天，艳阳高照，皇后街两边和房顶上站满了老百姓。莫瑞把他们驱赶出来，一为作见证，二是要狠狠羞辱多娜。他本人和手下则在起点处等着。正午时分，多娜来了，莫瑞满脸坏笑："尊敬的小姐，众人都等急了，请快开始吧。"

莫瑞话音刚落，人群里突然闪出个老妇，一声"开始吧"像是信号，让看热闹的百姓都朝莫瑞一伙拼命挤去，莫瑞一伙人少，禁不住"人浪"都给挤到一旁，皇后街顿时从头到尾让百姓们围成了个密不透风的人胡同，把莫瑞一伙和多娜完完全全隔开了。随后所有男子都用条又宽又厚的黑布巾罩住眼，老妇说："多娜小姐，感谢

您为我们做出的牺牲！"

那个老妇就是昨天摆水果摊的，其实百姓早在谋划帮助多娜了。莫瑞手下见状，又蹦又跳又冲又撞，可无济于事。莫瑞还有一招哩，只见他掏出个铃铛一摇，街边房后闻声升起个热气球，侦察队长放下绳子，把莫瑞拉进了吊篮。

莫瑞心里乐开了花：想必此时多娜已经开始裸奔了，自己居高临下看小美人跑吧。他朝下一瞧，只见老妇拦住多娜，说："小姐先等等，看我们的！"说着朝大家一挥手，所有的人都从怀里拿出了一件相同的东西——镜子。每个人把镜子顶在头上，这下

无数小镜子变成面大镜子，反射的阳光顿时照得莫瑞睁不开眼。

莫瑞没料到老百姓能有这手，他气急败坏地下令侦察队长把气球放到镜子反射不到光的地方去。不知为什么，平时侦察队长操纵技术高超，今天变得笨手笨脚，费了好大劲才躲进了阴影。

此时钟楼响起了报时的钟声，莫瑞抽风似的乐了，嬉皮笑脸地朝多娜喊："小姐，马上就12点了，再不开始，晚上和我入洞房算了！"

老妇又喊"胜利属于我们！"随之镜子"哗"分成三部分，有的对着太阳，有的对着其他人的镜子，有的瞄准空中，众人接力般地用镜子反射着阳光，莫瑞飘到哪儿都被照得头昏眼花，什么也看不见。

这时，地面传来一阵阵欢呼声，只听露卡在喊："总督大人，多娜完成了，您认输吗？"话音刚落，侦察队长竟然也鼓起掌来，原来是他把莫瑞的花招透露出去的。事到如今，莫瑞才明白自己的对手不是多娜一个人。他又羞又恼，只觉嗓子发堵，两眼一黑，一头栽倒在地……

（题图、插图：佐　夫）

·本刊信息传真·

故事会■新浪 微故事大赛

2月征集主题：游戏

新的一年，让我们继续头脑风暴。

用1条微博，讲完1个故事。

《故事会》杂志和新浪微博（weibo.com）联合主办微故事大赛继续进行，邀请各路故事名家、草根英雄和世外高人展开较量!

本次大赛所有作品通过新浪微博平台征集（搜索＃微故事大赛＃），每月一个主题，当月设金奖1名，奖金1字10元（字数低于120的按120字计），银奖2名，奖金1字5元；另设自选题故事，由作者自由命题，全年评出金奖1名（5000元），银奖2名（2000元）。优秀作品将在《故事会》上刊登，并结集出版。12月金奖得主：河北张静娟，请登录故事中国网（www.storychina.cn）查看详情。

2月微故事主题：游戏。请您根据该主题构思一篇微博故事，正文字数在130以下，力求情节出人意表，立意隽永深远，文字鲜明生动，本月的微故事达人或许就是你! 截稿日期：2月21日。（本期刊物特别选登1月微故事大赛优秀作品，详见P66）

料事如神

□ 陈效平

奇　人

明朝正统年间，北京朝阳门附近有家周记绸缎庄，绸缎庄的掌柜叫周大通。

周大通四十岁这年突然害了一场大病，多方医治均不见效。周大通自知命不久矣，就叮嘱儿子周茂道："我死之后，你若有急难之事，可去白云观找我的好友刘神仙，此人能掐会算，可为你指点迷津。"

周茂频频点头，记下了父亲的话。

几天后周大通一命呜呼，周茂成了周记绸缎庄的新掌柜。

周茂办事勤快，可做买卖却一窍不通，他进的货不是滞销就是亏本。

在新掌柜手里，周记绸缎庄的生意一天不如一天，不到半年就歇了业。周茂忧心如焚，急得像热锅上的蚂蚁。这时他忽然想起父亲临终时的嘱托，决定去白云观找刘神仙帮忙。

白云观位于宣武门外，周茂带着许多礼物赶到了那儿。

刘神仙本名刘光祖，是白云观的道长，因其料事如神，被大家尊称为刘神仙。刘神仙七十开外，生得鹤发童颜。

周茂来到白云观门前，见刘神仙正坐在大树下和一帮村民闲聊。得知周茂的来意后，刘神仙点了点头，背着手踱进了道观。周茂赶紧跟在后头。

来到一间密室，刘神仙点燃三炷清香，盘腿坐到了蒲团上。周茂恭恭敬敬站在一旁，连大气都不敢出。

刘神仙闭目凝神，掐着手指算了算，然后问周茂"你手头还有多少银

子？"

周茂想了想，答道："约摸还能凑出三千两。"

刘神仙略一沉吟，随后语气坚定地对周茂说："你立刻动手，买下价值三千两的上等白布。"

周茂听得目瞪口呆。他虽不善经营，但毕竟当了差不多半年的掌柜，知道这上等白布需求量极小。

于是周茂困惑地问："刘老伯，买这么多上等白布做什么呢？"

刘神仙微微一笑，说道："囤积居

奇，自然是为了谋利。"

"上等白布，整个北京城一年也卖不掉几匹，一下子吃进这么多，要到猴年马月才卖得完？"周茂提醒道。

刘神仙捻着胡须，笃定地说："贫道已算得分明，少则一二月，多则半年，上等白布的价格定然飞涨。"

周茂听得一头雾水，忙询问缘故，刘神仙却连连摇头，称天机不可泄露，让周茂只管依计而行。

见问不出结果，周茂只得满腹狐疑地离开了白云观。

奇　招

回家后周茂彻夜难眠，对刘神仙的话将信将疑。但想到父亲为人一贯谨慎，临终时的叮嘱又极其郑重，周茂最后咬了咬牙，决定照刘神仙的吩咐赌一把。

次日一早，周茂召集身边所有伙计，让他们分头去买上等白布。伙计们忙了整整三天，将京城各绸缎庄的上等白布抢购一空。此时周茂手头还有一千多两银子，于是他又让伙计们出北京城，到周边地区采购上等白布。上等白布的销量有限，所以各地的产量和储量本来就不多。不到半个月，河北各大城市的优质白布差不多都被周记绸缎庄买光了。

望着堆满库房的一匹匹上等白布，周茂的心里七上八下。如果这些白布一直销不出去，那周记绸缎庄最后的一点老本也将荡然无存了。

周茂每天派人出去打听，得知上等白布的市价丝毫未动。眼看三千两银子要泡汤，周茂急得团团转，成天唉声叹气。

就在周茂濒于绝望的当儿，这天深夜有人叩响了周宅的后门。

来人十一二岁，是刘神仙身边的小道童。

小道童对周茂说："刘爷爷让我告诉周掌柜，从明儿起将上等白布的售价提高十倍，一文钱都不要折让！"

周茂以为自己听错了，那些积压的白布按进价都卖不掉，把价钱提高十倍反而会有人要？

小道童看出了周茂的心思，又补充道："刘爷爷还说，明天午后，买上等白布的顾客便会蜂拥而至。"

说完这一句，小道童立刻起身告辞。

周茂觉得刘神仙的话不可思议。但次日一早，他还是将上等白布的价码提高了十倍。伙计们个个看傻了眼，以为周掌柜犯了迷糊。

吃罢早饭，陆续有人来周记绸缎庄打听上等白布的价格。可看清价码后，他们都撇撇嘴走了。周茂急得抓耳挠腮，伙计们则在一旁偷偷地笑。

晌午过后情形起了变化，无数顾客突然从四面八方拥来，争先恐后向周记绸缎庄购买上等白布。有些人嫌白布贵得离谱，就跟周茂砍价，周茂记起小道童的叮嘱，一文钱都不折让。见毫无商量余地，那些人只好忍痛掏出了银子。

买上等白布的顾客走了一批又来一批，周记绸缎庄的伙计们忙得汗流浃背。周茂又惊又喜，觉得自己像在做白日梦。但欣喜之余他又十分纳闷，为何有这么多顾客抢着来买上等白布呢？

周茂觉得好奇，就拉住一个中年顾客打听原因。

那人是冯尚书家的总管，他告诉周茂 皇太后今早没了，从明天起，文武百官及其眷属都要服国丧。服丧期间必需浑身缟素，这就得买上等白布做衣帽。得知太后的死讯，官员们立刻赶着去买白布。可是，京城各大绸缎庄的上等白布都缺货，连周边府县也买不到。找来找去，最后他们发现周记绸缎庄有大量上等白布，便纷纷前来抢购。误了国丧是大罪，所以尽管白布的价格高得离谱，官员们也得硬着头皮买下来。

听完这番解释周茂恍然大悟，心里暗暗佩服刘神仙料事如神。

忙到掌灯时分，周记绸缎庄的上等白布统统卖光了。刨去本钱，周茂竟赚了二万七千两银子，乐得连北都找不着了。

几天后，周茂带着重礼又来到了

白云观。

周茂冲刘神仙一躬到地，感激地说："多谢刘老伯神机妙算，挽救了周记绸缎庄。"

刘神仙摆了摆手，说道"贤侄不必客套，令尊曾有恩于我，如今贫道结草衔环。"

说到这儿，刘神仙又闭起双目掐算起来。周茂敛声静气，恭恭敬敬等在一旁。

片刻之后，刘神仙睁开眼睛对周茂说："你再花三万两银子买进中等白布，到明年春天以两倍的价格卖出

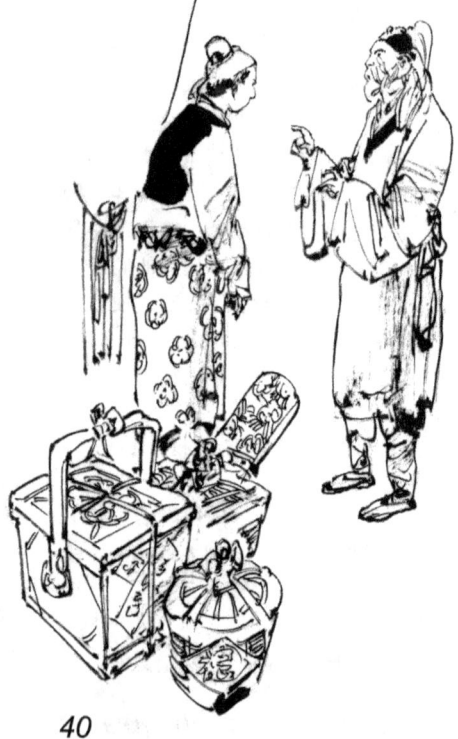

去。"

这回周茂频频点头，对刘神仙的话深信不疑。

从白云观出来，周茂立刻派人去各地采购中等白布。忙了好几个月，终于买下价值三万两银子的中等白布。接下来周茂开始静候春天的到来。

到了第二年春天，中等白布的价格果然大涨。周茂趁势抛出自己的存货，净赚了三万两银子。

忙完手头的生意，周茂又来到白云观向刘神仙求教。这次刘神仙让周茂去各地大量采购劣等白布。

周茂喜滋滋地问："刘老伯，那些劣等白布何时可以出手？"

刘神仙说"少则一二载，长则三四年。"

周茂又问："到时候以几倍的价格卖出去？"

刘神仙连连摇头，神色黯然地说："绝不可加价，只能薄利多销。"

说到这儿刘神仙仰天长叹，两眼扑簌簌滚下泪来。周茂吓了一跳，忙询问刘神仙悲伤的缘故。刘神仙默不作声，挥挥手示意周茂离开。

周茂小心翼翼退出了白云观，心里十分纳闷。看情形，刘神仙似有难言之隐。但不管怎样，对刘神仙的神机妙算周茂深信不疑，于是又吩咐人去各处采购劣等白布。

六万两银子的劣等白布堆积如

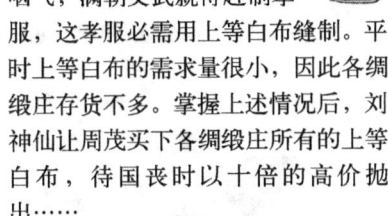

山，为此周茂专门修建了一所大库房。

光阴荏苒，又过去了四年。此时，正逢境外大军入侵。正统皇帝率领三十万明军迎战。由于指挥失误，加上奸臣当道，二十多万明军被困土木堡，最终全军覆没。噩耗传来，河北一带哭声震天，十家倒有九家办起了丧事，一时间劣等白布成了抢手货。短短几天时间，周记绸缎庄的库存白布便销售一空。

奇 心

有了这三次发财经历，周茂对刘神仙佩服得五体投地。他决定拜刘神仙为师，潜心学习占卜之术。

周茂挑了个吉日，备了厚礼来到白云观，向刘神仙拜师求学。

听完周茂的恳求，刘神仙连连摇头，说道："占卜之术全是骗人的，贫道根本就不懂。"

"不懂占卜？"周茂大吃一惊，困惑地问，"那，那老伯为何料事如神，三次指点都让我发了横财？"

刘神仙指了指自己的脑袋，微笑道："贫道料事如神，全靠这个！"

接着，刘神仙道出了三次料事如神的原因：

刘神仙的侄子是宫廷御医，专门为皇太后诊病。刘神仙从侄子那儿得知，一个月前太后突然中风，经抢救方才脱险。中风之症极易复发，患者

通常活不过半年。太后一旦咽气，满朝文武就得赶制孝服，这孝服必需用上等白布缝制。平时上等白布的需求量很小，因此各绸缎庄存货不多。掌握上述情况后，刘神仙让周茂买下各绸缎庄所有的上等白布，待国丧时以十倍的高价抛出……

接着，刘神仙指点周茂囤积中等白布，这也是善于分析的结果。刘神仙常云游四方，看到各主要棉产区旱情严重，大旱之后必有蝗灾，届时棉花将大幅减产。棉花欠收，棉布价格自然上涨。这对富贵人家影响不大，因为他们主要穿绫罗绸缎。穷人们缝缝补补又一年，也不要紧。关系最大的是中等人家，他们每年都要添置几套新衣，选料多是中等棉布。白布可以加工成各种颜色的布料，最为畅销，所以刘神仙让周茂事先买进大量中等白布。

最后，刘神仙高瞻远瞩，让周茂做劣等白布的买卖。正统皇帝即位后，朝廷百官互相倾轧，国力日衰，而此时北方各部落又蠢蠢欲动，侵略战争一触即发。刘神仙料定此战明军必输，到时明军将大批阵亡，办丧事的人家会不计其数。士卒都是穷苦出身，其家属只能用廉价白布做孝衣，因此，刘神仙预见到劣等白布将供不应求……

（题图、插图：刘斌昆）

□ 陈述

吐出来的捐款

市慈善助人协会会长姓周，长相挺和善。最近，周会长的老婆带着孩子去乡下探亲，家里只剩下他一个人。

这天夜里周会长睡得正香，忽然门铃急促地响了起来。他揉着惺忪的睡眼去开门，发现屋外站着个秃顶的矮胖子。矮胖子满头大汗，怀里紧紧抱着个密码箱。

周会长从未见过这个矮胖子，就诧异地问："您找谁呀？"

"周会长，我特意来找您，有十万火急的事！"矮胖子一边擦汗一边说。

听了这话周会长更加纳闷，矮胖子却顾不上解释，硬生生从屋外挤了

进来。进到客厅后，矮胖子一屁股坐在沙发上，喘着粗气说"周，周会长，我，我要捐款！"

"捐，捐款？"周会长吃惊地张大了嘴，"半夜三更，在这儿捐？"

矮胖子连连点头，顺手打开密码箱，里面露出一叠叠整齐的百元大钞，当场清点，不多不少正好一百万。点完钱，矮胖子对周会长说"我要把这一百万元捐给慈善助人协会！"

周会长以为对方喝醉了酒，便提醒道："现在是半夜，这儿是我的家，你要捐款，明天到慈善助人协会来捐吧。"

一听这话矮胖子急了，脸红脖子粗地说："周会长，我现在就要捐，等

不到天亮。"

周会长皱起了双眉，为难地说："我手头没有发票本，不能给你开收据。"

矮胖子连连摆手："用不着，我不要收据！"

"那么，请您留下姓名和住址。"周会长拿过纸和笔，准备作记录。

矮胖子赶忙制止，说自己要匿名捐款。随后他站起来，向周会长深深一鞠躬，拎起空密码箱匆匆告辞了。

望着矮胖子慌忙离去的背影，再看看堆在沙发上的一百万元现金，周会长满腹狐疑。他刚把矮胖子的捐款收拾好，门铃又响了。这回来的是个瘦高个，肩上扛着一只大麻袋。他一进门就解开麻袋，倒出小山似的一堆钱。

瘦高个告诉周会长 自己也是来捐款的，麻袋里有两百万元，全部捐给慈善助人协会，不要收据也不留姓名。说完这些，瘦高个拔起空麻袋掉头就跑。

周会长惊得瞠目结舌，好半天回不过神来。

就在这时，门铃再次响起，一个满脸麻子的中年男人闯了进来。麻脸拖着个特大号的拉杆箱，里面装着七百万元人民币。麻脸也是来匿名捐款的，看上去又紧张又着急。倒

空拉杆箱后麻脸长舒了一口气，接着他擦一把额头的冷汗，急冲冲地走了。

接连来了三个怪异的捐款者，再加上那一千万元巨款，周会长彻底傻了。他在大腿上狠狠掐了一把，好疼！看来自己不是在做梦。周会长弄不懂那三个捐款者的意图，但一千万元意味着什么他却清清楚楚。透过那一捆捆花花绿绿的钞票，周会长仿佛看见了别墅、名车，还有亮丽的美女……

第二天上班，周会长没交出那一千万元。他抱着侥幸心理悄悄观望，想看看矮胖子、瘦高个和麻脸到底有

啥反应。忐忑不安地等了几天，什么动静都没有。这下周会长的胆子大了起来，决定悄悄截留那笔巨额捐款。

但毕竟做贼心虚，刚开始周会长没敢动这一千万元。大约又过了半年，依旧风平浪静。周会长觉得安全了，便开始买车、买房、包养情妇……这笔送上门来的巨款让周会长过着花天酒地的日子，甭提多快活了。

一天傍晚，周会长在情妇那里喝醉了酒，开车回家时出了车祸。等急救车赶到，已经断了气。周会长的魂魄从尸体上缓缓升起，飘飘荡荡地往前走。飘到一处荒无人烟的地方，迎面走来牛头、马面两个鬼差，他们一抖手中的铁链，锁住了周会长。

周会长吓了一跳，忙问："二位，为什么锁我？"

牛头说："你这家伙，做人时昧了良心，现在要押你去地府受审！"

说着，牛头、马面扯直铁链，像拖死狗一样拽着周会长往地下钻。也不知过了多久，他们腾云驾雾般来到了阴森森的地府。地府公堂设在一条长廊的尽头，长廊两边是一间间恐怖的刑讯室。有的刑讯室架着鼎沸的油锅，有的刑讯室烧着火红的烙铁，许多披头散发赤身裸体的鬼魂在里面挣扎哭嚎，一股股皮肉的焦臭味充斥着狭长的走廊。

周会长吓得魂飞魄散，若不是被两个鬼差牵着，只怕一步也挪不动。牛头、马面把他拴在一根木桩上，径直往公堂里交差去了。

周会长正在提心吊胆时，忽然从旁边蹿出三个蓬头垢面的恶鬼。那三个鬼不由分说，照着周会长就是一通围殴。

周会长吓坏了，忙不迭地喊"有没有搞错，无缘无故上来打我？！"

其中一个鬼咬牙切齿地骂道："姓周的，打的就是你！"

周会长定睛细看，发现面前三个鬼分别是矮胖子、瘦高个和麻脸。他们个个义愤填膺，越打越起劲。

周会长记起了那一千万元捐款，忙哀求道："三位大哥先停停手，咱有话好好说。"

矮胖子把眼一瞪"还说个屁，要不是你贪污了我们的捐款，咱哥仨早就转世为人了！"

"是呀，"瘦高个附和道，"害得我们天天在地狱里下油锅、吃烙铁！"

麻脸又抢起拳头，声音里带着哭腔："这种鬼日子，熬到猴年马月才是尽头啊！"

周会长听得一头雾水，就恳请三个恶鬼把话说明白。

矮胖子气愤难平，说出了事情的原委：他和瘦高个、麻脸分别是某单位的科长、处长、局长。他们仨死于同一场车祸。由于生前都贪污受贿，这三个贪官被押入地府受审。阎王判

处他们不得转世为人，除非把生前所得的赃款全部用于善事。当时，矮胖子、瘦高个、麻脸连连磕头，都表示愿将赃款尽数捐掉。阎王批准他们去阳世走一遭，天亮前必须赶回来。于是三个贪官带着各自的赃款找到周会长，想把不义之财统统捐给慈善助人协会。没料到周会长也是个贪官，侵吞了那一千万元捐款。这下矮胖子、瘦高个、麻脸可倒了大霉，他们被关押在阴曹地府，天天受酷刑折磨……

听完矮胖子的控诉，周会长如梦初醒。这时，牛头、马面走了过来，扯着周会长往公堂上去。

公堂上，阎王拍着桌子喝问："你知罪吗？"

周会长战战兢兢地回答："我，我知罪。"

阎王说："你贪污挪用公款情节特别严重，数额特别巨大，先罚你受尽地狱酷刑，然后投胎做畜生！"

周会长吓得浑身乱颤，不停地叩头求饶："我愿把赃款全部捐出去，求阎王爷法外开恩……"

阎王扑哧一声笑了，骂道："你这鬼东西，消息还挺灵通，那就准你去阳世走一趟，限天亮前赶回来！"

周会长千恩万谢，跟着牛头、马面出了公堂。牛头拉来一辆平板车，上面堆着一个小麻袋和五个大麻袋，然后他把平板车交给周会长，说："你的赃款全在这儿。"

周会长撅着屁股一一清点。五个大麻袋装了一千万元，那个小麻袋里另有七十万元。

"牛头大哥，咋多出了七十万元？"周会长小心翼翼地问。

牛头撇撇嘴"这七十万元，是你平时贪污的！"

见瞒不过小鬼，周会长只好低下头，拉起平板车往阳世走。不一会儿来到了阳间。周会长吃力地拉着车，到处寻找捐钱的对象。路过某某慈善协会，他停住了脚步。

该不该把钱捐给这个协会呢？周会长犯了难。前一阵，一个妙龄女孩拿着奢侈品炫耀，好像跟这个协会有关，这个协会还真不让人放心。犹豫再三，周会长还是拉起了平板车。

又往前走了十几里，来到了某某基金会。基金会门口贴着欢迎捐款的大红海报，上面的言词十分恳切。周会长只瞅了一眼就连连摇头，那个基金会的底细他非常清楚，如果把钱捐进去，只怕自己永远不能投胎做人了！因此周会长连脚步都没停，继续朝前走。

周会长拉着车到处走，好半天也没找到值得信赖的捐款对象。此时东方已现出一丝鱼肚白，周会长急得抓耳挠腮，豆大的汗珠一颗颗从额头滚落下来。

就在这危急时刻，周会长突然想到了一个人，那就是市扶贫办的汪主任！这汪主任为人正直，生活朴素，年年被评为扶贫模范。对，去找他，把钱捐给扶贫办！想到这儿周会长拉起平板车，兴冲冲地朝汪主任家奔去。

转眼来到汪主任家，周会长迫不及待地敲门。来开门的是汪主任的老婆，她告诉周会长："老汪正在为一个贫困女孩的病，四处募集治疗费呢，你到东村看看。"

周会长不敢停歇，拉起车直奔东村。果然，汪主任在那里演讲，只见农民们你十元、我五元地在凑钱，周会长心里有些感动，杯水车薪，这钱哪年哪月才能凑齐呀。周会长高喊一声："我要捐款！"

鸡叫头遍时，平板车上六个鼓鼓囊囊的麻袋推到了扶贫办。周会长如释重负，赶紧朝地狱走去……

（题图、插图：张恩卫）

法律知识故事征文

本刊推出的"法律知识故事"栏目，通过发生在我们身边的、短小而具体、在法理上易于混淆的个案，生动、形象地宣传法律知识。这些知识注重现实性、实用性，真正起到解剖一个案例、明白一个道理的作用。

为鼓励作者深入生活，写出高质量的法律知识故事，我刊决定面向全国征文。

本次征文也欢迎读者和法律界人士提供相关素材、案例，一经录用，即付稿酬。

来稿方法：1. 从邮局寄发，请在信封上注明"法律知识故事"字样，本刊地址：上海市绍兴路74号《故事会》杂志社，邮编：200020。2. 从网上传递，可寄以下信箱：wulun54@126.com，请在主题上注明"法律知识故事"字样。凡已和我刊编辑有联系的作者，稿件可继续投给原编辑。

容光焕发

□ 楚横声

周末，老婆要和我出去逛街。我说："咱家这个月交完房贷、保险和孩子的学费，总共还剩下五百块，这个时候逛街购物，不是打算饿死吧？"

老婆理直气壮地说："谁说逛街就一定得购物？我过过眼瘾不行啊？"

话说到这个份上，我只能遵命。于是，老婆带着我一家家商店走过

去。过眼瘾，就得挑高档货来看。在时装店，她让人家把几千块钱的衣服拿来试穿，对着镜子左摇右摆，然后问我怎么样。我能怎么样？只好硬着头皮，看着她试穿那些无比漂亮的衣服。过了一会儿，我们来到一家化妆品品牌店，老婆气质高贵，很能迷惑人，售货小姐把她当成了大款，很热心地为她推荐一款新上市的系列护肤品，还抹在她手背上试用。老婆假装征询我的意见："老公，怎么样？"我就故意把这款护肤品贬得一文不值。

过完眼瘾，出了店门，老婆就夸我，说我是个伟大的演员。可是很快，老婆的神色有些黯然，她抱着我的胳膊，仰头问我："老公，你看我脸都粗糙了，有皱纹了，要是真能用那种化妆品，我的皮肤肯定不比二十岁的小姑娘差。"

老婆原来是个美女，皮肤好得不得了，可是这些年跟着我，吃了不少苦受了不少罪，我有些难过，刚想说什么，老婆却自我安慰地笑了："不过话又说回来，那化妆品贵的主要原因是广告效应，其实本钱也没多少，就算用了，还真能返老还童不成？"

我知道老婆是怕我难过才这么说的，越发感觉对不起她。我坚决地说："老婆，这些年咱也没奢侈过，就豁出

去这一次吧。我那笔四千块钱的奖金就要发了，到时候我就给你买这套化妆品。"

"你敢！"老婆的眼睛一下子瞪圆了，"咱还得攒钱供儿子上大学呢，你要是敢买，可别怪我跟你急。"

老婆不是财迷，但为了生活早就学会了精打细算，她这反应也在意料之中。我赶紧举手投降说不买。老婆这才转怒为笑，可不一会儿，我听到她下意识地叹了口气。我也叹了口气，心里暗暗下了决心！

转眼到了发奖金的日子，我买了化妆品后来到老婆公司，打电话叫老婆出来。老婆出来后一眼就看到我手上的化妆品盒子，她的眼睛就再也挪不开了。我笑着把盒子举了举，老婆的眼睛也随着盒子移动。就在这时，有个冒失鬼从远处跑过来，一下子撞在我身上，我一个趔趄，手一松，化妆品盒子掉在地上。那个冒失鬼说了声"对不起"就跑得无影无踪了。

老婆惊叫一声扑过来，问我有没有被撞伤，这时我才醒悟过来，大喊道："哎呀，三千元呀，别让我抓住那个混蛋，抓住他我让他好看！"

老婆打开盒子，只闻得一阵芳香，几个瓶子都碎了。看上去老婆的心也碎了，她涨红着脸愤怒地说："我不是不让你买吗？你怎么就敢擅作主张？"

见老婆几近发疯，我赶紧提醒

她："注意影响啊，你们同事可正看着你呢。"

老婆愣了一下，立刻露出笑脸，冲她同事笑笑，低声说了句："回家再收拾你。"然后拿起盒子想扔进路旁的垃圾箱，我赶紧一把拉住她"三千多块钱的东西你就这么扔了？多可惜啊！"

"不扔还留着不成？"老婆疑惑地问。

"当然留着，化妆品瓶子虽然碎了，但碎在各自的小包装袋里，没混在一起，我回去找别的瓶子装起来，还可以使用啊。"

老婆恍然大悟。回到家里，她小心翼翼地把那几样化妆品分开装好，然后仔仔细细地化了一遍妆，追着我问："老公，你看我皮肤是不是好了一点？"

我鼓励她说："好多了好多了，等你把这些化妆品都用完，皮肤肯定恢复到二十岁的样子。"

老婆突然板起脸说："用不着你夸我，现在咱们该算算账了，三千多块啊，你可真敢花钱啊……"

那天老婆狠狠地收拾了我一顿，而且为了把损失尽早地补回来，老婆两个月都没买肉吃。但三千多块钱一套的化妆品就是不同凡响，两个多月后，老婆的皮肤好像真的白嫩了许多。

那天早晨，老婆化完妆后，幽幽地叹了口气："老公，化妆品用完了，我这脸又得回到原来的样子。"

我赶紧说"没关系，我再给你买一套这样的，为了你的皮肤，钱算得了什么？"

老婆瞪大眼睛看着我："你还想买？你这个败家子，上次我收拾你还不够是不是？"

见老婆气哼哼的样子，我忍不住笑了起来，从口袋里掏出一沓钱给她"其实这套化妆品是假的，就是以前你用的一百多元钱的普通化妆品，只不过装在那些品牌化妆品的瓶子里罢了。用的都是一样的化妆品，可因为你相信它是三千多块的高档货，所以你这两个月来容光焕发，甚至皮肤都真的好起来了。心情改变一切，老婆，这个道理你懂了吗？"

老婆惊讶地张大了嘴，好半天才问："这真的只是一百多块钱的化妆品？可效果还是不错的呀。"我笑呵呵地点点头。没想到老婆突然变了脸色，张牙舞爪地向我扑来"我还以为你为了我真不在乎钱呢，原来你在骗我，看我怎么收拾你……"

我左躲右闪狼狈不堪，心里后悔莫及，这种事情，哪该跟老婆说实话哟……

（题图、插图：谢 颖）

（本栏目欢迎来稿。来稿可从邮局寄发，也可从网上传递。如为电子邮件，请发以下信箱：piggybank81@sohu.com）

□赵守玉

钻火圈

老游和小游父子俩靠卖艺为生。这天一大早，爷俩来到两河县街头，摆好场子，铜锣敲上三遍，引来了里外三层的看客，他们刚要当众表演拿手绝活钻火圈，突然人群一分，一伙人走了进来，看穿着打扮像衙门里的人，为首的是个黑大个，他一摆手："停下来，不许钻！"

老游赶紧上前，抱拳施礼："这位官爷，我们爷俩是卖艺的，安分守己，一路走来，各处的官府衙门都允许我们卖艺谋生，求官爷高抬贵手！"

黑大个一抬手，说："好呀，交一两银子，就可以让你在两河卖艺三天！"

还没等老游说话，小游上前一步，怒声说道："朝廷向来不禁止艺人卖艺，你这是敲诈勒索，我……"

老游急忙拦住儿子："官爷，这孩子小，头脑不太清，您大人不记小人过！"

黑大个冷笑一声："好一个朝廷不禁止艺人卖艺，可朝廷要坚决查禁欺民骗财的把戏，你们不是要表演钻火圈吗，那就演一个，本官爷看你们是不是骗人！"

话音刚落，那伙人便"呼啦"一下在最里圈站好，扯来一把椅子，让黑大个坐下，然后一个个眼珠子瞪得跟包子似的，看着老游父子俩，生怕漏掉一丝一毫的细节。

事已至此，老游也没有办法，只能认真表演，让这些官爷们挑不出毛病。他向儿子交代了几句，然后父子俩又正了正摆在桌上的木圈，在四周朝内侧插好油纸，一个个点燃。刹那间，木圈变成了一个大火圈。小游低吼一声，抢步上前，一个鱼跃，从火圈中穿过，稳稳落在对面地上，毫发无伤，顿时赢来众人一阵雷鸣般的喝彩声。

"啪！"黑大个猛地一拍椅子扶手，"这叫什么钻火圈？这是骗人的把戏，拿下！"

见一伙人要往前冲，小游大吼一声："慢着，你说这不是钻火圈，那你说什么是钻火圈？"

黑大个恶狠狠地说："木圈四周插上蜡，你从圈里钻过，人过蜡着，这才叫钻火圈！你们试试？"

老游父子俩面面相觑，围观的众人也窃窃私语，这哪是什么钻火圈，分明是难为人！

黑大个可不管这些，他一摆手，命令手下去收老游父子俩的家伙。

"慢！"老游大吼一声，问，"官爷，要是我们钻成了呢？"

"钻成了你们就可以在两河随意卖艺！"

"多谢官爷，请各位乡亲作证！"老游向四周一抱拳，转身打开背囊，取出一些蜡烛，一个个安在木圈上，走出数十步开外，向着众人再次作揖，然后起步飞奔。他越跑越快，只见身影一闪，人从木圈中间跃过。就在跃过的一刹那，木圈四周的十二根蜡烛"噗"的一声全部点燃。随着老游两腿落地，身后整个木圈燃成了火圈。

在众人的喝彩声中，老游来到黑大个跟前，再次抱拳"请官爷高抬贵手！"

黑大个狐疑地盯着老游，突然一把抓住老游的拳头，用力扳开，从他手里取出一物，一看，竟然是一把极小的火折子，便大吼一声："你是用火折子点着的蜡烛，不算！"

小游不服气地咕哝道："我爹钻过去了，火圈点着了，你管我们用什么点的呀！"

"你们说的是钻火圈，可你们演的是点蜡烛，来呀，拿下！"随着黑大个一声令下，手下人一拥而上，扑向了父子俩。小游两眼冒火，攥紧拳头就要往上冲。老游生怕儿子惹出什么乱子，在他腰间点了两下，小游一下子瘫软在地，不动。老游再次抱拳施礼："官爷，请高抬贵手，我们爷俩这就离开两河！"

"抓！"黑大个看也没看，又吐出了第二个字，"打！"

手下人抓住老游，按倒在地，好一顿恶打。打了没一会儿，突然有人溜到黑大个跟前，小声说道："大爷，他……死了！"

黑大个站起来，走到老游跟前，用脚踢了踢，眉头一皱"真死了！赶紧抬走！"

瘫在地上的小游听得清清楚楚，可他浑身瘫软，动弹不得，甚至连话

民间故事金库·

都说不出来，他只能眼睁睁地看着那些人走向父亲的尸体。

那几个人想把老游抬起来，可是怎么也抬不动。黑大个生气了，骂了声："废物！"挽挽袖子，双手抓住老游的双肩，一使劲，"起"！可是老游的尸体依然纹丝不动。

众人这下呆住了，黑大个是有名

的大力士，他都抬不起来，看来这个死尸是无法抬走的。正在这时，突然前面一阵锣响，有人过来禀报，县太爷的大轿过来了。黑大个一皱眉，赶紧让几个人躺在地上，其他人围在他们四周，假装给他们治伤。同时脱下几件衣服，把老游的尸体盖了个严严实实。他们刚准备好，县太爷的大轿就过来了。县太爷在轿里看见是他们，命人落下轿，探出头来问道："你们在干什么呢？"

"回老爷！"黑大个急忙跪下，"这几个弟兄练功走岔了，我们正在救他们！"

县太爷点点头："小心为上！"说完，钻进轿子。

可就在县太爷的轿子刚刚离地，平地中突然暴发出一声闷雷般的大吼："大老爷我冤枉！"

仿佛一声霹雳，黑大个他们吓了一大跳，再扭头一看，原来是小游能够说话了。黑大个急忙捂住小游的嘴，回头对县太爷说："老爷，这兄弟走火入魔了。"

县太爷点点头，刚要吩咐起轿，只见平地突然卷起一件衣服，衣服刮起处，一具死尸呈现在众人面前，正是老游！

县太爷吓得一愣，问："这是怎么回事儿？"

一边的小游拼命大吼起来："他们勒索我们卖艺的，勒索不成他们就打死了我爹！"

见县太爷脸露怒色，黑大个赶紧申辩："老爷，小的听百姓说他们借卖艺骗人，便带人来查，果然发现他们借钻火圈骗人钱财，小的就要责罚他们，谁知这老的居然在这儿装死。"

小游气得差点背过气去，拼命喊冤。县太爷命人制止住小游，走上前来，仔细查看了一番，点点头："先把这小的押进监牢，把这老的抬回衙门，找郎中查看！"说完，钻进大轿，扬长而去。

县太爷走了，一会儿，一个衙役奔了过来，要黑大个立即去衙门，县太爷要见他。

黑大个急忙来到县衙，他直接进了后堂。此刻，县太爷一身便服，正在那等候，一见面就不高兴地问："怎么出了人命了？"

黑大个急忙解释"老爷，我按您的吩咐，收取这些江湖艺人的卖艺杂税，可那爷俩就是不配合，还要跟我们动手，弟兄们一生气，下手重了点儿，就……"

县太爷一听，拍着桌子大骂："怎么能出人命呢？就是出人命也要赶紧处理掉，怎么能摆在大街上？真是废物！那爷俩你准备怎么处理？"

黑大个已有打算，说"那小的已经关进牢里，过几天我会叫人处理的。老的已经死了，扔到野外，让野狗把他的尸体扯了。大人您看成不

成？"

县太爷冷冷一笑，说："这是你的事儿。我不管，我也不知道。不过以后要记住：一，咱们要的是钱不是命；二，我不想见到死人。下去吧！"

天快黑时，黑大个兴冲冲进来报告，一切已经办妥。县太爷让人摆下酒席，两个人一块儿喝了起来。酒过三巡，外面突然传来一阵梆锣声，紧接着，一个衙役急匆匆跑来报告"老爷，不好了，大牢起了大火，火光冲天呀！"

县太爷一扔酒杯，对黑大个喝道"牢房重地，怎么会起火呢？快去查！"黑大个答应一声出去了。

转眼间，大火烧到了后堂，县太爷连哭带喊，不知道该往哪儿去。就在这时，一个人影冲了进来，一把抓起他的腰带子，往腋下一夹，飞速逃出了县衙。

来到一僻静处，那人把县太爷放下。县太爷浑身发抖，嘴里却说道："你救了本老爷，本老爷一定要重赏你！"

"多谢老爷！求老爷先宽恕我儿纵火之罪！"

县太爷一愣，抬眼一看，不由得大吃一惊，救自己的不是别人，正是老游！"你……你不是已经……死了吗？"

"那是假的！"老游看了看县太

爷，说出了实情。原来，当时老游见无法摆脱黑大个，便和儿子定了个苦肉计，自己用闭息功装死，然后由儿子喊冤，以求此事了结，结果碰上了县太爷，他们本以为此事可寻个公道。可谁知他们官官相护，无奈之下，老游父子里应外合，点火烧了监狱和县太爷的家。

老游看着县太爷，狠声说道"老爷，我知道黑大个做的事儿都是你主使的。说实话，我们都是普通老百姓，我们不敢和官府作对，只要能有一丝活的希望和出路，我们就能忍。可你们也不能逼人太甚，把我们逼急了，你们也没有好结果。你们应该记住：为官的，就像钻火圈，弄不好就会把你们自己烧得尸骨无存！"

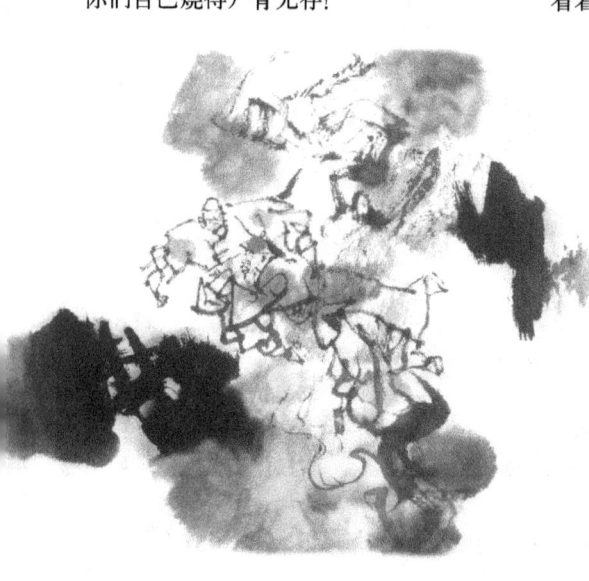

县太爷以为老游要杀死自己，他哆嗦着说："你要杀我？我死了，朝廷会追封我，可你，最终也难逃朝廷缉拿！"

老游似乎胸有成竹，他开出条件："老爷只要放了我儿子，这事咱们就算扯平了，我们远走高飞，行吗？"

县太爷一听，头点得像鸡啄米："可以！可以！苍天在上，我向天发誓，绝不追究你们！"

第二天一早，小游果真被放出来了，他和父亲收拾好东西离开了两河县。

也就在这时，县太爷唤过黑大个，如此这般地吩咐。黑大个领命而去。

看着手下人纵马驶出县城，县太爷微微一笑："老游啊，你太嫩了。我是发誓不追究你们，可我没发誓不让其他人追究你们啊。老游啊，你不知道老百姓得罪了当官的，同样也是钻火圈呀！哈哈哈！"

县太爷高兴没多久，有人飞奔来报："新宅着火了！"

县太爷急忙往新宅方向望去，只见火光冲天，火苗飞舞，一股寒气不由从脚跟生起……

（题图、插图：黄全昌）

□ 张一杰

母亲的宝贝

蛤蟆村有个叫七两的男孩。说是孩子，其实今年已经三十出头了，可身子却像个四五岁的小孩。七两一出生就带有先天性的疾病，身子长不大也罢了，两条腿还不能走路，只能爬。

人长成这样，倘若是个傻瓜，糊里糊涂过一世也就算了。偏偏七两的智力一直发育正常，三十岁的智力，五岁的身体，叫谁也接受不了呀，七两经常觉得自己生不如死。

父母倒是没有嫌弃七两，母亲天天像照顾一个婴儿一样照顾着他。父亲过世后，母亲就编了只背篓，只要离家三步远，她就把七两放到背篓里背着。

一天，城里的姑姑家添了个胖孙子，母亲当然得去道贺喝喜酒。来到姑姑家门外，七两知道姑姑家现在肯定有很多客人，他不想进去，就在后面拍拍母亲的肩膀，说："妈，你把我放下吧，我在这里等你。"

母亲一听，停下脚步，迟疑了一会，说道"你姑姑他们不会怪你的。"七两苦涩地说"我知道，不过今天是姑姑家大喜日子，我进去不合适。"

见母亲似乎仍在犹豫，七两立刻猜到了母亲的心思，她是怕自己一个人在外面，会出什么意外，更怕他想不开做傻事。就在前年，七两就曾经趁母亲不备，悄悄爬出背篓，向一处山崖爬去，想滚下山崖一死了之。

七两哽咽着说："妈，你就放心吧。我再也不做傻事了，我好久没进过城了，你让我在这里好好看看。"

母亲考虑来考虑去，只好无奈地把背篓解下，挨着街边的一堵墙，又反复叮嘱了一番，这才提着礼物匆匆走了。过了没一会，母亲又跑回来，往他怀里塞了两把糖果："七两，你先吃着糖，妈一吃完饭就带你回家，乖乖的，不要乱动啊！"说着，摸了摸他的脑袋。

七两连连点头，等妈离开后，他探头探脑，贪婪地看着面前宽敞热闹的大街，心情渐渐地开朗起来，脸上露出了难得的笑容。

就在七两看得入迷时，有个路过的人往背篓瞧了一眼，叫起来："哎呀，有个怪人！"

七两一听，眼里的亮光就像关了闸一样，立刻黯淡熄灭了。他下意识地低下了脑袋，往背篓里缩，只盼着那个人快点离开。可由不得他自己，没一阵工夫，背篓旁就围了一圈看稀奇的人。那些人对着他指指点点，七嘴八舌，说啥的都有。

七两不想理睬他们，可那些人的话还是源源不断往耳朵里钻，而且有些还说得很难听，甚至有几个人嘲笑起来。虽然他以前也遇到过这种事，可那时都有母亲护着他。可这回，母亲却不在身边了。

听着听着，七两再也忍不住了，抬头吼了起来："你们看什么？我不是怪物！"

围观的人一愣，接着有个声音惊奇地嚷道："他还会说话！"

七两愤怒地瞪了他一眼。这家伙"哟"地叫了起来："还凶呢？你这个怪胎，你想拖累死你娘啊！"

很多人顿时哄笑起来。七两的心被这话刺痛了，嘀嘀答答直往下淌血。他紧紧地咬着嘴唇，眼泪不争气地流了出来。

后来，还是几个年老的阿姨看不过去，劝大家散了。

人群散后，七两脸如死灰，耳边一直响着刚才那句话。他嘴里不停地念叨着："是呀，我早该死了，为什么还要拖累妈？"

这么想着，七两打定了主意：趁这个机会，我就悄悄地死了吧！活着既没有意思，还累着母亲。

七两扭头看了看，母亲还没出来。于是他双手抓紧背篓的筐沿，拼命一晃，背篓倒在地上，他费尽全身力气从背篓里爬出来，再不敢回头看一眼，奋力往前爬去，只想离母亲越远越好。

七两爬啊爬，爬到一个路口，他累得再也爬不动了，脑袋一下磕到了地上。

不巧，他趴倒的地方正好是一家包子铺的门口。那老板肥头大耳，一脸横肉，见门口趴了这么一个人，着急得直挥手："走开走开，到别处去！"

七两听了这话，强忍着泪水，咬咬牙，双手又撑起身子，调转方向，竭尽全力往街上爬去。他全然不顾街上车来车往，一心求死，只盼着有辆车往自己身上压来。

突然，一辆小车来了个急刹车，硬生生挨着他的脑袋停下了。司机按下车窗，探出头大骂："你想要钱还是想寻死啊！"

七两不说话，只是一个劲把脑袋往人家车轮下塞。

司机一看害怕了："真是寻死啊！有你这么寻死的吗？"过来硬把他拉了出来，然后开车走了。

包子铺的胖老板目睹这一切，就过来问："小兄弟，你干吗要寻死啊？"

七两也不说话，又想往前爬去。胖老板一看，忙把他整个人抱了起来"这里太危险了，过去慢慢说。"七两不停挣扎，可丝毫不管用，只能任凭胖老板把他抱回了店门前。

胖老板打量打量他，说道"小兄弟，刚才我是不对。"说着拿了两个热乎乎的包子塞到他手里。

七两哪有什么心思吃包子，哇的一声号啕大哭起来，两只手使劲拍打着地面，自己真是太没用了，连寻个死也这么难！他哭着对胖老板说：

"大叔，您要是真可怜我，就帮帮忙，帮我寻个死法吧！"

胖老板倒吸一口凉气，蹲下来说："帮人寻死，那可是缺阴德的事。好死不如赖活呀，小兄弟，你为啥想寻死呢？"

七两止住了哭，自嘲地苦笑"大叔，您看我这样子，活着有意思吗？多活一天，我妈就多受一天累呀。"

"哦，你还有母亲，她人呢？"

七两欲言又止，犹豫了片刻，觉

编读往来：你的问题我来答

上海作者黄荣俊： 2011 年 12 月，《故事会》喜迎第 500 期，我先表示祝贺！这本杂志已经彻底进入了中国百姓的日常生活，同时《故事会》杂志的商标"说书俑"也深入人心。我想请编辑说一说"说书俑"这个商标的由来。

绿版编辑部：《故事会》很早就悟出一个道理，必须建立自己的形象识别标志，创建自己的品牌形象，让人一看到这个标志就能够认识《故事会》。

1995 年，何承伟社长参加一个旅游节，发现主办方把"马踏飞燕"作为形象大使。由此他想，《故事会》是否也可以树立自己的品牌形象？接着他提出用天回山出土的"说书俑"作为刊物的标志。"说书俑"既可以体现刊物的民族文化特点，又可以体现刊物大众通俗的办刊宗旨，还体现了刊物对于传统文化的继承和发展。1996 年，"说书俑"商标注册成功。

（本栏目欢迎读者提供新鲜活泼、有代表性的问题，一经采用，即致薄酬。）

得面前的胖老板还算个好人，就忍不住把一肚子的委屈和苦楚倒了出来。说完了，他擦着眼泪问："大叔，您说，我这样的人是不是死得越早越好？"

"不是！"胖老板一脸正色道，"为什么？因为你还有母亲啊！"

七两默默无言，低下脑袋想了半晌，喃喃道："可我永远都是我妈的累赘……"

胖老板深深吸了口气，直起腰，往前面看了看，脸上动情地说："小兄弟，你这么说不对。你说你是你妈的累赘，可在你妈心里，你却是她的心肝宝贝哟！"说着，拍拍他肩膀，"你妈现在就找你来了。"

七两全身一震，同时耳朵里听到了他最熟悉的声音："七两……"

七两费力地扭转头，果然看见母

亲正向自己跑来。母亲背着背篓，手里似乎还抓着一条细小的红绳子，一边跑，一边往手里收。他突然间恍然大悟，用手往背后一抓，刚好摸着衣服上别着的一枚扣针，扣针上面系着一条细绳——原来母亲早有准备了，红绳的另一头系在背篓里，她是顺着红绳找到自己的。

母亲飞快地跑过来，惊喜交加地一把抱起他，哭了起来："七两，你为什么不听妈的话？这里不是咱乡下，妈找不到你怎么办啊？"

七两把脸深深地埋进母亲怀里，眼泪无声地流下来。从现在开始，他懂得了，自己不单要继续活下去，而且还要活得好好的。因为，自己始终都是母亲的宝贝。

（题图、插图： 刘斌昆）

阿P
抢埋单

□ 王力强

阿P的朋友很多，隔三差五就有朋友约他出去吃饭。而阿P为人豪爽又要面子，每次和朋友们聚会，都抢着埋单。

时间一长，他老婆小兰有意见了。这天下午，小兰见阿P又在往钱包里补充钞票，准备去赴约，就一把夺过钱包，说："今晚你不要带钱包，让别人埋单！"

阿P急了，脸红脖子粗地说："你这是让我丢人啊！我阿P也是有身份的人，出门不带钱包，还叫男人吗？快还给我！"

见男人急了，小兰只得不情愿地把钱包还给了阿P，气呼呼地提醒："那你埋单的时候动作慢一点，让别人抢你前面。"

阿P不乐意了，说："掏钱磨磨蹭蹭，一看就不是真心想埋单，多没面子啊！男子汉大丈夫，头可断、血可流，面子绝对不能丢！"

小兰生气地白他一眼，撇嘴说："面子，面子，你那些酒肉朋友就是看准这一点，每次都故意落在你后面，让你当冤大头。"

阿P拍着胸脯说："绝对不是。我这些朋友，没一个小气的。你是没看见，每次结账的时候，大伙都是争先恐后呢。"

小兰哼了一声，突然想起一件事，忙对阿P说："你这条裤子太脏了，换一条再出去吧，别让人笑话。"说着，她从衣柜里找出一条裤子，又说，"你稍等一会儿，我给你把裤子熨一熨。"

几分钟后，小兰拿着裤子出来，

让阿P换上，然后亲手把钱包从旧裤子兜里掏出来，塞进他的后兜。

当天晚上，聚会结束后，服务小姐拿着单子过来，跟往常一样，哥几个立刻奋勇争先，唯恐落后似的抢着要埋单，这个嘴里喊着"今晚我来请"，那个嘴里叫着"谁跟我争我就跟谁急"。阿P自然不甘落后，他一边伸手到裤兜里掏钱包，一边大声说："我来、我来，我钱包都掏……咦？"

旁边争抢的哥们见状，关心地问："阿P，怎么啦？是不是没带钱包啊？"

阿P急道："不是，我钱包拿不出

来了。"原来，他穿的这条裤子，裤兜口小肚子大，往里装钱包的时候刚好能放进去，往外掏的时候就颇为费劲，钱包卡在兜口，一时半会掏不出来。

在场的人一时都愣住了，不知该怎么做才好。阿P没看出来，对刚才抢得最欢要埋单的那个朋友喊："我说刘大伟，你别掏钱了，先过来帮我把钱包掏出来呀。"

那个叫刘大伟的脸色却有些尴尬，其实，别看他装模作样地掏钱包，可眼睛一直盯着阿P呢，见他半天还没掏出钱包，心里早着急了。可此时要真过去帮阿P掏钱包，那也太过分了，明摆着是自己不想结账，传出去要被人笑话的。没办法，他只好假装大度地把自己的钱包掏出来，说："阿P，你就别掏了，还是我来请吧，你看，我钱包都拿出来了。"

阿P终于白吃了一顿。一进家门小兰就问今天谁埋单，阿P得意地说："今晚别人请客而我又没丢面子，真是爽！"

小兰捂着嘴直乐："你动作不是一向最快吗？这次怎么落后了？"

阿P摸着脑袋很不解："怪了，我这条裤子的裤兜口怎么突然小了，半天都没掏出钱包来。"

小兰让阿P把外裤脱下来，指着裤兜解释道："你这条裤子的裤兜是防盗兜。这是专为防小偷设计的裤兜，口小肚大，进去容易出来难，你想想，你自己都要掏半天，那小偷得费多大劲才能掏出来啊。"

阿P这人就是实在，他想防盗兜是能防小偷，但这也让朋友小看自己了。于是接下来的一次聚会，阿P另换了一条裤子，可埋单的时候，他的钱包又卡在裤兜口里出不来。

刘大伟上次无奈埋单，心里不爽，他想出阿P洋相，所以主动过来帮他把钱包掏出来，然后脸凑到阿P屁股上，研究了半天，终于发现了问题："阿P，怎么回事？你这裤兜口两边好像是故意缝了几针，谁缝的呀？"

"啊？"阿P脑子一转，立刻明白这是老婆小兰的杰作，她是故意让自己掏不出钱包呢。一时间阿P的脸涨得通红，这也太丢面子了。见众人都望着自己，阿P只得掩饰道："这是最近最流行的防盗兜，专为防盗设计的，你们看，小偷都没辙。"

几个朋友似乎恍然大悟："好，好，大开眼界。"

接下来足有半个月，再也没人约阿P出去吃饭，把阿P给急得呀，一个劲地埋怨小兰："都是你，搞什么防盗兜呀，大伙准以为我故意逃单，你看，怕我吃白食，人家都不叫我了。"

小兰却不以为然"不叫更好，什么狗屁朋友，他们以前叫你就是想让你埋单，如今见你不出钱了，谁还叫你呀？"

好不容易，望穿秋水的阿P终于又接到了聚会电话。他喜出望外，激动地对小兰说："你看，我这帮朋友可不像你说的那样小气。"当即就兴冲冲地赴会去了。

酒足饭饱，大家照例又是你抢我夺，不过，当阿P费尽九牛二虎之力终于把钱包从裤兜里抠出来时，发现自己这次是抢了第一，因为刘大伟他们几个都在扭腰撅腚的，右手伸在各自裤兜里，龇牙咧嘴地拼命掏钱包呢。

阿P恍然大悟，不由说道："嘿，看来哥几个今天全都用上防盗兜了！"

(题图、插图：顾子易)

关爱父母 ——《金色年代》

《金色年代》由上海故事会文化传媒有限公司主办，是一本以全新观念介绍中老年生活的杂志。

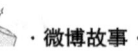

故事会 ■ 新浪 微故事大赛

1月优秀作品选登 （主题：英雄）

@亳州李景强 他住在水塘边，连续三年因救落水儿童而获得县里颁发的"见义勇为英雄"奖。领奖台上，他作为获奖代表，要发表获奖感言。他脸胀得通红，半天憋出一句话"又获这个奖，我心里很难受！"第四年，他没再获奖，因为，他用三年的奖金配上卖一头猪的钱整好了那口水塘。

@黎众029 戏拍了几遍，他怎么也演不好，气得导演连喊了几个"停"。导演开导："英雄演英雄，等于自己演自己。你当时怎么做的，现在就怎么演。"他脸微红："这又不是我们老板本人。""难道只有真老板你才舍身相救？""那倒不是。我救我们老板，是因为他欠我们工钱，大伙儿让我跟着他，一定要保护他的安全。"

@刚柔v 他在弥留之际对老婆说心中有个秘密，现在不说就没机会了：那年骑车进城，在下山路时车越跑越快。路中间一持刀歹徒正抢劫一姑娘，我的车冲向了歹徒，从此我就成了十里八乡人心中的好后生。后来，那姑娘就成了我今天的婆娘，可谁也不知道当时我的车……她说你在梦里说了不止千遍了：刹车失灵。

@潜龙在天天潜龙 监狱里，记者采访他："你一下子偷了你们董事长五千万，是不是感到特别后怕和后悔？"他默默地摇头。记者又问："那再请你说

说你为什么打电话给新闻热线，让记者陪你去自首呢？"他一脸无奈地说："唉！我一次又一次举报我们董事长贪污受贿，可每次都说证据不足，不了了之……"

@师逸而功倍 "将来我要当英雄，要当大英雄！我要会干很多很多事，帮助很多很多人……""儿子，"妈妈打断了他，"你愿不愿意现在就做一件英雄该做的事？""当然愿意！""那你给刚上车的老奶奶让个座好吗？"

@杨信社 张大爷成了救人英雄后，每天都有许多记者来采访，他不胜其烦。这天又来一拨记者来采访："大爷，请您谈谈救人经过吧！"张大爷却不回答，而是递给记者一个手机。记者奇怪地问："大爷，这是什么意思？"张大爷往嘴里放了一片金嗓子喉宝，说："救人经过请按录音1，救人感受请按录音2……"

@鹰翔狼啸 一名中学生向公安局举报一家制造地沟油的黑作坊。在他指引下警方一举破案，作坊老板在被带走时对他怒目而视，而他则默默地躲过对方的目光。警察向他竖起拇指："你年纪虽小却敢和黑恶现象做斗争，日后肯定能成为打假英雄！"他低下头："我不想做什么英雄，只希望爸爸别再做害人的生意！"

（大赛启事请见P40）

黎明前的神秘集市，一颗血淋淋的人头，真相扑朔迷离……

鬼市人头

□ 广　思

1.人头血案

民国期间，天津老城厢有个鬼市。所谓鬼市，并不是什么闹鬼的地方，而是一种早集。天没亮时，一群人聚在那里做些小买卖，天亮之前准散。之所以取这么个恐怖的名字，原因有二：第一，天亮前，特别冷，老百姓管那时候叫"鬼龇牙"；第二，这个时候做买卖，容易捣鬼。由于鬼市的货物便宜，还有不少来路不明的非法货物，因此这里的生意一直很兴旺。

一天清晨，在鬼市摆小摊的何老福拾到一个包袱，他以为是什么好东西，可抱回家打开一看，竟是一个插着金钗的血淋淋的人头。何老福吓得

脸色发黑，赶紧去了警察局。

警察局赶紧调查，一查，那头颅是素香斋饭店老板王晋元的二姨太太刘氏。但刘氏的身体哪去了？怎么找也找不到。警察局长李汉元束手无策，只好请来老朋友，上海法租界巡捕房的探长吉鸿晶。

吉探长四十上下，精悍睿智。他带了助手小郭很快来到天津，与警察局李局长见了面，二人寒暄了几句后，吉探长进入正题，问："现在案件有进展了吗？"

李局长摇摇头，说："没有。只知道，红桥区大药房的伙计是最后见到刘氏的人。"

吉探长当即提议去药房。

红桥区大药房是天津著名的大药房。见李局长、吉探长和小郭三人进来，伙计立即迎上来："局长大人光

临，您有什么吩咐？"

李局长腆着肚子说："这位是我的朋友吉探长，刘氏失踪的案件，就交给他全权处理了。"

吉探长心里不禁嘀咕了一句：我还没答应呢，怎么就全推给我了？他清了清嗓子，问道："你最后一次看见刘氏，是什么时候？"

伙计回答道："我都告诉李局长了。发生凶案的前一天晚上七点半，刘氏从对面吕祖堂出来，到我这里买了些药就走了。"

吉探长接着问："她那天是什么打扮？和你说话了没有？"

伙计想了想说："她那天穿了一身深红色大衣，头上插着金钗，脸色好像不太好。二太太进来之后，说她先生患心绞痛，买了些中药，其他就没什么了。"

吉探长又继续发问："她都买了

什么药？"

伙计翻出账本查了查说："她买了黄芪、丹参粉、三七粉、川芎、当归粉、红花共六种中药，每样三两。"

走出药房，李局长拍拍吉探长的肩膀，说："老弟，这件案子，就交给你了，辛苦了。"

"你这家伙！"吉探长笑骂了一句。不过他也明白李局长的难处：这个时期天津案子不断，警察局顾了东顾不了西。

人头案的资料不多，小郭一边翻看一边用笔记在本子上，大体有了一个轮廓：刘氏四月十七日下午四点离家，步行去了吕祖堂听道士讲经，晚上在那里吃了素斋，七点半离开吕祖堂，去红桥区大药房买药。第二天早上五点，何老福在鬼市捡到一个包袱，发现里面的头颅。

吉探长理了一下头绪，想了想，决定先去第一目击者何老福家。

2.傲慢道士

何老福四十多岁，是那种典型的老实巴交的劳动人民。吉探长和小郭刚进门，他就嚷着让老婆擦板凳端茶倒水，自己主动向吉探长叙述案情。

这时何老福的媳妇端着茶水过来。她动作迟钝地给吉探长和小郭倒上，又僵硬地拜了个万福离开了。吉探长见她脸色苍白，好像身体有病，但没等他问，健谈的何老福又开了腔："那是我娘们儿，这几天被那人头吓了，身体不太得劲儿。"

吉探长没有接他这个话题，只是问："当初你是怎么发现这个人头的？"

"哎呀，当初我发现的时候，就想着是个好东西。捡回家一打开，真是吓死人了，我这么一喊，邻居们都来了。大家商量了一阵，想着还是交给警察局才对。"

吉探长边喝茶边点头，不知不觉茶已经喝干了，何老福忙叫媳妇再加些，他媳妇丁丁当当找了半天也没找到开水壶，何老福只得去帮着找，却发现家里已经没水了，连忙陪笑解释道："这几天附近的水站出了些毛病，打不出水来。实在对不起。"

吉探长示意他没关系，又把刚才何老福说的那一串天津话在脑子里加工了一会儿，就带着小郭离开了这个简陋的小屋。

"接下来去哪里呢？"小郭一溜小跑跟在吉探长身后问道。

吉探长嘴里吐出三个字："吕祖堂！"

吕祖堂是座道观，当家道长叫任立奎，只有三十出头，法号"逸尘"，长得精神潇洒，倒有点像画像上的吕洞宾，他见吉探长进来，却傲慢地端坐在蒲团上动也不动。他的卧室十分简洁，除了吕洞宾像之外，只有一对红油蜡烛。

好半天，任道士才有些不屑地说："李局长已经来我这里问过了。"

吉探长说："不好意思，我还得麻烦你，请问那刘氏是什么时候离开的？"

任道士说："我只知道她是四点半来的。至于她什么时候离开的，我可不知道。我每天晚上都要按时出去散步。我出去时，刘氏还没有离开。"

吉探长在盘问任立奎的同时，小郭也盘问了几个小道士。出来和吉探长对照后，发现道长没有说谎话，而且他在当晚九点就回来了。

离开吕祖堂时，小郭发着牢骚道："那个道士也太傲慢了，一直坐在蒲团上，也不出来送送我们！"

吉探长耸耸肩，有些无奈地说："得了吧，刚才他还让我一直站着问话呢！"

小郭有些企盼地望着吉探长说："接下来呢？应该去那个地方了吧？"吉探长脸上露出了少有的得意表情，"走，时候不早了，咱们去吃好吃的去！"说罢大步朝前走去。

3. 老翁小妾

半小时后，两人来到王晋元家。王晋元果然是天津的富豪，住宅宽敞华丽，奴仆成群，他家素香斋的厨师手艺更是绝妙。跑了一天的吉探长和小郭风卷残云，着实打了一番牙祭。

小郭心里不太有底，凑过去悄悄问吉探长："探长，咱们能帮人家破案吗？现在就吃这么多好酒好菜，好吗？"

吉探长笑了笑，端起一杯葡萄酒冲桌子对面的王晋元敬道："王先生，请您放心。我保证：十二个小时之内，肯定能破此案！"

王晋元晃了晃白发苍苍的脑袋，也端起酒杯："多谢探长，您现在想必已经知道真相了？""差不多了。"吉探长略带醉意地说，"不过还要问您几个问题。"

酒足饭饱之后，来到会客厅坐下，吉探长从仆人那里接过新装了烟丝的烟斗，悠闲地抽了一口，问："能不能先介绍一下刘氏的情况？"

王晋元一听刘氏的名字，不禁又有些伤感道："刘氏啊，她是我的二姨太太，今年三十八岁。十年前，我去乡下办事，看她年轻漂亮，就把她买了回来。虽然我们年龄差着三十多岁，但是平时感情还是不错的。最近她迷上了道家的理论，经常到吕祖堂听道士讲经。谁知道竟然……"王晋元说到这儿就伤心得说不下去了。

吉探长连忙转移话题问："那她乡下家里还有什么人吗？"

"我已经告诉她家里

人了，等警方找到了尸身，和头颅合在一起，再通知他们来参加丧事。"

"出事那天她是什么时候从家里出去的？"

"下午四点，走着去的。这些我都和李局长说过了，家里的仆人们也都可以作证。"

"为什么走着去？"吉探长顿时绷紧了神经，"我们从那里走到这儿，可是花了足足半个小时呢。"

"她说她还要逛街，所以一向都是走着去吕祖堂的。"

"哦，这样啊。"吉探长点了点头，"我们还想去她的老家看看，您看行吗？"

王晋元劝道："她老家在皇姑庄，离这里很远，而且家里人也不多了，我看您就不用劳神费事了。"

吉探长问："有没有尊夫人的近照？"

"近照倒是没有，不过，"王晋元指着墙上一幅巨大的油画说，"这幅画是上个月画的，也和照片差不多。"

吉探长抬头一看，是一幅女子半身像。画中的刘氏，穿着红袍，浓妆艳抹，还涂着红指甲。头上的金钗极其醒目。王晋元发现探长注意那个金钗，就主动解释道："本来，刘氏的脸部已经全部毁坏了，家人就是看到这金钗才认出来的。"

"不会有错吗？"

"不会，她平时花销奢侈，首饰都是专门订做的，就连化妆品，都是托人买的外国货。"

吉探长和王晋元谈话之后，他谢绝了王先生恳切的留宿，带着小郭走出王宅后，他得意地说："现在，只差一个地方了！"

小郭问："探长，您真的要去鬼市？"

"去！"探长温和地说，"当然不是现在。"顿了顿说，"现在，我们还要去警察局查一些户籍档案，再休息一阵。等到凌晨四点的时候，我们去鬼市。"

回到警察局，值班警察们热情地迎接两人，有位警察还拿出掸子来给他们掸了掸衣服，边掸边说"二位辛苦啦！您看这身上弄的……吉探长，您的袖口怎么有粉红色的灰啊？"

吉探长抬起袖口看了看："谁知道是在哪里弄上的……不管它了，我俩先去休息。对了，老城厢离这里有多远？"

一个巡警赶忙说："我们平时巡街都知道，走路大概四十分钟就能到。"

"好吧，明天早上四点钟叫醒我们行吗？另外，我想看看你们的户籍档案，这可是破案的关键。"

4. 鬼市探秘

早上四点钟，吉探长和小郭快步往鬼市赶去。

吉探长走着走着，突然停住了脚步，抬头看了看路边一幢大屋房顶那翘起的弯角，说："原来这是吕祖堂的后墙。"

小郭问："难道你又有什么发现？"

"呃……现在还不能确定，"吉探长低下头，好像在脑子里仔细地搜寻什么东西似的，"等等，我好像……"

就在这时，突然"呵呵呵……"传来一阵阴冷的笑声，把探长和小郭吓了一跳。二人顺着声音一看，只见路边的树下，有一个拿着扫把的黑影正向他们移动。

"你是谁？难道是欧洲的女巫？"

小郭紧张地喝问，"我们还没到鬼市呢！"

"什么女巫？"那个黑影有些不高兴地说，"我是这里的清洁工！"他接着又没好气地说："你们是'高买'吧？从吕祖堂的后墙可是进不去的，你们还是去找那些落单的行人吧！"

小郭小声问吉探长"什么是'高买'啊？"

吉探长解释道"就是小偷，这是天津人一种比较'文雅'的说法，你查资料时没注意？"

"谁知道这也要查啊？"小郭有些委屈地说。为了缓解一下尴尬的局面，小郭又转而问清洁工，"人这么少的时候，偷东西也能成功？"

"怎么不能？"清洁工不容置辩地回答，"前几天晚上，我在工棚里休息时，看到一个带包袱的人从这里走过，可过了一会儿，那个人又气急败坏地走了回来，包袱却没了，他弯腰曲背找了好一阵，没有找到，只好走了。过了一会儿，另一个人抱着包袱从这里走过，看样子好像挺得意的。你说这不是小偷得手了吗？"

吉探长听了，一下子又来了精神，走近问道"那带包袱的人和偷东西的人，你认识吗？"

清洁工想了想说："那天晚上正好下着小雨儿，那人又穿着带兜帽的大衣，没看清楚，应该不认识。我呆在工棚里，也没出去和他见面。至于那个小偷，我就更无从认识了。"

"你还记得什么？"小郭没等探长接着问，就急切地问。清洁工说："就记得那个穿大衣的在这里摔了一跤，膝盖好像伤得不轻，从怀里掉出一个圆包袱，然后他又赶忙捡了起来。"

吉探长听了显得很兴奋，他拿出证件在清洁工面前一晃，继续问："我是查案的探长，你的证词可能对我们有帮助。将来到了法庭上，你还敢这样说吗？"

"那有什么不敢？"清洁工被这突然的逆转弄得有些奇怪，但他还是忍住没问探长为什么这个时候出来查案。

一旁的小郭忍不住对清洁工说："你知道的还挺多啊！"

"我算什么？我的搭档丁长毛知道的那才叫多呢。他虽然是皇姑庄人，可他闲时经常给那些有钱的大老爷们做室内清洁，这十年来他几乎把天津城摸了个透。不过这几天不知道为什么，他却没来，害得我一个人干两个人的活。"清洁工絮絮叨叨的好像有一肚子怨气。

吉探长告别了清洁工，加快了前进的脚步，小郭依旧在后边快步小跑，边跑边急切地问："探长，你是不是又发现什么有价值的线索了？我们不用去鬼市了吧？"但是探长的沉默使他只得跟着继续向老城厢走去。

鬼市十分热闹，无数摊位几乎占据了整个地面，甚至显得有几分拥挤。除少数摊位上有豆大的灯光外，大多数摊位就是借着天光和临近摊位的灯光勉强支持。不论是买主还是摊主，都在窃窃私语，像是真在做什么见不得人的事情一样。

小郭很快被一些地摊上的小玩意儿吸引住了，忍不住停下来看了又看。吉探长一面提醒他跟紧自己，一面仔细看着每一位摊主的脸。

走了一阵后，吉探长仿佛在告诉小郭，也仿佛自言自语："没有何老福啊！"

"没有就对了啊！"小郭自信地说，"我要是摊上这么一档子事情，我也不出来了。"

"没这么简单！"吉探长用力吸了一下烟斗，"现在，我们已经有了足够的证据，案件马上就能揭晓了！"

"什么啊？"小郭一头雾水道，"从昨晚查户口开始我就觉得奇怪，我们掌握的这些东西，没有什么价值啊！"

"谁说没有价值？"吉探长笑道，"就拿昨晚查户口来说吧，你还记得什么内容？"

"嗯——我们查到了刘氏以前是结过婚的，但是在嫁给王晋元之前离婚了，然后他前夫的户口就没有了，我想可能是死了；何老福全家都是农村户口，除了妻子之外，家里还有几个小孩子；任立奎是天津市区的户口，从小就在这里长大……就这些了，有什么用吗？"

"当然有用！"吉探长用食指敲了敲自己的宽檐帽，"只要你仔细动动脑子想想，将这些琐碎的线索串联起来，真相就很明显了。"

接着，吉探长不顾正在发愣的小郭，吩咐道："通知李局长，让他通知所有相关人员，两个小时后在吕祖堂集合！到时候，我会把这案件的一切，当场解释给你们听。对了，差点忘了告诉你，刚才我在鬼市买了些东西，你先帮我扛着。"

5. 揭示真相

早上七点，吉探长和小郭、何老福、任立奎、药铺伙计、清洁工、王晋元、李局长以及几名警察全都来到了吕祖堂。

"现在，我该揭示真相了！"吉探长点起了烟斗，慢悠悠地吸了一口，"首先，我们知道那个被毁的人头，是因为特殊订做的金钗被认定是刘氏，可是刘氏从这里出来的时候头上也戴着金钗，这就说明了一件事：实际上至少有两根金钗！当时刘氏是戴着一根金钗出门的，那另外一根金钗呢？只能是藏在这里了。任道长，能先让我们搜搜你的房间吗？"

任立奎脸上出现了惊慌，可没等他回话，李局长大手一挥，几个警察就进了任立奎的卧房。

不一会儿，警察拿着一小筐首饰出来了："报告局长，这是我们从任立奎床下找到的。"

李局长疑惑地盯着道士："这么说，杀死刘氏的凶手就是你任立奎了？"

任立奎急忙争辩道："不，不，不是！这是刘氏捐给我们吕祖堂当香火钱的，只是我还没来得及去首饰楼换钱。"

"当然，仅仅凭这些东西并不能证明是你杀人的。"吉探长不慌不忙地说，"可是还有件事我不明白：刘氏辛辛苦苦从家里走半个小时来到这里，却不用自己家里的司机，这是为什么？"

王晋元插话提醒道："我都说了，她要逛街嘛！"

"没错，根据我们的亲自试验，从王宅到这里确实需要半个小时。"吉探长转身对王晋元说，"可是，我在鬼市无意间从小郭的行动中发现，逛街的人即使什么都不买，也会时不时地停下来看看路边的货物，这是很耽误时间的！"

小郭问："这么说，刘氏实际上是马不停蹄地从王宅走到这里，而不是逛街？"

"对！逛街只是为了掩人耳目，

她的真正目的，只有吕祖堂。"吉探长踱步走到房屋中间，说，"为了不让家里的下人们发现什么，她每次都独自走到这里。而且我的助手也问过这里的小道士，每次任立奎和刘氏相见，都是一对一在内堂讲经的。"

"难道……"王晋元一听，不禁脑门发青，直出虚汗，"真是他们俩有什么见不得人的事情？"

吉探长继续说"通过这些，我们不难得出，任立奎和刘氏有着某些秘密的关系，应该也与刘氏的死脱不了干系。道长，你是出家人，应该知道怎么做才是对的，事已至此，你还是主动交代了吧！"

任立奎仍然脸色平静地说："我没什么好交代的。该解释的都已经解释过了。"

吉探长说："那好，我来给你解释：你在自己的卧房里杀害刘氏，凶器嘛，最可能就是那铜蜡烛台上的尖利的蜡扦。然后你就想毁尸灭迹，砍下刘氏的脑袋，四处寻找合适的销毁地点。可是，你没有想到吧，你去销毁人头的途中，被一个清洁工看到了。"吉探长又转向清洁工，"对吧？"

清洁工说："我都说了，当时那人穿着带兜帽的灰大衣，我看不清他的脸。"

"对呀，当时任立奎从吕祖堂出来的时候，肯定是穿着道袍的，否则别人看上去会觉得很奇怪。他把大衣和包着人头的包袱藏在宽大的道袍袖子里，等走到僻静的地方，再穿上大衣，用兜帽挡着脸，四处寻找丢人头的地方。正好这时又下起了雨，任立奎不小心滑倒了，而这一幕，都被这位清洁工看在眼里。由于大衣他是背着人穿上的，肯定不能再穿回去，所以肯定是丢在路上了。"

吉探长说到这儿，打了个响指，对小郭说："小郭，把东西拿来！"小郭立即将手中包袱里的东西都拿了出来。

"这是我在鬼市买的几件袖口有泥印的大衣。我想任立奎丢掉大衣之后，只要没有完全销毁，肯定会再次

被人捡到，而鬼市就是最好的出手地点。任立奎，现在你敢不敢将这几件大衣依次穿上走两步，让这位清洁工看看你的背影？"吉探长说着，一双火辣辣的眼睛死死盯着任立奎，盯得道士不知所措。

"或许你连站起来都不敢，因为那天晚上你已经摔伤了膝盖，走起路来就会被人看出来！"探长这一句，直接打垮了任立奎。

"好吧，我承认。"道士叹着气说，"都是因为她要和我私奔，我不答应，她就要挟我说要把我俩的事情说出去，我们吵得厉害就动起手来了。探长说的没错，我确实是用蜡扦扎死她的。"

王晋元急着问："那刘氏的尸体在哪里？"

任立奎说："我本来准备把刘氏碎尸之后再分几次带出去的，可是第二天早上就听说刘氏的脑袋被发现了，我怕夜长梦多，就匆匆把尸体丢在一个水沟里……至于丢在哪个水沟，让我想想。"

"就丢在自来水厂附近是吧？"吉探长突然开了腔，"前几天我去何老福家，听说水站没有水，就觉得奇怪。一般来说，水站没有水是会及时修缮的，不可能连坏几天。我查过地图，正好吕祖堂附近有个自来水厂，任立奎很有可能是把无头尸首丢在一般不会有人下去检查的氯气池里了。由于尸体堵住了其中一根主水管，所以水站才没有水。"

看到任立奎点了点头，吉探长继续说："王先生，我让您带来的人头呢？现在该拿出来去和尸首对一下了。"

王晋元拿出一个提盒，递给身旁的一个警察。那个警察拿过之后，就和另外两个警察押着任立奎去寻找尸体了。

6. 又生怪事

小郭见任立奎已经被警察押走了，急得都快跳起来叫道："可是还有很多问题没有解决呢！"

"等等，别急。"吉探长见小郭着急的样子，不由忍俊不禁道，"现在我说出来，大家应该不信。咱们先说说别的话题吧：何老福，你老婆怎么没来？"

何老福解释道："我娘们儿啊，她这几天身体不太好，所以今天没来。"

"这就对了，"吉探长得意地吸了口烟斗问，"她是什么时候来城里的？"

何老福眨巴着眼睛想了一下，说："大概三年前吧，和我一起来的。"

吉探长紧追不放："根据户口记录，我知道你是没有父母的，只有几个岁数不大的孩子——这我就奇怪了，你的孩子交给谁看着？"

何老福有些慌了，嗫嚅道："这……这和案子有关系吗？"

"有没有关系，你们一会儿就知道了！"吉探长突然掉转头，又向王晋元问道，"王先生，您也没有对我和盘托出真情啊。刘氏卖给你的时候，家里是什么情况？"

王晋元听说吉探长查过了户籍档案，也有些不好意思，只好如实回答："当时刘氏还有丈夫，只是家里实在太穷，没办法就将她卖给了我。"

"后来她前夫呢？"

"我花钱通过关系，给他办了城市户口，作为和刘氏完全断绝关系的条件。之后我就再也没见过他了。"

这时候，一个警察押着任立奎回来了，他对李局长说："报告局长，我们在氯气池那边发现了无头尸体，和那头颅的伤口完全吻合。我让另两个兄弟在现场看住尸体，我先回来了。只不过……"

"只不过什么？"刚刚松了一口气的李局长又有些不痛快了。

那警察摊摊手，困惑地说："只不过，那尸体……其实是个男的。"

"男的？"李局长惊得差点从椅子上站起来，随即满脸嘲讽地冲任立奎和王晋元说，"你们两个还有这种嗜好啊？"

任立奎十分沮丧地说："我……我也不知道怎么会变成男的！"

吉探长说："这就是刚才我所说的难以置信的事情。"他又转向药铺伙计，"你还记得我昨天问你的问题吗？"

"记得记得，我想到您这次可能还要问，连账本都带来了。"伙计连忙取出账本，"当时二太太买了六味药，说是要给王先生煎药治心绞痛。"

王晋元插嘴道："我确实有心绞痛，不过平时没有让她买过药呀。""正是因为你有这种病，所以她才知道这种药方。"吉探长愈发得意地说，"可是，既然煎药，为什么其中三种都是药粉？这药粉可不容易煎呀。因此我想只有一种解释，就是她要用药粉来干其他的事情。据我所知，这个

药方中，三七的用量是最少的，大概只有其他几味药的三分之一到四分之一，为什么她要买和其他几种药分量一样呢？另外，她既然急着给丈夫买药，为什么没有坐车来呢？"

药房伙计支支吾吾地说："我也不知道，当时我看药方没问题，就这么卖给她了。当时我也没多想啊！"

"那好，就让我来告诉你吧。"吉探长提高了声调说，"她要了好几种药粉，还买了过量的三七，完全是欲盖弥彰！其实她真正需要的只有三七！三七是云南白药的主要配方，止血是最有效的。一般的伤口，只要不是大出血，用三七粉往上一敷，马上就能见效。"

小郭瞪大了眼睛问："那么，你的意思是？"

"没错！"吉探长肯定地说，"当时刘氏并没有死，只是受了伤。她买三七，是为了给自己止血。当时由于她穿着红色外衣，所以伙计并没有看出她受伤，只看到她脸色难看，还以为她是要给丈夫买药。"

半天没说话的李局长终于忍不住问道："那这么说，刘氏到底在哪里呢？"

"这就要问何老福了，"吉探长冷不防问道，"何老福，你妻子是什么候来城里的？""这个，刚才我不是已经回答过了吗？"

"不对吧？我上次去你们家，发现你的妻子对家里的情况很生疏，连开水壶都找不到，这可不是一个多年的家庭主妇应有的表现。另外我看她动作很僵硬，脸色苍白，尤其是欠身万福的时候，动作很不麻利，应该是肚子上受了伤吧？而且是被蜡扦刺伤的！"吉探长用无法辩驳的口气逼问道。

没等何老福回答，李局长又"不合时机"地插话："不过，仅仅凭这些线索，你也不能确定何老福的妻子就是刘氏吧？"

"当然不能。"吉探长从衣袋里拿出一个小玻璃瓶，"我还有独一无二的证据。那天晚上我回警局后，发现袖口上有些淡红色的粉末，但是却想不起是在哪里蹭上的。仔细想想，我在任立奎那儿是一直站着的，没处蹭上；王先生家里又打扫得极其干净，桌上是不会有这种东西的。所以只可能是在何老福家里沾上的。后来我让法医帮我化验了一下，发现这是化妆品的成分。再结合刘氏的画像，我就全明白了：刘氏原来涂着红指甲，到了何老福家里以后，为了不让人看起疑心，就将指甲上的红油全部刮掉了。我袖口上的这些粉末，就是她从指甲上刮下来的。我又记得王先生说过，刘氏的化妆品都是很少见的外国货，在天津应该是没有多少人用过的。"吉探长顿了顿，喝了口水继续说，"另外，何老福跟我谈话的时候说，他这几天本来应该高兴的，突然被那个人头扫了兴。我就想，他本来遇到什么事情，让他这么高兴？应该就是突然来了个漂亮媳妇吧？还有啊，何老福本来是做小买卖的，家里也不富裕，这几天竟然不出摊了。想必也是刘氏给他带来了一笔财物。"

"我实话实说了吧，"何老福叹了口气说，"那个其实不是我娘们儿，我那口子在乡下带孩子呢。上次您见到的是我一个远方的表妹，好多年都没来往了。那天晚上她突然跑到我这里，说她爷们要杀她，就假装是我娘们儿，躲在我家里了。"

7. 天网恢恢

"果然是这样。"吉探长转身对另一个警察说，"何老福的妻子之所以不来，就是怕被人认出来。现在你们可以去把她押过来了。不过，何老福，你的远方表妹那么多年和你没来往，突然住到你家里，你放心让她一个人在屋里吗？"

何老福从腰上解下一把钥匙说："我是有点不放心，所以我出门的时候，就悄悄把门给锁上了。"说着把钥匙递给警察。

吉探长心里不由感叹何老福的精明。接着，他扫视了一下屋里的人，继续说："现在，只剩下一个问题：就是那个男尸到底是谁？让我先把当时的情况猜想一下：当时任立奎用蜡扦刺伤刘氏之后，以为自己杀了人，就想找把斧头来分尸灭迹。就在他出去找斧头时，另一个倒霉的家伙进来了。装死的刘氏恍惚中以为进来的是任立奎，就猛地起身用蜡扦刺死了那人。当她发现杀错了人，又急中生智地把自己的金钗插在那人头上，匆匆将内衣给死人换上。这时候任立奎拿着斧头回来了，刘氏来不及逃走，就躲在床下，等任立奎带着人头出去后，她再逃走。而惊慌中的任立奎没有仔细看死者，就一顿斧头将那个人头毁了容，王先生家的人才错把他认成是刘氏。"

李局长又问:"那被错杀的男人是谁呢?"

吉探长接着就根据他们掌握的线索,回答了李局长问的男尸是谁。

在调查时,吉探长发现死者是个长头发,他就想到了清洁工的搭档丁长毛。而且那个丁长毛是经常在这一带活动的,因此进入吕祖堂的可能性也很大。最后,也是最重要的一点,丁长毛是皇姑庄人,正是刘氏的同乡,而且和刘氏进城的时间也是同一年,因此探长就想,他和刘氏是不是会有什么关系。后来又想到他经常去大户家里做短工,而且刘氏前夫到城里之后就杳无音信。于是,吉探长就提出了一个大胆的猜想:丁长毛应该就是刘氏的前夫!因为他心里还是放不下刘氏,所以在扫地时看到刘氏经常来这里,就起了疑心,就时不时地关注这里的动静。当刘氏装死的时候,他本来是进来看个究竟的,却被刘氏误杀的。

吉探长一口气说完了自己的分析研究,顿了顿说:"这就是案件的始末。"

"你说的没错,那就是我的前夫。"正当大家都惊叹吉探长的推理时,门口一个女人的声音让大家回过神来,只见任立奎的情妇,何老福的"妻子",王晋元的二姨太太刘氏被警察带着出现在了门口。

李局长又问道:"可是,那人头是怎么到了何老福手里呢?鬼市离吕祖堂可不近啊!"

"这位清洁工都看到了,"探长指了指清洁工,"他看到有人偷了任立奎的包袱。那是个小偷,他这一晚肯定偷了不少东西,在快天亮时他到鬼市附近想要销赃,当他发现那个包袱里是人头,就随手丢在鬼市里了。我们亲自去鬼市查看过,那里人很多,光线很暗,小偷把东西丢在那里是不会有人注意的。"

事情的经过就是这样。最终,李汉元局长将任立奎和刘氏带了回去,送往天津市法庭审问,任立奎被判立即枪决,刘氏则被判无期。枪决任立奎那天,据说整个天津城都嚷嚷开了,吉探长和小郭也在人群中看热闹。

真相大白了,小郭长长地松了一口气,笑着对吉探长说:"事情已经调查清楚了,现在我们可以好好休息一下了吧?"

"好,不过不用急嘛,你看那边围着那么多人干什么?"小郭顺着探长的手指一看,只见路边有一大群人,正围着一位说书的先生听评书,书名叫《鬼市人头》,水牌前边还有四个小红字:天津实事。

吉探长叼起烟斗,不由一阵轻松,拉住小郭,也站在人群之中听了起来。

(题图、插图:杨宏富)

□ 田守安

有理
说不出

赵昆一大早就被电话铃声惊醒，他爬起身抓起电话，一听是父亲打来的。父亲让他带上身份证过来一趟。

很快，赵昆来到父亲家，就看见父亲从衣柜的最底层翻出了一个黑色的旧皮包，从里面拿出十沓百元大钞，说："这十万元钱都是我和你妈省吃俭用攒下的，用你的身份证存进银行吧。"

赵昆感到有些突然，刚要问，父亲就急忙解释："你妈去世多年了，我一个人感到孤单，就想找一个老伴，也好有个照应。"他叹了口气，接着说："可是现在这人，什么也说不准。先放在你处，以后少些麻烦。"

看着父亲年纪一天比一天大了，

赵昆早就想帮他找个老伴，现在父亲先开了口，自然连声说好。

两人说了会话，父亲见儿子的气色不太好，随口就问了一句："你媳妇呢？"赵昆没好气的说："别提她了，吃完饭就出去打麻将了。整天都见不着人影，还和那些不三不四的男人鬼混，家里的钱都让她败光了，还欠了不少债。"

父亲听得直皱眉头，可又帮不上大忙，只好安慰儿子多忍忍。赵昆郁闷地说："我都将就她好几年了，她还是那样死不悔改，这日子没法过了！"

出了门，赵昆直接去了银行，用自己的名字把钱存了。中午，独自又喝了点酒，午后两点多钟，才醉醺醺地回到了家，脱下衣服倒头就睡。

不一会，赵昆的老婆孙萍打完麻将回来了。上午她又输了钱，见赵昆鼾声如雷满身酒气，知道他一时半会

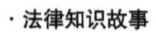

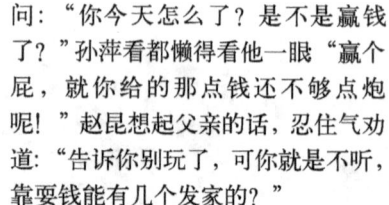

还醒不了，就抓起他扔在炕上的衣服，挨个衣兜翻钱。很快就翻到那本银行存折，打开一看：顿时惊呆了，整整十万元！孙萍心想：他哪来的这么多钱？莫非是买彩票中了大奖吧？孙萍没再多想，拿起存折就直奔银行。可是这钱她取不出来，她不知道密码。孙萍气急败坏地走出了银行，就在这时候，她看见了一家复印社，立刻心中一亮。

回到家里，见赵昆还没醒，就赶紧把存折放回原处，然后开始做晚饭。赵昆醒来的时候，见桌子上的饭菜都热乎乎的，感到很惊讶，老婆都一年多没给自己做饭。赵昆惊讶地

问："你今天怎么了？是不是赢钱了？"孙萍看都懒得看他一眼"赢个屁，就你给的那点钱还不够点炮呢！"赵昆想起父亲的话，忍住气劝道："告诉你别玩了，可你就是不听，靠要钱能有几个发家的？"

孙萍见赵昆说到钱上了，就接嘴道"我输那么多钱不能白输，我一定要捞回来！你再给我一点钱，玩最后一次！"一听这话，赵昆更来气了，他冲着孙萍破口大骂："你这个败家老娘们儿，真是不可救药！你有多少最后一次？这日子你到底还想不想过了？"

孙萍被他这一骂，也吃不住劲了，大喊道："你还有脸说我，自己一点能耐没有，连自己老婆的零用钱都供不起，跟你过真是倒了八辈子霉了！"赵昆听到这里，一股怒火上来，喝道："我是没钱！你看谁有钱你就和谁过去！"

孙萍气呼呼地拿起赵昆的衣服。赵昆猛然想起来兜里的存折，赶紧去抢。孙萍越想越来气，索性一下把桌子掀翻了，饭菜立时撒了满地。赵昆怒不可遏，上前抓住孙萍就是一顿暴打。孙萍哭喊着说："你敢打我，我不和你过了，离婚！"

第二天，孙萍就把一纸离婚诉状递交了法院。

一个星期后，法院受理了两人的离婚案件。在案件审理的过程中，双

方对解除婚姻关系毫无异议，但对共有财产的分割却产生了分歧。孙萍说："我和丈夫赵昆一共攒下了十万元钱，要求平分这份财产。"赵昆立即驳斥说："你这是瞪着眼睛说瞎话，家里吃了上顿没下顿，剩下的零头都被你耍钱输光了，哪来的十万元钱？"孙萍理直气壮似的说："你想耍赖独吞是不是？上个星期还是我和你去银行存的呢！"

见双方争执不下，法官就提示说："原告孙萍，你说你与丈夫去银行存了十万元钱，你能拿出证据吗？"

孙萍信心十足地说："当然能。"说着就从挎包里拿出了两张复印件，递上法庭。法官看完了复印件，就当众宣读了存款人的姓名、账户及日期，然后问道："被告赵昆，你还有什么要补充的吗？"

赵昆万万没想到他老婆会来这一手，再否认也不行了，就只好向法院如实陈述了用自己的名字代父亲存款的全部经过。法庭立刻传唤赵昆的父亲出庭作证，赵父来到法庭后，所陈述的事实和儿子赵昆所说的完全一致。

孙萍冲着法庭大声地说："这是他们爷俩早就串通好了的，目的就是想独吞这笔钱！"

赵昆也是不依不饶，坚持这钱是父亲的。于是，法官问赵父："你说让儿子以他的名字代你存入银行十万元，能拿出相关的证据吗？"

"这个，这个……"父子两人的对话，找谁证明？见赵父摇头。法官又提示说"有没有其他能证明的依据？如钱从银行里取出来的单子……"

赵父苦笑着说："我这辈子就没进过银行，钱都藏在床底下的。"

法庭上又是一片沉寂。

最终，法院对这起离婚案件做出了如下判决：法院依法认定该存款是原告赵昆与被告孙萍的财产，将其作为夫妻共同财产予以分割。

听完判决，赵昆和他父亲的脑袋都大了，这五万元钱就这样白白地打了水漂。

律师点评：

故事《有理说不出》的法律问题，即票据实名制原则。根据我国票据法第七条规定：票据上的签名，应当为该当事人的本名。在日常生活中，我们必须重视票证权属，增加自身维权意识。如果是自己的财产，票据上一定要写上自己的大名！

生活中像赵昆父亲这样的情况和案例不少，受害者更多的是老年人。他们把自己一生的积蓄放在儿女处，或者买了房子，房产证上写儿女的名，结果最后因儿女的离婚而丢失钱财。这样的教训一定要记取！

（题图、插图：安玉民　梁　丽）

一座座美丽的城市，
一个个传奇的故事……

新加坡——没有狮子的狮城

新加坡的开埠历史只有一百多年，被称为"狮城"，这个称呼来源于一个迷人的传说。据《马来纪年》第四章记载，大约在公元1160年，印度统治着马来半岛，并在岛上建立了舍利佛逝王国。

有一天，王子带妻子和部下外出狩猎，发现一处洁白的沙滩，庄严神秘。王子被眼前的这块沙滩所吸引。他走下船，刚踏上沙滩，突然有只黑头红身、胸生白毛的野兽疾驰而过。王子平生还从未见过这样的动物，便问部下，那是什么怪兽。一个侍从有点小聪明，他心想，既然王子不知道是什么怪物，那随便说个名字也无妨。于是，他对王子说："刚才奔过去的怪兽就叫狮子。"王子大喜，他虽然从未见过狮子，却也知道狮子象征着强壮有力。此时他刚一踏上沙滩，就有此等猛兽来迎接他，正是预兆他在这里会强盛壮大啊！王子兴致勃勃，认为这是块吉祥之地，决定在这里建立一个城市，命名为僧伽补罗，即新加坡，意思是"狮子城"。

后来这个城市发展为一个国家，又以城市名作为整个国家的名字。但有史以来，"狮子城"里从来没有过狮子。如果有谁想一睹狮子风采跑到新加坡，那一定会败兴而归的。

华沙——美人鱼的护佑

波兰首都华沙有"世界绿都"之称。

传说在很久以前，波兰一个叫齐格门的老国王，为寻找国都地址，游遍全国各地，就是没看到一处如意的地点。一天，他精疲力竭地来到维斯瓦河畔，他很喜欢这里的景色。突然，一条美人鱼从水中跃出，她坐在河中的岩石上，向老国王唱起一支优美的赞美曲，赞颂的对象是一对兄妹，哥哥叫华尔，妹妹叫沙娃。这里最初是一片荒无人烟的密林，兄妹俩用自己勤劳的双手，开拓了一大片家园，使这里成了一片富饶的土地。

唱罢，美人鱼又领老国王去见华尔和沙娃，兄妹俩向老国王介绍了这地区的情况，建议老国王把国都定在这里。老国王经过酝酿，采纳了华尔和沙娃的意见。国都建成后，为了纪念兄妹俩的开拓之功，把新城取名为华尔沙娃。渐渐地，后世人把华尔沙娃简化成华沙。后来"海中之父"波罗的海王赐给美人鱼一把利剑和一个琥珀盾牌，要她永远保卫华沙。

至今，在维斯瓦河畔，还屹立着一座精制的青铜美人鱼雕像，她一手紧握盾牌，一手高举利剑，像一个毫无畏惧、时刻警惕的护城神，精神抖擞地注视着远方。

斯里兰卡的首都科伦坡，风景秀丽，被称为"花园城"。

很早以前，科伦坡只不过是一个小小的海湾。那时，只有五百名罗刹女住在这个海湾上的铁城里。这五百名罗刹女日夜守候在海湾上，一旦商人们航行到这里，便摇身一变成为美女，以美色将他们引诱到铁城里，先同居，后杀之食肉。

当时，有一个大商人叫僧伽罗，带领五百名商人远航经商，途中被海浪袭击，漂泊到此海湾上。他们一上到海湾，就被五百名美丽的女子带到铁城中，跟她们结婚生子。不久，罗刹女厌倦了商人们，就化为原形，想把他们吃掉。商人们被天马拯救，才逃到陆地上。罗刹女发觉后，紧追到陆地，她们又变成一个个美丽绝伦的女子，跪倒在商人们脚下，求他们看在孩子的面上跟她们回去。

商人们被她们的美言所动，跟她们重返铁城，唯独僧伽罗不为所动。其中一个罗刹女带着她与僧伽罗生的儿子，飞到陆地国王那里，控告僧伽罗弃子之罪。国王醉于罗刹女的美色，与她结为夫妻。后罗刹女飞回铁城，召集五百名罗刹女一齐飞至王宫，将国王及宫人全部吃掉。这时候，国人们才真正发现僧伽罗的英明聪慧，推举他为国王。

僧伽罗当了国王后，率兵攻破铁城救出商人，立国号为僧伽罗。此后，僧伽罗人便在这块肥美的港湾土地上劳动、生息、筑房立屋。后来，葡萄牙人统治了斯里兰卡，才把这里称为科伦坡，并在这里建了一座城堡。这以后，这座城堡就成了今天的"花园城"。

（推荐者：张　乙）

（本栏插图：安玉民　梁　丽）

科伦坡——美丽的花园城

星新一(1926-1997)，日本现代科幻小说作家，以1000多篇精巧别致、富有哲理的超短篇小说享誉世界。

纪念照片

□吴乐晚　编译

中村先生是一家照相馆的老板，随着照相机的日益普及，他的生意渐渐地萧条了。他必须赶快开拓一个新的领域以维持生计。

中村先生绞尽脑汁，苦苦地思索着，最后终于想出了一个好办法，并且决定立刻就着手去干。很快，他在监狱附近租了一间房子。在那里，只要使用长焦距镜头，就可以十拿九稳地把监狱的门拍摄下来。这扇门，是专供刑满释放的犯人出来的小门。当然，光把这扇门拍下来是赚不到钱的。可是，以这扇门为背景，拍摄人物照却是一件有利可图的事情。

从那天起，只要这扇门被打开，刑满释放的人一出来，中村先生就立刻按下快门。然后，便悄悄地跟在对

方的后面——这是为了调查住址。接着，便设法查明对方是干什么工作的。剩下来的事情就是在适当的时候登门拜访。中村先生曾经拜访过一个对象。他拿出照片，彬彬有礼地问："您不打算买一张纪念照片吗？"

那人半天没明白发生了什么事："纪念什么呀？我怎么一点儿也不知道。"

中村先生就让那人看照片。那人还是不明白，我要买这种照片干什么，真是岂有此理！别说是纪念了，那段倒霉的经历我连想也不愿去想它。

中村先生用幸灾乐祸的口吻说：

"我原以为您一定会毫不犹豫地买下来的，唉，实在是太遗憾了。那么，反正我拿着也没什么用处，不妨免费赠送给您周围的邻居们或者您公司里的同事们吧。"

这时，那人才感到事态严重了，大家都知道，刑满释放的人，正准备洗心革面，开始勤勤恳恳地工作的时候，以前的丑闻被人宣扬出去是最难忍受的。终于，那人说："喂，等一下。买的，我买。不管多大的价钱，连底片一块儿买下来！"

于是，中村先生便乘机漫天要价，狠狠地捞了一把。

当然，也有人不吃这一套，有个叫黑子的就不在乎，毫不客气地把中村先生轰走了。中村先生一怒之下，真的添印了好几张照片，分别送给了附近的好几户人家。

可黑子非但没有惊慌失措，反而得意洋洋。中村先生不禁茫然了，到外面去一打听，原来这家伙是个臭名昭著的无赖，专以进过监狱的次数多而自豪。中村先生原来想让他尝尝苦头的，不料反而帮了这个家伙的大忙。

好在像黑子这种情况毕竟是很少碰到的。中村先生的生意一直很好，那些刑满释放的人，谁都不愿意让过去那段不光彩的历史公布于众。并且，新的主顾一个接一个地从那扇门里出来，就像源源不断的泉水一样。

这可真是盛况空前，财源不断，乐得中村先生眉开眼笑。

有一天，中村先生找上了一位年轻人，又开始了往常那老一套的交涉。

"有几张这样的照片，您拿去留个纪念怎么样？"

"啊，什么时候拍过这样的照片……"

"这是做生意，买卖自由。如果您不要的话，那我留着也没用，只好随意分送给别人了。可是，我要说句不中听的话，对于像您这样年纪轻轻、大有前途的人来说，出狱纪念照被人四处传阅可是件不太妙的事情啊！"

"什么？这不是恐吓勒索吗？你是打算乘人之危敲一笔竹杠吧？"

"可是，直到现在为止，无论谁都痛痛快快地掏钱买下来的呀。如果您也买下来的话，那就什么事情也没有啦。"

"真是岂有此理，混账透顶……"

这年轻人突然猛扑上去，转眼之间就把中村先生捆得结结实实。中村先生不由得大吃一惊，但是他并不慌张，说："别胡来！你们这些年轻人啊，就是头脑单纯，做事往往不考虑后果。你用强硬手段把这张照片抢去的话，是没有用的。老实告诉你吧，如果你不对我客气点的话，我以后就把添印出来的照片送往四面八方！"

"我才不在乎呢，随你的便。"年轻人的回答完全出人意料。

中村先生被绑得紧紧的，动弹不得，只好伸长了脖子问道："那么，你打算怎么样？"

年轻人洋洋得意地说："给警察局打电话，把你作为勒索犯逮捕起来。"

中村先生胸有成竹地说："这个主意很有新意，但是却不聪明。这样一来的话，你以前的那些丑闻不就要被大家知道了吗？"

可是，这个年轻人依旧面不改色，十分镇静地说道："我以前从来没有过什么丑闻之类的事情，根本就用不着担心。"

中村先生不屑一顾地说："别装了，即使瞒我也是没有用的。看看照片，你不是刚从释放犯人的那扇门里出来吗？"

年轻人洋洋得意地解释道："告诉你实话吧，我的工作是推销各种锁和钥匙。昨天我去监狱就是为了工作。怎么样？如果你真的把这种照片大量分发出去的话，那可太感谢你了。我所推销的锁和钥匙连监狱里都采用了，质量上肯定靠得住啊。这将会大大地提高产品的声誉，是最有说服力的广告呀。"

年轻人说完就打了个电话。不一会儿就来了一个警察，把中村先生逮捕了。最后，中村先生被送进了那扇不知被他拍过多少次照片的、富有纪念意义的门里……

（题图、插图：安玉民　梁　丽）

　　您手中有没有得意之作？本刊辟有二十多个原创性栏目，如中国新传说、我的故事、情感故事、16岁故事、海外故事和中篇故事等；您读到或听到什么有趣事可以和大家一起分享吗？3分钟典藏故事、开卷故事、财富故事、第一推荐、外国文学故事鉴赏和快乐辞典等都是本刊推荐性栏目，热忱欢迎来稿。可从邮局寄发，也可从网上传递。邮寄地址：上海市绍兴路74号《故事会》杂志社，邮编：200020；如为电子邮件，请发至本期责任编辑信箱：piggybank81@sohu.com。

别用坏了 （崔东豪　编绘）　　　　《故事会》漫画版精品选登）

·本刊信息传真·

阿 P 系列幽默故事征文

　　阿 P 系列幽默故事栏目开辟二十多年来，深受读者欢迎。阿 P 是个有多重性格的喜剧人物，他正直、朴实，却又染有许多不良习气；他自作聪明，却又往往事与愿违，弄巧成拙；面对屡屡受挫的现实，他却能自我解嘲，很有点阿 Q 的精神姿态，让人啼笑皆非。

　　为了把这个栏目办得更好，本刊再次面向全社会征稿，希望有更多的人来关注阿 P，把您身边的阿 P 故事写得更精彩，更有现实意义和典型意义。

　　来稿方法：1. 从邮局寄发，请在信封上注明"阿 P 故事征文"字样，本刊地址：上海市绍兴路 74 号《故事会》杂志社，邮编：200020。2. 从网上传递，可寄以下信箱：wulun54@126.com，请在主题上注明"阿 P 故事征文"字样。凡已和我刊编辑有联系的作者，稿件可继续投给联系的编辑。

自食其果

□ 裴文兵

最近，阿强需要五万块钱急用，可他囊中羞涩，愁眉不展的他想起了一个人：大林。大林是阿强的旧友，开了家大公司。阿强兴奋地想当年，我帮了他那么大的忙，如今向这个大老板借钱，想被拒绝都难啊！

阿强来到了大林的办公室，开口向大林借钱。大林知道了阿强的意思

后，把右手一举。阿强一见，不禁心中一喜：大林有老板风范，他举起了右手，接下来的动作，显然是将右手拍在老板桌上，大喝一声"成！"

这时，就见大林将右手，轻轻地放在了自己的头上，阿强一惊 不好，这事要黄！

果然，大林一边重重地抓起了头皮，一边跟阿强慢条斯理地说："公司资金很紧张，效益很一般……"

想不到，大林忘了本，把我当年帮他大忙的事情给忘了。阿强不得不使出了撒手锏："大林，想当年小娟……"

原来，大林的老婆叫小娟，和阿强是邻居。当年，阿强把小娟介绍给了大林。阿强一直认为，在终身大事上，他曾帮过大林的大忙。

果然，大林的脸红了。阿强一见，连忙乘胜追击……不一会儿，大林就喘开了粗气："阿强，我承认，我的公司很红火，我也很有钱，可是，我真的不能将钱借给你，要说这事全怪你自己……"

这句话，将阿强给说蒙了，他不禁喃喃道："你咋责怪起我来了？"

大林一跺脚，说："咋不应该责怪你？小娟很小气，她将家里的钱管得很紧，不肯让我借给别人一毛钱。要是当初，你介绍个大气点的姑娘给我做老婆，那么今天，别说五万块，就是五十万，我也借得出……"

明星题字

□ 张忠民

小张是县剧场的普通职工，最近得知大明星张哥将来此演出，又听说张哥不仅歌唱得好，而且毛笔字也不错。小张就想借此机会得到张哥的墨宝。

不过据小张了解，张哥的明星架子很大，很少给人签名，更不用说写毛笔字了。

经过苦思冥想，小张决定去搜集关于张哥的书籍和音像制品，到演出那天拿给他看，也许能打动他。

演出那天终于到了，趁着演出还未开始，后台的工作人员都抢着找张哥签名，张哥微笑着，但不住地摇头。小张挤进人群里，拿出这几天在县城搜集到的十多种书籍和音像制品，来到张哥跟前，先表达了仰慕之情，然后拿出纸、毛笔和墨水请求题字。张哥没有同意，也没有拒绝，他笑眯眯地拿起一张影碟看了看，渐渐地皱起了眉头，说："这是盗版的。"又拿起一本书看了看，说，"这也是盗版的。"一直看到最后一本，张哥愤怒地说："这还是盗版的！"

看见张哥的脸都气得变了形，小张只感到天旋地转，他恨自己怎么这么不小心，买的都是盗版的。这次不但得不到张哥的墨宝，还惹得张哥生气，如果影响了演出，自己如何跟剧场领导交代？

正在小张不知如何是好时，他惊奇地发现，张哥拿过自己手里的毛笔，蘸满了墨汁，然后用力写下了几个大字："拒绝盗版，支持正版！张哥。"

绿版编辑部各编辑邮箱：

吴　伦：wulun54@126.com
朱　虹：zhong98305@sina.com
刘迎曦：liuyingxi1203@163.com
颜轶超：yanyichao1004@sina.com
黄美舟：piggybank81@sohu.com

传播速度

□ 张 哲

老张在机关工作，他的爱人刚开了家餐馆，生意清淡。老张见爱人天天愁眉苦脸，决定帮她一把。他对爱人说："我明天跟办公室那帮同事说一声，让他们帮忙宣传一下，肯定就有生意了。"

第二天，老张就跟办公室的同事说了，请大家帮忙宣传。同事们纷纷

恭喜老张发财，表示一定帮忙宣传。

但是，效果并不明显，过了很长时间，生意惨淡如旧。

有一天，老张在街上碰到办公室同事的一个朋友。老张见他喝得醉醺醺的，就问他在哪里喝的？他说在大团圆酒店。老张就故意说："这饭店宰人，下回请到我饭店去。"这人很惊讶："怎么，你开饭店也不早告诉我呀？早知道我就到你那里捧场了。"

老张心说，不对呀，我那同事跟你那么要好，难道没告诉你？看来，自己那帮同事也就是嘴上说说，并没认真帮着宣传。

又过一个月，这天一早，老张一到办公室就黯然宣布：饭店已经转让出去了。

同事们都很遗憾，纷纷说老张你应该再坚持一下，我们已经大力帮你宣传了，生意肯定会好起来的。

老张一听，心里有气，就一个人提着暖瓶去打开水，刚出门，就看到隔壁办公室的老黄边走边举着手机笑嘻嘻地看短信。老黄看到老张，满脸同情，问"老张，听说你开饭店赔了，赔了多少啊？"

老张一怔："消息传得这么快？我刚宣布你怎么就知道了？"

老黄乐呵呵地一举手机："短信啊。现在信息时代，消息一秒钟就能传到国外去。你看，刚才我接连收到三条说你饭店赔本的短信呢。"

·幽默世界·

及格了一次

□ 王祥英

王胜高中毕业后一直没找到工作。这天他得知一个公司要招收几名员工，就去应聘。面试官给几十个应聘者每人发了一本书，说："过几天要笔试，谁分数高，就留用。考题都在这本书里。"王胜看了看，原来那是一本《劳动法》。

王胜从小就不喜欢读书，一听到考试，头就大了。但通过这半年的应聘，王胜深知找工作的艰难，所以他下定决心，就是头再大，他也要把这本《劳动法》熟读牢记。为此，他啥也不干，没日没夜地拿着这本书来读，就是吃饭上厕所也手不释卷。王胜的父母看到他这个样子，摇头说："胜儿呀，你要是早拿出这份劲头，大学早就考上了！"

过了几天，公司电话打来了，要王胜参加考试。因为有着充足的准备，王胜答题很顺利，他感觉到了一股前所未有的痛快感。王胜第一个交卷离开考场，然后就回家等好消息了。父母问他考得咋样，王胜做了一个胜利的手势。

次日，考试结果就公布了，王胜的成绩竟然是九十八分，是所有应聘者中最高的，王胜很是高兴。

成绩上报到老总那里，意想不到的事情发生了，老总居然把王胜的名字划掉了，而且不光是王胜，所有及格的应聘者，都惨遭淘汰。最终聘用的都是那些考试成绩极其不理想的人。

王胜自然是又失望又愤怒。过段时间，王胜看报纸的时候，发现一条新闻，某个工厂的工人集体罢工维权，因为工厂老板违反了《劳动法》。这回王胜才恍然大悟，原来老总要的就是不懂《劳动法》的。

轮流坐庄

□ 阿 龙

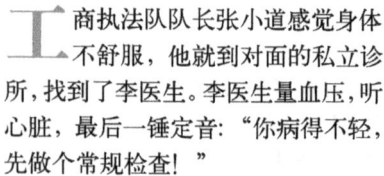

工商执法队队长张小道感觉身体不舒服，他就到对面的私立诊所，找到了李医生。李医生量血压，听心脏，最后一锤定音："你病得不轻，先做个常规检查！"

一会儿，张小道拿着检验单回来了。李医生看了一下，脸上有了笑容："还好，只是胸部还不清楚，我看要拍个片子！然后……"

张小道心里冒火，但只有服从，拍完片子做B超……一个上午下来，他做了七八项检查。最后，李医生终于确定了他的病因：风热感冒，并开了一张处方，张小道这次连检查带开药一共花了近千元。

第二天，张小道大摇大摆地来到了新丽美容院。老板娘一见，眉开眼笑地迎过来，说："哟，张队长来了，快，快请坐！"

张小道说"别啰唆！有人投诉你们，说这里欺骗顾客。"

老板娘一愣，说："没这回事，这

是造谣。张队长，你可要为我们做主呀！"

张小道说："我这不就是来核实嘛。"说着，来到洗脸房，拿起毛巾，板着脸说："没有消毒，按规定……"老板娘忙悄悄塞给他两百元，说："好，好，马上改！"

张小道又拿起一个化妆品看了看，随手一丢，说："果然是假冒产品。"老板娘讨好地笑了笑："正准备销毁呢。"说着，又塞了两百元过来。

张小道踱着步子进入按摩房……

离开美容院时，张小道对跟在屁股后边哭丧着脸的老板娘说："吃饭就不要你请啦，以后要注意一些，别让我们老是接到顾客的投诉哟。"说完，扬长而去。

回去的路上，张小道捏着口袋里的一千多块钱，心里得意极了：哼！李医生，你敢宰老子，老子就敢宰你老婆，咱们轮流坐庄！

（本栏插图：包丰一 顾子易）